ANNA JESSEN
Traumfrauen

Anna Jessen

# Traumfrauen
## Petticoat und große Freiheit

Roman

GOLDMANN

Sollte diese Publikation Links auf Webseiten Dritter enthalten,
so übernehmen wir für deren Inhalte keine Haftung,
da wir uns diese nicht zu eigen machen, sondern lediglich auf
deren Stand zum Zeitpunkt der Erstveröffentlichung verweisen.

Penguin Random House Verlagsgruppe FSC® N001967

1. Auflage
Originalausgabe Mai 2023
Copyright © 2023 by Anna Jessen
Copyright Deutsche Erstausgabe © 2023 by
Penguin Random House Verlagsgruppe GmbH,
Neumarkter Straße 28, 81673 München
Dieses Werk wurde vermittelt durch die Montasser Medienagentur, München.
Umschlaggestaltung: UNO Werbeagentur, München
Umschlagmotive: Trivillion/Shelley Richmond;
Vintage Germany / E. Haase; FinePic®, München
Redaktion: Christiane Mühlfeld
BH · Herstellung: ik
Satz: KCFG – Medienagentur, Neuss
Druck und Bindung: CPI books GmbH, Leck
Printed in the EU
ISBN: 978-3-442-20644-5

www.goldmann-verlag.de

*»Unsereins muss zusammenhalten!«*

# Eiszeit

*Hamburg, Winter 1956*

# 1.

*Fassungslos blickte Klara auf die Elbe.* Anstelle von Frachtern, Schleppern und Fähren, die sonst um diese Tageszeit vorüberzogen, starrte nun alles vor grauem, stumpfem Eis. Am Kai türmten sich die Schollen meterhoch. Die Arbeit im Hafen war ebenso zum Erliegen gekommen wie beinahe der gesamte Hamburger Schiffsverkehr. Eisbrecher hielten mit größter Not eine Fahrrinne in der Mitte der Unterelbe frei, durch die sich die wichtigsten Schiffe zwängten. »Wie damals, sechsundvierzig, siebenundvierzig«, murmelte eine Frau, die neben Klara an der Landungsbrücke stand. »Hoffen wir bloß, dass es nicht wieder so schlimm wird.« Man konnte ihr das Grauen, das ihr vor Augen stand, geradezu ansehen.

»Haben Sie auch gehungert?«, fragte ein älterer Herr, der hinzugekommen war. Der linke Arm fehlte ihm, wie am leeren, hochgenähten Ärmel seines Mantels zu erkennen war. Ein Kriegsversehrter. Männer wie ihn sah man dieser Tage häufig in der Stadt.

»Sie etwa nicht? Wir haben doch alle gehungert.«

»Ich war noch nicht wieder da«, erklärte der Alte.

Auch Klara konnte sich noch gut an den Hungerwinter erinnern, der vor genau zehn Jahren den ganzen Norden Deutschlands in seinen eisigen Klauen gehalten hatte. Die Nachbarin war damals in ihrer Wohnung tot aufgefunden worden: verhungert oder erfroren – wahrscheinlich wohl beides. »Ich glaube nicht, dass es noch einmal so schlimm wird«, sagte sie, weniger aus Überzeugung denn aus dem Wunsch heraus, die alte Frau zu trösten. »Damals hat es doch nichts gegeben. Heute haben wir eine vernünftige Versorgung. In den Läden gibt es was zu kaufen, die Stadt wird beliefert ...«

»Mögen Sie recht haben, Fräulein«, entgegnete die Frau. »Mögen Sie recht haben.«

Schließlich ging sie davon, während Klara mit klammen Fingern ihre Kamera auspackte, den *Vogelkasten*, den sie sich seit einiger Zeit ausleihen durfte. Beinahe wäre ihr das kostbare Gerät heruntergefallen. Kostbar für sie, weil sie nun einmal kein Geld besaß. Für Alfred Buschheuer, den Besitzer des Fotoateliers am Rödingsmarkt, war die Kamera schlicht veraltet, etwas, mit dem schon bald niemand mehr arbeiten würde. »Die Zeit schreitet voran, Fräulein Klara«, pflegte er zu sagen. »Der Fortschritt ist nicht aufzuhalten. Die Zukunft gehört der Rolleiflex.« Diese neue Art von Kamera begeisterte ihn restlos. Und sie selbst staunte auch über die Qualität der Aufnahmen, die ihr Chef damit machte. Aufnahmen, wie sie ihr mit dem Vogelkasten nicht gelingen würden, dessen Technik noch aus der Zeit vor dem Krieg stammte. Doch Technik war nicht alles. Beim Fotografieren kam es auch auf den Blick für Details, den Riecher für den richtigen Moment und auf die Perspektive an. Für all das hatte Klara einen untrüglichen Sinn. Mochten andere technisch perfekte Aufnahmen des Hafens machen, sie würde Bilder wie Gemälde erschaffen. Was sie sah, erinnerte sie an die berühmte Eislandschaft von Caspar David Friedrich, die sie kürzlich als Druck in einem Schaufenster gesehen hatte. Genau diese Stimmung wollte sie einfangen.

Ein paar Jungs bewarfen sich in der Nähe mit Eisklötzen, irgendwo tönte ein Nebelhorn. Klara spürte ihre Hände kaum noch, so kalt war es. Sie zog den Film in der Kamera auf und blickte durch den Sucher, als es geschah: Eines der Trümmer schlitterte über die Planken und traf sie am Bein. Sie wich zurück, stolperte und stürzte rückwärts. Dabei hielt sie zitternd die Kamera in die Höhe. Als sie selbst auf dem Boden aufschlug, riss ihr Mantel an der Schulter auf. Sofort drang eisige Kälte durch das Loch. Die Jungs johlten und rannten weg. »Ihr Blödmänner!«, rief Klara ihnen hinterher, doch sie waren schon über die Rampe gelaufen und sowieso uneinholbar schnell. Klara schossen die Tränen in die Augen: Auf diesen verdammten Mantel hatte sie ein halbes Jahr lang gespart. Er war das erste Kleidungsstück, das sie sich bei Peek & Cloppenburg in der Mönckebergstraße geleistet hatte. Dunkelblau, tailliert und todschick! Und jetzt dieser Riss. »So'n Schiet!«, fluchte sie und überlegte, ob sie überhaupt noch Fotos machen sollte.

Die Entscheidung wurde ihr abgenommen, weil eine junge Frau, die neben sie getreten war, erklärte: »Wenn Sie mit den Aufnahmen fertig sind, kommen Sie mit, dann nähen wir das schnell.«

Überrascht blickte Klara auf und rappelte sich hoch. »Bitte?«

»Ich arbeite drüben am Gänsemarkt. Kleine Schneiderei. Da haben wir das ruckzuck geregelt.«

»Das ist nett«, sagte Klara und nickte ihr freundlich zu. »Aber ich fürchte, eine Schneiderei kann ich mir nicht leisten.«

»Ach was. Ein paar Stiche, dann ist das erledigt. Ich seh doch, dass Ihnen was an dem Mantel liegt. Sieht übrigens auch wirklich adrett aus! Sie haben Geschmack.« Sie nickte anerkennend. » Keine Sorge, ich mach das umsonst für Sie.«

»Das ... das ist wirklich sehr nett.«

»Unsereins muss sich gegenseitig helfen«, erklärte die junge Frau und hielt ihr die Hand hin. »Elke. Kellermann.«

»Ähm. Klara.« Sie griff zu. »Paulsen. Ich arbeite am Rödingsmarkt. Im Atelier Buschheuer.«

»Dem Fotoatelier? Tipptopp!« Sie gab Klara ein Zeichen, mit ihren Aufnahmen fortzufahren, und guckte ihr neugierig zu. »Sah sehr professionell aus«, befand sie.

»Danke. Ist nicht beruflich. Ich fotografiere nur zum Vergnügen.«

Elke Kellermann nickte anerkennend. »Hübsches Steckenpferd.«

»Ich kann es Ihnen auch beibringen«, sagte Klara, während sie ihre Kamera wieder verstaute und einen letzten Blick auf das Naturschauspiel warf, das man so vielleicht nur ein-, zweimal im Leben sah. »Wollen wir?«

\* \* \*

Die Schneiderei am Gänsemarkt lag im Obergeschoss eines schmalen Hauses gleich neben dem Globe-Kino, wo die Tommys hingingen – und nur die. Das Lichtspielhaus war für die Engländer reserviert. Da kam höchstens mal ein deutsches Frollein als Begleitung rein. Im Erdgeschoss des Gebäudes, an dem auch ein Schild »Schneiderei Brill« prangte, gab es einen Friseursalon »Sissi«, der bis auf den letzten Platz besetzt war – was nicht viel hieß bei drei Friseurstühlen und einer zusätzlichen Trockenhaube. »Moin, Rena!«, rief Elke, als sie eintraten, um durch die Hintertreppe nach oben zu verschwinden, denn die Schneiderei ließ sich nur über den Friseursalon erreichen.

»Moin, Elke!«, rief die Frau zurück, die gerade dabei war, letzte Hand an eine spektakuläre Hochfrisur zu legen. »Mach mal schnell wieder die Tür zu, sonst friert mir hier das Wasser zum Haarewaschen.«

»Das ist Klara«, erklärte Elke und deutete auf ihre Begleiterin, als wäre es das Normalste von der Welt, jemanden bei der ersten Begegnung nur mit Vornamen vorzustellen.

»Freut mich«, sagte die Friseurin völlig ungerührt. »Ich bin Rena, mir gehört der Laden.« Sie mochte ein paar Jahre älter sein als Klara und auch als Elke, vor allem war sie deutlich ein paar Pfunde schwerer. Klara ertappte sich dabei, dass sie sie beneidete. Wer solche Rundungen hatte, konnte sich offenbar regelmäßig was gönnen. »Mich auch«, erwiderte sie. »Hübscher Laden!«

»Man tut, was man kann, was?«, lachte Rena. »Flinke Finger, kleines Geld ...«

»Und immer das Neuste vom Neuen parat!«, vollendete Elke den Spruch, den sich Rena offenbar als Motto überlegt hatte. Woraufhin beide Frauen lachten. Klara konnte gar nicht anders, sie musste mitlachen, während die Kundin auf dem Friseurstuhl seufzte und auf ihre Armbanduhr tippte. »Ich muss los.«

»Aber sicher, Madame!«, rief Rena fröhlich. »Wir sind in einer Minute fertig. Und dann könn'se Ihrem Liebsten unter die Augen treten. Ich garantiere, die werden ihm rausfallen.«

»Sie ist die Besitzerin?«, fragte Klara, während sie die steile Treppe zur Schneiderei hinaufstiegen. »Und Sissi?«

»Sissi?«

»Na, der Laden nennt sich doch Salon Sissi!«

»Ach!«, erklärte Elke lachend. »Das war auch so eine Idee von Rena. Wer geht schon in einen Salon Renate? Es muss schon büschen mondäner klingen!«

»Scheint funktioniert zu haben.«

»Aber so was von! Der Laden brummt, das kannste dir gar nicht vorstellen.« Elke war ohne Weiteres zum vertraulichen Du übergegangen und streckte die Hand aus. »Nu lass mal sehen, was wir da machen können.«

Etwas befangen schlüpfte Klara aus ihrem Mantel und reichte ihn ihr. Sie war zwar nicht unbedingt der Meinung, dass sie zu den Schüchternen gehörte, aber die Vertraulichkeit, mit der Elke und die Friseurin sie behandelten, empfand sie doch als etwas befremdlich.

Die Schneiderei war nicht mehr als ein Zimmer über dem Friseursalon und ein winziges Hinterzimmer. Überall stapelten sich Stoffballen und Kisten mit Bändern, Borten und anderen Kurzwaren. Ein riesiger Tisch lief an der ganzen Fensterseite entlang, wodurch gutes Licht auf die dort liegenden Arbeiten fiel, wie Klara gleich feststellte. Seitlich war ein kleiner Teil des Raums mit einem prächtigen roten Vorhang abgetrennt. »Was denkste, was das war?«, fragte Elke, die Klaras Blick gefolgt war.

»Bestimmt ein Theatervorhang.«

»Knapp daneben. Das war mal eine riesige Hakenkreuzfahne. Vom Rathausturm.«

»Da gefällt mir die Verwendung jetzt besser.«

Elke nickte, während sie den Mantel auf dem großen Nähtisch an der Fensterseite ausbreitete. »Das ist in fünf Minuten erledigt«, befand sie. »Wenn es dir nichts ausmacht, dass die Naht im Futter nicht ganz perfekt wird. Sonst müssten wir alles auftrennen und ...«

»Um Himmels willen!«, rief Klara. »Das wäre ja noch schöner. Nein, nein, ich bin dir ja wirklich dankbar, dass du das überhaupt machst.«

»Keine Sache. Unsereins muss zusammenhalten.« Hatte sie das nicht so ähnlich schon vorhin gesagt? Klara sah sich in dem kleinen Schneideratelier um und fragte sich, wer nach Elkes Ansicht wohl »unsereins« war? Meinte sie die einfachen Leute? Die echten Hamburger im Gegensatz zu den unzähligen Flüchtlingen aus dem Osten, die nach Kriegsende in die Stadt gekommen waren? Denn natürlich hatte Klara genau herausgehört, dass Elke eine Hiesige war. Oder meinte sie ...

»Du arbeitest also im Fotoatelier?«, unterbrach Elke ihre Gedanken.

»Aushilfsweise«, erklärte Klara. »Eigentlich bin ich auf die Sekretärinnenschule gegangen.«

»Ach. Und nun?«

»Nun suche ich eine Stellung.«

»Als Tippse.« Offenbar hielt sie nicht viel davon, um den heißen Brei herumzureden.

»Als Tippse«, gab Klara zu und schob hinterher: »Ist 'ne gute Arbeit!« Sie hatte so lange dafür gespart und so hart dafür gelernt, sie verspürte nicht die geringste Lust, sich den Beruf der Sekretärin einfach so madig machen zu lassen.

»Ich weiß nicht«, meinte Elke. »Fotografin finde ich interessanter.«

»Fotografin ...« Als gäbe es diesen Beruf für Frauen.

Ein Kleid, das auf einem Bügel im hinteren Teil des Raumes hing, erweckte Klaras Aufmerksamkeit: tailliert, mit weit ausgestelltem Rock, die Schultern frei, aber offenbar mit einer schmalen Ärmelschlaufe – der Stoff schimmerte in einem seidigen Himmelblau. Der Saum war noch nicht eingenäht, aber das verlieh ihm in Klaras Augen nur noch mehr Zauber.

»Gefällt dir mein Feenkleid?«, fragte Elke, die offenbar gleichzeitig nähen und ihre Umgebung genauestens im Auge behalten konnte.

»Feenkleid?«

»So nenne ich es. Es wird ein Ballkleid. Mamsell Kröninghusen. Ganz eine feine Person.« Sie zwinkerte Klara zu, als wären sie längst beste Freundinnen. »Der Papa reich wie Krösus. Fragt man sich schon, wo die so viel Geld herhaben. Aber uns soll's recht sein. Das bringt gute Aufträge.«

»Es sieht wunderhübsch aus«, gab Klara neidlos zu. Offenbar verstand die junge Frau ihr Handwerk.

»Ja, ich liebe es auch.«

»Könnte deine Größe sein, oder?«

»Bisschen groß für mich. Mamsell hat mehr Butter auf dem Frühstücksbrötchen.«

Sie sagte es ein bisschen spitz, aber Klara konnte sie gut verstehen. Es waren im Grunde dieselben Leute, die früher schon wie die Maden im Speck gelebt hatten, die nach dem Krieg ruckzuck auf die Füße gefallen waren und mit Geld um sich warfen. Das war im Fotoatelier nicht anders: Da spielten auch die ehemaligen Großkotze auf, die natürlich längst entnazifiziert waren und sich mit ihren Familien gegen ein üppiges Honorar ins perfekte Licht setzen ließen, als wäre nichts gewesen.

»Wissen Sie was?«, sagte Klara und korrigierte sich: »Weißt du was?«, sagte Klara. »Ich revanchiere mich mit einem Foto für deine Arbeit.«

Elke blickte auf. »Das ist aber nett.«

»Aber nicht irgendein Allerweltsfoto.«

»Sondern?«

»Lass dich mal überraschen.«

✳ ✳ ✳

Wenige Minuten später war Elke mit dem Mantel fertig, und Klara hatte erfahren, dass die junge Frau einundzwanzig war und damit ein Jahr jünger als sie selbst, dass sie immer noch in einer Behelfsunterkunft in St. Georg wohnte, weil ihr Haus von Bombenhagel und Feuersturm verschont geblieben und deshalb von den Engländern beschlagnahmt worden war, und dass die kleine Schneiderei dem Ehepaar Brill gehörte, er aber noch immer als vermisst galt und sie nicht mehr selbst nähen konnte, aber sonst »ganz in Ordnung« war.

»Und jetzt schlüpf mal rein.« Elke hielt Klara den Mantel hin.

Von außen sah er wirklich aus, als wäre nichts gewesen. Wenn man genau hinguckte, konnte man am Futter erkennen, dass nachgearbeitet worden war. Aber wer guckte sich so einen Mantel schon von innen an? Sie ließ sich von der jungen Schneiderin hineinhelfen und fühlte sich so erfüllt von Dankbarkeit, dass sie Elke am liebsten umarmt hätte. »Er ist perfekt! Ich weiß gar nicht, was ich sagen soll!«

»Lass einfach dein Hochzeitskleid bei uns nähen«, schlug Elke lachend vor. Sie war wirklich eine Marke.

»Und jetzt schlüpfst du rein«, sagte Klara.

»Wie? In den Mantel?«

»Nein, in das Feenkleid!« Klara deutete auf das Kunstwerk am Bügel. Sie hatte sich alles ganz genau überlegt. »Zieh es an. Wir stecken es mit ein paar Nadeln ab, damit es dir nicht zu weit ist, und dann machen wir einige Aufnahmen. Ich habe noch vier oder fünf Bilder auf dem Film.«

Ein energisches Blitzen flackerte über Elkes Augen. »Du bist ja eine …«, sagte sie und grinste. Und dann zog sie hastig ihr Kittelkleid aus, überlegte kurz, weil ihr Unterkleid Träger hatte, die bei einem schulterfreien Kleid rausgucken würden, ließ dann auch das Unterkleid fallen, als wäre sie allein im Raum, und huschte hinüber zu dem Kleid – nicht ohne noch hastig die Tür abzusperren. »Das gibt sonst Ärger, wenn mich die Patronin erwischt«, erklärte sie.

»Wir machen flott.« Klara musste neidvoll feststellen, dass die Schneiderin eine einwandfreie Figur hatte. Jedenfalls hatte die Schmalkost nicht an den richtigen Rundungen gezehrt.

Sekunden später stand Elke in dem himmelblauen Traum vor ihr. »So?«, fragte sie. »Ich hab aber nicht die richtigen Schuhe …«

»Die Füße kommen nicht aufs Bild«, erklärte Klara und überlegte, die junge Frau ans Fenster zu platzieren. Das Licht … Aber dann fiel ihr etwas ein. »Warte!«, sagte sie und ging zur Tür, sperrte auf und erklärte: »Nur eine Minute.« Dann war sie draußen und lief die Treppe hinunter. »Fräulein Rena?«

»Oh! Die Neue im Bunde!«, entgegnete die Friseurin. »Rena genügt völlig«, erklärte sie lachend. »Ohne Fräulein. Was gibt es?«

»Könnten Sie uns ganz kurz helfen? Mit dem Kamm, meine ich. Und vielleicht ein paar Haarspangen?«

Rena konnte, und wenige Minuten darauf stand Elke mit einer hinreißenden, wenn auch improvisierten Hochsteckfrisur vor ihnen und staunte über sich selbst, als sie sich im Spiegel betrachtete.

»Den stellen wir hinter deine linke Schulter«, sagte Klara und schob das schwere Teil an die rückwärtige Wand, sodass Elke neben den Fenstern und halb vor dem Spiegel stand. Mit der anderen Hälfte ihres Körpers verdeckte sie ihn so, dass Klara sich nicht darin spiegelte, als sie die Aufnahmen machte. »Nicht lächeln!«, befahl sie. »Ich will, dass du mutig guckst.« Knips. »Und jetzt schau abenteuerlustig!« Knips. »Spöttisch?« Knips. »Und einmal noch träumerisch.«

»Träumerisch?«

»Ja. Romantisch.«

»Entschuldige«, erwiderte Elke und lachte. »Romantisch kann ich nicht.«

»Hast du noch nie einen Liebsten gehabt?«

»Und wie! Waren aber alles keine Traumkerle.«

»Was ist mit dem, den du nicht gekriegt hast?«

»Woher weißt du?«

Nun war es Klara, die lachte. »Geht uns doch allen so, oder? Jede träumt von einem anderen. Wir kriegen immer die Falschen ab. Wie hieß dein größter Schwarm?«

Elke tat, als müsste sie überlegen. Aber Klara konnte ihr ansehen, dass sie vom ersten Augenblick an einen ganz Bestimmten im Sinn hatte. »Georg?«, schoss sie ins Blaue. »Hans? Werner? Kurt!«

»Alfred«, seufzte Elke. »Marine.«

»Verstehe«, sagte Klara mitfühlend. »Gefallen?«

»Quatsch. Verheiratet.« Elke lachte. Aber dann seufzte sie erneut. »Er hatte einfach so schöne Augen …« Knips.

»Danke«, sagte Klara. »Von wegen, du kannst nicht romantisch.«

Und ja, einen »Alfred« gab es auch für sie. Gerd hatte er geheißen, Gerd Lütje, war auf derselben Schule gewesen, und dann … Mamsell Kröninghusen, dachte Klara an die Auftraggeberin für dieses himmlische Kleid. Der Papa reich wie Krösus. Ja, so jemanden hatte Gerd dann auch gefunden. Da musste die Tochter einer Putzfrau vom Michaelisplatz zurückstecken, so war das nun mal auf dieser Welt.

※ ※ ※

## 2.

*Das Fotoatelier Buschheuer am Rödingsmarkt* existierte seit mehr als fünfzig Jahren. Der Großonkel des jetzigen Besitzers, Spross einer Junckersfamilie aus Ostelbien, hatte es zunächst als Studio für Porträtfotografie eingerichtet, dann aber bald entdeckt, dass er gutes Geld mit Hamburgischen Stadtansichten machen konnte, weshalb er nach weniger als zwei Jahren aus den ursprünglich im Souterrain gelegenen Räumen in ein hübsches Ladenlokal einige Häuser weiter gezogen war.

Klara hatte sich auf dem Weg von der Schule nach Hause täglich die Nase an der Schaufensterscheibe plattgedrückt und die Bilder bewundert: die Silhouette der Hansestadt vor dem Krieg, ein Blick vom Michel über den Hafen, die geschmückten Alsterarkaden, die weißen Segel einer Regatta mit dem Atlantic Hotel im Hintergrund … Dass einen Dinge faszinieren konnten, die man doch kannte, einfach nur, weil jemand anderes sie mit ganz anderen Augen sah, das hatte sie schon damals fasziniert. Und als sie dann den Zettel an der Tür entdeckt hatte: »Aushilfe gesucht – Bitte melden Sie sich im Laden«, da war sie einfach reingegangen und hatte sich vorgestellt.

»Guten Tag. Ich möchte gerne den Chef sprechen.«

»Soso, den Chef willste sprechen?«, hatte der Mann hinter der Theke geschnarrt. »Und was willste vom Chef?«

»Ich möchte ihn fragen, ob er mich als Aushilfe nimmt.«

Da hatte der Mann gelacht, den Kopf geschüttelt und erklärt:

»Also, junge Dame, der Chef steht vor dir. Gestatten: Alfred Buschheuer höchstpersönlich. Und als Aushilfe schwebt mir kein Gör vor, das noch die Schulbank drückt und von Tuten und Blasen nichts versteht, tut mir leid.«

»Verstehe«, hatte Klara ruhig geantwortet. »Ich dachte, Sie suchen vielleicht jemand, der Ihnen die Bilder mal richtig aufhängt im Schaufenster oder die Dekoration in Ordnung bringt.« Sie deutete auf die Möbel und den riesigen Trockenblumenstrauß, der etwas seitlich in einer Nische stand, wo sich die Kunden gerne in großbürgerlicher Atmosphäre porträtieren ließen.

»Wieso?«, hatte Herr Buschheuer gefragt. »Was stimmt denn an der Dekoration nicht, bitte schön?«

»Die Blumen sind schief und krumm«, plapperte Klara los, unterbrach sich und schob ein »Tut mir leid« hinterher.

»Aha? Und sonst?«

»Na ja, ich finde, Sie sollten die Stühle nicht so steif nebeneinander, sondern ein bisschen schräg stellen. So vielleicht?« Flugs hatte Klara die zwar schon etwas fadenscheinigen, aber opulenten Sessel einander zugeneigt.

»Hoppla!«, rief der Fotograf. »Nun mal nicht übermütig werden, Fräulein! Das ist immer noch mein Schlachtfeld hier.«

»Entschuldigen Sie bitte.« Klara wandte sich zum Gehen. »Ich wollte nicht …« Sie griff nach der Türklinke, da hörte sie hinter sich: »Mooooment! Und was passt dir an meinem Schaufenster nicht?«

Klara zuckte die Achseln. »Es ist nur. Also: Ich finde, Sie sollten die großen Bilder nicht über die kleinen hängen. Das erdrückt die unteren. Und Sie sollten die dunkleren Aufnahmen besser ans Licht hängen, sonst sieht man ja kaum etwas. Außerdem …«

»Außerdem?«

»Außerdem fahren die Schiffe alle voneinander weg.«

»Wie bitte?«

»Die Schiffe rechts fahren nach rechts, die Schiffe links fahren nach links. Na ja, ich denke, wenn sie alle mehr in die Mitte fahren würden, dann ...«

»Dann?« Die Augen des Fotografen blitzten neugierig und ein wenig amüsiert.

»Dann ... ich weiß auch nicht.«

»Aber ich weiß etwas«, erklärte Herr Buschheuer.

»Aha?«

»Ja. Du kannst probehalber mal bei mir arbeiten. Als Aushilfe. Du hast zwar keine Ahnung von der Arbeit hier, aber du bist ein aufgewecktes Mädchen – und du hast einen guten Blick für die Dinge. Und das ist in meinem Metier viel wert.«

So hatte sich das damals vor über vier Jahren abgespielt. Klara war glücklich gewesen, und ihre Mutter hatte es kaum fassen können, dass die Tochter endlich wieder etwas zum Haushaltseinkommen beitragen würde, nachdem sich die Schwarzmärkte aufgelöst hatten und Klara dort nichts mehr tun konnte. Auch Alfred Buschheuer hatte seine Entscheidung nicht bereut – zumal er zunehmend Probleme mit dem Augenlicht hatte, was ihm vor allem bei der Arbeit in der Dunkelkammer zu schaffen machte. Klara war damals täglich nach der Schule für zwei bis drei Stunden ins Atelier gekommen, am Freitag auch länger – und natürlich am Sonnabend. Schon nach wenigen Wochen kannte sie die wichtigsten Begriffe und Abläufe, erledigte Besorgungen und vertrat den Chef auch mal für eine Stunde im Laden, wenn er – in der Tradition seines Großonkels – Ausflüge an die Alster unternahm oder im Planten un Blomen fahndete, um neue Kunstbilder für den Verkauf aufzunehmen, auch wenn er nie so eindrucksvolle Werke schuf wie der Gründer des Ateliers. Sie war außerdem für das Zubereiten des Tees zuständig, fegte den Boden, half den Kunden aus dem Mantel oder wieder hinein, hielt das Blitzlicht während der Aufnahmen, beschriftete die Umschläge für die fertigen Abzüge mit ihrer akkuraten Schrift. Kurz, sie tat, was ihr aufgetragen wurde, und machte sich nützlich, wo es nur ging, mit dem Effekt, dass sie Buschheuer schon nach kurzer Zeit unentbehrlich geworden war. Das Wichtigste aber war, die Arbeit machte ihr Spaß. Mehr noch: Sie beflügelte sie. Sie erfüllte ihren Geist und ihre Phantasie.

»Moin, Chef!«, rief sie, als sie an diesem Spätnachmittag wieder in den Laden trat.

»Moin, Klärchen«, entgegnete Alfred Buschheuer, der seine Mitarbeiterin immer noch als das Mädchen von sechzehn Lenzen betrachtete, das sie gewesen war, als sie im Atelier auszuhelfen begonnen hatte. »Ist spät geworden.« Es war kein Vorwurf, nur eine Feststellung.

»Ach«, erklärte Klara. »Am Hafen ist mir ein Malheur passiert. Ich bin hingefallen, und der Mantel ist gerissen. Hier!« Sie zeigte ihm die Stelle.

»Man sieht aber nichts.«

»Tja, ich hatte Glück im Unglück. Ich hab eine Schneiderin kennengelernt, die mir den Riss auf der Stelle genäht hat.«

Der Chef nickte lächelnd. »Das freut mich für dich. Der Kamera ist nichts passiert?«

»Die Kamera hätte ich mit meinem Leben verteidigt, Herr Buschheuer«, sagte Klara vollkommen ernst.

»Das glaub ich glatt. Und jetzt Dunkelkammer?«

»Lieber erst morgen, Herr Buschheuer. Heute schaffe ich das nicht mehr.«

Herr Buschheuer wusste natürlich, dass Klara sich seit einiger Zeit auf eine Stelle als Sekretärin bewarb und ihn deshalb bald verlassen würde. »Ich wünschte ja, ich könnte dir genügend bezahlen«, hatte er mehr als einmal erklärt. »Wirst mir fehlen, Klärchen.«

»Na ja«, pflegte Klara dann zu sagen. »Ich bin ja nicht aus der Welt, Chef.« Aber sie wussten beide, dass die Arbeit als Sekretärin neben dem Haushalt, in dem Klara mithelfen musste, kaum Zeit lassen würde, dass sie auch noch im Fotoatelier aushalf. Die Tage von Klara Paulsen im Atelier Buschheuer waren gezählt. Entsprechend dankbar war sie ihrem Chef, dass er sie weiterhin behandelte, als wäre sie die Tochter, die er nie hatte. Denn das war es, wie er sich stets verhalten hatte: wie ein väterlicher Freund.

»Morgen ist gut«, sagte der Fotograf. Schließlich bedeutete das, dass sie auch morgen wieder vorbeikommen würde.

Klara wickelte den Film auf und nahm ihn heraus, dann stellte sie die Kamera wieder in die Vitrine und verstaute die Filmrolle im Fach mit den zu entwickelnden Aufnahmen. »Aber jetzt muss ich los«, erklärte sie. »Meine Mutter wird sich schon Sorgen machen.«

»Lauf nur, Klärchen. Und grüß sie von mir.«

»Das mach ich, Chef. Danke!«

Und weg war sie. Hinaus in die Eiseskälte und in die Dunkelheit, die inzwischen über die Hansestadt hereingebrochen war.

✳ ✳ ✳

Kalt war es auch in der Wohnung an der Michaelisbrücke, wo Klara mit ihrer Mutter untergekommen war, nachdem ihr Haus im Feuersturm vollkommen zerstört worden war. Zwei Zimmer teilten sie sich hier: eine Stube und die Küche, wo Klara, seit sie zehn Jahre war, auf der Bank schlief. Wie sehr sie sich danach sehnte, endlich auszuziehen! Und wie sehr sie es fürchtete. Denn dann würde ihre Mutter allein zurückbleiben – und Klara fragte sich, wie sie das bei ihrem Gesundheitszustand bewältigen sollte. Natürlich war vorläufig an eine eigene Wohnung ohnehin nicht zu denken: In Hamburg lebten immer noch Zehntausende in Behelfsunterkünften und Hunderttausende in engsten Verhältnissen. Dennoch war eine eigene Wohnung Klaras größter Traum – vielleicht auch gerade deshalb.

»Klara, bist du das?«

Die Stimme der Mutter kam aus der Stube und klang dünn.

»Ja, ich bin wieder da.« In der finsteren Wohnung war es eisig kalt. »Warum hast du nicht eingeheizt?«

»Ich hab geschlafen, Kind.«

Klara zog fröstelnd die Schultern nach oben und rieb sich die Hände, obwohl sie aus bitterster Kälte kam. Aber ob es draußen eisig war oder drinnen, das war doch ein großer Unterschied. »Ich schüre mal den Herd.«

»Danke, Kind.«

Tatsächlich waren nur noch ein paar wenige Eierbriketts in der Schütte. Offenbar hatte die Mutter einfach nur sparen wollen. Wie so oft. Wie eigentlich immer.

»Bist spät dran, Kind.« Das kam nun klagend.

»Es ist erst kurz nach fünf, Mama«, widersprach Klara.

»Aber stockdunkel draußen. Und du musst dich doch noch vorbereiten!«

»Mama, ich hab alles gelernt, was ich können muss. Ich kann mich nicht weiter vorbereiten.«

»Ein Vorstellungsgespräch ist was Wichtiges, Kind!«, erklärte die Mutter und erschien in der Tür. »Da geht man ausgeschlafen hin, mit frisch gewaschenen Haaren, einem frisch gebügelten Kleid und frisch geputzten Schuhen.«

»Keine Sorge, Mama, dafür ist mehr als genug Zeit. Der Termin ist um acht Uhr, und ich werde aussehen wie aus dem Ei gepellt.«

»Aber man kommt auch nicht auf den letzten Drücker! Das macht keinen guten Eindruck.« Hannelore Paulsen betrachtete ihre Tochter mit sorgenvoller Miene.

»Mama. Ich bin erwachsen. Ich habe mir die Schule selbst organisiert und be...« Klara biss sich auf die Zunge. Sie wollte es ihrer Mutter nicht unter die Nase reiben, das wäre einfach ungerecht gewesen. Ihre Mutter hatte schließlich alles getan, was sie nur hatte tun können, um sie durchzubringen. Und jetzt sparte sie sich offenbar sogar noch die Kohle, um in der Wohnung zu heizen, solange ihre Tochter nicht zu Hause war.

»Ja«, sagte die Mutter. »Und selbst bezahlt hast du sie auch, ich weiß. Ich brauche dir also nichts zu sagen.«

»So hab ich das nicht gemeint, Mama.«

Hannelore Paulsen zuckte resigniert die Achseln und ging wieder hinüber in die Stube, den alten Schal um die Schultern, den Klara schon seit ihrer frühesten Kindheit kannte. Wenn sie es recht bedachte, war es, als gehörte der Schal zu ihrer Mutter wie die Haare, die Sorgenfalten, die Lücke in der hinteren oberen Zahnreihe, die man sah, wenn sie lachte – was viel zu selten vorkam. Hannelore Paulsen war immer eine gute Mutter gewesen, eine ordentliche und fleißige Frau und ein anständiger Mensch. Und doch wollte Klara um nichts in der Welt so werden wie sie. Denn ihre Mutter gehörte zu denen, die sich immer die Butter vom Brot nehmen ließen, die immer zurücksteckten und sich nie in den Mittelpunkt stellten. Nein, ein solches Leben in der zweiten oder dritten Reihe wünschte sich Klara nicht. Sie hatte früh entdeckt, dass sie lieber vorne mitspielen wollte. Dass das Leben viel zu aufregend war, um sich mit einer Nebenrolle zufriedenzugeben. Klara Paulsen wollte etwas aus ihrem Leben machen. Sie wusste nur noch nicht genau, was. Aber jedenfalls nicht das, was ihrer Mutter vorschwebte. Denn wenn es nach der ging, würde sich Klara möglichst rasch nach einem Ehemann umsehen, am besten einem mit einem gut bezahlten Beruf im Büro, dem sie dann den Haushalt führen und einige Kinder gebären durfte.

»Jan Jahnsen war vorhin da«, rief die Mutter prompt aus dem Nebenzimmer, während Klara den Herd schürte und dankbar die Wärme der ersten Funken auf ihrer Haut spürte. Zumindest war Jan keiner von den Kandidaten, die Hannelore Paulsen für ihre Tochter im Sinn hatte.

»Aha?«

»Wollte dich sprechen.«

»Hat er gesagt, wieso?«

»Vielleicht wegen Samstag.«

»Er will, dass ich in der Waschküche helfe?«, fragte Klara empört und trat an die Tür zur Stube. »Du hast hoffentlich gesagt, dass ich schon was vorhabe.«

»Seine Mutter ist gestorben, Kind.«

»Das tut mir leid. Aber dann muss er eben selber waschen.«

Hannelore Paulsen seufzte über so viel Unverstand. »Es ist doch nur, bis er eine Frau gefunden hat.«

Klara lachte laut auf. »Du meinst, ich soll ihm den Haushalt führen, bis der Herr Jahnsen eine andere Dumme gefunden hat, die sich darum kümmert und ihm auch noch ein paar Kindchen schenkt?«

»Das hab ich nicht gesagt, Klara.«

»Aber gedacht.«

Es war nicht einmal so, dass sie Jan Jahnsen nicht mochte. Er war ein klitzeklein wenig jünger als sie und recht schmal, punktete aber mit seinem frechen Lachen und den himmelblauen Augen, mit denen er Klara bei jeder sich bietenden Gelegenheit geradezu verschlang. Aber er war eben ein Mann wie praktisch alle: stets der Meinung, Frauen seien ihnen irgendetwas schuldig. »Ich spreche mal mit ihm«, sagte Klara.

»Danke, Kind«, entgegnete die Mutter. Sie konnte ja nicht wissen, dass Klara vorhatte, mal »ein Wörtchen« mit dem guten Jan zu sprechen und ihm, wenn er es dann immer noch nicht kapierte, ordentlich den Marsch zu blasen.

※ ※ ※

Das Haus an der Michaelisbrücke war als eines von wenigen halbwegs intakt geblieben, als die Stadt von den britischen Bomberverbänden in Schutt und Asche gelegt wurde. Die ersten zwei Jahre, nachdem sie ausgebombt worden waren, hatten Klara und ihre Mutter in einer Baracke im Schanzenviertel gelebt, bis durch abziehende Verbände wieder einige Häuser frei wurden und auch die beiden Frauen ein ordentliches Dach über dem Kopf bekamen.

Anfangs hatte Klara darunter gelitten, dass sie hier keine Freunde hatte. Aber letztlich war das allen so gegangen. In den Jahren nach dem Krieg musste jeder sehen, wo er blieb, und das war heute hier, morgen dort. Für langjährige Freundschaften waren das schlechte Voraussetzungen. Klara war für einige Zeit ziemlich einsam gewesen hier. Trotzdem mochte sie das Viertel. Die Nachbarn waren einfache Leute, man lebte eng auf engem Raum, man kannte sich – oft mehr, als einem lieb war. Aber man unterstützte einander auch. Denn schwer hatte es in den Jahren nach dem Krieg buchstäblich jeder. Bis dann Anfang der Fünfzigerjahre sich etwas zu verändern begann: Waren zunächst noch alle »Verlierer« gewesen, so gab es zunehmend wieder Gewinner, findige Zeitgenossen, die sich schlauer durchschlugen und es damit weiterbrachten als die meisten anderen. Wie Otto Strecker aus dem Hinterhaus, der längst nicht mehr da wohnte, sondern sich etwas Besseres an der Binnenalster leisten konnte, seine Wohnung an der Michaelisbrücke aber dennoch nicht aufgab, sondern vermietete – neuerdings an zwei junge Frauen, die vermutlich auf St. Pauli arbeiteten, wenn man nach ihrem Aussehen ging.

»Otto!«, grüßte Klara, als sie im Treppenhaus auf den ehemaligen Nachbarn traf. »Was verschafft uns die Ehre?«

»Moin, Klaraschätzchen!«, entgegnete Strecker und musterte sie anzüglich. »Musste mal nach dem Rechten sehen.« Er griff sich an den Hosenschlitz, und Klara hatte ihn im Verdacht, dass es nicht versehentlich war.

»Tja, dein Schätzchen bin ich sicher nicht«, erwiderte Klara. »Anders als deine neuen Untermieterinnen, nehme ich an.«

»Hast du heute Abend schon was vor?«, fragte Otto Strecker, statt darauf einzugehen.

»Ja«, sagte Klara. »Ich bin verabredet.«

»Lass mich raten: mit deiner Mutter?«

»Allemal besser als mit Herrn Möchtegern oder Herrn Großkotz.«

Strecker lachte laut und deutete mit dem Zeigefinger auf sie. »Das hat mir schon immer an dir gefallen, Klaraschätzchen, dass du nicht auf den Mund gefallen bist.« Er tippte sich an die Stirn, wie es die Tommys gerne taten, wenn sie einen militärischen Gruß andeuteten, und schob ab. »Ach, und grüß dein Muttchen!«, rief er, als er schon fast zur Haustür hinaus war.

»Ganz bestimmt«, murmelte Klara und suchte mit ihren klammen Fingern den Schlüssel, um die Kellertür aufzusperren. Die war allerdings gar nicht verschlossen. Und als sie die paar Stufen nach unten stieg, musste sie feststellen, dass auch die Tür zu ihrem Kellerverschlag offen war – und die Kohlenkiste leer. »Ich fass es nicht!«, rief sie und starrte auf den Behälter, der sie schwarz angähnte. »Welcher Dreckskerl …«

Im nächsten Moment machte es »Klack«, und das Licht war aus. Stromausfall. Wieder einmal. Seit sie rundherum wie die Verrückten bauten, fiel immerzu der Strom aus. Fluchend tastete Klara sich wieder nach droben. Auch im Hausflur war es natürlich zappenduster. Mehrmals stolperte sie, zu guter Letzt schlug sie sich ihr Knie auf einer Stufe blutig und humpelte unter Schmerzen zurück in die Wohnung, um sich erschöpft und gekränkt neben den Herd zu setzen, wo sie sich bemühte, die Zähne zusammenzubeißen und die Tränen hinunterzuschlucken. Warum mussten es die kleinen Leute, warum mussten es die anständigen Menschen im Leben nur immerzu so verdammt schwer haben?

Immerhin schenkte der Küchenherd ein wenig Wärme und auch ein bisschen Licht, bis der Strom wieder lief und die Deckenlampe aufflackerte. Mutter war in der Stube eingeschlafen, Klara würde sie zum Essen wecken. Es gab Graupensuppe mit Graubrot. Sogar zwei Eier hatte Klara am Morgen organisiert, die sie in die Suppe quirlen würde. Zu gerne hätte sie später ein Bad genommen, doch um die Zeit konnte sie nicht mehr in die Badeanstalt Jürgens, in die sie sonst immer ging. Katzenwäsche musste also ausreichen. Und sie hätte sich die Haare gerne gemacht, bevor sie sich am nächsten Morgen bei Rüger & Brettschneider vorstellte, einer Rechtsanwaltskanzlei, die in einem stolzen neuen Klinkerbau am Baumwall residierte. Aber ohne Bad war das natürlich ausgeschlossen. Es sei denn, sie würde sich doch einmal leisten, zur Friseurin zu gehen …

✻ ✻ ✻

Am nächsten Morgen klopfte sie schon um sieben Uhr an die Fensterscheibe des »Salon Sissi« am Gänsemarkt, der allerdings noch im Dunkeln lag. Sie hatte ihr gutes Kleid angezogen und ihre besseren Schuhe in einer Tasche dabei, weil sie damit nicht durch Schnee und Eis hatte stolpern wollen. Piekfein würde sie aussehen, wenn sie bei Rüger & Brettschneider vorsprach – vorausgesetzt, Rena tauchte irgendwann auf und war bereit, ihr noch schnell die Haare zu machen. Wenn nicht, musste sie improvisieren und sparte sich die zweifünfzig fürs Waschen und Frisieren.

Es dauerte. Es wurde zehn nach sieben und Viertel nach sieben. Vor lauter Kälte spürte Klara ihre Füße nicht mehr, von den Fingern ganz zu schweigen. Da halfen auch die Handschuhe nichts, die sie vorausschauend angezogen hatte: Zum Diktat oder gar zur Prüfung an der Schreibmaschine mit eisigen Händen? Das war absolut sinnlos, dabei konnte bloß Murks herauskommen. Aber wenn sie noch länger in der Kälte stehen blieb, würden ihr nicht nur die Finger abfrieren, sondern auch noch die Nase. Verzweifelt sah sie sich um, ob endlich jemand auftauchte – der Baumwall lag ja zu allem Überfluss auch noch in der entgegengesetzten Richtung! Sie würde, wenn sie schnell war, eine Viertelstunde brauchen, um dorthin zu laufen. Und jetzt war es schon zwanzig nach sieben. Gerade, als sie sich abwandte, um sich ein Café zu suchen, wo sie sich auf der Toilette noch irgendwie selbst die Haare richten konnte, hörte sie, wie der Schlüssel in der Tür gedreht wurde. Sie beugte sich vor, um etwas zu erkennen, und sah das erstaunte Gesicht der Friseurin.

»Moin!«, rief Rena und streckte die Nase nach draußen. »Kommst du zu Elke? Die schläft nämlich noch.«

»Nein«, sagte Klara. »Ich komme zu Ihnen. Ich bräuchte nämlich dringend ... na, das sehen Sie ja selbst.« Sie deutete auf ihren Kopf.

»So früh am Morgen?«

»Ist für ein Vorstellungsgespräch. Aber inzwischen läuft mir die Zeit weg«, klagte Klara.

»Hm. Dann komm mal rein. Wir sehen, was wir tun können.«

Auch im Laden war es noch frisch, aber natürlich längst nicht so lausig kalt wie draußen, wo die Passanten die Köpfe unter dicken Mützen versteckten, die Kragen ihrer Mäntel hochgeklappt hatten und so schnell unterwegs waren wie selten. Jeder suchte ein wenig Schutz und Wärme. »Ich habe schon eingeheizt«, erklärte Rena. »Dauert aber ein bisschen, bis es wärmer wird. Setz dich mal in einen Stuhl.«

Augenblicke später stand sie hinter Klara und zupfte in ihren Haaren herum. »Wann musst du drüben sein?«

»Acht. Besser fünf vor.«

Rena schüttelte den Kopf. »Dann waschen wir jetzt nicht, sondern machen dir eine strenge Frisur. Auf was bewirbst du dich denn?«

»Sekretärin.«

Die Friseurin lachte. »Na, perfekt! Das kriegen wir hin.« Sie nahm eine Bürste und kämmte die Haare zurück, zückte ihre Schere und den Kamm und machte sich an die Spitzen. Mit kräftigen Händen zog sie die Haare in Form, zuerst nach hinten, dann im Hinterkopf mit einem raffinierten Knoten nach oben, fixierte sie mit ein paar Nadeln, prüfte ihr Werk kritisch und hielt Klara ein Tuch hin: »Halt dir das mal aufs Gesicht.« Die Friseurin nickte ihr im Spiegel aufmunternd zu. »Und nicht erschrecken!«

Klara hielt sich das Gesicht mit dem Tuch zu, während rings um ihren Kopf ein Zischen ertönte und ein ziemlich betörender Duft sich ausbreitete. »Haarspray«, hörte sie Rena hinter sich sagen. »Du willst nicht wissen, was ich alles dafür tun musste, ein paar Dosen zu bekommen. Kannst das Tuch wieder wegnehmen.«

»Haarspray?«

»Der letzte Schrei. Mit dem Zeug halten die Haare perfekt, und zwar den ganzen Tag. Wirst sehen.«

»Und was ist das, was Sie mir da drauf gesprüht haben?«

»Schellack. Parfüm. Keine Ahnung, was sie sonst noch reintun.« Rena betrachtete ihre Arbeit zufrieden. »Und?«

Überrascht blickte Klara in den Spiegel. »Kenn ich die?«, fragte sie, halb spöttisch, halb bewundernd.

»Darf ich vorstellen? Fräulein Wichtig. Die beste Sekretärin, die Sie kriegen können.«

Klaras Blick wanderte zur Uhr. »Oh Gott!«, rief sie. »Nur dass die Sekretärin die Stelle nicht kriegt. Es ist schon zehn vor!«

»Dann mal los!«

»Was bin ich denn schuldig?«

Rena winkte ab. »Wenn du die Stellung bekommst, lädst du uns mal ein, Elke und mich. Und hör bitte auf mit dem gestelzten Sie. Elkes Freundinnen sind auch meine Freundinnen.«

Wenn man bedachte, wie hoppladihopp Elke offenbar Freundschaften schloss, mussten es viele sein, die dieses Privileg genossen. »Abgemacht«, erwiderte Klara. »Ich bin Ihnen so dankbar! ... Dir.«

»Schon gut, schon gut. Mach mal lieber vorwärts. Ich seh unsere Einladung schon den Bach runtergehen«, erklärte die Friseurin lachend und hielt die Tür auf. Eisige Luft drang herein, während Klara hinausstürmte und in die Gerhofstraße abbog. Sie würde die Poststraße hinablaufen, über die Schleusenbrücke und dann den Alten Wall entlang bis zum Baumwall. Von da waren es nur noch ein paar Meter, bis ... Der Rest ihrer Überlegungen wurde von einer gewaltigen Dachlawine unterbrochen, die ein paar Schritte von ihr entfernt auf die Straße donnerte. Eis und Schnee türmten sich von einem Augenblick auf den anderen meterhoch vor ihr auf und machten ein Durchkommen unmöglich. Ein parkender Borgward versperrte den Rest der Straße – und war von der Lawine völlig demoliert worden. »Ich fass es nicht!«, rief Klara und starrte ungläubig auf das Drama. Dann wandte sie sich um und rannte zurück zum Gänsemarkt, um die Strecke über den Jungfernstieg zu nehmen. Als sie neben dem Rathaus ankam und auf die Turmuhr blickte, war es fünf vor acht.

\* \* \*

# 3.

*Fast schien es ihr, als sei sie* um ihr Leben gelaufen. Keuchend langte Klara vor dem eindrucksvollen Neubau am Baumwall an, in dem die Kanzlei ihren Sitz hatte. Hastig schlüpfte sie aus den Stiefeln, stieg in die Halbschuhe mit dem kleinen Absatz, stopfte die Wintertreter und die Handschuhe in die Tasche und klingelte.

Eine Mitarbeiterin im strengen Kostüm öffnete ihr nach wenigen Augenblicken. »Ja, bitte?«

»Klara Paulsen. Ich komme zum Vorstellungsgespräch.«

Die Frau, die die fünfzig sicherlich schon um einiges überschritten hatte, schwieg. Sie trat lediglich einen Schritt zur Seite, um Klara hereinzulassen. Dann gab sie ihr ein Zeichen, ihr zu folgen.

Es ging in den dritten Stock hinauf, und zwar über die Treppe, obwohl Klara nach dem Gehetze eine Fahrt mit dem Aufzug sehr recht gewesen wäre. Zumindest dauerte es so ein klein wenig länger, und ihr Pulsschlag konnte sich wieder etwas beruhigen. Gleichzeitig spürte sie, wie ihr unter dem Mantel der Schweiß herablief. Das lange Laufen, die plötzliche Wärme, die Aufregung …

»Bitte setzen Sie sich hier hin«, wies die Empfangsdame sie an und deutete auf eine Reihe von Stühlen, die neben einer imposanten Tür aufgestellt waren. »Wir rufen Sie dann auf.«

»Danke«, sagte Klara, bemühte sich um ein möglichst offenes, entspanntes Lächeln, setzte sich und knöpfte ihren Mantel auf.

Es dauerte keine Minute, bis ein junger Herr in besagter Tür erschien und sie ansprach. »Sie sind?«

»Klara Paulsen. Ich habe einen Termin für ein Vorstellungsgespräch als Sekretärin.«

»Da scheint mir ein Fehler unterlaufen zu sein, Frau Paulsen«, erwiderte der Mann mit unbewegter Miene, während er sie rasch, aber sorgfältig musterte. »Ich hatte mir acht Uhr notiert.«

»Oh, das ist auch völlig richtig, mein Herr«, beeilte sich Klara ihm zu versichern. »Ich ... ich wurde leider aufgehalten.«

»Das heißt, Sie *haben* keinen Termin, sondern Sie *hatten* ihn, richtig?«

»Ähm, ja, so kann man es sagen. Ich hoffe, es macht Ihnen nicht allzu große Umstände, dass ich mich ein paar Minuten verspätet habe. Ich kann Ihnen versichern ...«

Der Mann hob eine Augenbraue und deutete ein Lächeln an, allerdings eines, das es an Frostigkeit mit der aktuellen Wetterlage absolut aufnehmen konnte. »Keine Sorge, Fräulein Paulsen, es macht mir keine Umstände.«

»Da bin ich aber beruhigt ...«

»Wie schön. Ich freue mich, dass Sie beruhigt sind. Dann wünsche ich noch einen schönen Tag.« Er nickte und wandte sich ab, um wieder durch die Tür zu verschwinden.

»Entschuldigung!«, rief Klara ihm hinterher. »Aber ... soll ich dann, ähm, weiter hier warten?«

»Hier warten? Wozu?«

»Wegen des Vorstellungsgesprächs.«

»Oh, es wird kein Vorstellungsgespräch geben, Frau Paulsen. Wie Sie ja festgestellt haben, wäre der Termin um acht Uhr gewesen. Nicht um acht Uhr zwei, nicht um acht Uhr fünf und auch nicht jetzt.« Er nickte in Richtung ihres geöffneten Mantels. »Und wenn ich Ihnen einen guten Rat geben darf: Erscheinen Sie nicht nur pünktlich, sondern auch ordentlich gekleidet, falls Sie noch einmal irgendwo einen Termin für ein Vorstellungsgespräch bekommen. Eine Sekretärin muss nicht nur äußerst zuverlässig sein, sondern auch von tadellosem Äußerem.« Mit diesen Worten beendete er das Gespräch und ließ Klara stehen.

Sie blickte an sich herab und stellte fest, dass sie ihr frisch gewaschenes und perfekt gebügeltes marineblaues Kleid völlig durchgeschwitzt hatte. Große dunkle Flecken reichten von einer Achsel zur anderen und von der Brust bis fast zum Bauch. Klar, jemanden, der so aussah, würde sie auch nicht einstellen. Seufzend verließ Klara die Räumlichkeiten von Rüger & Brettschneider, ohne aber so richtig enttäuscht sein zu können. Denn wenn sie es recht bedachte, waren die zwei Mitarbeiter der Kanzlei, die sie bei ihrem kurzen Besuch kennengelernt hatte, nicht die Sorte Mensch gewesen, mit der sie sich zusammenzuarbeiten wünschte. Nein, nicht wirklich.

※ ※ ※

Endlich hatte sie es nicht mehr eilig. In die Eiseskälte kam sie noch früh genug. Einen Moment stand Klara noch an einem der großen Fenster im Treppenhaus und blickte hinüber zum Hafen, wo die meisten Schiffe immer noch feststeckten und aller Fährverkehr weiterhin eingestellt war, weil das sich türmende Eis keine Überfahrt auf die andere Elbseite ermöglichte, ehe sie den Fahrstuhl holte. Einige Furchtlose liefen auf dem Fluss herum, Kinder vor allem, die das Abenteuer suchten. Wieder musste Klara an jenen mörderischen Hungerwinter vor zehn Jahren denken, als sie buchstäblich den Tod vor Augen gehabt hatten – täglich. Sie selbst hatte damals Leichen in den Straßen liegen sehen: Menschen, die von Hunger und Kälte umgebracht worden waren. Wie schön wäre es gewesen, endlich ein richtiges Einkommen zu haben, ein gutes und regelmäßiges Gehalt nach Hause zu bringen! Auch wenn Klara ein Talent dafür besaß, sich durchzuschlagen, ein monatliches, sicheres Einkommen, das wäre unglaublich fein gewesen. Als Sekretärin bei Rüger & Brettschneider hätte sie es bekommen. Doch nun schloss sich die Aufzugtür hinter ihr, und ihr unrühmlicher Auftritt in der Kanzlei war Vergangenheit. Ebenso wie die Chance, dort eine Stelle zu bekommen.

Obwohl Klara den Knopf für »Erdgeschoss« gedrückt hatte, fuhr der Lift weiter hinauf in das fünfte Stockwerk. Als die Tür sich öffnete, fand Klara sich einem glänzenden Schild gegenüber: Frisch Verlagsges. mbH & Co. KG.

Ohne darüber nachzudenken, stieg sie aus und sah sich um. Zwei Männer in modisch geschnittenen Anzügen betraten den Fahrstuhl hinter ihr und verschwanden. Ein paar Frauen liefen vorbei, Aktenstapel tragend und eifrig schnatternd. Auch hier gab es eine Empfangsdame. Sie residierte hinter einem Pult unter dem großen Metallschild und guckte neugierig zu Klara herüber. Die hielt intuitiv den Mantel zu, um ihre Schweißflecken zu verbergen, und grüßte, vielleicht ein bisschen schüchtern, mit »Guten Tag«.

»Guten Tag. Zu wem möchten Sie?«, fragte die Empfangsdame nicht unfreundlich. Sie trug das Haar ganz ähnlich wie Klara, nur nicht so streng gesteckt, eine schicke Brille und ein Twinset, wie Klara es kürzlich in einer Zeitschrift gesehen hatte.

»Ich … Tja, also eigentlich bin ich hier, weil ich mich auf eine Stelle bewerben wollte. Als Sekretärin.«

»Als Sekretärin, sagen Sie. Hm. Aber Sie haben kein Vorstellungsgespräch?«

»Hier? Nein.« Klara war schon versucht, von ihrem unglücklichen Auftritt zwei Stockwerke tiefer zu erzählen, aber dann lächelte sie nur und schüttelte den Kopf.

»Ich könnte Herr Zielick mal fragen«, schlug die Empfangsdame vor.

»Herrn Zielick?«

»Den Leiter unserer Personalabteilung. Warten Sie.« Schon hatte die Frau zu einem Telefonhörer gegriffen, der hinter dem Pult verborgen gewesen war, und sagte: »Olga, kannst du mir mal Herrn Zielick geben? – Ist er nicht? – Ach, wie schade. – Nein, brauchst du nicht. Das passt schon. Danke.« Die Empfangsdame blickte auf. »Also, tut mir leid«, sagte sie. »Der Personalchef ist leider in einer Konferenz. Das wird auch noch länger gehen.« Sie lächelte mitfühlend. »Vielleicht rufen Sie doch lieber an und lassen sich einen Termin bei uns geben. Hier!« Sie griff unter ihr Pult und reichte Klara dann eine Karte. »Da steht die Nummer drauf. Sie landen dann erst einmal in der Telefonzentrale, von dort werden Sie dann mit der Sekretärin von Herrn Zielick verbunden.«

»Das ist sehr nett«, entgegnete Klara und betrachtete die Karte:

FRISCH VERLAGSGES. MBH & CO. KG
Der Hanseat – Haushalt heute – Claire

Adresse. Telefonnummer. »Sie geben die *Claire* heraus?«

»Meine persönliche Lieblingszeitschrift«, versicherte ihr die Empfangsdame.

»Meine auch!«, erklärte Klara. Was nur ein klitzeklein wenig geflunkert war. Sie hatte die *Claire* bisher kaum je gelesen, aber schon oft am Kiosk gesehen. Das Blatt war ihr einfach etwas zu teuer.

Die Empfangsdame beugte sich vor und senkte die Stimme: »Und jeden Monat kommen ein paar Tausend Leserinnen dazu«, sagte sie. »Geht wie geschnitten Brot, das Blatt.«

»Was gibt es da zu quasseln!«, polterte eine Männerstimme, die aus einem der nahe gelegenen Büros getreten war. »Ist das hier ein Kaffeekränzchen?«

»Herr Kraske!«, flötete die Empfangsdame. »Sie habe ich gesucht!«

»So? Haben Sie? Dachten Sie, Sie finden mich hinter Ihrem

Tresen?« Der Herr in Hemdsärmeln mit der ungesund roten Gesichtsfarbe und der gedrungenen Gestalt schien nicht die Absicht zu haben, bessere Laune an den Tag zu legen.

»Hab überall herumtelefoniert«, erklärte die Empfangsdame und deutete wie zum Beweis auf ihr Telefon. »Aber Sie waren ja nicht in Ihrem Büro.«

»Weil ich Hertig suche! Wissen Sie vielleicht, wo er sich herumtreibt?«

»Meines Wissens hat er einen Außentermin.«

»Um Himmels willen! Und wann kommt er wieder?«

Die Empfangsdame zuckte die Achseln. »Keine Ahnung, Herr Kraske. Aber wenn ich ihn sehe, richte ich ihm gern aus, dass Sie ihn suchen.« Kraske gab ein unverständliches Brummen von sich und verschwand wieder in Richtung seines Büros, nur um Augenblicke später erneut aufzutauchen und sich diesmal an Klara zu wenden. »Und Sie? Was wollten Sie von mir?«

Die Empfangsdame strahlte ihn an, als hätte er ihr einen Heiratsantrag gemacht. »Herr Kraske!«, flötete sie. »Ich habe hier diese überaus vielversprechende Bewerberin für Sie.«

Der Mann musterte Klara misstrauisch. »Vielversprechend als was?«

»Als Sekretärin«, nahm Klara den Ball auf und versuchte es der Empfangsdame gleichzutun, indem sie ihr schönstes Lächeln aufsetzte. »Ich möchte mich um eine Stelle als Bürokraft bewerben. Ich bin in Schreibmaschine, Steno, Diktat, Korrespondenz perfekt ausgebildet…«

Kraske winkte ab. »Tut mir leid, Fräulein, wir suchen zurzeit niemanden.«

»Sie könnten mir ja vielleicht die Möglichkeit geben, meine Talente in einem Probediktat unter Beweis zu stellen. Oder Sie könnten mich im Steno testen! Ich kann Ihnen versichern…«

»Hab ich mich nicht verständlich ausgedrückt, Fräulein?«, knurrte Kraske. »Wir suchen zurzeit niemanden. Ich muss also weder Ihre noch meine Zeit mit einem Probediktat verschwenden.«

»Ich verstehe, dass momentan keine Stelle ausgeschrieben ist. Aber Ihr Unternehmen wächst!«, beharrte Klara. »Da werden Sie immer wieder neue Mitarbeiterinnen brauchen, die …«

»Dann suchen wir uns welche«, knurrte Kraske und wandte sich erneut der Empfangsdame zu. »Ich verlasse mich darauf, dass Hertig sofort zu mir kommt, wenn er wieder im Haus ist. Ich brauche die Abzüge für die Strecke über die Modenschau im Atlantic Hotel noch heute vor Redaktionsschluss!«

Die Empfangsdame wollte gerade antworten, als Klara einen beherzten Schritt nach vorne tat und all ihren Mut zusammennahm. »Wenn Sie erlauben, Herr Kraske, dann erledige ich das.«

Die Irritation, mit der der Mann sie betrachtete, hätte kaum größer sein können. »Dann erledigen Sie was?«

»Die Abzüge, Herr Kraske. Sie sprechen doch von Fotos, nicht wahr? Ich verstehe mich darauf«, erklärte sie ihm, während ihr Herz wie verrückt klopfte. Und wie um sich selbst zu überzeugen, schob sie hinterher: »Ich habe bei Buschheuer gelernt.«

Rüdiger Kraske, dessen Körpergröße in auffälligem Gegensatz zu seinem Selbstbewusstsein stand, blickte verblüfft von Klara zu der Empfangsdame und zurück. »Sagten Sie nicht, Sie wollten sich als Sekretärin bewerben? Und jetzt sind Sie gelernte Fotoassistentin? Was noch? Wenn mein Dienstwagen streikt, tauschen Sie mir dann als Automechanikerin den Keilriemen aus?«

Klara lachte, obwohl ihr das Herz bis zum Hals schlug, weil sie sich mit ihrem dreisten Vorstoß selbst überrascht hatte. »Nein, nein, Herr Kraske. Da muss ich leider passen. Da könnte ich Ihnen höchstens jemanden empfehlen. Der Freund einer Mitschülerin von mir …«

In einer hilflosen Geste warf Kraske die Arme in die Luft. »Wenn Sie bei Buschheuer gelernt haben …«, rief er. »Gut, machen Sie. Frau Voss zeigt Ihnen das Fotostudio.«

»Das mache ich gerne, Herr Kraske«, flötete die Empfangsdame und blickte ihm zufrieden hinterher. »Im Grunde ist er ein Guter«, sagte sie. »Nur manchmal ein bisschen impulsiv.«

»Das hab ich gesehen«, erwiderte Klara. »Und gehört.«

»Und ich habe gehört, dass Sie es faustdick hinter den Ohren haben, Fräulein.«

»Paulsen«, sagte Klara. »Klara Paulsen.«

»Angenehm! Ich bin Vicki Voss.«

※ ※ ※

Das Fotostudio befand sich im Untergeschoss. So elegant und gediegen in den oberen Stockwerken alles wirkte, so nüchtern und düster war es hier unten. »Hier kommt natürlich nie einer her«, erklärte Vicki Voss, die Klaras Blicke bemerkte. »Da muss man nicht repräsentieren.«

»Oh, keine Sorge«, erwiderte Klara. »Eine Dunkelkammer muss vor allem dunkel sein. Da sind Panoramafenster eher hinderlich. – Wie lange sind Sie denn schon hier?«

»Bei Frisch? Drei Jahre. Ich war schon dabei, als wir noch gar keine Lizenz hatten.«

Natürlich wusste Klara, dass es ohne Zulassung durch die Besatzungsbehörden unmöglich war, einen Verlag zu betreiben. Die Engländer kontrollierten – wie die Amerikaner, die Franzosen und die Sowjets in ihren Zonen – sehr genau, wer in der neuen Bundesrepublik etwas veröffentlichte. Im Prinzip fand sie das gut, denn noch einmal einen »Völkischen Beobachter« oder einen »Stürmer« am Kiosk zu sehen, darauf hatte nicht nur Klara keine Lust. Den Nazis gehörte das Maul verboten. Allerdings führte das auch immer wieder dazu, dass sich nicht die interessantesten Presseideen durchsetzten, sondern die gerissensten Macher den Zuschlag erhielten. Es wurde viel gemauschelt – aber das war wohl überall so. »Und Sie sind zufrieden, Frau Voss?«

»Ich liebe meine Arbeit!«, erklärte die Empfangsdame voll Überzeugung. »An manchen Tagen kann ich es nicht erwarten, zum Dienst zu erscheinen.« Sie gluckste und sagte etwas leiser, obwohl niemand sonst da war: »Aber manchmal kann ich's auch nicht erwarten, wieder rauszukommen.« Sie klopfte an eine der zahlreichen Türen, die den schier endlosen Gang säumten. »Ist eben doch auch ein ziemlicher Hühnerstall hier.«

»Wirklich? Und ich dachte, bei der Presse arbeiten vor allem Männer.«

»Stimmt!«, rief Vicki Voss lachend. »Ein Hähnchenstall also!«

Das Fotostudio bestand aus einem riesigen Raum, an dessen hinterer Wand eine große Rolltapete aufgehängt war, und einer dahinter gelegenen Dunkelkammer, die offen stand. Über der Tür gab es eine Leuchte, auf der das Wort »Stopp« stand. »Hier wären wir«, sagte Vicki Voss. »Sie sehen es ja selbst. Keiner da im Augenblick. Das hier ist das Studio, hinten die Dunkelkammer. Wenn Sie die Tür von innen verschließen, geht außen automatisch die Warnlampe an, damit niemand reinkommt.«

»Wie praktisch.« Klara sah sich um. Die Lampenschirme, die mit etwas Abstand vor der Rolltapete standen, waren gewaltig. »Zweihundert Watt?«, schlug sie vor.

»Fragen Sie nicht mich«, entgegnete die Empfangsdame. »Mit so was kenn ich mich nicht aus.«

Der Blick in die Dunkelkammer beeindruckte Klara noch mehr. Die Wannen, in denen die Abzüge entwickelt wurden, waren mindestens vier- oder fünfmal so groß wie jene im Fotoatelier Buschheuer. Statt einer Wäscheleine mit entsprechenden Klammern gab es hier Stahldrähte mit speziellen Aufhängern, an die man die Bilder zum Trocknen heften konnte. Der Trockenschrank war gewaltig. »Das ist ziemlich eindrucksvoll«, sagte Klara.

»Meinen Sie, Sie kommen zurecht?«

»Ob ich zurechtkomme? Ich denke eher, ich werde mich fühlen wie der Liebe Gott. So luxuriös habe ich noch nie gearbeitet.« Staunend betrachtete Klara die Studioausstattung und fand, dass es wirklich ein Privileg sein musste, hier angestellt zu sein. Was für ein Jammer, dass man ihr keine Gelegenheit gegeben hatte, ihre Talente als Sekretärin unter Beweis zu stellen. Andererseits: Auf die Weise konnte sie zeigen, was sie in Sachen Fotografie beherrschte.

»Dann mal los!«, sagte die Empfangsdame und wollte sich schon verabschieden.

»Fehlen bloß noch die Filme«, stellte Klara fest und zuckte entschuldigend die Achseln.

»Werden jeden Augenblick da sein«, erklärte Vicki Voss. »Ich schicke unseren Boten runter. Der holt sie bei Kraske und bringt sie Ihnen in den nächsten fünf Minuten.« Sie blickte sich noch einmal um, war aber offenbar selbst mit den Räumlichkeiten nicht allzu vertraut und hätte vermutlich auf Nachfragen auch kaum Antworten gehabt. Nachfragen, die Klara allerdings nicht hatte. »Kann ich Sie alleine lassen?«

»Nur zu«, sagte Klara und nickte mit einem Ausdruck von mehr Selbstvertrauen, als sie in Wahrheit empfand. Ein wenig bang war ihr auf einmal doch. Worauf hatte sie sich hier nur eingelassen? »Ich mache mich inzwischen noch ein bisschen mit der Technik vertraut, die Sie hier verwenden.«

»Fein. Bis dann, Fräulein Paulsen.«

»Bis dann! Und: Danke.«

»Wüsste nicht wofür.«

Mit einem feinen Lächeln ging Vicki Voss hinaus und schloss leise die Tür.

※ ※ ※

»Die Bilder sind in einer Stunde trocken«, erklärte Klara, als sie später wieder in den fünften Stock kam. Vicki Voss blickte auf die Uhr. »Das wird knapp, aber es reicht. Klasse!« Sie schenkte Klara ein anerkennendes Lächeln.

»Schöne Aufnahmen«, stellte Klara fest. Denn der Fotograf verstand jedenfalls etwas von seinem Handwerk, so viel stand fest. Dass sie die Kontraste so gut herausgearbeitet hatte, kam den Bildern zusätzlich zugute.

»Bin schon gespannt.«

»Tja, dann …« Etwas unschlüssig blickte Klara sich um.

»Dann morgen um neun Uhr?«, schlug die Empfangsdame vor.

»Neun Uhr?«, fragte Klara verwirrt. Hatte sie irgendetwas übersehen oder falsch verstanden?

»Ihr Vorstellungsgespräch.«

»Wirklich?« Sie mochte es kaum glauben. Für einen Moment rechnete Klara damit, dass das nur ein schlechter Scherz wäre. Doch offensichtlich meinte die Empfangsdame es ernst. Jedenfalls schrieb sie »9.00 Uhr« auf ein Kärtchen, das sie über ihre Theke reichte und das Klara mit zitternden Fingern entgegennahm.

In dem Moment klingelte das Telefon am Empfang. »Frisch Verlag, Frau Voss am Apparat«, meldete sich die Empfangsdame. »Oh, Herr Kraske! … Die Bilder? … Ach, Sie meinen die Aufnahmen, die Frau Paulsen für uns entwickelt hat?« Sie zwinkerte Klara zu. »Ja, sind fertig. Müssen nur noch trocknen. Frau Paulsen hat mir gerade Bescheid gegeben. Ich habe sie für morgen um neun Uhr zu uns bestellt. … Wofür? Na, für ein Vorstellungsgespräch … Ja? Ja? … Tja, also …«

Klara sah, wie aus dem frechen Mienenspiel von Vicki Voss eine betrübte Miene wurde. »Ja, aber ... ich meine ... Aha. Aha, verstehe. Ja. ... Hm. ... Gut.«

Sie legte auf und seufzte. »Ehrlich gesagt, Fräulein Paulsen«, druckste sie mit peinlich berührtem Gesichtsausdruck herum, »weiß ich nun auch nicht so recht ... Der Chef, also Herr Kraske, der Chef vom Dienst genau genommen ... Er hat gesagt, dass wir nun einmal keine Sekretärin brauchen und dass er nicht einsieht, weshalb wir einen Bewerbungstermin machen sollten.«

Klara schluckte und versuchte, sich die maßlose Enttäuschung nicht anmerken zu lassen, die über sie hinwegrollte. Es wäre auch zu schön gewesen. Aber auf dieser Welt bekam man eben nichts geschenkt. Nicht, wenn man ein Nichts und Niemand war. Sie zuckte die Achseln und bemühte sich, nicht allzu getroffen zu wirken. »Kann man nichts machen«, sagte sie tapfer. »Ich hab's trotzdem gern gemacht.«

»Sie sollen aber noch warten«, hielt die Empfangsdame sie davon ab, sich zu verabschieden.

Klara zögerte. »Warten? Worauf?«

»Er will sich die Bilder ansehen.« Vicki Voss räusperte sich. »Vielleicht darf ich Ihnen einen Kaffee anbieten?« Sie nickte zu einer Sitzgruppe hin, die bei den großen Fenstern drüben stand, von denen aus man einen fabelhaften Blick auf den Hafen hatte.

»Ja dann ...«, murmelte Klara und entschied sich für den Sessel mit der besten Aussicht.

Wenig später reichte ihr die Empfangsdame eine Tasse dampfenden Kaffee. »Ich dachte, Sie möchten vielleicht ein paar Tröpfchen Milch hinein?«

Klara nahm ihr überrascht das Getränk ab und stellte es auf den Tisch vor sich. »Gerne. Und Zucker, falls Sie welchen haben.«

»Bringe ich gleich.« Es war der Empfangsdame sichtlich unangenehm, dass sie sich mit ihrer Einschätzung, was Klaras Aussichten auf einen Bewerbungstermin anbelangte, so vertan hatte. Sie nickte ihr zu, versuchte ein aufmunterndes Lächeln und huschte noch einmal davon. Kaum war sie verschwunden, stand Rüdiger Kraske vor Klara und blickte auf sie herab. »Das haben Sie da unten allein gemacht?«, fragte er.

»Die Bilder? Ja. Wer sollte mir denn geholfen haben?«

Kraske setzte sich ebenfalls, nahm den Kaffee und nippte, schüttelte sich, knurrte: »Wer trinkt denn so was ohne Zucker? Frau Voss? Frau Voss?« Dann musterte er Klara erneut. »Denkt man gar nicht.«

»Was denkt man nicht?«, hakte Klara nach.

»Dass eine Frau solche Talente besitzt.«

»Oh! Ich kann auch Schreibmaschine, Steno …«

Kraske hob die Hand. »Korrespondenz und Pipapo, ich weiß!«, sagte er und schüttelte den Kopf. »Lassen Sie mich damit bloß in Ruhe. Wenn mal was frei wird bei uns, können Sie Ihre Kenntnisse als Bürokraft gerne unter Beweis stellen. Bis dahin …«

Vicki Voss tauchte mit dem Zucker auf und blieb irritiert stehen, als sie Kraske den Kaffee trinken sah. Er blickte auf, nickte, nahm die Zuckerdose und streute drei Löffel in die Tasse. »Na also«, sagte er. »Geht doch. Bis dahin, Fräulein Paulsen …«, fuhr er fort. »… können Sie bei uns als Fotoassistentin arbeiten. Wenn Sie möchten. Solche Pannen wie heute dürfen nicht mehr passieren. Hertig ist offenbar überfordert, wenn er selber zu Aufnahmen aus dem Haus muss.«

»Fotoassistentin?«, fragte Klara ungläubig. »Sie meinen, um Aufnahmen zu entwickeln?«

»Ich habe mir die Bilder unten angesehen«, sagte Kraske. »Kann keinen Unterschied zu Hertigs Arbeit erkennen. Da müssen wir nicht notwendig ein Fotografengehalt zahlen, wenn die gleiche Arbeit von einer Assistentin erledigt werden kann.«

»Und die Bezahlung?«, wagte Klara zu fragen.

»Es gilt derselbe Tarif wie für eine Sekretärin im ersten Dienstjahr.«

Klara konnte ihr Glück kaum fassen. »Und … und wann könnte ich anfangen?«

»Wieso?«, fragte Kraske. »Sind Sie noch irgendwo gebunden?«

»Gebunden?«

»Mit einem anderen Arbeitsvertrag?«

»Nein. Das wäre meine erste Stelle.«

»Na, dann … Wir erwarten Sie morgen um halb neun. Melden Sie sich beim Personalleiter. Frau Voss wird Ihnen alles Weitere sagen.«

Er stand auf, nahm im Stehen den letzten Schluck aus der Tasse, gab einen unwilligen Laut von sich und schüttelte sich. »Aber an dem Kaffee müssen Sie noch arbeiten, Frau Voss«, sagte er. »Bei aller Wertschätzung, aber der verklebt einem ja förmlich den Magen.«

✳ ✳ ✳

## 4.

*Heinz Hertig war ein Mann* Anfang vierzig, lang und schmal und von der eher schweigsamen Sorte. Es schien ihm nichts auszumachen, dass man ihm während seiner Abwesenheit eine Assistentin verpasst hatte. Allerdings jubelte er auch nicht darüber, sondern beäugte seine neue Mitarbeiterin mit einer Mischung aus Neugier und Zurückhaltung. »Und Sie haben bei Buschheuer gelernt?«

»Ich habe fast fünf Jahre lang bei Herrn Buschheuer gearbeitet«, erklärte Klara. Denn natürlich war ihr bewusst, dass »gelernt« für jemanden vom Fach bedeutete, sie habe eine Lehre absolviert. Und das war nun einmal nicht der Fall, auch wenn sie überzeugt war, mindestens so erfahren zu sein, als hätte sie es.

»Guter Mann«, befand Hertig. »Kannte noch den Vater.«

»Den Onkel.«

»Bitte?«

»Der Großonkel hat das Atelier gegründet, dann kam der Onkel, dann der jetzige Herr Buschheuer.«

»Verstehe.« Hertig räusperte sich. »Ja, also, dann zeig ich Ihnen mal alles. Hm. Mit der Dunkelkammer haben Sie sich ja schon vertraut gemacht – übrigens sehr ordentliche Abzüge, für meinen Geschmack etwas zu lange gebadet.«

»Die Kontraste kommen so satter«, erklärte Klara.

»Das ist richtig. Aber im Heft säuft das oft ab.« Und auf Klaras verständnislosen Blick: »Je mehr Druckerschwärze eingesetzt werden muss, umso größer die Gefahr, dass am Ende alles eine einzige dunkle Suppe wird.«

»Das wusste ich nicht«, gestand Klara.

»Kein Problem. Jetzt wissen Sie's.« Der Fotograf schien sich nichts daraus zu machen, dass seine neue Assistentin noch nie bei einer Zeitschrift gearbeitet hatte. »Haben Sie Buschheuer auch bei Shootings assistiert?«

»Shootings?«

»Wenn er Aufnahmen gemacht hat. Porträts.«

»Oh! Ja, natürlich.«

»Gut. Bei uns ist es natürlich etwas anders als in einem Fotoatelier. Die Aufnahmen dort sind üblicherweise sehr statisch. Wir brauchen in der Regel mehr Dynamik. Sonst sieht so ein Heft aus wie das Familienalbum von Tante Trude.«

Klara lachte, verschluckte sich und brauchte einen Moment, um sich wieder zu fangen. »'tschuldigung.«

»Ach«, sagte Hertig und winkte ab. »Ist ja nett, wenn mal jemand über meine Scherze lachen kann.« Er gab Klara ein Zeichen, ihm zu folgen. Mit dem Aufzug fuhren sie in den fünften Stock hoch, wo sie in Vicki Voss' Reich landeten. »Die Kollegin vom Empfang kennen Sie ja schon«, stellte der Fotograf fest.

»Ja. Hallo, Frau Voss«, grüßte Klara in ihre Richtung. Die Empfangsdame lächelte verschwörerisch. »Willkommen bei Frisch und Co!«, sagte sie. »Ich wünsche Ihnen einen schönen ersten Arbeitstag.«

»Den werde ich bestimmt haben.« Klara lächelte dankbar zurück. Wäre diese Frau nicht gewesen, sie stünde jetzt nicht hier.

»Ist der Chef da?«, fragte Hertig.

»Müsste jeden Moment aus der Besprechung zurück sein.«

»Wir haben jeden Dienstag und Donnerstag große Redaktionskonferenz«, erklärte Hertig. »Die geht von elf bis ein Uhr. Meistens nehme ich teil. Da wird besprochen, was ins Heft kommt, wer welche Aufträge übernimmt …«

»Aufträge?«

Hertig winkte Klara, ihm zu folgen, und führte sie durch die Flure der Redaktion, wo sich ein Büro ans andere reihte. Manche Türen waren geschlossen, die meisten aber standen offen und ließen einen Blick auf die Arbeitsplätze zu, an denen die Zeitschriften der Frisch Verlagsgesellschaft entstanden. Im Grunde sahen die Büros aus wie überall: Schreibtische, auf denen Papiere lagen, Mappen, Telefone und hier und da eine Schreibmaschine. Allerdings hingen an vielen Wänden Bilder von den Umschlägen der hauseigenen Publikationen.

»Wer welchen Artikel schreiben soll, über welche Themen recherchiert werden soll, was wir an Bildern heranschaffen sollen, wo wir selbst fotografieren sollen, so was«, erläuterte Hertig und blieb vor einem besonders großen Büro stehen. Mit etwas gesenkter Stimme sagte er: »Das hier ist das Büro des stellvertretenden Lieben Gottes.«

»Spannend!«, befand Klara grinsend. »Arbeitet der Liebe Gott also auch hier?«

Hertig zeigte nach oben. »Im sechsten Stock«, sagte er. »Gleiches Büro. Nur zweimal so groß.«

Zweimal so groß, das hieß: mindestens so groß wie die Wohnung der Paulsens. »Ich bin beeindruckt.«

»Warten Sie ab, bis Sie's gesehen haben. Curtius hat zwei echte Hamiltons an der Wand. Hat er letztes Jahr aus London mitgebracht.«

»Aha«, sagte Klara, die weder mit dem Namen Curtius noch mit Hamilton etwas anfangen konnte.

»Sie haben keine Ahnung, richtig?«, sagte Hertig lächelnd.

»Um ehrlich zu sein ...«

»Curtius ist unser Chefredakteur. Außerdem ist er einer der Gesellschafter. Er hat also nicht nur das Sagen, er kann auch nicht gefeuert werden.«

»Deshalb der Liebe Gott.«

»Exakt. Der stellvertretende Liebe Gott heißt Köster, residiert hier, ist üblicherweise der Ansprechpartner, wenn wir Freigabe oder Rückendeckung von ganz oben brauchen.«

»Warum er? Warum nicht Herr Curtius?«, unterbrach Klara.

»Laufen Sie mit jedem Problem gleich zum Lieben Gott? Curtius schwebt sozusagen über den Dingen. Der versteht sich zwar aufs schöne Leben, will aber mit den Niederungen des Alltags nichts zu tun haben. Sie werden ihn schon noch kennenlernen.«

»Klingt geheimnisvoll«, stellte Klara fest, als gegenüber eine Tür aufging und eine Gruppe von Männern hinaus auf den Flur trat. Buchstäblich jeder trug Anzug und Krawatte – und alle rauchten.

»Ah«, stellte Hertig fest. »Die Konferenz ist zu Ende.«

Der stellvertretende Liebe Gott ließ dennoch auf sich warten.

»Und Herr Hamilton?«, fragte Klara.

Zum ersten Mal grinste Hertig über beide Ohren. »Herr Hamilton? Richard mit Vornamen. Der ist ein Shootingstar am Kunsthimmel. Pop-Art.«

»Pop-Art. Verstehe«, sagte Klara. Was ganz und gar nicht stimmte. Der Begriff jedenfalls sagte ihr nichts. Der Name auch nicht. Nur den Ausdruck Shootingstar hatte sie schon mal gehört. Einer der Vorteile davon, dass sie sich immer mal wieder von einem der Tommys zu einem Rendezvous hatte einladen lassen. Solche Begriffe fielen in den Tanzbars zwischen St. Pauli und St. Georg.

»So, die Herrschaften«, unterbrach einer der Männer ihr Gespräch.

»Moin, Herr Köster«, grüßte Hertig. »Ich wollte Ihnen nur kurz unsere neue Fotoassistentin vorstellen, Fräulein Paulsen.«

Klara setzte ihr strahlendstes Lächeln auf und präzisierte: »Klara Paulsen, guten Tag, Herr Köster. Heute ist mein erster Tag.«

Köster würdigte sie kaum eines Blickes, sondern wedelte nur mit der Hand, als müsste er eine lästige Fliege verscheuchen. »Dann sehen Sie mal zu, dass es nicht auch Ihr letzter ist, und besorgen Sie mir ein paar Zigarren.« Er trat in sein Büro. Durch die sich schließende Tür hörte Klara gerade noch, wie er ergänzte: »Und eine Kanne Kaffee. Zack, zack.«

Hertig blickte etwas betreten zu Boden und räusperte sich. »Ich habe nicht behauptet, dass er nett ist.«

»Also Botendienste habe ich bei Buschheuer auch gelernt«, sagte sie leichthin. »Und Kaffeemachen kann ich.« Aber so gleichmütig wie sie sich gab, war sie in Wirklichkeit nicht. Sie empfand Kösters Verhalten als demütigend und kränkend.

Hertig nickte. »Fragen Sie bei solchen Aufträgen am besten immer Frau Voss. Sie weiß Bescheid.« Er lächelte entschuldigend. »Wir sehen uns dann wieder unten.«

※ ※ ※

Als Klara am Abend aus dem Gebäude am Baumwall kam und sich auf den Weg nach Hause machte, wusste sie nicht, ob sie jubeln oder heulen sollte. Einerseits arbeitete sie jetzt für den Frisch Verlag und damit auch für die *Claire*, andererseits kam sie sich wie ein Backfisch vor, den man herumkommandieren konnte, wie es einem gefiel. Vor allem wie es Hermann Köster gefiel.

Immer noch war es bitterkalt. Allerdings hatten die Eisbrecher den Linienverkehr inzwischen wieder halbwegs hergestellt. Sogar eine Fähre kam von der gegenüberliegenden Seite des Hafens, dort, wo Blohm & Voss inzwischen wieder gewaltige Schiffe bauten. Bald würde das Eis geschmolzen sein, die Elbe war nun einmal ein eisfreier Hafen. Immer gewesen. Klara atmete die Winterluft tief ein und betrachtete das Panorama, das sich ihr bot: die Docks jenseits des Flusses, die Landungsbrücken diesseits. Linkerhand lag die Spitze von Kehrwieder, einer von Hamburgs kleinen Stadtinseln. Und überall ragten die Masten und Kamine, die Kräne und Aufbauten der Schiffe in den nächtlichen Himmel, der in diesen Tagen viel heller war als üblich. »Die weißen Nächte von Hamburg« hatte Herr Buschheuer es neulich genannt.

Herr Buschheuer! Sie musste ihm endlich Bescheid geben! Und dann war sie natürlich auch Rena und Elke eine Einladung schuldig – auch wenn es nicht die ursprünglich erhoffte Anstellung als Sekretärin geworden war. Na ja, eigentlich war es ja sogar viel besser für Klara gekommen! Mit schnellen Schritten lief sie den Baumwall hinab Richtung Alter Wall. Wenn sie Glück hatte, war ihr ehemaliger Chef noch im Atelier. Er würde staunen. Vielleicht würde er auch ein bisschen stolz darauf sein, dass sie das, was er ihr beigebracht hatte, so erfolgreich hatte einsetzen können.

Doch der Laden war zu, und auf ihr Klingeln hin öffnete niemand. Etwas enttäuscht lief sie weiter Richtung Jungfernstieg und hinüber zum Gänsemarkt. Ein Blick auf die Rathausuhr sagte ihr, dass es schon beinahe sieben am Abend war.

Zu ihrer Überraschung brannte in dem kleinen Friseursalon noch Licht. Die Tür war allerdings schon abgeschlossen. Drinnen schwang Rena den Besen, während leise Musik durch die Fensterscheiben zu hören war. Klara musste mehrmals klopfen, ehe die Friseurin sie entdeckte. »Moin, Klara!«, rief sie erfreut, nachdem sie die Tür wieder aufgesperrt hatte. »Wir sitzen schon auf Kohlen! Wie lief's denn mit deinem Bewerbungsgespräch?« Sie winkte ihr, schnell hereinzukommen, und machte hastig wieder zu. »Nun sag schon!«

»Ach, das Bewerbungsgespräch ...« Klara knöpfte ihren Mantel auf. »Also erst noch einmal tausend Dank, dass Sie ... du mir so schnell geholfen hast. Das war wirklich wahnsinnig nett.«

»Tja, so bin ich«, sagte Rena und ließ Klara nicht aus den Augen. »Und weiter?«

»Also das Bewerbungsgespräch ... ist leider ausgefallen.«

»Du machst Witze.«

»Kein büschen! Ich war einfach zu spät dran.«

»Zu spät wofür?«, fragte aus dem Hintergrund eine weitere Stimme. Elke war die Treppe vom Schneideratelier runtergekommen. »Moin!«

»Rüger und Brettschneider«, erklärte Klara und spürte, wie die Empörung auf einmal wieder da war, dass man sie ganz umsonst hatte kommen lassen. »Ihr könnt euch nicht vorstellen, was für ein dröger Laden das ist. Die sind so akkurat, dass man sie zum Schlafen nebeneinander in den Schrank stapeln kann.«

»Huch!«, rief Rena. »Solche Worte aus deinem Mund?«

Klara zuckte die Achseln. »Sie haben mich nicht mal angehört. Von Probediktat oder so ganz zu schweigen.«

»Typisch«, stellte Elke fest und setzte sich auf einen der Frisierstühle. »Und nu?«

»Nu hab ich was anderes!«, sagte Klara und lachte. »Und ihr glaubt nicht, was und wo.«

»Dann spann uns mal nich so lange auf die Folter!«, forderte sie Rena auf.

»Tut mir leid«, sagte Klara. »Ein klein wenig müsst ihr noch warten. Die Geschichte gibt's erst drüben im Alsterpavillon. Bei einem Glas Sekt und Schnittchen.«

»Ha!«, rief Elke. »Da warte ich gerne. Ich hole nur meinen Mantel.« Und weg war sie. Rena musterte Klara nachdenklich. »Du hast es ja wohl faustdick hinter den Ohren.«

\* \* \*

Der Alsterpavillon war gedrängt voll. Wer in Hamburg auf sich hielt, ließ es sich hier bei Kaffee und Kuchen oder gegen Abend auch mal bei einem Glas Wein gut gehen. Bisher war Klara noch nie als Gast in diesem Lokal gewesen. Gearbeitet hatte sie aber schon hier – vor allem im Sommer, wenn die Terrasse vor Gästen nur so wimmelte und man nach jungen Frauen suchte, die dem Haus einen gewissen Charme verliehen. Klara hatte die Arbeit gemocht. Gut bezahlt gewesen war sie außerdem – weniger des Lohnes wegen, der war eher mickrig hier. Vielmehr weil man gutes Trinkgeld machen konnte, wenn man sich nicht allzu dumm anstellte und nicht faul war.

»Soso«, sagte Rena. »Das ist also dein Stammlokal?«

Klara winkte ab und steuerte auf einen freien Tisch zu. »Schön wär's. Aber wer weiß, vielleicht wird es das ja noch.« Sie nickte Herrn Fröhlich zu, den sie aus ihrer Zeit als Aushilfskellnerin kannte. »Moin, Monsieur!«, rief sie. »Geht es gut?«

»Ging nie besser, Fräulein Klara. Sie sind heute zu Gast? Oder wollen Sie uns ein paar Bewerberinnen vorstellen?« Er nickte zu den beiden Begleiterinnen hin.

»Ne, ne, Herr Fröhlich. Das sind Freundinnen von mir. Die lad ich heute ein.« Wie das klang! Freundinnen. Als hätte sie die beiden nicht erst vorgestern kennengelernt. Aber irgendwie fühlten sich Elke und Rena trotzdem schon so an – und sie verhielten sich ja auch so. Als wären sie alte Bekannte, als wäre man schon miteinander durch dick und dünn gegangen. So jemanden hatte Klara noch nie kennengelernt. Eigentlich waren die Hanseaten ja eher zugeknöpft. Distanziert, wie man so sagte.

»Ach, was gibt es denn zu feiern?«, fragte der Kellner neugierig und zückte seinen kleinen Block, auf dem er sich die Bestellungen notierte.

»Hab meine erste richtige Arbeitsstelle ergattert«, berichtete Klara stolz.

»Da gratulier ich mal! Donnerwetter. Man denkt, Sie gehen noch zur Schule.«

Klara lachte. »So ähnlich fühlt es sich auch noch an.«

»Und wo arbeiten Sie dann jetzt, wenn man fragen darf?«

»Ich arbeite für die *Claire*«, antwortete Klara und stellte überrascht fest, dass das dem Kellner offenbar etwas sagte, obwohl er sicher doppelt so alt war wie die Leserinnen der Zeitschrift.

»Respekt, Fräulein Klara. Dann sag ich nur toi, toi, toi für die neue Stelle.«

»Danke, Herr Fröhlich. Bringen Sie uns drei Glas Sekt und ein paar Häppchen?« So etwas hatte sie immer schon mal sagen wollen. Und jetzt war es so weit!

»Mit dem größten Vergnügen, Fräulein Klara.«

Klara wandte sich wieder den Freundinnen zu, die sich inzwischen gesetzt hatten und nun mit offenen Mündern zu ihr blickten.

»Wirklich wahr?«, fragte Elke, die als Erste die Sprache wiedergefunden hatte. »Du bist jetzt Sekretärin bei der *Claire*?«

»Ja und nein«, erwiderte Klara und setzte sich zu ihnen. »Oder vielmehr nein und ja.« Und auf die verwirrten Blicke der beiden jungen Frauen hin erklärte sie: »Ich arbeite für die *Claire*, aber nicht als Sekretärin, sondern als Assistentin des Hausfotografen. Eine Sekretärin haben sie leider nicht gesucht.«

»Leider?«, rief Rena. »Wieso leider? Fotoassistentin, das ist doch tausendmal besser, als den Herren Journalisten die Artikel abzutippen und ihre Diktate aufzunehmen. Mädchen, du hast in der Lotterie gewonnen!«

Klara musste lächeln. »Ehrlich gesagt, so hat sich's auch angefühlt. Also zumindest am Anfang.« Unvermittelt war sie wieder ernst geworden. »Na ja«, murmelte sie. »Man kann nicht alles haben.«

»Hä?«, machte Elke. »Wieso? Was war denn los?«

»Ach«, sagte Klara. »Am Ende muss man dann doch Kaffee kochen und Zigarren holen. Dafür hätte ich gleich hierbleiben und mir die Sekretärinnenschule sparen können.«

Rena legte ihre Hand auf Klaras. »Mädchen«, sagte sie. »Denkst du, das ist irgendwo anders? Wenn der Herr Bankdirektor auf meinem Stuhl sitzt, dann will er auch bedient werden. Und der Herr Major erst recht.«

»Und die Frau vom Herrn Major genauso«, stimmte Elke zu. »Die lässt sich sogar noch ihr anderes Paar Schuhe von zu Hause holen, damit sie sie bei der Anprobe mit denen vergleichen kann, die sie anhatte.«

»Ja, schon ...«, sagte Klara leise. »Trotzdem ...«

»Nun warte mal ab, Klärchen«, stellte Rena fest und warf einen enthusiastischen Blick auf das Tablett, das Herr Fröhlich vor sie hinstellte. »Mit der Zeit wird das bestimmt besser. Die Neuen müssen immer erst durch eine harte Schule. Meine Güte, sieht das aber köstlich aus!«

Tatsächlich hatte das, was Herr Fröhlich ihnen servierte, wenig mit dem üblichen Teller zu tun, den man bekam, wenn man »Häppchen« bestellte. Während das sonst ein paar Scheibchen Brot mit verschiedener Wurst und Käse waren, hatte er jetzt noch ein Schälchen mit Crackern dazugestellt, Silberzwiebelchen, Gewürzgürkchen und Salzgebäck.

»Herr Fröhlich«, flüsterte Klara dem ehemaligen Kollegen zu. »Ich bin nicht sicher, ob das im Rahmen meiner Möglichkeiten ist.«

»Lassen Sie das mal meine Sorge sein, Fräulein Klara«, entgegnete der Kellner. »Und feiern Sie schön mit Ihren reizenden Begleiterinnen.«

»Tja, dann zum Wohl«, sagte Klara und griff nach ihrem Sektglas.

»Auf Klärchen!«, stellte Rena klar und hob ihr Glas.

»Ja«, stimmte Elke zu. »Auf unsere Fotografin!«

Und dann klirrten die Gläser, und Klara spürte auf einmal eine große Dankbarkeit. Innerhalb von zwei Tagen hatte sie neue Freundinnen gefunden, eine Arbeit, für die sie nicht nur einigermaßen anständig bezahlt wurde, sondern die auch einen gewissen Glanz versprach, und jetzt zeigte sich auch Herr Fröhlich fürsorglich und ihr zugetan. Klara hätte gerne laut gejubelt. Elke hatte schon recht, wenn sie es immer wieder sagte: Unsereins muss zusammenhalten. An diesem Abend begriff sie, was damit wirklich gemeint war. Denn ohne Elkes und Renas selbstverständliche Loyalität säßen sie jetzt nicht hier. Darüber, was ihre Mutter von der neuen Stelle halten würde, wollte sie lieber nicht weiter nachdenken. Eine Arbeit im Fotostudio, das war nicht nur längst nicht so seriös wie die Tätigkeit einer Sekretärin, man lernte vor allem nicht die richtigen Heiratskandidaten kennen. Klara schauderte kurz, bevor sie wieder in die lachenden Gesichter ihrer Freundinnen blickte und erneut ihr Glas hob.

※ ※ ※

# 5.

*Die Räumlichkeiten des Frisch Verlags* waren beeindruckend! Das ganze fünfte und das sechste Stockwerk des Gebäudes waren von Frisch belegt, dazu das Fotostudio und die Lagerräume im Keller und – wie Klara beiläufig erfuhr – eine großflächige Dachterrasse, auf der im Sommer gelegentlich die Konferenzen abgehalten wurden, wenn nicht gerade Hans-Herbert Curtius dort Hof hielt und die Größen des Hamburger Wirtschafts- und Kulturlebens oder der Politik empfing. »Und im Juli hatten wir dort ein sensationelles Fest«, erzählte Vicki Voss, als Klara sie an einem ihrer ersten Arbeitstage auf dem Flur traf. »Zeit für ein Käffchen?«

»Ich weiß nicht …«

»Wenn ihr nicht gerade auf Termin arbeitet, passt das schon«, bestimmte die Empfangsdame und winkte Klara, mit ihr zu kommen.

»Und der Empfang?«

»Den hat die Beeske übernommen, bis ich wieder da bin.«

Die Beeske war eine stets verdrießlich dreinblickende Frau mittleren Alters, die scheinbar nur ein Kleid zu besitzen schien: grau, kaum tailliert, mit langen Ärmeln und zehn Zentimeter übers Knie. In dem Aufzug hätte sie auch gut Klostervorsteherin sein können. »Fehlt nur die Haube«, hatte Vicki Voss gewitzelt, nachdem sie Klara der Frau vorgestellt hatte. »Heilig ist ein Schatz«, sagte sie nun. »Der nörgelt nicht nur nicht, wenn Sie mal nicht da sind, der stellt sich sogar vor Sie, das können Sie mir glauben.«

»Dann muss er wirklich ein besonderer Mensch sein.« Klara

bekam immer noch Herzklopfen, wenn sie all diese gut angezogenen Leute sah, die bei Frisch arbeiteten, und wenn sie spürte, wie in den Redaktionsräumen die Luft vibrierte.

»Und? Haben Sie sich schon eingelebt?«

»Ehrlich gesagt ...« Klara zögerte. Tja, was sollte sie sagen? Dass sie eigentlich nicht in dieser Liga spielte? Dass sie alles hier bewunderte, aber immer noch nicht wirklich glauben konnte, nun hier arbeiten zu dürfen?

»Was?«

»Ehrlich gesagt fühl ich mich noch ziemlich fremd und, na ja, ziemlich doof.«

Vicki Voss lachte. »Das geht am Anfang allen so. So ein Verlag ist eben was Beeindruckendes. Warten Sie mal ab, bis Sie den Lieben Gott persönlich kennengelernt haben.«

»Der scheint nicht oft da zu sein«, meinte Klara.

»Für den gibt es Wichtigeres. Die Peitsche schwingt für ihn hier Köster. Manchmal auch Kraske als Chef vom Dienst. Curtius muss repräsentieren und neue Trends sammeln. Der treibt sich lieber auf Ausstellungen, Empfängen und Preisverleihungen herum, als hier zu sitzen. Für den sind das hier die Niederungen des Alltags.«

»Verstehe«, sagte Klara und staunte. Bei all diesen eleganten Menschen, bei dermaßen aufregender Arbeit und unter so privilegierten Umständen von Niederungen zu sprechen, das schien ihr kaum möglich – und es schien ihr falsch.

In der Teeküche standen Helga aus der Dokumentation und Ellen, die als Curtius' Sekretärin im Haus so etwas wie eine Sonderstellung genoss. Die beiden schäkerten mit einem ziemlich jungen, ziemlich lässig gekleideten Mann, der kurz über die Schulter blickte, als Klara und die Empfangsdame eintraten, die Augenbrauen hob und dann anerkennend pfiff.

»Ich hoffe, das galt mir«, sagte Vicki Voss und stellte sich dazu.

»Das galt euch beiden, Vicki«, widersprach der junge Mann, der statt eines Schlips eine Fliege trug, und zwar eine bunt gemusterte, sein Sakko über der Schulter und eine Zigarette im Mundwinkel hängen hatte. »Machst du uns bekannt?«

»Das ist Klara Paulsen. Sie ist neu und arbeitet seit vorgestern als Assistentin für Herrn Hertig.« Sie deutete auf den jungen Mann: »Und das ist Gregor Blümchen. Er ist Juniorredakteur bei der *Claire*.«

»Freut mich, Sie kennenzulernen, Herr Blümchen«, sagte Klara, woraufhin die drei anderen Frauen loskicherten.

»Blum«, sagte er. »Fräulein Voss macht gerne ihre Scherze auf meine Kosten«, erklärte der junge Mann, ohne Anstalten zu machen, ihr die Hand zu reichen. »Deshalb werde ich sie auch als Erste entlassen, wenn ich Chefredakteur bin.«

»Das sollten Sie nicht, Herr Blum«, erwiderte Klara zu ihrer eigenen Überraschung. »Frau Voss ist doch die Seele des Verlags!«

Nun war es der Juniorredakteur, der lachte. »Na, die hast du dir aber gleich richtig erzogen, Vicki«, sagte er und seufzte. »Schade, Fräulein Paulsen. Ich werde Sie gleich mit entlassen müssen.«


»Was für ein unverschämter Mensch«, stellte Klara leise fest, als sie nach einem schnellen Kaffee wieder zurück zum Empfang gingen. »Ist er immer so frech?«

»Muss was Pathologisches sein«, sagte Vicki Voss. »Aber eigentlich ist er ganz in Ordnung. Denken Sie bloß nicht, dass man hier mit jedem Mann so sprechen kann wie mit ihm! Das kann böse ins Auge gehen.«

Klara zuckte die Achseln. »Ich glaube, ich könnte nicht mal mit ihm so sprechen.«

»Ach.« Die Empfangsdame winkte ab. »Das ergibt sich früher oder später, ob man will oder nicht.« Sie blieb stehen und sah

Klara ernst ins Gesicht. »Aber das mit dem Chefredakteur, das glaube ich ihm sogar. In der ganzen Redaktion gibt es keinen Gewitzteren als ihn. Allerdings auch keinen, der bei den Kollegen so aneckt.«

»Jedenfalls danke ich Ihnen, dass Sie mich ein wenig herumgeführt haben, Frau Voss«, sagte Klara, noch ganz befangen von all den Eindrücken. »Das wird mir helfen, mich schneller zurechtzufinden.«

»Genau das war der Plan. Sie werden sich hier gut einleben, Klara, das spüre ich«, erklärte Vicki Voss und winkte zum Abschied, ehe sie sich wieder hinter ihren Empfang setzte und Klara den Aufzug holte, um nach unten zu fahren.

※ ※ ※

Hertig stand im Dunkelraum und betrachtete die Bilder, die Klara vorhin aufgehängt hatte. »Was sind das für Aufnahmen?«, fragte er. »Die kenne ich überhaupt nicht.«

»Das ist eine Freundin von mir, Herr Hertig. Ich zahle selbstverständlich das Fotopapier. Hoffentlich ist es in Ordnung, dass ich die Abzüge vorhin nebenher gemacht habe?« Und zur Sicherheit schob sie hinterher: »In meiner Pause. Bevor ich Ihnen einen Kaffee holen gegangen bin.« Damit stellte sie die Tasse vor ihn hin und setzte eine Unschuldsmiene auf. Natürlich ärgerte sie sich. Sie hatte schlicht vergessen, die Bilder abzuhängen, ehe Hertig wieder in die Dunkelkammer ging.

Hertig winkte ab. »Vergessen Sie das Fotopapier. Wir verbrauchen davon so viel, der halbe Bogen fällt doch gar nicht auf.« Er musterte Klara. »Haben Sie die gemacht?«

»Ähm, ja, die stammen von mir.«

»Mit was für einer Kamera? Rollei?«

»Ja, mit der Rolleiflex vier mal vier.«

»Film 127«, stellte Hertig fest. »Wie kriegt man damit solche Aufnahmen hin?«

»Das Licht«, erklärte Klara. »Wir hatten dieses eisige Licht. Und ein bisschen Glück.«

»Mit dem f/2,8-Objektiv?«

»Soweit ich weiß, gibt es dafür kein anderes«, entgegnete Klara.

Hertig griff gedankenverloren zu seinem Kaffee. »Sie kennen sich wirklich aus, was?« Er schritt die Fotos ab, blieb vor jedem stehen, nippte an seinem Kaffee und betrachtete es, nickte und ging weiter. Es waren nur vier Aufnahmen, jede ein bisschen anders – und Elke sah tatsächlich auf jeder aus wie ein Mannequin. »Will sie sich damit bewerben?«, fragte Hertig unvermittelt.

»Bewerben?«

»Das sind schon ziemlich gute Aufnahmen für die Kartei einer Vermittlung für Modelle.«

»Wirklich? Das freut mich, Herr Hertig! Dass Sie das sagen, ist eine Auszeichnung.«

»Na ja«, erklärte der Fotograf und lachte. »Man muss kein Genie sein, um das zu erkennen.«

»Tja, dann danke. Und: Ich werd's meiner Freundin sagen. Vielleicht macht sie's ja wirklich. Sich als Mannequin bewerben, meine ich.«

Klara nahm die Bilder ab und legte sie vorsichtig in eine Mappe, die sie mitgebracht hatte, wobei sie jeweils ein Blatt Japanpapier dazwischen packte, damit die Fotos nicht zusammenklebten. Sonst wäre alles ruiniert worden. Sie war Herrn Buschheuer so dankbar, dass er ihr alles übers Fotografieren, übers Filmeentwickeln, über die Arbeit in einem Fotoatelier beigebracht und ihr so oft etwas geliehen hatte, womit sie ihre Kenntnisse hatte vertiefen und ihre Fertigkeiten hatte verbessern können. Auch die Mappe hatte sie von ihm.

»Wieso zeigen Sie die Bilder nicht einem der Redakteure oben?«, schlug Hertig vor. »Vielleicht kann man sie dort brauchen.«

»Meinen Sie wirklich?«

»Probieren kostet nichts«, meinte der Fotograf. »Aber sagen Sie besser nicht, dass Sie die Aufnahmen gemacht haben. Die Herren tun sich mit so was immer wieder schwer.«

Mit so was. Er hatte es nicht ausgesprochen, aber Klara hatte es auch so verstanden: Frauen waren in dienenden oder schmückenden Funktionen besser gelitten als in bedeutenden. Sie gehörten vor die Kamera, nicht dahinter. Ein Fotograf mochte ein angesehener Kollege sein. Eine Fotográfin, wie Elke es so schön genannt hatte, war schlicht ein Ding der Unmöglichkeit. Daran würde auch Klara nichts ändern. Und sie wollte auch nichts daran ändern. Die Stelle, die sie ergattert hatte, war ihr viel zu wichtig, um sie durch irgendwelche unangemessenen Ansprüche aufs Spiel zu setzen.

※ ※ ※

Kraske würdigte die Bilder kaum eines Blickes und warf die Mappe einfach auf einen Haufen mit anderen Abzügen, die darauf warteten, verwendet zu werden – oder auch nicht. Am liebsten hätte Klara die Bilder wieder mitgenommen. Aber dann hätte sie erklären müssen, dass es Privataufnahmen waren und vor allem weshalb sie sie mitgebracht hatte. Also verließ sie Kraskes Büro und lief zu ihrem Ärger auch noch Gregor Blum direkt in die Arme.

»Hoppla!«, rief der und versuchte gar nicht erst, sie nicht zu packen, als müsste er sie vor dem sicheren Sturz in den Abgrund bewahren. »Wohin so schnell?«

»Waren Sie bis jetzt in der Teeküche?«, fragte Klara, ohne sich anmerken zu lassen, wie peinlich ihr die Situation war.

»Was dagegen?«

»Wenn ich Ihr Chef wäre, würde ich mehr Arbeit von Ihnen

erwarten«, sagte sie. »Und weniger Klönschnack mit den Damen des Hauses.«

»Den Damen des Hauses!«, rief Blum und lachte. »Ihnen ist aber schon klar, dass wir hier nicht auf St. Pauli sind?«

Vielleicht errötete Klara bei dieser Anzüglichkeit, vielleicht fühlte es sich auch bloß so an, jedenfalls wäre sie am liebsten im Erdboden versunken. Zugleich wollte sie um nichts in der Welt diesem Witzbold das letzte Wort überlassen. Irgendwie hatte Vicki Voss sie offenbar angesteckt. Denn mutiger, als sie sich fühlte, sagte sie: »Ich bin mir nicht sicher, ob Sie das so ganz verstanden haben.« Und spürte ihr Herz pochen.

»Oha! Mamsell haben Haare auf den Zähnen«, sagte Blum grinsend, während er sich durchs etwas zu lange Haar fuhr. »Und forsch ist sie auch. Da muss sich Frau Hertig vorsehen, dass Sie ihr nicht den Gatten ausspannen, was? Das gefällt mir. Sagen wir: Um sieben vor dem Krüger's?«

»Bitte?«

»Und ziehen Sie sich was Schickes an! Ich will mich ja nicht mit Ihnen schämen müssen!«

Klara schnappte nach Luft. »Sie denken doch nicht …« Nein, so würde sie sich nicht ausführen lassen. Wobei ihr klar war, dass es der Herr Jungredakteur zweifellos mehr aufs *Ver*führen abgesehen hatte. »Sie werden sich jemand anderen suchen müssen, Herr Blum«, erklärte sie. »Ich bin heute schon verabredet. Mit meinem Verlobten.« Den es nicht gab.

»Oh, Fräulein sind schon versprochen!«, stellte er süffisant fest und musterte sie, als könnte er an irgendeiner Äußerlichkeit erkennen, ob dem wirklich so wäre. »Dann grüßen Sie Ihren Glückspilz von mir. Und setzen Sie mich auf die Liste.«

»Die Liste?«

»Der Thronfolger. Lang kann das nicht gut gehen.« Er rückte

seine Fliege zurecht, die bisher den Blick auf den geöffneten obersten Hemdknopf freigegeben hatte.

»Und wieso bitte?« Vielleicht war sie vorhin ein wenig errötet, aber jetzt musste sie ohne jeden Zweifel einen hochroten Kopf tragen. Nicht aus Scham, sondern vor Empörung. Was bildete sich dieser Kerl überhaupt ein!

»Ohne Verlobungsring?«, sagte Blum. »Nein, Klara, der Gute spielt nicht in Ihrer Liga. Eine Frau wie Sie muss man doch auf Händen tragen.«

»Ach, und Sie würden das vermutlich tun, ja?«

»Aber ganz gewiss!«, rief Blum lachend und ging davon. »Probieren Sie es aus!«

Was definitiv das Letzte sein würde, was sie in diesem Leben tat.

✳ ✳ ✳

Falls sie sich wirklich jemals um sieben am Abend verabreden würde, egal mit wem, würde sie erst einmal eine Möglichkeit finden müssen, zu dieser Zeit aus dem Verlag zu kommen. Es stellte sich nämlich schon an den allerersten Tagen heraus, dass die Redaktion wie ein Bienenstock war: Unablässig herrschte ein Kommen und Gehen, immerzu wurden Anweisungen über die Flure gerufen, ständig war irgendwo irgendeine Konferenz, permanent hieß es »Können Sie bitte das noch erledigen, Fräulein Klara« oder »Hier, sehen Sie zu, dass das schnell geht, ja?«. Auf die Idee, dass es ein Leben außerhalb des Verlags geben könnte, schien niemand zu kommen. So, wie die obersten Chefs praktisch keinerlei Anwesenheitspflichten zu haben schienen, hieß es für die unteren Ränge, am besten rund um die Uhr zu arbeiten. Nur Vicki Voss konnte um 17 Uhr Feierabend machen.

»Sie gehen schon?«, fragte Klara zum wiederholten Mal erstaunt, als sie die Empfangsdame am Aufzug traf.

»Ab fünf Uhr am Nachmittag gibt es keinen Publikumsverkehr mehr«, erklärte sie. »Da muss auch der Empfang nicht mehr besetzt sein.«

»Sie Glückliche!«

Vicki Voss überlegte kurz und schlug dann vor: »Wissen Sie was? Kommen Sie doch einfach mit mir mit.«

»Aber ich wüsste nicht …« Klara war sich unsicher, was die Empfangschefin von ihr erwartete. Sollte das ein Test sein, ob sie ihre Arbeit leichtfertig verließ?

»Doch, doch, doch! Ich brauche Sie für einen wichtigen Auftrag.« Vicki Voss streifte sich die Handschuhe über und sah dabei fast aus wie eine Schauspielerin in einem Hollywoodfilm, elegant, souverän und ein bisschen gefährlich – was vielleicht auch an dem mutwilligen Lächeln lag, das sie aufgesetzt hatte.

»Wirklich?« Einmal mehr kam Klara sich unendlich naiv vor.

»Mädchen, sind Sie immer so naiv?«, fragte die Empfangschefin prompt. »Nun machen Sie schon! Holen Sie Ihren schicken blauen Mantel, und treffen Sie mich unten vor dem Haupteingang. Ich gebe Köster rasch Bescheid.« Vicki Voss zupfte sich noch einmal die Handschuhe von den Fingern und marschierte zurück zum Empfang. Klara hörte gerade noch, wie sie sagte: »Ja, wir müssen einige Sachen für Herrn Curtius besorgen. Frau Paulsen hilft mir dabei … Frau Paulsen. Die neue Assistentin von Herrn Hertig. … Natürlich. Wird gemacht, Chef. Ach: Und brauchen Sie selber vielleicht auch noch etwas? … Gerne! Den schottischen, gut. Ich werde sehen, was ich machen kann …« Dann schloss sich die Aufzugtür hinter ihr, und sie fuhr hinunter in den Keller, um ihren Mantel zu holen.

Vicki Voss wartete schon vor dem Haus, als sie nach draußen kam. »Puh, ich dachte schon, ich erfriere hier, bis Sie endlich da sind.«

»Tut mir leid, Frau Voss, ich …«

»Vicki. Bei uns im Verlag sind wir nicht so förmlich. Na ja, einige von uns.« Die Empfangschefin musterte Klara. »Und ich schätze, Sie gehören nicht zu den streng Konservativen, oder?«

Klara lachte. »Nein, ich denke auch nicht. Also: Vicki.« Dass sie damit nicht gleich Freundschaft geschlossen hatten, war klar. Aber allein, die Empfangschefin beim Vornamen nennen zu dürfen, fühlte sich besonders an, so, als würde Klara jetzt wirklich dazugehören, als sei sie ein Teil der großen Verlagsfamilie – falls es so etwas gab. »Und wo gehen wir hin?«

»Mönckebergstraße«, erklärte Vicki. »Heute ist Einkaufen!«

\* \* \*

## 6.

**Immer noch waren auf der Mönckebergstraße** nicht so viele Menschen unterwegs wie normalerweise. Wer nicht draußen sein musste, blieb in diesen Tagen lieber in der schützenden Wärme der eigenen Wohnung oder der Arbeitsstelle. Trotzdem war die Straße natürlich eine der belebtesten von ganz Hamburg. Längst war nichts mehr zu erkennen von den Verwüstungen des Krieges, und auch die dunklen Winkel des Schwarzmarkts waren verschwunden – und sei es nur in die Büros und Kontore. Klara liebte diese Flaniermeile. Wenn es nach ihr ging, war »die Mönckeberg« die schönste Straße der Welt, und Peek & Cloppenburg und all die anderen feinen Adressen hier waren die schönsten Geschäfte, die es gab. Monatelang hatte sie gespart, um sich ihren Mantel leisten zu können. Und von dem Geld, das sie noch nicht für die Sekretärinnenschule und für diese Anschaffung ausgegeben hatte, wollte sie sich praktische und trotzdem schicke Schuhe leisten – und vom ersten Gehalt ein neues Kleid! »Und was sollen wir ihm mitbringen?«, fragte Klara neugierig.

»Köster? Der hätte gerne eine Flasche Whisky. Schottischen natürlich. Die Herren zeigen gerne Lebensart.«

»Ach. Ich dachte an Herrn Curtius.«

»Wieso? Der hat doch gar nichts gesagt.«

»Aber ich dachte …«

»Ha! Wenn Sie mal ein bisschen länger da sind, haben Sie das auch raus, wie man sich früher Feierabend verschafft oder sonst etwas, das einem wichtig ist. So ein Unternehmen ist wie eine große Gesellschaft von Kartenspielern. Jeder trickst, und jeder schummelt. Und wer nicht mitschummelt, verliert.«

»Verstehe«, sagte Klara. Es war also bei Frisch nicht anders als im alltäglichen Leben. Tricksen und Schummeln, das hatte sie gelernt, und zwar von der Pieke auf. Jahrelang war sie »die Kleine vom Schwarzmarkt« gewesen, das unauffällige Mädchen, das überall durchkam, wenn die Herren in den Mänteln gefilzt wurden, ob nun am Hauptbahnhof oder am Millerntorplatz. Mit einigen der Schwarzmarktgrößen war sie »gut im Geschäft« gewesen, was gerade in der härtesten Zeit, als ihre Mutter keine Arbeit finden konnte, wertvoll gewesen war. Aber natürlich blieb es letztlich bei kleinem Geld. Mehr konnte ein Kind von elf, zwölf Jahren nicht erwarten. Und wenn sie mal wirklich von einem Kontrolleur der Military Police gefilzt worden und aufgeflogen war, dann hatte sie ihn mit ihren großen, dunklen Augen angesehen und erzählt, wie dankbar sie war, dass ihr jemand etwas geschenkt hatte. Wer das gewesen war? Ein Mann. Wo? Da hinten irgendwo. Oder nein, dort. Oder vielleicht doch da? …

Sie kamen vor Wolsdorff zu stehen, einem beeindruckenden Tabakwarengeschäft, in dessen Auslage neben Zigarren aller nur erdenklichen Größen und Ursprünge noch allerlei edles Zubehör zu bestaunen war. Der Laden erfreute sich bei den Tommys großer Beliebtheit, aber längst gab es auch wieder genügend Einheimische, die es sich leisten konnten, nach dem Mittag- oder Abendessen den halben Wochenlohn eines Hafenarbeiters in die Luft zu blasen. Und es gab die Jungs, die sich an den Schaufensterscheiben die Nasen plattdrückten. »Na, ihr Dreikäsehoch!«, frotzelte Vicki Voss die Burschen, die vielleicht elf oder zwölf Jahre alt waren, »wenn euch der Herr Papa hier entdeckt, zieht er euch den Hosenboden stramm!«

Die Jungen guckten zuerst erschrocken, befanden dann aber offenbar, dass sie sich von einer fremden Frau nichts sagen zu lassen brauchten, und zuckten nur die Achseln, um sogleich weiter zu fachsimpeln. »Die Kubanischen sind die Besten«, erklärte einer im Brustton der Überzeugung.

»Die Amerikanischen sind die Besten!«, hielt ein anderer dagegen. Der Dritte schüttelte nur den Kopf. »Die besten sind Schweizer Ware, das weiß doch jeder.«

Woraufhin die beiden Ersteren lachten. »Schweizer Ware! Denkste, die bauen da Tabak an?«

»Das müssen die gar nich«, erklärte der Dritte. »Die kaufen sich das Beste vom Besten einfach von überallher.«

Darüber schienen die beiden anderen nachdenken zu müssen. Vicki stieß Klara mit dem Ellbogen. »Kommen Sie, lassen Sie uns reingehen, sonst frieren wir hier noch fest.« Sie hakte Klara unter und zog sie nach drinnen.

Die Luft im Laden roch nach Tabak. Aber nicht so, wie Klara es von ihren diversen Stellen als Aushilfskellnerin kannte, sondern anders. Ernster. Seriöser. Fast, als stünde man in einer alten Kirche.

»Guten Tag, die Damen!«, rief ein Mann aus, dem etwas Soigniertes anhaftete, und eilte um die Ladentheke herum auf sie zu. »Was darf ich denn für Sie tun?«

»Einen schönen guten Abend«, erwiderte Vicki Voss und sah sich in einer vollendeten Drehung im Raum um. »Wir bräuchten eine Kiste Zigarren. Zwanzig Stück.«

»Zwanzig Stück, sehr wohl«, sagte der Mann, dessen Anzug ein wenig zu groß und ein wenig zu sehr aus der Mode, im Übrigen aber natürlich tadellos war, und nickte eifrig. »Da hätte ich hier die Villiger im Angebot …« Er wandte sich zu einem Tisch, auf dem ein Sortiment von Zigarrenkisten präsentiert war. »Sehr beliebt und …« Vicki Voss winkte ab. »Aber nein, tut mir leid. Villiger kommen ganz und gar nicht in Betracht.«

»Ach? Woran hätten die Damen denn so gedacht?« Er gab sich

keine große Mühe, seine Skepsis zu verbergen, dass die Frauen irgendeinen Hauch von Ahnung hinsichtlich Tabakwaren hatten.

»Gloria Cubana«, erklärte Vicki Voss bestimmt. »Coronas.«

»Oh! Verstehe!« Der Herr im altmodischen Anzug räusperte sich und fragte: »Ich nehme an, die Zigarren wären für den Herrn Gemahl?«

»Spielt das eine Rolle?«

»Nun, in dem Fall wäre es vielleicht sinnvoll, der gnädige Herr würde selbst vorbeikommen. Ich meine nur: Zwanzig Gloria Cubanas, das ist eine nicht ganz unbeträchtliche Investition, wenn Sie verstehen, was ich meine.«

»Das verstehe ich absolut. Ich wüsste nur nicht, was mein Mann damit zu tun haben soll.«

»Tja, also ich denke nur, Sie sollten wissen, dass das eher nicht im üblichen Rahmen eines Haushaltsgeldes ist …«, erklärte der Mann und hob entschuldigend die Arme.

»Das tut nichts zur Sache«, stellte Vicki Voss knapp fest. »Wenn Sie mir jetzt bitte die Zigarren bringen?«

»Ja, also, so leid es mir tut, ich fürchte, wir haben gerade keine Gloria Cubanas im Hause.«

Klara konnte deutlich sehen, wie es in Vicki Voss zu kochen begann. »Schade«, mischte sie sich deshalb schnell ein. »Wir hätten so gerne einen Artikel über Sie im Hanseaten gebracht.« Der Verkäufer blickte sie mit allen Anzeichen deutlicher Verunsicherung an. »Bitte?«

»Ja, wir sind ja im Auftrag der Redaktion hier. Frisch Verlag, Voss. Es geht um die ersten Adressen Hamburgs. Da dachten wir, wir machen einen Testeinkauf, ehe wir einen unserer Reporter zu Ihnen schicken. Und dann natürlich auch den Fotografen.«

»Oh! Das dürfen Sie gerne tun.« Auf einmal war der Mann wie ausgewechselt. »Sehen Sie, ein besonderes Haus zeichnet sich ja gerade dadurch aus, dass es das Unmögliche möglich macht, nicht wahr?«

»Sie meinen so etwas wie eine bestimmte Zigarrensorte zu liefern, obwohl es sie gar nicht hat?«

»Absolut, gnädige Frau! Absolut! Und wenn ich sage, wir haben die Gloria Cubana nicht im Haus, so heißt das ja nicht, dass wir sie nicht am Lager hätten!« Seine Wangen waren vor Eilfertigkeit gerötet. Da fiel ihm etwas ein: »Darf ich Ihnen vielleicht für die Umstände, die Sie haben, ein Päckchen LUX anbieten? Die elegante Zigarette für die Dame von Welt?« Er blickte zu Klara. »Und Ihnen natürlich auch?«

»Sehr gerne«, stellte Vicki Voss trocken fest und nickte gnädig. »Aber was machen wir denn nun mit den Zigarren?«

»Es wäre uns eine Ehre, sie noch heute in die Redaktion zu liefern. Gerne zu Ihren Händen, Frau ...«

»Voss, Viktoria. Ja, das wäre allerdings das Mindeste, was wir erwarten.«

»Die Zigaretten können Sie uns gerne gleich mitgeben«, bestimmte Klara, damit dieses Detail nicht am Ende vergessen würde.

»Aber selbstverständlich, gnädiges Fräulein. Ja, also, wenn ich sonst noch etwas tun kann ... Sie müssen wissen, wir führen das größte und exquisiteste Sortiment in ganz Hamburg, ach was: vermutlich in der ganzen Republik! Inzwischen liefern wir sogar wieder an die Königshöfe in ...«

»Für uns genügt es völlig, wenn Sie an den Baumwall liefern«, sagte Vicki Voss und zückte ein Kärtchen aus ihrer Handtasche. »Wie gesagt, gerne zu meinen Händen.«

Keine Minute später waren sie wieder vor der Tür.

»Holla!«, rief Vicki Voss. »Von Ihnen kann ich ja noch was lernen, Fräulein!«

»Ich sag ja, Tricksen und Schummeln hab ich gelernt.«

Die Freundin zwinkerte ihr zu. »Ich sehe schon, Sie werden es weit bringen.«

✳ ✳ ✳

Nun, da sie wusste, dass es bald Lohn geben würde, konnte sie ihr restliches Erspartes angreifen. Deshalb war sie, während Vicki Voss noch für ein Paar Strümpfe zu Peek & Cloppenburg gegangen war, nebenan in die Konditorei Schwarz gehuscht und hatte für ihre Mutter eine Schachtel Pralinen gekauft: Nougat und Marzipan, wie Hannelore Paulsen sie so gerne mochte. Auch wenn Klara wusste, dass sie die Mutter mit der Stelle, die sie angenommen hatte, enttäuschte, hoffte sie doch, ihr durch kleine Annehmlichkeiten und vor allem durch die mit dem Gehalt gewonnene Sicherheit ein wenig Auftrieb zu geben. Der Gedanke, dass ihre Mutter sich buchstäblich krankgearbeitet hatte, um sie alleine durchzubringen, quälte Klara, und sie hatte zunehmend das Gefühl, es ihr schuldig zu sein, etwas aus ihrem Leben zu machen – wenn auch vielleicht nicht genau das, was der Mutter so vorschwebte.

Auf dem Nachhauseweg durch das abendliche Hamburg lief sie durch die Alsterarkaden, blieb ein wenig vor der Buchhandlung Jud stehen und studierte interessiert die Neuerscheinungen – es gab jetzt jedes Jahr mehr neue Bücher. Ein gewaltiges Werk trug den Titel »Die Dämonen«, gleich zwei Gründe, vor dem Roman Ehrfurcht zu haben – ganz abgesehen davon, dass der Autor einen unmöglichen Namen hatte: Heimito von Doderer. Klara konnte sich kaum vorstellen, dass jemand wirklich so hieß, außer vielleicht ein Mitarbeiter von Frisch. Da hätte es einige gegeben, denen sie einen so abwegigen Namen gegeben hätte. Ein Roman eines gewissen Ilja Ehrenburg trug den Titel »Tauwetter«. Das hätte man sich dieser Tage in der Hansestadt wahrlich gewünscht! Ein Buch behauptete: »Und die Bibel hat doch recht«. Von Thomas Mann lagen »Die

Bekenntnisse des Hochstaplers Felix Krull« im Schaufenster. Wirklich neugierig wurde Klara aber, als sie den schmalen Roman einer französischen Schriftstellerin mit dem Titel »Bonjour tristesse« entdeckte. Man musste kein Französisch beherrschen, um das zu verstehen. Kurzentschlossen trat sie ein – gerade noch rechtzeitig, ehe die Buchhändlerin mit dem Schlüssel an der Tür war, um zuzusperren. »Wir haben leider schon geschlossen«, verkündete die Frau mit schlecht gespieltem Bedauern.

»Oh! Das tut mir leid. Mir schien, die Tür wäre noch offen.«

»Das war sie auch. Aber Sie sehen ja, ich halte den Schlüssel schon in der Hand.«

Klara ließ in theatralischer Geste die Schultern hängen. »Wie schade! Ich hätte so gerne noch rasch dieses kleine Büchlein aus ihrer Auslage gekauft.«

»Wir öffnen morgen um acht Uhr wieder.«

»Da bin ich schon auf dem Schiff. Nach Uruguay. Zu meinen Eltern. Und ich habe nichts zu lesen für die lange Reise.« Klara seufzte aus tiefster Brust. »Sagan«, sagte Klara schnell. »Bonjour ...«

»... tristesse. Ein fabelhafter Roman! Ach, kommen Sie rasch nach drinnen, dann machen wir das noch schnell. Ich muss nur zusperren, damit nicht noch andere Kunden auftauchen.«

»Ach, das ist aber reizend von Ihnen«, hauchte Klara und betrat den Laden, der sie sogleich mit einem ganz besonderen Zauber umfing. Nicht, dass sie nicht schon vorher hier gewesen wäre. Aber für Bücher hatte bisher das Geld gefehlt. Und Kundinnen, die im Laden lasen, waren in keiner Buchhandlung gern gesehen.

»Nach Uruguay«, sagte die Buchhändlerin und musterte Klara. »Da sind Sie sicher schon aufgeregt.«

»Ich kann seit Tagen nicht schlafen«, flunkerte Klara. »Ich war ja noch nie da.«

»Ha!«, lachte die Buchhändlerin. »Das gilt für die meisten.« Sie nahm das Buch aus dem Schaufenster und stellte fest: »Das wird aber nicht lange halten, wenn Sie so lange auf Reisen sind.«

»Hätten Sie denn noch eine Empfehlung für mich?«

»Tja, was interessiert Sie denn sonst so?«

»Ich weiß nicht«, sagte Klara. »Am liebsten sind mir Geschichten, in denen interessante Menschen vorkommen.«

Die Buchhändlerin musterte Klara, schien zu einem Ergebnis zu kommen und holte aus einem der zahlreichen Regale ein dickeres Buch. »Vielleicht mögen Sie es damit probieren?«

»›Menschen im Hotel‹?«

»Sehr unterhaltsam und trotzdem intelligent!«

»Das klingt wie ein Buch für mich. – Und die Autorin heißt wie eine gute Freundin von mir! Wenn das kein Zeichen ist …« Und so erstand Klara gleich zwei Romane auf ihrem Nachhauseweg, einen von einer jungen französischen Autorin namens Françoise Sagan und einen von einer legendären deutschen Schriftstellerin namens Vicki Baum.

Den Rest der Strecke lief sie am Neuen Wall entlang bis zur Stadthaus- und dann zur Michaelisbrücke, wo sie noch rasch ein paar Eierbriketts bei Kohlen-Streich am Fleet kaufte, ehe sie schließlich ziemlich durchgefroren die Treppe hinauf ging, um die Wohnung einmal mehr dunkel und kalt vorzufinden.

✳ ✳ ✳

Hannelore Paulsen lag auf ihrem Bett, die Decke bis unters Kinn gezogen. Sie jammerte leise vor sich hin, ohne zu bemerken, dass ihre Tochter das Zimmer betreten hatte.

»Mama?«, sagte Klara und trat näher. Sie streckte die Hand aus und erschrak. »Du bist ja ganz heiß!«

»Klara?«

»Mama, was ist denn los?« In so schlechtem Zustand hatte sie ihre Mutter noch nie gesehen. Klara spürte, wie ihr ganz bang wurde.

»Ach, das wird schon Kind. Ich bin nur ein ... nur ein bisschen müde.« Ein trockener, harter Husten entrang sich ihrer Brust. »Lass mich ... Lass mich nur ein bisschen schlafen.«

»Du hast Fieber, Mama.« Sie musste sich dringend um ihre Mutter kümmern! Die letzten Tage war es immer nur um sie gegangen. Um das Vorstellungsgespräch, um die Arbeit, um ihre Garderobe, um ihr Auftreten ... Dabei hatte ihre Mutter doch erkennbar mehr gekränkelt als sonst.

Hannelore Paulsen schüttelte nur matt den Kopf. »Ich habe nichts. Ich bin ... nur ein bisschen erschöpft, Kind.«

»Ich mache dir Wickel!«

Die Mutter hob schwach die Hand unter der Decke und seufzte: »Ach. Mach nur das Licht aus, Klara. Dann kann ich besser schlafen.«

»Mama, das Licht ist aus. Das bisschen hier kommt aus der Küche!«

»Dann mach die Tür zu, ja?«

Mit bangem Herzen verließ Klara das Schlafzimmer der Mutter und schürte den Herd. Sie setzte etwas Wasser auf, um es handwarm zu machen, faltete ein paar Küchentücher und tränkte sie mit dem Wasser, wrang sie wieder aus und ging dann zurück zu ihrer Mutter, die inzwischen in einen unruhigen Schlaf gefallen war. Ihr Nachthemd war schweißnass. Rasch holte Klara ihr eigenes und wechselte die beiden Kleidungsstücke aus. Das durchgeschwitzte der Mutter würde sie gleich in der Spüle waschen und zum Trocknen auf die Leine über dem Herd hängen. Sie wickelte die feuchten Tücher um die Waden ihrer Mutter und zog sich dann erst selber aus. Denn bisher hatte sie weder ihren Mantel abgelegt noch die Schuhe abgestreift.

Langsam wurde es warm in der Küche, Klara jedoch fröstelte, wenn sie an den Zustand ihrer Mutter dachte. Warum war es so plötzlich so viel schlechter geworden? Sie brauchten einen Arzt! Auch wenn für den jetzt wieder das Geld fehlte. Denn als einfache Zugehfrau hatte ihre Mutter keine Krankenversicherung, so wie sie jetzt. Und Klara selbst hatte ihr erstes Gehalt noch nicht bekommen.

Erschöpft und niedergeschlagen saß sie in der Küche und fragte sich, warum nicht einfach einmal alles gut gehen konnte. Sie hatte einen Beruf, sie verdiente Geld, endlich! Sie hatte neue Freunde gewonnen, erlebte eine aufregende Zeit im Verlag und außerhalb, konnte es sich sogar leisten, ihrer Mutter ein paar Pralinen und sich selbst Bücher zu kaufen – und dann fand sie Mama sterbenskrank auf dem Bett vor. Warum? Hatte sich denn alles gegen ein bisschen Glück für die Paulsens verschworen? So sehr wünschte Klara sich, dass die Mutter sich unbefangen freuen konnte, weil es jetzt bald alles leichter werden würde in ihrer beider Leben. Sie würden sich nicht mehr Sorgen machen müssen, ob sie die nächste Miete bezahlen konnten, sie würden nie mehr hungrig zu Bett gehen, weil es zum Abendbrot bloß die kärglichen Reste vom Vortag gegeben hatte. Vielleicht würden sie sogar einmal einen Ausflug machen können! Mit dem Bus an die Nordsee fahren oder wenigstens ins Alte Land!

Klara atmete tief durch und versuchte, ihren Optimismus wiederzufinden. Mama würde ja wieder gesund werden, und dann konnten sie genau das tun. Auch würde sie mit ihr schick essen gehen! Bei den Alsterarkaden vielleicht, das würde Mama gefallen, auch wenn sie sicher schimpfen würde, dass es viel zu teuer war. Aber irgendwann musste ein Mensch es sich doch auch einmal gut gehen lassen dürfen, oder?

Müde und erschöpft ging Klara hinüber ins andere Zimmer,

knipste das kleine Nachtlicht an und schlug eines ihrer neuen Bücher auf, um am Krankenbett zu wachen. »Menschen im Hotel«, murmelte sie. Gab es nicht auch einen Film, der so hieß? Jedenfalls war sie neugierig und auch dankbar für die Ablenkung, die der Roman bot. Außerdem würde er sie davor bewahren einzuschlafen. Denn ein bisschen Ruhe würde sie sich erst gönnen, wenn die Temperatur ihrer Mutter wieder gefallen war.

* * *

Über Nacht hatte Klara mit mehrfachem Wechsel der Wadenwickel das Fieber senken können. Geschlafen hatte sie nicht. Völlig übermüdet machte sie Tee und Zwieback zum Frühstück und weckte dann ihre Mutter, die erst in den Morgenstunden in einen ruhigeren Schlaf gelangt war. »Können wir noch ein bisschen miteinander am Tisch sitzen, ehe ich zur Arbeit gehe?«, fragte sie.

Hannelore Paulsen nickte, sagte: »Natürlich, mein Mädchen«, hustete heftig, stieg mühsam aus dem Bett und ließ sich von Klara in den Hausmantel helfen. Auf dem Küchentisch stand nicht nur das karge Frühstück, sondern auch die Pralinenschachtel. »Was ist das denn?«

»Die sind für dich, Mama!«

»Konfiserie Schwarz? Am Neuen Wall?«

»Pralinen.«

»Aber Kind, wir haben doch kein Geld für Konfekt!«

»Jetzt schon, Mama. Ich hab unten bei Streich auch noch ein paar Kohlen besorgt, damit wir es wieder warm haben. Ab jetzt verdiene ich doch regelmäßig. Da macht es nichts, wenn ich meine letzten Märker für was Nutzliches ausgebe.«

Die Mutter seufzte, wie sie in den letzten Tagen schon so oft geseufzt hatte. »Ja, du verdienst. Als Hilfsfotografin.«

»Mama! Es ist gut bezahlt! Und ich kann es.«

Kopfschüttelnd hielt Hannelore Paulsen ihrer Tochter die Teetasse hin und ließ sich einschenken. »Das ist keine Arbeit für eine gelernte Sekretärin. Das hast du schon als Schülerin gemacht. Und bei einem namhaften Fotografen!«

»Jetzt mache ich es für einen namhaften Verlag, Mama.«

»Ich weiß nicht. Was die alles herausgeben …«

»Der Hanseat und Haushalt heute, das sind doch sehr seriöse Zeitschriften!« Klara goss sich selbst ein und angelte eine Scheibe Zwieback aus der Packung.

»Sie haben aber auch diese schrecklichen Modehefte.«

»Du meinst die *Claire*? Die ist nicht schrecklich! Du liest sie doch selber gerne.« Klara hatte ihrer Mutter am zweiten Tag zwei Exemplare aus der Redaktion mitgebracht, die aktuelle Ausgabe und die davor.

»Frau Brehmer sagt, man würde nur auf unanständige Gedanken gebracht«, erklärte Hannelore Paulsen.

»Frau Brehmer?«

»Ich habe ihr davon erzählt. Sie fand es gar nicht richtig, dass du jetzt in einem solchen Etablissement arbeitest«, beharrte Hannelore Paulsen und blickte missbilligend auf ihre Tochter, als wäre sie die neue Mata Hari.

Einen Augenblick lang war Klara sprachlos. »Mama!«, rief sie dann. »Ich arbeite für einen der führenden Verlage von Hamburg! Darauf kann ich stolz sein! Und du solltest das auch.«

»Als Hilfsfotografin.«

»Als rechte Hand des Studiochefs. Wir haben nämlich ein eigenes Fotostudio im Haus, und das ist dreimal so groß wie das ganze Atelier Buschheuer!« Was maßlos übertrieben war, aber darum ging es jetzt schließlich nicht.

»Als rechte Hand des Direktors wäre mir lieber, Kind«, wusste Hannelore Paulsen das letzte Wort über das Gespräch zu haben.

Denn Klara verzichtete darauf, ihr weiter erklären zu wollen, was doch für jeden vernünftigen Menschen offensichtlich sein musste: Sie hatte einen Traumjob ergattert! Wenn ihre Mutter das nicht verstand, dann sicher nicht, weil sie nicht konnte – sondern weil sie es nicht verstehen wollte. Und weil sie davon träumte, dass sich ihre Tochter besagten »Herrn Direktor« angeln würde.

»Trotzdem musst du jetzt los zu deiner Arbeit.«

»Aber Mama, ich kann dich doch jetzt nicht alleine lassen!«

»Ach was. Mir geht es wieder gut. Das war nur ein … das war nichts. Mach mich nicht kränker, als ich bin.« Hannelore Paulsen stand auf und räumte wie zum Beweis dafür, dass sie in bester Verfassung war, in der Küche herum und versuchte zu vermeiden, viel zu husten.

»Meinst du wirklich?«, fragte Klara zweifelnd. »Und du? Was wirst du heute machen?«

»Na was wohl? Ich werde mich nach einer neuen Putzstelle umsehen. Ich habe gehört, dass sie jetzt auch im Atlantic Hotel wieder Leute suchen.«

»Im Atlantic! Das wäre fein«, gab Klara zu. »Aber vielleicht muss es ja nicht ausgerechnet als Putzfrau sein?«

»Als Portier werden sie mich kaum einstellen.« Hannelore Paulsen schüttelte den Kopf, als könne sie so viel Unverstand kaum nachvollziehen. Sie war eine starke Frau, die als junges Mädchen mit ihrer Mutter aus Helgoland gekommen war, damals, als die Insel während des Ersten Weltkriegs zum ersten Mal evakuiert worden war. Klaras Großmutter war dort Köchin in einem Hotel gewesen. Später hatte Hannelore einen entfernten Vetter geheiratet, sodass auf eigentümliche Weise der Familienname auch für die weibliche Linie erhalten geblieben war. Nur der Mann, der war nicht geblieben. Den hatte der Krieg mit sich gerissen. Klara hatte nur noch vage Erinnerungen an ihren Vater.

»Also gut«, sagte sie. »Dann mache ich mich jetzt fertig und gehe. Aber ich versuche, etwas früher nach Hause zu kommen.«

»Komm, wenn deine Arbeit getan ist.«

Ja, dieses Arbeitsethos, das hatten eindeutig die Paulsen-Frauen einander vererbt. Harte Zeiten erforderten harte Frauen: hart gegen sich selbst und hart im Nehmen. Klara fragte sich, ob sie irgendwann auch so werden würde. Das hieß, nein, eigentlich fragte sie es sich nicht, sondern hatte sich schon oft vorgenommen, dass sie genau so nicht werden wollte. Sie wollte das Leben genießen und sich nicht von den Umständen diktieren lassen, was sie zu tun und zu lassen hatte.

Wenn sich nur das Leben an die Vorsätze hielte, die man sich machte.

※ ※ ※

Völlig gerädert von der durchwachten Nacht trat Klara ins Freie und lief über die Michaelisbrücke hinüber zum Alsterfleet. Es war ein kleiner Umweg, aber sie liebte diesen Weg, weil es hier einen Mann gab, der sich gerne mit seinem Leierkasten aufstellte und für die Passanten spielte, um ein paar Groschen zu verdienen, oft auch schon früh am Morgen.

An diesem Tag war er allerdings nicht da, weshalb Klara ohne die Melodie eines seiner Shantys im Ohr Richtung Baumwall abbog. Immerhin: Über Nacht war es endlich deutlich wärmer geworden. Es war, als atmete die ganze Stadt auf. Die eisige Luft tat nicht mehr in der Lunge weh, schon von fern waren die Rauchfahnen der Schiffe erkennbar, die jetzt wieder weitgehend ungehindert die Elbe befuhren. Vermutlich würde es bald wieder regnen, und alle würden nicht mehr über die bittere Kälte schimpfen, sondern nur noch über das typische Schietwetter. Klara musste grinsen, als sie darüber nachdachte. Sie liebte ihre Stadt. Sie liebte das wiederauferstandene Hamburg, in dem reges Treiben herrschte, in dem schon wieder an jeder Ecke Geschäfte gemacht wurden, in dem die Unternehmen sich in Großbauten übertrafen und dabei so taten, als wären sie ganz bescheiden, weil sie sie nicht dekorierten wie im letzten Jahrhundert. Sie liebte den Witz der Hanseaten, ihre Spötteleien und ihre Fähigkeit, sich über sich selbst lustig zu machen. Genau genommen liebte sie ihr Leben, seit sie bei Frisch begonnen hatte. Denn auf einmal sah es ganz anders aus als bisher: so, als wäre sie mittendrin. Als würde sie selbst mitspielen in diesem großen Rummel, den Hamburg darstellte mit seinem Hafen, seinen feinen Geschäften, seinen unzähligen neuen Firmen und den alteingesessenen, mit seinen Kaufhäusern, Kinos und Theatern. Ja, genau genommen war es doch alles ein einziges großes Theaterstück, das hier gegeben wurde. Und mittendrin in diesem Stück gab es jetzt auch eine kleine Rolle für sie. Nicht, dass jemandem, der von außen darauf blicken würde, ihre Anwesenheit besonders auffiele – aber ganz sicher würde es schon sehr bald auffallen, wenn sie fehlte. Denn um ein solches gewaltiges Uhrwerk in Gang zu halten, brauchte es zwar mächtige Bauteile und enorme Kräfte. Es brauchte aber auch die unzähligen kleinen Rädchen, die sich mitdrehten. Und eines davon war sie. Klara Paulsen von der Michaelisbrücke.

\* \* \*

# 7.

*Doch schon am Abend verließ* sie der Mut wieder, als sie nach Hause kam und die Mutter in einem elenden Zustand vorfand. Hannelore Paulsen war kaum ansprechbar. Sie wirkte wie eine Greisin, dabei war sie doch kaum fünfzig Jahre alt! Schockiert erkannte Klara, dass sie mit kalten Wickeln nicht genügend ausrichten konnte, um der Krankheit Herr zu werden. Das war nicht bloß eine schwere Erkältung, es war schlimmer. Und das machte Klara Angst. Sie verließ die Wohnung wieder, kaum dass sie sie betreten und ihrer Mutter ein paar Schlucke Wasser eingeflößt hatte. Jetzt musste ein Arzt her, und zwar schnell. Inzwischen graute ihr davor, eine weitere Nacht am Bett der Mutter zu verbringen, zu fühlen, wie sie glühte, zu sehen, wie die Lebensgeister sie im Stich zu lassen drohten.

Auf der anderen Seite des Platzes an der Michaelisbrücke gab es einen Arzt, Doktor Höttgens. Ihn hatte Hannelore Paulsen gerufen, als Klara vor etlichen Jahren an den Masern erkrankt war. Inzwischen mochte er auch schon alt sein, womöglich gar nicht mehr praktizieren. Aber sonst kannte Klara keinen Arzt, sie hatten ja nie einen gebraucht – und sie hätten ihn sich auch kaum leisten können.

Aufs dritte Klingeln hin öffnete eine freundliche ältere Dame.
»Guten Abend, wäre es möglich, Doktor Höttgens zu sprechen?«
»Kommen Sie nur herein«, antwortete die Frau zu Klaras Erleichterung und bat sie, im Flur auf einem Stuhl Platz zu nehmen. Kurz darauf hatte sie den Doktor geholt, der zwar in der Tat gewiss

an die siebzig Lenze zählen mochte, aber dennoch ein Mann von tadelloser Statur und sehr gepflegtem Äußeren war. »Natürlich erinnere ich mich«, sagte er, nachdem Klara sich vorgestellt hatte. »Ich freue mich, dass es Ihnen gut geht und Sie die harten Jahre wohlbehalten überstanden haben.«

»Das habe ich, Herr Doktor. Aber jetzt geht es meiner Mutter schlecht«, erklärte Klara verzweifelt. »Sehr schlecht sogar. Schon seit einiger Zeit. Es wird immer schlimmer. Ich wollte Sie bitten, einmal zu uns hinüberzuschauen und sie zu untersuchen.« Klara deutete über den Platz. »Wir wohnen ja gleich gegenüber.«

Der Arzt nickte, holte Tasche und Hut und folgte Klara in die Wohnung der Paulsens, wo er sie als Erstes anwies, einmal kräftig und kurz zu lüften. »Stehende Luft ist Gift«, sagte er. »Immer. Zug sollen Sie vermeiden. Aber frische Luft braucht jeder Körper.«

Er holte sein Stethoskop heraus, bat Klara draußen zu warten und untersuchte die Kranke. Ab und zu hörte Klara von ihrem Platz in der Küche aus ein Ächzen, einmal ein heftiges Husten, ansonsten hatte sie keine Ahnung, was vorging.

Als Doktor Höttgens wieder aus dem Zimmer trat, lag ein besorgter Zug auf seinem Gesicht. »Das gefällt mir gar nicht«, sagte er. »Ich mag mich täuschen. Aber wenn es das ist, was ich befürchte, dann muss Ihre Mutter dringend so schnell wie möglich ins Krankenhaus.«

»Was fehlt ihr denn, um Himmels willen?«, wollte Klara wissen.

Er blickte Klara voll tiefem Ernst ins Gesicht und fragte: »Wie lange geht das schon so?«

»Dass sie Fieber hat? Ich weiß nicht. Ein paar Tage? Wissen Sie, meine Mutter sagt immer nichts. Sie …«

»Die Erschöpfung?«

»Oh, das ist nichts Neues. Sie hat sehr hart gearbeitet. Viele Jahre lang. Da ist es natürlich, dass man …«

»Husten? Andere Symptome?«

Klara klappte den Mund auf und wieder zu. Ja, wie lange ging das eigentlich schon so? Wochen? Monate. Genau genommen vielleicht sogar schon Jahre. Sie spürte, wie glühende Scham in ihr aufstieg. Warum hatte sie den Arzt nicht viel früher gerufen? Warum hatte sie nicht besser auf ihre Mutter geachtet? So lange Zeit war es nur um sie gegangen, ihre Ausbildung, ihre Aussichten, ihre Schule, die Karriere, die Frage nach dem richtigen Mann ... und natürlich ums Geld. Das Geld, das nicht vorhanden war.

Der Arzt nickte, als hätte er ihre Gedanken gelesen. Dann seufzte er und erklärte: »Das alte Lied. Die Patienten kommen immer erst, wenn es zu spät ist.«

»Zu spät?« Klara hatte das Gefühl, als würde ihr der Boden unter den Füßen weggezogen. »Zu ... spät?«

»Nun, wir werden sehen. Jedenfalls ist die Situation ernst. Sehr ernst.« Er legte ihr eine Hand auf die Schulter. »Machen Sie sich auf das Schlimmste gefasst.«

Das Schlimmste. Klara schloss die Augen und versuchte, irgendwie vernünftig zu bleiben. »Was kann ich denn jetzt tun?«

»Ich benachrichtige den Sanitätsdienst und werde Ihre Mutter ins Marienkrankenhaus einweisen. Das ist der kürzeste Weg, und sie bekommt dort die beste Versorgung.«

»Ich weiß nicht, ob wir das bezahlen können«, sagte Klara.

»Tja, dazu kann ich nichts sagen. Ich bin mir aber sicher, dass Sie es schrecklich bereuen würden, es nicht zumindest versucht zu haben.«

»Es ... versucht zu haben«, flüsterte Klara, während ihr Blick am Arzt vorbei zur Tür hin ging, hinter der ihre Mutter lag und keuchte. »So schlimm?«

»Schlimmer, Fräulein Paulsen. Die Chancen stehen schlechter als fünfzig-fünfzig. Deutlich schlechter.«

»Aber was ist es denn?«
»Tuberkulose, fürchte ich. Ein schwerer Fall.«

※ ※ ※

Das Marienkrankenhaus lag in St. Georg. Es war ein imposanter, beinahe ein wenig furchteinflößender Bau, dessen zwei mächtige Flügel die Besucher zu verschlingen schienen. Vielleicht lag es auch nur an den dunklen Wolken, die über dem Gebäude hingen und es noch düsterer aussehen ließen. Klara hatte in einem kleinen Blumenladen um die Ecke ein paar rosa Nelken gekauft, um sie der Mutter ans Bett zu stellen. Seit Hannelore Paulsen gestern Abend vom Notdienst abgeholt worden war, machte sie sich nur noch Vorwürfe. Sie hatte kein Auge zugetan und war entsprechend erschöpft, als sie die Stufen zur Pforte hochging und nach dem Zimmer ihrer Mutter fragte.

Der missbilligende Blick der Pförtnerin verfolgte sie wie ein Brandmal auf ihrem Rücken, während sie die Treppe hinaufstieg. Hannelore Paulsen lag im westlichen Trakt, im zweiten Stock, ganz am Ende auf der Isolierstation, natürlich, denn niemand konnte hier einen Tuberkuloseausbruch brauchen. »Achten Sie darauf, ob Sie selbst Symptome zeigen«, hatte Doktor Höttgens noch zu ihr gesagt. »Die Krankheit ist hoch ansteckend. Falls Ihnen etwas auffällt, gehen Sie sofort ins Krankenhaus.«

Ins Krankenhaus. Die Flure waren schier endlos. Es roch nach Kampfer und Lauge. Verdrießlich dreinblickende Schwestern hasteten über die Gänge, immer wieder kam Klara an einem Bett vorbei, in dem ein hoffnungslos wirkender Mensch lag. Aber noch trostloser wirkten die leeren Betten und Tragen, die die Wände säumten.

Hannelore Paulsen wirkte nicht weniger hoffnungslos. Im ersten Moment dachte Klara, die Mutter wäre gar nicht da, als sie das

Zimmer betrat, so verloren lag sie in ihrem Bett, so flach und unscheinbar. »Mama«, flüsterte Klara. »Mama?«

Die Mutter atmete etwas kräftiger, doch sie öffnete nicht die Augen. Es war, als wäre sie bereits ganz weit weg und nur durch ein dünnes, unsichtbares Band noch mit ihrer Tochter verbunden.

»Sie hat es bald überstanden, Kindchen«, sagte eine scheinbar sehr alte Schwester, die Klara zunächst gar nicht bemerkt hatte und die sich um die Patientin nebenan bemühte.

»Sie meinen, es geht ihr bald wieder besser?«, fragte Klara hoffnungsfroh und fürchtete doch die Antwort.

Die Antwort war ein sanfter Blick aus den erfahrenen Augen der Frau, die schon so viele Patientinnen hatte kommen und gehen sehen – zahllose davon auf die letzte Reise. »Nicht mehr lang«, sagte sie leise. »Aber sie leidet jetzt nicht mehr so sehr.«

Und in der Tat sah Hannelore Paulsen friedlicher aus als in den letzten Wochen und Monaten zu Hause. Offensichtlich hatte sie Medizin bekommen, die sie beruhigte, die den Husten eindämmte und sie ruhig schlafen ließ.

»Aber jetzt müssen Sie gehen. Sie dürften eigentlich gar nicht hier sein. Auf dieser Station gibt es keine Besuche.«

Klara nickte und drückte noch einmal die Hand ihrer Mutter. Dann ging sie, ein Glas für die Blumen zu suchen, kehrte nochmals zurück, stellte die Blümchen auf den Nachttisch und verabschiedete sich mit einem kleinen Gebet, das sie als Kind manchmal mit der Mutter gesprochen hatte.

*Müde bin ich, geh zur Ruh,*
*schließe beide Augen zu.*
*Vater, lass die Augen dein*
*über meinem Bette sein!*
*Hab ich Unrecht heut getan,*

*sieh es, lieber Gott, nicht an!*
*Deine Gnad' und Jesu Blut*
*macht ja allen Schaden gut.*
*Alle, die mir sind verwandt,*
*Gott, lass ruh'n in deiner Hand.*
*Alle Menschen, groß und klein,*
*sollen dir befohlen sein.*
*Kranken Herzen sende Ruh,*
*nasse Augen schließe zu.*
*Lass den Mond am Himmel steh'n*
*und die stille Welt beseh'n.*

※ ※ ※

Zwei Tage lang bangte Klara, war kaum in der Lage zu arbeiten und fand keinen Schlaf. Immer wieder stand sie nachts auf und ging hinüber zum Bett der Mutter, das sie nicht verändert hatte, als gäbe es Hoffnung, Hannelore Paulsen könnte jemals wieder darin schlafen. Sie saß Stunden am Fenster und blickte in die Nacht, bis die Dämmerung heraufzog, so traurig, dass sie kaum atmen konnte. Es war ihr so unendlich arg, dass ihre Mutter das Glück nicht mehr mit ihr teilen durfte, sich endlich keine Sorgen mehr um die Zukunft machen zu müssen. Weil endlich regelmäßig Geld ins Haus kam. Und zugleich machte sie sich Sorgen um die Zukunft: Wenn ihre Mutter jetzt starb, würde sie alleine sein. Die Letzte ihrer Familie. Sie blickte sich in der kalten Wohnung um und hatte das Gefühl, als blickten die Decken und Wände missbilligend zurück. Hätte sie doch nur mehr getan, hätte sie sich doch nur mehr um ihre Mutter gesorgt!

Hannelore Paulsen blieb die meiste Zeit in ihrem Dämmerzustand und war nicht ansprechbar. Am zweiten Tag, als Klara wieder an ihrem Krankenbett stand, öffnete sie die Augen. Ihre kraftlose Hand suchte Klaras. »Kind«, flüsterte sie und rang um Luft.

»Mama!« Klara konnte ein Schluchzen nicht unterdrücken. »Ich ... Du wirst wieder gesund. Ganz ... ganz bestimmt.«

Der Blick, mit dem die Mutter sie betrachtete, zeigte Klara, dass sie nicht daran glaubte. Sie wusste es: Ihre Zeit war gekommen. »Kind. Es ... es tut mir leid.«

»Was tut dir leid, Mama?« Klara brachte die Worte kaum über die bebenden Lippen. »Mir tut es leid. Ich ... ich habe nicht gut auf dich geachtet. Es tut mir so leid!«

Aber Hannelore Paulsen schüttelte müde den Kopf und brachte sogar ein kleines Lächeln zustande. »Du warst die beste Tochter, die man haben kann. Ich hätte ...« Sie rang um Atem, schloss kurz die Augen und öffnete sie wieder. »Ich hätte dir so gerne mehr ...« Ein heftiger Hustenanfall erschütterte den mageren Leib. »Versprich mir ... dass du ... ein gutes ... Leben ... ein gutes ...« Sie konnte nicht mehr weitersprechen. Die Schwester, die auf das Husten hin ins Zimmer geeilt war, bat Klara zu gehen. »Ich verspreche es, Mama«, sagte Klara und küsste die kalte, schmale Hand ihrer Mutter.

Am dritten Tag blieb Hannelore Paulsen ohne Bewusstsein. Klara spürte den nachsichtigen Blick der alten Schwester auf sich, lauschte dem schweren Atem ihrer Mutter, rang um Fassung – und ging dann wieder, weil es nichts gab, was sie hätte tun können.

Am vierten Tag betrat sie ein leeres Krankenzimmer. Eine jüngere Schwester war gerade im Begriff, das Bett frisch zu überziehen. Sie blickte auf und fragte freundlich: »Kann ich etwas für Sie tun?«

»Meine Mutter ...«, flüsterte Klara mit Blick auf das Bett.

»Oh«, sagte die Krankenschwester und hielt inne. »Mein Beileid.« Und als Klara nicht imstande war, etwas zu erwidern, trat sie auf sie zu und versicherte ihr: »Es ging ganz friedlich. Sie ist nicht mehr aufgewacht. Jetzt ist sie beim Herrn.«

Beim Herrn, ja. Dort war sie nun wohl. In der gemeinsamen Wohnung würde sie nie mehr sein. So sehr hatte Klara sich gewünscht, dass ihre Mutter endlich auch einmal ein leichteres Leben haben durfte, ein Leben ohne Sorgen. Und nun, da es endlich so weit gewesen wäre, hatte sie sterben müssen.

Klara war nicht in der Lage, etwas zu sagen. Sie nickte nur, versuchte vergeblich, ihre Tränen niederzuringen, und trat nach draußen, dorthin, wo das Leben weiterging, als wäre nichts geschehen. Dorthin, wo niemand sich an Hannelore Paulsen erinnern würde, weil man sich an eine Putzfrau und Witwe eines einfachen Soldaten nicht erinnerte. Denn die Welt war ungerecht. Sie bewunderte manch einen für nichts und scherte sich um andere kein bisschen, egal, wie tapfer sie in ihrem Leben gekämpft hatten.

Erst als sie am Hafen stand, kam Klara wieder aus ihren Gedanken zu sich. Sie war wie von selbst gegangen, hatte nichts und niemanden beachtet und stand nun an jenem merkwürdigen Ort, der den unendlich traurigen Namen »Kehrwieder« trug. Traurig, weil so viele Reisen ohne Wiederkehr blieben.

Und endlich verstand sie die Mutter mit ihrem verzweifelten Wunsch, Klara möge einen Mann finden, eine »gute Partie« machen: Es war Hannelore Paulsens Sorge gewesen, ihre Tochter müsste am Ende ein ebenso unbeachtetes, bedeutungsloses Leben führen wie sie selbst. Ein gutes Leben sollte sie führen, das hatte die Mutter sich von ihr gewünscht. »Das werde ich«, sagte Klara und hoffte, dass ihre Mutter sie hören konnte. »Vielleicht finde ich ja deinen Traummann, der auch meiner ist. Aber ich werde meinen Weg gehen, und zwar so, dass du stolz auf mich sein kannst, Mama. Versprochen.«

\*\*\*

Es war ein unendlich trauriges Begräbnis, vor allem, weil so wenige Menschen anwesend waren. Herr Buschheuer war gekommen, dafür war Klara ihm von Herzen dankbar. Frau Brehmer, die Nachbarin, war da, die zwar jederzeit nur Gehässiges zu Klaras Mutter zu sagen gewusst hatte, nun aber zu ihrer Überraschung der Tränen nicht Herr wurde. Dass ihre alte Mitschülerin Petra, die vor einiger Zeit nach Altona gezogen war, und dass auch Elke gekommen war, hatte Klara mit tiefer Dankbarkeit für die Freundinnen erfüllt. Und als Egon Fröhlich vom Alsterpavillon auftauchte, dem offenbar Elke von dem Todesfall berichtet hatte, brach Klara in lautes Schluchzen aus.

Am Ende mussten sie sie gemeinsam nach Hause bringen, weil Klara kaum laufen konnte, so niedergeschlagen war sie. »Einundfünfzig Jahre«, klagte sie ein ums andere Mal. »Einundfünfzig! Das ist doch kein Alter! Das ist so ungerecht!«

Aber was war schon gerecht auf dieser Welt. Hannelore Paulsen hatte den Krieg überlebt, den Hungerwinter, die harten Jahre nach dem Krieg – und nun war sie gestorben, als die Not endlich vorbei gewesen war und ihre Tochter eine gut bezahlte Arbeit gefunden hatte. Sie hatte die Not überlebt, aber nicht mehr genügend Kräfte gehabt, um auch die guten Zeiten noch zu erleben.

»Sollen wir noch ein bisschen bei dir bleiben?«, schlug Elke vor, und Egon Fröhlich nickte eifrig.

»Ein bisschen vielleicht? Das wäre lieb. Ich … ich habe aber gar nichts zu Hause.«

»Ach Klärchen«, tröstete die Freundin sie. »Darum geht es doch gar nicht. Lass uns einfach ein wenig beisammensitzen und reden. Oder auch nicht reden. Ganz so, wie es dir guttut.«

Elke und Egon Fröhlich blieben bis zum Nachmittag, Petra hatte es übernommen, Tee zu kochen und von irgendwo ein paar Kekse aufzutreiben. Sie blieb auch noch, als die anderen schon gegangen waren. »Ich wusste nicht, dass es deiner Mutter so schlecht geht«, sagte sie. Vielleicht sollte es eine Entschuldigung sein, dass sie sich so lange nicht mehr gemeldet hatte. Doch dann hätte sich auch Klara entschuldigen müssen.

»Dass es so schlimm war, wusste ich auch nicht«, erwiderte Klara und versuchte, sich zu fassen. »Sie hat ... sie hat immer versucht, es runterzuspielen.«

Petra nickte verständnisvoll und griff nach ihrer Hand. Schon in der Schule war sie immer diejenige gewesen, die sich um alle gekümmert hatte. Wenn sie nach der Schule mal mit zu Klara gekommen war, hatte sie immer angeboten, ihrer Mutter zur Hand zu gehen. »Wie geht es dir denn in Altona?«, fragte Klara.

»Ach, mit Paul bin ich wirklich sehr glücklich«, erzählte die alte Freundin. »Er ist ein guter Mann.« Sie hatte ihn geheiratet, ohne sich daran zu stören, dass er von Verbrennungen im Gesicht und womöglich auch anderswo sehr entstellt war. »Nur mit einem Kindchen will es noch nicht klappen.« Sie seufzte.

»Aber Petra, ihr habt ja so viel Zeit.« Und sie waren zu zweit. Anders als Klara. Die war jetzt allein. Fast beneidete sie ihre Freundin, obwohl sie ihr alles Glück der Welt gönnte.

»Und du?«, wollte Petra wissen und versuchte, sie aufmunternd anzulächeln. »Was wirst du jetzt tun? Ich habe gehört, du hast eine Arbeit angenommen!«

»Das stimmt.« Klara erzählte ihr vom Verlag, von den Menschen dort, von den verrückten Zufällen, die dazu geführt hatten, dass sie jetzt dort arbeitete, und vergaß darüber für ein paar Minuten, wie unendlich traurig dieser Tag war. Die Freundin nickte anerkennend und drückte ihre Hand. »Das freut mich für dich«, sagte sie. »Am wichtigsten ist, dass man einen Platz hat. Freunde. Dass man jemanden trifft ...« An Klaras Blick erkannte sie, dass sie offenbar einen wunden Punkt getroffen hatte. »Es tut mir leid«, stotterte Petra. »Ich wollte nicht ...«

»Ach«, erwiderte Klara. »Du kannst ja nichts dafür. Ich weiß ja selber nicht ... Es ist nur: Meiner Mutter war es wahnsinnig wichtig.«

»Dass du einen Mann abkriegst?«

Klara nickte. »Du weißt ja, wie lang sie Witwe war. Und vorher schon alleine mit dem Krieg und der Gefangenschaft. Mein Vater war halt nie da. Ich schätze, sie hat gefürchtet, mir würde es genauso schlecht ergehen, wenn ich ohne Mann bleibe.«

Die Freundin schwieg ein wenig und überlegte, während sie einige Strähnen ihres blonden Haars feststeckte, die sich aus den Nadeln gelöst hatten. »Ich kann sie verstehen«, sagte sie dann. »Aber du möchtest nicht, richtig? Ich kenne dich ja.« Sie sagte es ohne irgendeinen besserwisserischen Ton.

»Na ja, du kennst mich«, bestätigte Klara. »Aber es ist nicht so, dass ich keinen möchte. Ich ... ich möchte nur den Richtigen.«

»Und das ist nicht unbedingt der, den deine Mutter für den Richtigen gehalten hätte.«

»Kann man so sagen.« Klara zuckte mit den Schultern. »Genau genommen, weiß ich einfach nicht, was ich will. Ich will eine Arbeit ...«

»Du hast eine Arbeit.«

»Ja. Aber ich möchte sie auch behalten und nicht aufgeben, wenn der Richtige des Weges kommt. Ich möchte gerne mein eigenes Geld verdienen und eigenständig sein.«

»Du warst schon immer anders als die meisten, Klärchen«, stellte Petra fest. »Aber das hat mir auch immer an dir gefallen. Und weißt du was? Das wird dir auch alles gelingen. Du wirst den Richtigen finden, dein eigenes Geld verdienen und eine eigenständige Frau sein. Wenn es eine wird, dann du! Das weiß ich ganz sicher. Du warst nämlich schon immer was Besonderes.« Der erschrockene Blick, den sie plötzlich zum Fenster warf, bedeutete Klara, dass die Freundin die Zeit vergessen hatte. Tatsächlich dämmerte es längst.

»Du musst gehen«, sagte Klara und stand auf. »Aber ich bin dir so dankbar, dass du noch bei mir geblieben bist, Petra. Das war ganz lieb von dir.«

»Es war das Mindeste, was ich tun konnte«, erwiderte die Freundin und stellte die Teetassen in die Spüle, um sie abzuwaschen. Doch Klara nahm ihr den Schwamm aus der Hand. »Das mache ich schon selber. Ich bin froh, wenn ich was zu tun habe. Dann muss ich nicht so viel nachdenken.«

»Ja. Dann gehe ich jetzt. Mein Paul wird schon zu Hause sein. Ich soll dich übrigens von ihm grüßen und dir auch sein herzliches Beileid ausdrücken, das hatte ich ganz vergessen.«

»Danke. Grüß ihn auch ganz lieb. Vielleicht sehen wir uns bald mal gemeinsam.«

»Ja. Vielleicht.« Aber sie wussten beide, dass das nicht sehr wahrscheinlich war. Denn die Zeiten waren so, dass jeder sein eigenes Leben lebte und alle sich nach der Decke streckten. »Komm uns doch mal in Altona besuchen!«, sagte Petra trotzdem. »Paul würde sicher gerne erfahren, wie es in deinem Verlag so zugeht.« Ihr Mann, das wusste Klara, arbeitete für das Abendblatt. Als Drucker? Als Techniker?

»Ja, das machen wir. Guten Abend, Petra.«

Statt einer Antwort drückte die Freundin Klara fest an ihren üppigen Busen und hielt sie eine Weile ganz fest. »Bis bald, Klärchen«, sagte sie dann und lief rasch die Treppen hinunter, wohl wissend, dass der Schmerz über den Verlust der Mutter ihre Freundin noch lange quälen würde und dass Klara längst weder mit Schuldgefühlen noch mit Selbstzweifeln fertig war.

Es war ein trüber, kühler und windiger Tag in der Hansestadt und eine sternenlose Nacht, wie gemacht für dunkle Gedanken und schwere Herzen.

✳ ✳ ✳

Heinz Hertig griff nach ihren beiden Händen, als sie am nächsten Tag ins Studio kam. »Mein Beileid«, sagte er nur mit leiser Stimme und drückte sie. »Wenn ich irgendetwas tun kann ...«

Klara schüttelte den Kopf. »Da kann niemand etwas tun«, sagte sie mit rauer Stimme. Es rührte sie, dass ihr Vorgesetzter Anteilnahme zeigte und sogar Hilfe anbot. Aber was sollte schon ein Mensch tun, egal, wer es war? Ihre Mutter konnte ihr keiner zurückbringen. Und gegen die Trauer gab es auch keine Medizin – obwohl Klara sie vermutlich gar nicht hätte nehmen wollen, wenn es eine gegeben hätte: Es war das Mindeste, was sie ihrer Mutter schuldig war.

»Soll ich uns einen Tee holen?«, schlug Heinz Hertig vor. »Sie könnten mir ein wenig von ihr erzählen.«

»Das ist sehr nett, Herr Hertig«, entgegnete Klara. »Aber ich glaube, die Arbeit wird mir jetzt guttun.«

»Das kann ich verstehen«, sagte der Fotograf und lächelte ihr noch einmal voller Mitgefühl zu. Dann ließ er ihre Hände los und wandte sich zum Prüftisch, auf dem die jüngsten Aufnahmen für »Haushalt heute« lagen. »Mögen Sie mal für mich überlegen, was sich gut zum Thema ›Die sparsame Hausfrau‹ eignen würde?«

Klara war ihm dankbar, dass er sie nicht weiter drängte, sich mit ihrer Trauer zu beschäftigen. Sie trat zu den Fotos und betrachtete sie. Die Aufnahmen zeigten Frauen im Gemüsegarten hinterm Haus, Töpfe, in denen mutmaßlich Suppen oder Eintöpfe köchelten, Kinder, deren Hosenbünde mit einem keilförmigen Stoffteil weiter gemacht worden waren. Es gab Bilder vom Markt, aus der Waschküche und von Frauen beim Putzen. Seufzend beugte sich Klara über ein Foto, das eine Frau auf Knien zeigte, die den Fußboden wienerte. So musste auch Hannelore Paulsen bei der Arbeit ausgesehen haben. Unwillkürlich schossen ihr Tränen in die Augen. Die Armut. Die Entbehrungen. Die Härten des Lebens. Alles das hatte ihre Mutter lange Jahre durchstehen müssen. Die sparsame

Hausfrau? Im Paulsen'schen Haushalt hatte es nie eine andere gegeben. Und nun war sie tot. Gestorben weit vor der Zeit – und ohne eine Chance, wenigstens ein paar unbeschwerte Jahre erleben zu dürfen! Im Grunde war sie an nichts anderem als an Armut gestorben. Denn die Schwindsucht raffte nicht die Reichen hin, sondern diejenigen, die es auch sonst am härtesten traf im Leben.

»Fräulein Paulsen?«

»Entschuldigung«, krächzte Klara und wischte sich über die Wangen. »Es war nur ... es ist ...«

Heinz Hertig legte ihr väterlich eine Hand auf die Schulter. »Wissen Sie was, Fräulein Paulsen? Heute arbeiten wir beide nicht. Ich nehme Sie jetzt mit zu einem Termin außer Haus.«

Es war ein »Termin« bei Planten un Blomen. »Wir spazieren ein Stückchen«, bestimmte Klaras Chef und schritt doch ganz kräftig mit seinen langen Beinen aus. Klara stolperte hinterher, bis sie sich an das Tempo gewöhnt hatte und dann strammen Schritts neben ihm her marschierte. Der winterliche Park war karg und grau. Seit es geregnet hatte, waren auch keine Kinder mehr hier, die auf ihren Schlitten und Brettern die Hügel hinabrutschten. Stattdessen herrschte tiefe Ruhe in der Anlage. Es dauerte nicht lange, da breitete sich auch in Klara eine Art Ruhe aus. Zu gehen, einfach nur zu gehen, tat gut. Und dass Heinz Hertig auf diesem Spaziergang schwieg, das war ebenfalls wohltuend. Wie ein altes Ehepaar, das sich blind versteht, liefen sie durch den Park, die Hände in die Taschen vergraben, die Mantelkrägen hochgeklappt.

»Stammen Sie eigentlich auch aus Hamburg?«, wollte Klara irgendwann wissen.

»Ich? Stade.«

»Oh. Hübsche Stadt.«

»Ja.«

Dann schwiegen sie wieder. Ein paar Möwen balgten sich um einen Fisch, durch die Wolkendecke brach ein einsamer Sonnenstrahl und brachte den grauen Teich zum Glitzern. Jemand schrie seine Waren aus, mit denen er Geschäfte zu machen hoffte: »Kartoffeln aus dem Lauenburgischen! Kohl aus Lüneburg! Boskop aus dem Alten Land!«

»Haben Sie denn sonst noch Familie?«, fragte Hertig und brachte Klara wieder aus ihren Betrachtungen zurück.

»Leider nein. Mein Vater ist lange tot. Einen kleinen Bruder hatte ich mal, der ist aber nur vier geworden.«

»Das tut mir leid.«

»Ja. Mir auch. Er wäre jetzt zwanzig.«

»Und sonst gibt es niemanden …?«

»Sie meinen …? Nein. Gibt es nicht.«

»Verstehe.«

Ob es einen Mann in ihrem Leben gab. Klara musste an Holger denken. Und natürlich an Wilhelm. Was der eine zu locker gewesen war, war der andere zu seriös gewesen. Es schien einfach keine normalen Männer für Klara zu geben. Holger wäre am liebsten jeden Abend mit ihr über die Reeperbahn gezogen, und sie hatte ihn schon früh im Verdacht gehabt, das auch zu tun, wenn sie nicht dabei war. Wilhelm war so grundsolide gewesen, dass sie sich heute noch fragte, was sie überhaupt an ihm hatte finden können. Zollinspektor. Untere Gehaltsgruppe. Aber mit Aussicht auf Beförderung und Anspruch auf eine Beamtenwohnung. Und mit klaren Zielen: zwei Kinder, Schrebergarten in Eppendorf, Urlaub im Schwarzwald. »Und jeden Sonntag einen leckeren Braten, den mir mein Klärchen macht.« Klara schüttelte den Kopf, wenn sie daran zurückdachte.

»Jetzt würde ich gerne wissen, was Ihnen durch den Kopf geht«, sagte Heinz Hertig, blieb stehen und sah sie neugierig an.

»Ach, ich musste an jemanden denken. Eine alte Geschichte. Zum Glück.«

»Verstehe«, sagte er nochmals. Und Klara fragte sich, ob es wirklich so war, dass manche Menschen einfach genügend Einfühlungsvermögen besaßen, um die Gedanken der anderen zu lesen. Vielleicht war es aber auch nur der Versuch, jemandem elegant die Möglichkeit zu geben zu schweigen. So oder so war Klara ihrem Chef dankbar. Dankbar, dass er sie mit dem Spaziergang abgelenkt hatte, dass er ihr Gesellschaft geleistet und sie mit ihrem Trübsinn nicht allein gelassen hatte und dass er mitfühlend war. »Und Sie?«, fragte sie.

»Ich? Ach, da gibt es nicht viel zu erzählen.« Sein Blick wanderte über den grauen Himmel und hielt am Michel inne, den man von hier aus gut sehen konnte. Mit einem wehmütigen Lächeln zuckte er die Achseln. »Hab noch einen Bruder, der aber nach Lübeck gegangen ist. Architekt. Und eine Schwester in Norderstedt. Aber schon seit Jahren keinen Kontakt mehr zu ihr.« Als wollte er Klaras Frage zuvorkommen, ergänzte er: »Ihr Mann kann mich nicht leiden.« Er lächelte schräg. »Ich ihn auch nicht.« Über die Frage, wie es mit seiner Ehe stand, schwieg er sich aus. Aber was sollte er auch sagen? Ich bin glücklich verheiratet? Oder gar: Ich bin unglücklich verheiratet? Vielleicht war es ihm auch unangenehm, hier mit einer jungen Frau spazieren zu gehen, während zu Hause seine Gattin gerade das Abendessen vorzubereiten begann.

»Und das Fotografieren?«, fragte sie deshalb.

Hertigs Miene verdüsterte sich. »Pressebataillon. Norditalien. Ich denk lieber nicht dran.«

»Kann ich verstehen«, murmelte Klara.

»Immerhin hab ich Curtius auf die Weise kennengelernt.«

»Sie waren mit ihm im Krieg?«

»Im Krieg?« Hertigs Miene spiegelte Belustigung. »Einer wie

Curtius ist nicht im Krieg. Da mag schon Krieg sein und alles. Aber sicher nie für einen wie Curtius. So einer schwimmt jederzeit obenauf. Und wenn's auf Blut und Tränen ist.« Er schüttelte den Kopf. »Vergessen Sie das. Ich will's nicht gesagt haben.«

»Natürlich«, erwiderte Klara und wusste doch, dass sie so etwas niemals würde vergessen können.

Wenig später langten sie wieder am Baumwall an und standen nach wenigen Schritten vor dem Verlagsgebäude. »Bereit?«, fragte Hertig.

»Bereit«, erwiderte Klara. Musste ja auch.

※ ※ ※

Die ersten Tage nach dem Tod der Mutter war es noch so, dass unendlich viel zu regeln war. Klara musste sich um die Formalitäten mit dem Krankenhaus und mit dem Friedhof kümmern. Sie musste zum Nachlassgericht, obwohl es nun einmal ganz und gar keinen »Nachlass« gab. Sie musste dem Vermieter melden, dass ihre Mutter gestorben war, musste bei Hannelore Paulsens letztem Arbeitgeber vorsprechen und um Auszahlung des letzten Teillohns bitten. Sie musste sich ums Grab kümmern – und um die persönlichen Dinge, die ihre Mutter hinterlassen hatte: die Kleider, die Papiere, die Erinnerungsstücke. Viel war es nicht. Doch jedes einzelne Teil zerriss ihr förmlich das Herz, wenn sie es in die Hand nahm und überlegte, ob sie es behalten sollte, ob es weggeworfen werden sollte oder was sie damit anfangen konnte.

In einer Schachtel im Kleiderschrank, ganz unten, ganz hinten vergraben, fand Klara ein Bündel Briefe, die ihre Mutter aufbewahrt hatte. Die Schrift auf den Kuverts war fast verblasst. Mama hatte die Schriftstücke mit einem Bindfaden verschnürt. Klara zögerte erst, ob sie sie überhaupt ansehen durfte. Aber sie einfach wegzuwerfen – wäre das nicht ein viel größeres Vergehen gewesen?

Endlich entschloss sie sich, einen Blick hineinzuwerfen in die Umschläge, nahm vorsichtig den ersten Brief heraus, der offenbar von der Hand ihres Vaters stammte, und entdeckte eine ganz weiche, leidenschaftliche Seite dieser Beziehung zwischen ihren Eltern, an die sie sich selbst nicht erinnern konnte, ja die womöglich nie ein anderer Mensch als nur diese zwei Menschen hatte sehen dürfen. Mit glühenden Worten schrieb Detlev Paulsen seiner Hannelore, verglich sie mit Blumen und mit Melodien, drückte seine Sehnsüchte aus – ein wenig ungelenk vielleicht, aber so ehrlich, dass es Klara beim Lesen das Herz zuschnürte. Sie hatte nicht gewusst, dass zwischen ihren Eltern einst eine so tiefe Liebe bestanden hatte. Sie hatte immer gedacht, die Ehe wäre einfach gewesen, wie fast alle Ehen: praktisch und vernünftig. Das hatte sie doch geglaubt, oder? Obwohl: Wenn sie ehrlich zu sich selbst war, hatte sie das nicht gedacht. Wenn sie ehrlich war, musste sie sich eingestehen, dass sie gar nichts gedacht hatte. Sie hatte sich nie Gedanken darüber gemacht, wie groß die Liebe im Leben ihrer Mutter gewesen war und wie unsäglich groß der Abgrund gewesen sein musste, den der Tod des Vaters in diesem Leben hinterlassen hatte. Erst jetzt, da sie sich so mit dem Tod beschäftigen musste, erkannte sie, wie leicht das Glück verspielt war und wie zerbrechlich es war. Vielleicht hatte ihre Mutter dieser Zerbrechlichkeit wegen vergessen, wie wichtig die Liebe war, und stattdessen immer nur auf eine gute Partie für Klara gehofft, auf einen Mann, der ihre Tochter versorgen konnte und ihr Sicherheit bot. Die Liebe, das hatte Hannelore Paulsen bitter erkennen müssen, schützte eine Frau nicht vor Armut und Einsamkeit, wenn der geliebte Mensch plötzlich nicht mehr da war. Aber eine verlässliche Pension, das war schon etwas anderes. Auch wenn Klara dennoch den Teufel tun und einen Mann nur aus solchen Erwägungen heraus heiraten würde, so empfand sie mit einem Mal ein gewisses Verständnis für diese Seite ihrer Mutter, mit der sie so lange gehadert und über die sie so oft mit ihr gestritten hatte.

\* \* \*

Irgendwann war sie am Tisch über den Briefen des Vaters eingeschlafen, über ihren Tränen. Als sie aufwachte, graute schon der Morgen, und der Rücken tat ihr weh. Ächzend stand Klara vom Küchentisch auf und fröstelte. Das Feuer im Herd war längst erloschen, es war wieder einmal bitterkalt in der Wohnung. Und weil es durchs Küchenfenster zog, spürte Klara es auch im Nacken.

Mit klammen Fingern feuerte sie den Herd an und setzte einen Kessel Wasser auf. Ein starker Tee würde ihr jetzt guttun. Sie sah auf die Uhr. Kurz vor halb acht. Viel Zeit blieb nicht mehr, aber zumindest hatte sie nicht verschlafen.

Aus dem Treppenhaus war Gepolter zu hören. Jemand schimpfte, ein Kind schrie, eine Männerstimme drohte. Klara schüttelte sich. Sie hasste diese Art von Lärm, die doch immer nur ein Zeichen war, dass die Welt im Streit lag. Am Wasserhahn über der Spüle machte sie ihre Katzenwäsche, ehe sie bibbernd in eine frische Bluse schlüpfte. Der Rock war völlig verknittert von der Nacht auf dem Stuhl, den würde sie nicht bei der Arbeit tragen können. Also nahm sie den anderen heraus, der ihr aber seit jeher etwas zu eng war. Die Strümpfe hatten eine Laufmasche: Alles schien sich an diesem Morgen gegen sie zu verschwören. Gleichzeitig spürte sie in einem Winkel ihres Herzens, dass sie nicht unglücklich darüber war, von Herausforderung zu Herausforderung zu stolpern, weil sie das immerhin einige Zeit vom Grübeln abhalten würde. Sie wollte nicht wieder in Trauer und Schuldgefühlen versinken, nicht an diesem Tag. Am liebsten gar nicht mehr – aber das war natürlich eine Illusion.

Dass es an der Tür klopfte, bemerkte sie erst, als jemand zum wiederholten Male – und dabei deutlich heftiger – dagegen pochte. »Moment!« Wer wollte denn um diese Uhrzeit etwas von ihr? Eigentlich konnte es nur jemand von den Nachbarn sein, jemand, der sich beschweren wollte, weil er dachte, sie hätte die Toilette verstopft oder die Treppen nicht geputzt. Aber sie war noch nicht auf der Toilette gewesen, und ihr Putztag war erst wieder am Dienstag. »Ja?«, fragte sie, als sie die Tür öffnete.

Das Gesicht kannte sie, sie wusste nur spontan nicht, woher.

»Fräulein Paulsen«, sagte der Mann. Es war eine Feststellung, keine Frage. Jetzt wusste sie es wieder! »Herr Gruber!«, entgegnete sie. »Guten Morgen!«

»Ja. Danke. Mein Beileid.«

»Danke, Herr Gruber. Es war ein schwerer Schlag.«

»Sie wissen, dass die letzte Miete noch aussteht?« Offenbar hatte der Vermieter nicht die Absicht, ein paar Worte zum Tod ihrer Mutter zu verlieren oder gar ein paar nette Dinge über sie zu sagen.

»Das weiß ich, Herr Gruber«, sagte Klara. »Meine Mutter hat sich sehr gegrämt, dass sie das Geld nicht hatte …«

»Tja, davon kann ich mir nichts kaufen«, erklärte der vierschrötige Mann knapp und blickte über Klaras Schulter. »Sonst jemand da?«

»Aber nein«, erwiderte Klara. »Ich bin ja jetzt allein.«

»Hm. Dann lassen Sie mich mal sehen.« Im nächsten Moment war er über die Schwelle und stand auf dem kurzen Flur. »Kalt hier«, stellte er fest. Dann ging er in die Küche, blickte sich um, wanderte ohne zu fragen weiter ins Schlafzimmer, wo er achtlos am Bett der Mutter vorbeiging und sich ans Fenster stellte. »Prächtige Sicht!«, befand er und nickte anerkennend. »Man sieht fast bis zum Neuen Wall!«

»Herr Gruber«, sagte Klara. »Kann ich Ihnen irgendwas anbieten? Einen Tee vielleicht?«

»Einen Tee?« Der Vermieter wandte sich zu ihr um und musterte sie, als hätte sie ihm einen schlechten Witz erzählt. »Einen Tee.« Er atmete tief durch. »Nein. Danke. Ich wollte mir nur ein Bild machen vom Zustand der Wohnung.«

»Ich hoffe, Sie sind zufrieden?«, fragte Klara besorgt.

»Es geht. Wir werden ein bisschen was tun müssen.«

»Entschuldigung?«

»Renovieren. Und wir reißen die Wand raus.« Er deutete auf die Wand, die den Flur begrenzte.

»Aber Sie können doch nicht die Wand rausreißen!«, protestierte Klara. »Nebenan wohnen Fischers. Die Wand trennt die beiden Wohnungen.«

»Eben«, sagte der Vermieter. »Wir machen eine daraus.« Er griff in seine Jackentasche und holte ein Papier heraus. »Ab April. Hier ist Ihre Kündigung. Familie Fischer weiß auch Bescheid.«

»Meine ... Kündigung?«

»Ich erwarte, dass Sie pünktlich raus sind. Keine Mätzchen. Sonst regeln wir das grob.« Er öffnete die Tür und schüttelte den Kopf. »Die Türen müssen auch raus. Die sind indiskutabel.«

※ ※ ※

Klara stand in der offenen Wohnungstür und blickte dem Vermieter hinterher, der mit schweren Schritten nach unten trampelte. Jedes Poltern schien ihr Innerstes zu erschüttern, während sie um Fassung rang. Er wollte sie rauswerfen? Ohne Diskussion? Ohne »Mätzchen«? Einfach so?

Nebenan entdeckte sie Gerda Fischer aus ihrer Wohnung spähen. »Frau Fischer?«

Die Tür der Nachbarwohnung klappte zu, nur um sich Augenblicke später wieder zu öffnen. »'tschuldigung«, sagte die abgehärmte Frau. »Mir ist noch ganz anders.«

»Mir auch«, pflichtete Klara ihr bei. »Er hat uns beiden gekündigt.«

»Nicht nur uns. Mehreren im Haus.«

»Aber warum?«

»Wir sind ihm nicht mehr gut genug.«

»Er darf uns doch nicht einfach auf die Straße setzen!«, empörte sich Klara.

Gerda Fischer zuckte die Achseln. »Keine Ahnung, ob er das darf. Er tut es einfach. Weil er es kann. Ob er's auch darf, das interessiert doch niemanden.«

»Und was sagt Ihr Mann?«

»Der weiß noch nichts davon. Der ist schon um sechs zur Arbeit. Ich freu mich nicht darauf, wenn ich's ihm sage. Heute Abend.« Sie blickte zu Boden. Klara wusste, dass Horst Fischer öfter die Hand ausrutschte. Wahrscheinlich würde er am Abend seine Frau dafür bestrafen, dass Hartmut Gruber das Schicksal seiner Mieter egal war.

»Klärchen!«, hörte sie eine vertraute, wenn auch wenig beliebte Stimme vom oberen Treppenabsatz. »Ich hab das mit deinem Muttchen gehört! Mensch, das tut mir leid.« Otto Strecker kam die Treppe herunter und stellte sich vor Klara hin, als wollte er sie zum Tanzen auffordern. Frau Fischer verschwand in ihrer Wohnung.

»Danke, Otto«, sagte Klara. »Nett von dir, deine Anteilnahme.«

»Und? Hat er dich auch rausgeworfen, der alte Gruber?«

»Hat er.« Inzwischen hatte sich die Empörung in Klaras Brust zur Wut ausgewachsen. Wäre Hartmut Gruber jetzt noch einmal aufgetaucht, sie hätte ihm die Krallen ins Gesicht geschlagen, so aufgebracht war sie. »Oh, oh!«, befand prompt Otto Strecker. »Da hat jemand ein gefährliches Funkeln in den Augen. Aber weißt du was, Klärchen? Vielleicht kann ich helfen.«

»Du? Mir?« Damit hätte sie am allerwenigsten gerechnet.

»Aber sicher doch! Kennst mich doch.«

Eben, dachte Klara, sagte aber nichts.

»Ich hab eine kleine Wohnung frei, drüben in St. Georg. Die könnte ich dir überlassen.«

»Wirklich?« Nun war sie ehrlich erstaunt. »Wie kannst du eine Wohnung frei haben?«

»Tja, bin eben ein fleißiger Mensch. Und ich finde, Freunde müssen einander helfen, oder?«

Dem ließ sich nicht gut widersprechen. »Aber ich weiß nicht, ob ich sie mir leisten könnte, Otto.«

»Ach, da finden wir sicher eine Lösung, Klärchen«, sagte Otto Strecker. »Lass mich mal ein paar Dinge regeln.«

Klara konnte nicht genau sagen weshalb, aber wirklich wohl fühlte sie sich bei der Vorstellung nicht, dass Otto für sie »ein paar Dinge regeln« könnte.

✶ ✶ ✶

# Hummel-Hummel

*Hamburg, Sommer 1956*

# 1.

»*Fräulein Paulsen? Wir brauchen hier deutlich* länger als geplant.« Heinz Hertig am Telefon klang einigermaßen verzweifelt. »Hören Sie, können Sie für mich bitte die Aufnahmen in der Runde vorstellen?«

»Von den Autos?«

»Ja. Das ist nichts, was lange liegen bleiben kann. Die Geschichte ist jetzt aktuell. Da kann ich nicht nächste Woche mit ankommen.«

»Verstehe«, sagte Klara. »Das übernehme ich gerne.« Auch wenn sie beim bloßen Gedanken daran spontan Herzklopfen bekam. Sie sollte die Bilder präsentieren? Die Assistentin? Vor der versammelten Mannschaft? »Und was soll ich dazu sagen?«

»Ihnen fällt schon was ein, Fräulein Paulsen. Ich weiß doch, dass Sie immer einen flotten Spruch haben.« Es klang so gar nicht ironisch. Nein, Hertig war einfach ein durch und durch freundlicher und ehrlicher Mann, der stets meinte, was er sagte, und sagte, was er meinte. Klara seufzte. »Irgendeine Sortierung?« Klaras Blick wanderte hinüber zur Dunkelkammer, wo einige der Aufnahmen sogar noch auf der Leine hingen.

»Ja, das wäre gut«, gab der Studiochef zu.

»Ja? Und welche?«

»Wissen Sie was, Fräulein Paulsen? Ich verlasse mich da ganz auf Ihr Gespür.«

»Aber …« Gerne hätte Klara noch etwas gesagt, doch aus irgendeinem Grund war die Leitung unterbrochen, und Hertig rief auch nicht noch einmal an. Ein Blick zur Uhr ließ Klaras Puls galoppieren: In zwanzig Minuten würde die Redaktionskonferenz stattfinden, an der diesmal die Redakteure aus allen Ressorts teilnahmen. Es wurden die Themen diskutiert, die Aufgaben verteilt, es gab eine Nachlese zu bereits erschienenen Beiträgen, Kritik, jede Menge Vorschläge, von denen auch diesmal die allermeisten verworfen werden würden, es gab Präsentationen, unter anderem aus der Fotoabteilung, das hieß in dem Fall: aus Hertigs Studio. Und Klara würde die Präsentation übernehmen, obwohl sie erst dreimal die Gelegenheit gehabt hatte, an einer solchen Konferenz teilnehmen zu dürfen.

Die Bildermappe lag noch völlig unsortiert auf dem großen Arbeitstisch. Klara schlug sie auf und betrachtete die Aufnahmen, von denen manche eher Schnappschüsse waren, viele überraschend komisch und einige – typisch Heinz Hertig – geradezu künstlerisch in ihren Kontrasten, ihrem Spiel mit Licht und Perspektive und ihrer Dynamik. Aber davon würde außer ihr kaum jemand Kenntnis nehmen. Die Herren Journalisten waren viel zu sehr mit ihrer eigenen Bedeutung und der ihrer Texte beschäftigt, als dass sie Sinn für die ästhetischen Aspekte der Magazine gehabt hätten, für die sie arbeiteten. Klara holte noch die restlichen Aufnahmen aus der Dunkelkammer und legte sie daneben.

Als sie ein Foto von einer jungen Frau entdeckte, die im schicken Sommerkleid an einem Borgward vorbeiflanierte, kam ihr eine Idee. Und als sie sich weiter durch die Aufnahmen blätterte, nahm die Idee immer verlockendere Züge an. Warum nicht …?

Wenig später stand sie im Aufzug in den fünften Stock, die Mappe unter dem Arm und den Kopf voller verwirrender Überlegungen, was sie sagen sollte. Als sie den Fahrstuhl verließ, begegnete sie Vicki, die an den Lippen eines Mannes zu hängen schien. Er war ein gutes Stück älter als sie, trug Uniform und schien wie der Mittelpunkt der Welt in diesem Raum zu stehen. Wer immer aus den Gängen vorüberkam oder aus einem der beiden anderen Aufzüge trat, grüßte in seine Richtung, während er nur gelegentlich mit einem knappen Nicken oder auch nur einem beiläufigen Blick antwortete. Klara winkte der Freundin und machte sich auf den Weg in den Konferenzraum, wo ihr die rauchgeschwängerte Luft und ein gewaltiger Lärmpegel bereits vor der Tür entgegenschlugen. Hastig suchte sich Klara einen Platz in der linken hinteren Ecke, wo auch Heinz Hertig immer saß, wenn sie ihn begleitete.

»Moin, Frollein!«, grüßte ihr Nachbar, ein Mann mit pomadigem Haar, tabakgelben Fingern und einem goldenen Eckzahn.

»Guten Tag«, grüßte Klara zurück.

»Sicher, dass Sie hierher wollten?«

»Klara Paulsen«, entgegnete sie, statt auf seine Frage zu antworten. »Aus dem Studio. Dem Fotostudio hier im Haus«, ergänzte sie, um einer anzüglichen Bemerkung zuvorzukommen. Denn die Sorte Mann hatte sie hier zur Genüge kennengelernt. »Ich bin heute für Herrn Hertig da.«

»Sieh an! Studiochef müsste man sein«, bemerkte der Mann süffisant. »Ich bin beeindruckt von Hertigs Geschmack. Das hätte ich ihm nicht zugetraut.«

»Und Sie sind?«, fragte Klara, um nicht noch mehr über sich selbst und ihren Vorgesetzten hören zu müssen.

»Ich bin Hennerk Bredemann.« Er musterte sie. »Sagt Ihnen nichts? Chefreporter. Für die ganze Verlagsgruppe.«

»Freut mich sehr, Sie kennenzulernen, Herr Bredemann«, log Klara und schenkte ihm ein gespieltes Lächeln. Dann wandte sie sich rasch zur anderen Seite und grüßte auch dort, um das Gespräch mit Bredemann zu beenden. »Guten Morgen ...«

»Ach! Sie?« Offenbar hatte es der Herrgott an diesem Tag nicht sonderlich gut mit ihr gemeint. Ausgerechnet Gregor Blum mit seiner Fliege, dem betont nachlässigen Auftreten und dem unverschämten Siegerlächeln saß zu ihrer Rechten. »Diesmal ohne Ihren Anstandswauwau?«

»Sie meinen Herrn Hertig?«

Blum lachte. »Ja, den auch. Aber eigentlich dachte ich an die gute Vicki, die offenbar einen Narren an Ihnen gefressen hat. Sie wollte mir nicht mal Ihre Adresse geben!«

»Meine ... Adresse?«

»Für den Notfall«, erklärte Blum.

Das konnte Klara sich leicht vorstellen, welche Art von Notfällen er im Sinn hatte. »Kein Problem«, sagte sie. »Ich schreibe sie Ihnen auf. Darf ich?« Sie griff nach seinem Notizblock und zückte den Bleistift, den sie immer in ihrer Mappe hatte. Ein paar Sekunden später schob sie ihm den Block wieder zu – just in dem Moment, in dem der Lärm im Saal wie auf Kommando zusammenbrach und alle Köpfe sich nach vorne wandten.

Ein Mann um die fünfzig, hochgewachsen, mit vollem dunklem Haar und grauen Schläfen, nahm hinter dem Tisch an der Stirnseite Platz. Zu seinen beiden Seiten setzten sich Köster und Kraske, die wie willfährige Geister wirkten, aber gewiss nicht wie die Halbgötter, als die sie sich sonst immer inszenierten. Etwas hinter ihnen blieb eine außergewöhnlich schöne Frau im blauen Kostüm stehen, die an Block und Stift als seine Sekretärin zu erkennen war.

»Moin, die Herren!«, rief der Neuankömmling in die Runde und ließ seinen Blick schweifen. »Und die Dame«, ergänzte er, als dieser Blick an Klara hängen blieb. Ein amüsiertes Lächeln umspielte seine Mundwinkel. »Dann wollen wir mal.«

Er griff nach den jüngsten Ausgaben der hauseigenen Publikationen und hob das erste Heft in die Höhe. »Unser Hanseat. Macht mir Freude, was die Auflage betrifft. Aber der Inhalt ist ein Trauerspiel. Ich weiß nicht, warum ihn die Leute noch kaufen. Ganz ehrlich: Ich würde mir das Geld sparen. Ich habe den Hanseat ausgiebig studiert und nichts darin gefunden, was ich nicht schon gewusst oder mir selber gedacht hätte. Meine Herrschaften, wenn wir auch morgen noch Zeitschriften machen wollen, müssen wir dafür sorgen, dass die Menschen überrascht werden. Von jeder Ausgabe und am besten von jedem Thema – oder doch zumindest davon, wie ein Thema behandelt wird ...« Klara staunte. Einen Redner, der mit solcher Selbstverständlichkeit seine Sicht der Dinge vortrug, ohne den Hauch eines Zweifels zuzulassen, dass er mit jedem seiner Worte recht hatte, hatte sie noch nie erlebt. Der Mann dort vorne hatte ein geradezu gefährliches Charisma. »Ist das Herr Curtius?«, flüsterte sie Richtung Blum.

»Ach was«, nuschelte der zurück. »Das ist Herr Meier, unser Konferenzfaktotum.«

»Konferenzfaktotum«, murmelte Klara. Ein Wort, das sie noch nie gehört hatte. Fasziniert lauschte sie weiter, während sie gleichzeitig die Teilnehmer der Reihe nach betrachtete. Einige Gesichter kannte sie. Zielick zum Beispiel. Oder Westermann, der die Dokumentation leitete, mit dem hatte sie öfter zu tun. Die meisten waren ihr namentlich noch fremd, auch wenn sie gut darin war, sich Gesichter zu merken. Und dann fiel unvermittelt ihr Name. Sie hüstelte und antwortete: »Ja bitte, Herr Meier?«

Einen Moment lang herrschte Stille, dann war verschiedentlich leises Gelächter zu hören.

»Herr Meier?«, fragte der Herr am Stirnende zurück. »Darf ich fragen, mit wem Sie mich verwechseln?«

»Ähm, mit dem ... Konferenzfaktotum.«

Nun war es der Mann, der in schallendes Gelächter ausbrach. »Das ... das ... Konferenzfaktotum!«, rief er und schlug sich auf die Schenkel. Es dauerte eine Weile, bis er und der Rest des Saales sich beruhigt hatten. Er wischte sich die Tränen aus den Augenwinkeln und klärte sie auf: »Tut mir leid, wenn ich Sie enttäuschen muss. Mein Name ist Curtius.«

Klara schnappte nach Luft. Also doch! Sie blickte zu Blum hin, schluckte und flüsterte: »Der Liebe Gott!«

Sie schien es nicht leise genug geflüstert zu haben, denn der Chefredakteur hüstelte und befand: »Das ist ja sehr schmeichelhaft. Aber wenn die beiden Bezeichnungen zur Auswahl stehen, trifft es die erste wohl doch besser, Frau …«

»Paulsen. Klara. Aus dem …«

»Ich weiß: Aus dem Studio. Also, meines Wissens haben Sie uns etwas mitgebracht?«

»Ja, das habe ich!«, rief Klara, erleichtert darüber, auf etwas anderes zu sprechen kommen zu können. »Es geht um das neue Kennzeichen …«

»Haha«, ertönte es von mehreren Seiten.

»Richtig«, bestätigte Klara. »Wir haben mehrere Fotostrecken dazu gemacht. Herr Hertig würde gerne einige besonders gelungene vorschlagen, um sie im Hanseat zu bringen. Da haben wir ja naturgemäß eine sehr autointeressierte Leserschaft und …«

»Ich bin mir nicht sicher, Fräulein Paulsen, ob Sie mir vorhin zugehört haben«, unterbrach Curtius seine junge Mitarbeiterin. »Aber ich glaube nicht, dass es einen einzigen Leser des Hanseat überrascht, dass es jetzt wieder die alten Hummel-Hummel-Kennzeichen gibt. Bis wir mit dem Heft draußen sind, hat er die nicht nur in der Tagespresse gesehen, sondern vielleicht sogar schon auf der Straße.«

Klara spürte, wie sie rot anlief. Wenn sie eines nicht wollte, dann war es, jetzt ein schlechtes Licht auf ihren Chef fallen zu lassen. Umso dankbarer war sie, dass sie das aus dem Hut zaubern konnte, was Egon Fröhlich im Alsterpavillon immer »Plan B« genannt hatte, wenn etwas Bestelltes nicht zur Hand war. »Ich bin froh, dass Sie das sagen, Herr Doktor Curtius«, erklärte sie. »Deshalb haben wir uns auch noch eine ganz andere Verwendung überlegt.« Sie nahm das Bild mit der Frau im luftigen Sommerkleid heraus, die neben dem Borgward mit dem neuen HH-Kennzeichen zu sehen war. »Die Herren, die den Hanseat lesen, mögen einen Blick für Automobile haben. Wie schick dieses Kleid ist und wie gut es zu dem Wagen passt, das sehen sie vermutlich nicht.« Sie nahm ein weiteres Bild heraus, auf dem eine junge Frau mit Kopftuch und Sonnenbrille in einem Alfa Romeo Cabrio saß, ebenfalls mit dem neuen Nummernschild, und hielt auch dieses hoch. »Sie denken vermutlich auch nicht darüber nach, welche Sonnenbrille man im offenen Wagen braucht und wie man das Kopftuch für solche Fahrten perfekt wickelt, dass es Stil hat und trotzdem nicht wegfliegt. Und hier …« Ein Foto von einem Herrn im hellgrauen Dreiteiler, der seiner Begleiterin die Fahrertür aufhielt. »Ein schönes Beispiel dafür, dass der wahre Gentleman nicht nur sein Herz der Liebsten überlässt, sondern auch sein Auto!« Sie sah, wie Curtius ansetzte, etwas zu erwidern. »Wir dachten, wenn der Hanseat so etwas brächte, das hätte Pfiff.«

Der Chefredakteur überlegte einen Moment, während die restliche Runde neugierig schwieg und verschiedentlich das Klicken von Feuerzeugen zu hören war. »Ja und nein«, sagte Curtius dann.

»Bitte?«

»Ja zu Ihrer Idee für die Geschichte. Das ist genau das, was ich vorhin gemeint habe. Frisch und ein bisschen unorthodox, überraschend und sympathisch. Aber nicht für den Hanseat.«

Klara nickte und steckte die Bilder wieder weg. Einen Versuch war es wert gewesen. Aber man konnte nicht alles haben.

»Sondern für die *Claire*«, hörte sie Curtius sagen. »Wächter? Wir bringen es in Ihrem Blatt«, erklärte der Verleger in Richtung des Chefredakteurs der Frauenzeitschrift. »Titel: Hummel-Hummel? Mors-Mors!« Untertitel: Die elegante Automobilistin.«

Klara hob vorsichtig die Hand.

»Ja?«

»Wenn ich einen Vorschlag machen darf: Die elegante Automobilistin klingt sehr, na ja, altmodisch. Wie wäre es mit: Selbst fährt die Frau!«

※ ※ ※

Als Klara den Konferenzsaal wieder verließ, hatte sie das Gefühl, sich selbst überrumpelt zu haben: Sie hatte tatsächlich einen Vorschlag für eine Bildstrecke in der *Claire* gemacht! Das hieß: eigentlich nicht für die *Claire*. Aber sie hatte ihn gemacht! Und eigentlich auch keine Bildstrecke, sondern einen Artikel, den Curtius nun an einen Autor namens Ungewitter delegiert hatte. Dieser Ungewitter würde also jetzt einen Text schreiben, der zu Klaras Idee passte. Es fühlte sich irgendwie ganz unwirklich an …

»Da haben Sie Herrn Meier ja ganz schön beeindruckt«, hörte sie hinter sich eine Stimme. Als sie sich umwandte, blickte Gregor Blum auf sie herab, als wäre sie ein Sahnebaiser, von dem er sich fragte, ob er es verputzen oder für später aufheben sollte.

»Sie Schuft!«, rief Klara leise, nicht, weil sie ihn beschützen, sondern weil sie sich selbst die Scham ersparen wollte. »Wieso haben Sie mir solchen Unsinn erzählt?«

»Na, was denken Sie wohl?«, fragte Blum und hielt ihr den Block entgegen. Klara Paulsen – Baumwall 7, Hamburg stand da.

»Sie wollten wissen, wo Sie mich erreichen.«

»Ich wollte wissen, wo Sie wohnen!«

»Wieso? Ich finde nicht, dass Sie das was angeht.«

»Tja.« Blum hob in einer hilflosen Geste die Hand. »So geht das. Wer sich störrisch zeigt, zahlt Lehrgeld.« Er grinste. »Aber Sie müssen zugeben, das Konferenzfaktotum war ein brillanter Einfall.«

»Ich gebe zu, dass Sie eine absonderliche Fantasie haben, Herr Blum.«

Er seufzte. »Womit habe ich es nur verdient, so verkannt zu werden?« Er zuckte die Achseln. »Letztlich liegt es nur daran, dass Sie mich noch nicht richtig kennengelernt haben. Deshalb habe ich uns einen Tisch reserviert.«

»Einen Tisch?«

»Im Lido! Heute um zwanzig Uhr. Und wenn Sie nicht alleine hinfahren wollen, müssen Sie mir verraten, wo ich Sie abholen darf.«

Klara lachte. »So einfach stellen Sie sich das vor? Da muss ich Sie leider enttäuschen. Ich habe heute Abend schon eine Verabredung.«

»Ach kommen Sie«, erklärte Blum. »Das ist ja wohl die älteste und lahmste Ausrede, die es gibt. Fällt Ihnen da nichts Besseres ein?«

»Wenn Sie es nicht glauben …«

»Und mit wem soll diese Verabredung sein?«

»Mit mir, Herr Kollege«, tönte eine knorrige Stimme hinter ihm. Blum wandte sich um und hob erstaunt die Augenbrauen. »Herr Bredemann?« Verwirrt blickte er von ihm zu ihr und zurück. »Tja, dann muss ich wohl auf eine andere Gelegenheit hoffen.«

Klara atmete durch. »Das war sehr freundlich von Ihnen, Herr Bredemann«, sagte sie, sobald Blum außer Hörweite war.

»Ach, tun wir gar nicht so, als wüsste ich nicht, was Sie von mir denken. Und wissen Sie was?«, sagte der Chefreporter. »Sie haben mit allem recht. Aber in jedem von uns stecken auch noch ein paar Seiten, die nicht jeder auf Anhieb erkennt.«

»Und Ihre ist …«

Hennerk Bredemann lachte und schüttelte leicht den Kopf. »Das finden Sie schon noch heraus, Fräulein Paulsen.« Er hob die

Hand zum Gruß. »Sehr eindrucksvoller Auftritt übrigens da drinnen«, sagte er, als er schon ein paar Schritte entfernt war. »Und dass Sie Curtius vor die Wahl gestellt haben, das Konferenzfaktotum oder der Liebe Gott zu sein ...« Er lachte. »Konferenzfaktotum! Was für ein köstliches Wort!« Lachte erneut, hustete und verschwand dann kichernd in einem Büro weiter hinten im Flur.

Klara fragte sich, ob ihre Mutter glücklich gewesen wäre, wenn sie einen von diesen Männern als Schwiegersohn angeschleppt hätte. Redakteure bei einem großen Verlag. Schreibende Zunft. Gutes Einkommen, hohes Ansehen, schicke Anzüge ... Nach außen hin mochte das auf Menschen wie Hannelore Paulsen seriös wirken. Aber wenn man sie dann kennenlernte, schienen sie dreist wie Blum oder schillernd wie Bredemann, nur eines nicht: wirklich seriös. Zugleich musste sich Klara heimlich eingestehen, dass sie Gregor Blum witzig fand. Seine spöttische Art und die Fähigkeit zu einer gewissen Respektlosigkeit imponierten ihr. Vielleicht würde sie ja irgendwann doch eine seiner Einladungen annehmen? Und sei es nur, um dahinterzukommen, warum er so anders war als die anderen.

Hastig lief Klara zu den Aufzügen, um wieder hinunterzukommen in ihre Kellerräume, die in Abwesenheit Hertigs verwaist waren – und wo sie zu ihrer Überraschung Vicki Voss vorfand.

»Vicki! Was machst du hier?«

»Entschuldige«, entgegnete die Freundin und schniefte. »Ich wollte ... also eigentlich wollte ich gar nicht ...«

»Was wolltest du? Oder auch nicht?«

»Ich weiß auch nicht. Eigentlich ist es Unsinn, dass ich dich damit belaste.«

»Belaste? Was ist denn los?« So aufgelöst hatte Klara ihre Freundin noch nie gesehen.

»Ach, es geht um Jochen ...«

Bisher war Klara davon ausgegangen, dass es in Vickis Leben

keinen festen Mann gab – auch wenn ihr klar war, dass die Empfangsdame mit der eleganten Garderobe, den lässigen Sprüchen und dem Hang zum Luxus gewiss kein Kind von Traurigkeit war. »Ist das der Mann, den ich vorhin bei dir am Empfang gesehen habe?«

Vicki nickte und schniefte erneut. »Ja. Jochen Stewens. Er ist Kapitän.«

»Deshalb die Uniform. Ich hatte schon überlegt ...« Klara schenkte zwei Tassen Tee aus ihrer Thermoskanne ein und reichte eine der Freundin. »Und? Seid ihr ein Paar?«

Vicki Voss seufzte. »Ja«, sagte sie. »Nein. Ich dachte es.«

»Aber er nicht?«

»Ich schätze, er hat einfach eine andere Vorstellung davon, was es heißt, ein Paar zu sein.« Die Freundin wischte sich über die Augen.

Ohne lange zu überlegen, nahm Klara sie in die Arme. In den letzten Wochen und Monaten war Vicki immer für sie da gewesen, hatte ihr geholfen, wenn sie wieder einmal verloren oder überfordert war mit den Eigenheiten dieses großen, komplizierten Unternehmens, hatte sie unterstützt, wenn die Herren Redakteure sie unterbuttern wollten, hatte ihr beigestanden, wenn die Trauer um ihre Mutter sie wieder übermannt hatte ... Dass ausgerechnet Vicki, die ihr inzwischen eine liebe Freundin geworden war und die sie immer nur stark und kämpferisch erlebt hatte, vor ihren Augen in Tränen ausbrach, rührte Klara sehr. »Es tut mir leid«, sagte sie und überlegte, wie sie sie trösten konnte. Doch dann fiel ihr ein: »Sag mal, musst du nicht oben sein?«

Vicki schüttelte den Kopf. »Ich mache früher Mittag. Gerda hat für mich übernommen.«

»Verstehe. Das ist gut.« Kurz überlegte Klara, dann beschloss sie: »Weißt du was? Dann mache ich jetzt auch Pause, und wir gehen ein bisschen an den Hafen. Dann schüttest du mir dein Herz aus, okay?«

»Du bist ein Engel.« Vicki löste sich dankbar von ihr.

»Ach was, ich habe hier heute nur sturmfrei, da kann ich mir das leisten.« Klara zwinkerte der Freundin aufmunternd zu, schnappte sich ihre Handtasche, schob Vicki nach draußen und sperrte das Studio ab. Wenig später traten sie vor das Haus am Baumwall und blickten über die Straße hinüber zur Elbe. »So ein schöner Tag«, flüsterte Vicki.

»Stimmt. Da darf man nicht traurig sein«, pflichtete Klara ihr bei und hakte sie unter. »Komm, ich kenne die besten Fischbrötchen der Stadt.«

\* \* \*

Tatsächlich saßen sie kurz darauf in einer Bude über den Landungsbrücken und betrachteten die Schiffe, die im glitzernden Wasser vorüberzogen, während sie auf ihre Brötchen warteten. Mit ihren Sonnenbrillen hätte man sie für Touristinnen halten können.

»Nun erzähl mal«, forderte Klara die Freundin auf. »Ich bin ja ehrlich überrascht. Bisher hast du Jochen nie erwähnt. Und gesehen hab ich ihn auch noch nie.«

Die Freundin lächelte ein bisschen wehmütig und holte ein Päckchen Zigaretten aus der Tasche. »Du auch?«

»Ich esse erst mal mein Brötchen.«

»Hast recht. Die Zigarette danach ist immer die beste.«

Beide lachten über diese Doppeldeutigkeit. Immerhin, dachte Klara, sie hat ihren Humor nicht verloren. Vielleicht war es ja doch nicht so schlimm? »Ja, wo fang ich an«, sagte Vicki schließlich, während sich ihr Blick in eine unbestimmte Ferne richtete. »Jochen ist Kapitän, wie ich schon sagte.«

»Auf einem großen Schiff?«

»Nein. Im Gegenteil. Er befehligt eine Jacht.«

Darunter konnte Klara sich nicht viel vorstellen. War nicht stets der Besitzer der Jacht auch automatisch ihr Kapitän? Die Freundin schien den Gedanken zu ahnen, denn sie erklärte: »Es ist eine große Jacht mit zwölf Mann Mannschaft. So richtig was Teures, verstehst du?«

»Verstehe. So was wie die Tina Onassis.« Das legendäre Luxusschiff des reichsten Mannes der Welt, das vor zwei, drei Jahren bei den Howaldtswerken vom Stapel gelaufen war.

Vicki lachte. »Nein, so groß auch wieder nicht. Die ist ja riesig.«

»Und wem gehört diese Jacht?«

»Dem Lieben Gott.«

»Curtius?«

»Curtius persönlich, ja. So haben wir uns auch kennengelernt. Letztes Jahr hat der Chef einige Mitarbeiter zu einem kleinen Törn eingeladen …«

»Und da hast du auch dazugehört?«, staunte Klara.

»Ich? Wo denkst du hin? Eingeladen waren natürlich die wichtigsten Redakteure und ein paar andere Führungskräfte von Frisch. Aber ohne Damen wollten die Herren dann auch nicht übersetzen.«

»Übersetzen?«

»Nach Helgoland. Den Fortgang des Wiederaufbaus besichtigen. Aber im Grunde ging es natürlich nur um Champagner und Kaviar.«

»Verstehe.«

»Bei der Gelegenheit habe ich Jochen kennengelernt. Seither haben wir … sind wir …«

Der Besitzer der Bude brachte ihnen die Brötchen auf die kleine Terrasse. »So, die Damen. Wohl bekomm's! Wirklich nichts zu trinken?«

»Wissen Sie was? Bringen Sie uns zwei Holsten, bitte, ja?«, sagte Klara kurzentschlossen.

»Zwei Bier. Kommt sofort.«

»Und nun musstest du feststellen, dass er trotzdem ein typischer Seemann ist und in jedem Hafen ein Liebchen hat?«, zielte Klara ins Blaue und schämte sich sogleich, weil es nicht sehr sensibel geklungen hatte.

»Wie? Ach was. Ich bin doch kein Dummchen«, erwiderte Vicki kopfschüttelnd, während sie vorsichtig mit den Fingerspitzen die Zwiebelringe von ihrem Brötchen klaubte. »Von mir aus kann er so viele Liebchen haben, wie er will, solange er es mir nicht auf die Nase bindet.«

Für einen Moment war Klara sprachlos. So hatte sie noch nie eine Frau reden hören. Sie wusste nicht, ob sie Vicki dafür noch mehr bewundern sollte oder ob sie nicht doch zutiefst schockiert war. Die Freundin blickte sie von der Seite an. »Was? Dachtest du, ich spare mich für ihn auf?«

»Nein, das nicht …« Aber vielleicht ja eigentlich doch? Klara war unsicher, was sie denken sollte. »Aber was ist es dann?«, fragte sie etwas ratlos. Schon jetzt hatte sie das Gefühl, dass sie nicht wirklich die Richtige war, in Liebesdingen Rat zu geben. Schon gar nicht bei einem Paar, das so unkonventionell war.

»Er will seine Stellung quittieren.«

»Bei Curtius?«

Vicki nickte. »Dabei zahlt ihm der Liebe Gott eine fürstliche Heuer! Glaub mir, ich habe mich mal bei Olga aus der Buchhaltung erkundigt. Ganz diskret natürlich … Aber der Herr Schifffahrtskapitän zur See wünscht sich ruhmreichere Aufgaben.«

»Erklärst du mir das?«

»Ganz einfach: Er hat Aussicht darauf, die Krone von Hamburg zu übernehmen.«

»Den Dampfer von Blohm & Voss?« Das beeindruckende Schiff war noch im Bau und sollte im September zu Wasser gelassen werden, um dann die Atlantikroute zu befahren.

»Genau den. Aber wenn er das macht …«

»Dann wird er ständig auf See sein«, erkannte Klara und blickte ihre Freundin voll Mitleid an. »Wochenlang.«

»Monatelang«, stimmte Vicki zu. »Wir werden uns kaum noch sehen.«

»Verstehe.« Klara konnte sich vorstellen, wie schwer es für Vicki sein würde, immerzu auf ihn zu warten. Es war auch immer noch gefährlich, zur hohen See zu fahren. Vicki mochte vielleicht selbst kein Kind von Traurigkeit sein, aber als Seemannsfrau, die bang die Rückkehr ihres Liebsten erwartete, konnte Klara sie sich jedenfalls nicht vorstellen. Sie überlegte. »Und wenn du mit Curtius sprichst?«

»Mit Curtius? Was soll das bringen? Am Geld liegt es nicht. Außerdem würde es mir Jochen schwer verübeln, wenn ich mit anderen über seine Arbeit spreche.«

Klara lächelte sie milde an. »Ach Vicki«, sagte sie. »Wofür hat man Freundinnen?«

Erstaunt blickte Vicki Voss auf. »Du willst mit dem Lieben Gott sprechen? Aber was soll er ihm denn bieten?«

»Bieten? Ich dachte, deinem Jochen geht es schon bestens.«

»Allerdings.«

»Na dann … Nein, ich habe da eine andere Idee. Weißt du noch? Tricksen und Schummeln.« Sie zwinkerte der Freundin zu und nahm dem Budenbesitzer die zwei Biergläser ab, die er auf einem Tablett brachte. »Danke.« Sie reichte eines der Freundin und hob das andere, um mit ihr anzustoßen. »Auf alle guten Schummler. Drück mir einfach die Daumen, ja? Ich denke, ich habe eine Idee.«

\* \* \*

## 2.

*Als sie – wieder einmal viel* zu spät am Abend – endlich den Verlag verließ, war Klara so müde, dass sie einen Augenblick vor der Tür innehielt und durchatmete. Was für ein Tag! Zuerst die unerwartete Teilnahme an der Konferenz, bei der sie sich zuerst unendlich blamiert und dann einen persönlichen Triumph gefeiert hatte. Dann die Mittagspause mit Vicki, bei der sich ihrer beider Rollen so überraschend umgekehrt hatten. Schließlich ihr Gespräch mit Hans-Herbert Curtius, der sie zu ihrer eigenen Überraschung vorgelassen hatte und gar nicht unfreundlich gewesen war (dennoch war sie tausend Tode gestorben, als sie auf dem Besucherstuhl gegenüber seinem Schreibtisch Platz genommen und ihm ihr Anliegen vorgetragen hatte). Und schließlich die Bilder von Hertig, die im Akkord hatten entwickelt werden müssen, um noch rechtzeitig zum Redaktionsschluss der nächsten Ausgabe des Hanseat vorzuliegen … Klara schwirrte der Kopf.

»War ein langer Tag, was?« Unter den Leuten, die neben ihr das Haus verließen, war auch der Chefreporter.

»Da sagen Sie was, Herr Bredemann. Aber jetzt ist ja Feierabend.«

»Soll ich Sie rasch nach Hause bringen? Mein Wagen steht gleich hier.« Bredemann nickte zu einem schwarzen Ford Taunus M 17 hin, dessen verchromte Leisten und Spiegel blitzten, als wäre er noch fix von unsichtbaren Heinzelmännchen poliert worden. Klara seufzte. »Ist nicht so weit«, sagte sie.

»Umso besser. Dann sind Sie mit mir gleich daheim.«

Nachdem sich Bredemann an diesem Tag schon einmal als

Kavalier erwiesen hatte, fühlte Klara sich in ihrem Urteil bestätigt, dass sie sich von ihrem ersten Eindruck hatte täuschen lassen. Pomade und Goldzahn machten kein Ekel. Und innere Werte sah man nicht unbedingt an Äußerlichkeiten. »Also dann«, sagte sie. »Das ist wirklich sehr nett von Ihnen.«

»Keine Ursache!«, freute er sich und schloss den Wagen auf, um ihr sogleich die Tür zu halten. »Bitte schön, die Dame! Mein Wagen ist Ihr Wagen.«

»Danke«, entgegnete Klara geschmeichelt und stieg ein.

Noch nie hatte Klara in einem so großen, eindrucksvollen Auto gesessen. Es roch noch ganz neu: nach Leder und Politur, ein wenig auch nach Lack und Benzin. Es war ein ganz eigener, faszinierender Duft, weil er für viele Dinge stand, die Klara ersehnte: Freiheit, Wohlstand, Ungebundenheit und, ja, sicher auch ein wenig Macht. Etwas befangen wies sie Bredemann an: »Wir müssen zur Michaelisbrücke.«

»Michaelisbrücke«, wiederholte der Chefreporter, während er sich neben sie setzte und nach einem Päckchen Zigaretten griff. »Sie auch eine?«

»Warum nicht?«, sagte Klara. »Die Stuyvesant ist sowieso eine meiner Lieblingsmarken.«

»Sie haben einen guten Geschmack, Fräulein Paulsen.« Bredemann gab ihr Feuer und ließ den Motor an, der mit einem satten Brummen den Wagen in sanfte Vibration versetzte. »Und? Wie gefällt es Ihnen bei Frisch?«

»Sehr gut, Herr Bredemann.«

»Ach, sagen Sie doch einfach Hennerk zu mir. Also, zumindest wenn wir nicht im Verlag sind«, schob er rasch hinterher.

»Gerne. Hennerk.« Klara überlegte. »Gut gefällt es mir. Ich habe nur nette Kollegen kennengelernt, und meine Arbeit macht mir Freude.«

»Nur nette Kollegen.« Bredemann grinste schief, sodass Klara seinen Goldzahn sehen konnte. »Solche wie Blum?«

»Na ja«, gab Klara lachend zu. »Fast nur nette Kollegen. Obwohl ich denke, dass er eigentlich wahrscheinlich auch ganz nett ist. Oder sagen wir: amüsant.«

»Amüsant!« Das schien ihm zu gefallen. »Sehr gut, sehr gut. Das merke ich mir.«

»Müssten wir hier nicht rechts abbiegen, Herr … Hennerk?«

»Ich fahre eine Abkürzung«, erklärte der Chefreporter. Er deutete nach vorne. »Haben Sie die Kühlerverzierung gesehen?«

»Von dem Auto? Nein, warum?«

»Eine Weltkugel! Ich liebe dieses Symbol. Genau so verstehe ich meinen Beruf. Im Auftrag des Lesers die Welt zu erobern. Wir sind sozusagen das Expeditionscorps des modernen Zeitgenossen.«

»So habe ich das noch nie gesehen. Aber wenn Sie es so sagen, kann ich das gut verstehen.« Klara sah zu ihrer Rechten das große Bismarck-Denkmal an der Helgoländer Allee vorüberziehen. Sie kannte die Gegend gut. Gleich kämen sie zum Millerntorplatz, wo sie früher manchmal auf dem Schwarzmarkt gearbeitet hatte, wenn sie in der Torstraße nicht gebraucht wurde. »Das ist doch keine Abkürzung«, sagte sie.

»Aber der bessere Weg!«, erklärte Bredemann.

»Sie meinen, mit dem Wagen?«

»Sehen Sie, wenn man immer nur die kürzeste Verbindung zwischen zwei Punkten nimmt, dann bekommt man die wesentlichen Dinge oft gar nicht zu sehen.«

»Die wesentlichen Dinge? Also, wenn ich nach Hause will, dann ist die wesentliche Sache doch, dass ich nach Hause komme, oder?« Klara wäre am liebsten ausgestiegen. Auf einmal war ihr Bredemann mit seinen klugen Sprüchen wieder unsympathisch. Gleich würden sie …

Er schlug links ein – und tatsächlich waren sie auf der Reeperbahn gelandet. Klara spürte, wie ihr Herz schneller schlug. Ein ungutes Gefühl breitete sich in ihr aus. Sie kannte den Mann eigentlich gar nicht. Es war ein Fehler gewesen, zu ihm ins Auto zu steigen. Wie er mit ihr sprach, wie er sich über ihre Wünsche hinwegsetzte ... Klara hatte früh gelernt, auf ihren Instinkt zu horchen und nicht mit dem nächstbesten Mann mitzugehen. Wieso hatte ihr Instinkt sie nicht davor gewarnt, mit Bredemann zu fahren?
»Entschuldigen Sie, Hennerk.« Sie überlegte kurz und verbesserte sich: »Herr Bredemann. Das ist die Reeperbahn.« Sie hoffte, er würde die Unsicherheit in ihrer Stimme nicht hören. »Nicht meine Strecke. Ich denke, ich finde alleine besser nach Hause. Wenn Sie mich bitte aussteigen lassen würden?«

Doch Bredemann schüttelte nur ganz gelassen den Kopf. »Seien Sie doch nicht so angespannt, Mädchen«, sagte er. »Keine Angst, ich beiße nicht.« Er grinste. »Zumindest nicht, wenn Sie es nicht wollen. Sehen Sie, der Abend ist jung, es ist Sommer, Sie wollten sowieso nach Hause, hatten also nichts vor – ich auch nicht! Warum sollten wir uns nicht ein bisschen die Zeit vertreiben?« Wieder bog er ab, diesmal in die Davidstraße, und dann noch einmal. Nervös spielte Klara mit ihrer Zigarette und wartete nur darauf, dass er endlich anhalten musste, damit sie aus dem Wagen springen konnte, da deutete er auf ein Gebäude, über dem groß der Schriftzug »Safari« prangte. »Sehen Sie? Das ist im Moment der gefragteste Club in der Stadt – und wenn Sie mich fragen, in der ganzen Republik! Ein guter Bekannter von mir hat ihn gegründet. Es geht das Gerücht, dass dort auf der Bühne öffentlich Sex geboten würde ...« Er blickte neugierig zu ihr herüber, doch Klara tat ihm nicht den Gefallen zu erröten. Sie schwieg, um ihn nicht zu weiteren Ausführungen zu ermutigen, und überlegte fieberhaft, wie sie sich aus dieser heiklen Lage befreien konnte. Doch er schien ihr

Schweigen ebenfalls als Einladung zu verstehen. »Ich darf dir versichern, Mädchen, es ist kein Gerücht. Man muss nur wissen, wann die Shows stattfinden.«

Dass er zum vertraulichen Du gewechselt war, überraschte Klara gar nicht mehr. Aber ihre Alarmglocken klingelten nur noch lauter. Jetzt nichts anmerken lassen, dachte sie. Kühl bleiben. »Sie wissen das natürlich.«

»Sicher«, sagte er und grinste. Er blickte auf seine Armbanduhr, die so teuer aussah wie die von einem der Reeperbahnluden. »Ist aber noch ein bisschen früh. Wenn du Interesse hast, dann können wir ein paar Drinks nehmen, bis es so weit ist.«

»Gerne«, sagte Klara und hoffte, er würde ihre Lüge nicht durchschauen. Sie musste aus dem Wagen raus. Langsam hatte sie das Gefühl, keine Luft mehr zu bekommen.

»Dachte ich mir, dass dich das reizt.« Bredemann stieg in die Bremsen und manövrierte seinen Ford an den Fahrbahnrand. »Ich stelle dich dem Inhaber vor. Der hat ein Auge für schöne Frauen. Du wirst ihm gefallen.«

Er stieg aus, umrundete das Auto, hielt Klara erneut den Wagenschlag auf und ging dann einen halben Schritt hinter ihr her zum Eingang. Statt einzutreten, betrachtete Klara die Bilder im Schaukasten neben dem Eingang. Leicht bekleidete Frauen, Blondinen ebenso wie Brünette, weiße Frauen ebenso wie schwarze. Dazwischen Sprüche wie: »Die heißesten Girls der Stadt« oder »Das erotische Erlebnis für den Mann von Welt«. »Sieht aufregend aus«, behauptete Klara. Doch dann fiel ihr ein: »Oh Gott! Ich glaube, ich habe meine brennende Zigarette im Auto liegen lassen!«

»Die Zigarette?« Bredemann blickte zum Wagen hin. »Frauen!«, rief er und rannte zurück zum Wagen.

Mit erhobenem Kopf und so gelassen wie möglich nutzte Klara die Gelegenheit und ging eilig davon.

\*\*\*

»Ziemlich clever, Fräulein Paulsen«, fand Gregor Blum, der ein Stück entfernt die Szene beobachtet hatte.

»Sie sind uns gefolgt?« Klara warf einen Blick über die Schulter und beschleunigte ihre Schritte zunehmend.

»Ich war neugierig«, erklärte der Juniorredakteur. »Sie ziehen ihn mir vor? Obwohl ich ein erstklassiges Lokal vorgeschlagen habe. Stattdessen fahren Sie mit ihm ins Rotlichtviertel? Das gibt mir schon sehr zu denken.«

»Ach, denken Sie doch, was Sie wollen«, sagte Klara barsch. Sie hatte an diesem Tag genug Sprüche gehört. »Jedenfalls ist dieser Mann ein Widerling.«

»Wie alle Männer?«, schlug Blum vor.

»Keine Ahnung«, erwiderte Klara und blieb stehen, weil sie Seitenstechen bekam. »Ich kenne nicht alle.«

»Hm. Also, Sie könnten ja einen mehr davon kennenlernen und sich von mir nach Hause bringen lassen. Mein Wagen steht gleich in der Kastanienallee.«

»Nein, nein, lassen Sie es gut sein. Ich steige heute bestimmt nicht noch einmal in ein fremdes Auto.« Ein Unbekannter ging vorüber und musterte Klara, als müsste er sich überlegen, ob er sie nach dem Preis fragen sollte. »Aber Sie können mich zu Fuß begleiten, wenn Sie möchten«, trat sie die Flucht nach vorne an. Das hier war einfach kein Pflaster für eine Frau ohne Begleitung.

»Warum nicht? Es ist eine laue Nacht. Ich wurde von meiner Angebeteten versetzt. Mein Herz ist schwer«, dichtete Blum, während er mit ihr die Hopfenstraße Richtung Zirkusweg entlangspazierte. »Manchmal ist das Leben hart. Aber als Mann darf man sich nicht allzu sehr im Selbstmitleid suhlen. Letztlich sind wir doch geboren, Helden zu sein und …«

Klara blieb stehen. »Wenn Sie die Absicht haben, weiterhin solch einen Unsinn von sich zu geben, dann ziehe ich es vor, alleine zu bleiben. Hören Sie sich eigentlich manchmal selbst zu?«

Blum zuckte die Achseln. »Ich wollte Sie ein bisschen ablenken. Amüsant sein. Nichts weiter.«

»Erzählen Sie mir lieber etwas von sich«, schlug Klara vor. »Wie sind Sie zu Frisch gekommen? Was haben Sie vorher gemacht? Leben Ihre Eltern noch?«

Blum wurde unvermittelt ernst. »Das interessiert Sie tatsächlich? Sie überraschen mich.«

Es stellte sich heraus, dass Blum früh Waise geworden war. Den Krieg hatte er bei entfernten Verwandten auf dem Land erlebt, wo er von frühmorgens bis abends Stallarbeit verrichten musste. Nach '45 hatte er sich mit Gelegenheitsarbeiten, unter anderem am Hafen, durchgeschlagen und war dann Zeitungsausträger geworden. Jeden Morgen hatte er sich eine der vielen Zeitungen gestohlen, die er ausliefern musste, um sie zu studieren, weil er wissen wollte, was in der Welt geschah. »Na ja, was soll ich sagen: Dabei habe ich meine Liebe zum gedruckten Wort entdeckt – und zum Journalismus. Wir sind die vierte Gewalt im Staat, wir sind es, die die Mächtigen kontrollieren.«

So hatte Klara es noch nie betrachtet. Aber natürlich hatte er recht.

»Und dann«, schloss er seine Geschichte, da waren sie beinahe an der Michaelisbrücke, »dann habe ich mich überall beworben. Bei jedem Verlag in Hamburg. Bei einigen mehrfach. Ich wusste, irgendwann bekomme ich eine Chance, mein Talent zu beweisen. Bei Frisch habe ich mich acht Mal beworben! Wissen Sie, wie es am Ende geklappt hat?«

»Verraten Sie es mir?«

»Ein Artikel! Ich habe einfach einen Artikel geschrieben und ihn zur Veröffentlichung eingereicht. Es war ein Stück über die Schmugglerbanden von St. Pauli.«

»Wirklich?«

»Ziemlich gefährlich, das zu recherchieren. Aber es hat sich gelohnt!« Er breitete die Arme aus, als wollte er sagen: Sieh doch, was aus mir geworden ist! »Ja, und nun bin ich auf dem besten Weg, mein Glück als Reporter zu machen.«

»Offensichtlich. Ich bin beeindruckt, Herr Blum.«

»Gregor.«

»Gregor.« Klara schenkte ihm ein versöhnliches Lächeln. »Wir sind da. Danke, dass Sie mich nach Hause gebracht haben.«

»Sie schicken mich weg?«

»Oh! Wollten Sie noch meine Mutter kennenlernen?« Klara deutete nach oben, wo die Fenster ihrer Wohnung waren.

»Ihre Mutter?«

»Ja, ich lebe mit ihr zusammen. In einer sehr kleinen Wohnung.«

»Verstehe«, entgegnete Blum etwas enttäuscht. »Nein, ich denke, es wäre nicht besonders … weltmännisch, einfach so am Abend hereinzuschneien.«

»Sie haben recht«, stimmte Klara zu. »Das wäre es nicht.« Heimlich bat Klara ihre Mutter um Verzeihung dafür, dass sie sie als Ausrede benutzt hatte. Aber sie wusste ja, dass Hannelore Paulsen es gutgeheißen hätte.

»Also dann, gute Nacht.«

»Gute Nacht, Gregor.«

Müde stieg sie die Treppen hinauf in die Wohnung, die sie eigentlich schon längst hatte räumen müssen. Da die Arbeiten aber im obersten Stockwerk begonnen worden waren, hatte sie den Vermieter überreden können, sie noch eine gewisse Zeit bleiben zu lassen. Einerseits war sie heilfroh darüber gewesen, andererseits fluchte sie jeden Morgen, wenn der Baulärm sie um halb sieben Uhr aus dem Schlaf riss.

※ ※ ※

## 3.

*In den nächsten Tagen schien Gregor Blum* wie vom Erdboden verschwunden. Als sie sich beiläufig bei Vicki Voss erkundigte, erfuhr Klara, dass er wegen einer Reportage nach London geflogen sei.

»Redakteur müsste man sein!«, rief Klara lachend.

»Reicht schon, wenn man Juniorredakteur ist«, stimmte Vicki zu. »Aber vielleicht kommt das ja noch bei dir.«

»Bei mir? Kann ich mir schwer vorstellen. Als Fotoassistentin ...«

Bedeutungsvoll nahm Vicki Voss ein Exemplar der neuen *Claire* unter ihrer Theke hervor und hielt es ihr hin. »Du hast es noch gar nicht gesehen, oder?«

»Was gesehen?«

»Na, du wirst es schon entdecken«, erwiderte die Empfangsdame mit geheimnisvollem Lächeln.

Noch im Aufzug nach unten blätterte Klara hastig die Zeitschrift durch. Und konnte es kaum fassen. Da! Da waren sie. Ihre Aufnahmen! Der Artikel war ein wenig dürftig. Aber die Bilder waren großartig. Gedruckt sah die Strecke noch viel mitreißender aus, als wenn man die Aufnahmen einzeln betrachtete – weil sie eine Geschichte erzählten! Doch das war nicht der Grund, weshalb Klara im »Salon Sissi« anrief und Rena fragte, ob sie an diesem Abend Zeit hätte, sich auf ein Glas Sekt mit ihr zu treffen. »Und du musst Elke Bescheid geben. Die brauchen wir unbedingt!«

»Gibt es was zu feiern? Hast du dir einen flotten Redakteur geangelt?«

Klara lachte. »Kein bisschen«, versicherte sie der Freundin. »Aber ich habe eine Überraschung für euch.«

»Klingt sehr spannend!«, sagte Rena, doch sie konnte Klara nichts weiter entlocken.

»Um sieben im Alsterpavillon?«

»Halb acht.«

»Perfekt. Ich freue mich.«

Und so war es auch. Endlich hatte Klara das Gefühl, dass sie sich für die Hilfe, die sie von Elke und Rena erfahren hatte, revanchieren konnte. Sie wandte sich wieder ihrer Arbeit in der Dunkelkammer zu und summte leise »Steig in das Traumboot der Liebe«, während sie vorsichtig das Bad für die Fotos vorbereitete. Eigentlich hätte Heinz Hertig längst da sein müssen. Doch Klara war im Grunde ganz gern allein hier unten und arbeitete vor sich hin. Manchmal machte sie das Radio an und lauschte den neuesten Schlagern. Das hatte sie bei Herrn Buschheuer nicht gehabt. Und für ein eigenes Radio zu Hause hatte es bisher nicht gereicht. Aber das war die nächste große Anschaffung, die Klara vorschwebte. Natürlich hatten sie mal einen Volksempfänger gehabt. Doch der war längst kaputt und für ein paar Pfennige von einem Trödelhändler abgeholt worden.

»Fahre mit mir nach Hawaii«, sang sie leise und dachte, dass man eigentlich auch über solche Traumziele einen Artikel in der *Claire* bringen könnte. Vielleicht immer gerade auf einen Ort in einem aktuellen Film oder Lied bezogen. So wie bei diesem Song, der in dem Film »Bonjour, Kathrin« vorkam. Klara wollte ihn sich unbedingt ansehen. Er lief im »Streit's«, dem neu eröffneten Kino am Jungfernstieg, vor dem jeden Abend lange Besucherschlangen standen und auf Einlass warteten. Es hieß, das »Streit's« wäre das schönste Lichtspielhaus im ganzen Land. Vielleicht war das so, vielleicht gab es auch noch schönere. Klara wusste, dass es oft eine Frage der Entwicklung war: Wenn nur genügend Menschen etwas großartig fanden, dann war es leicht, diese Sache auch selbst großartig zu finden. Man ließ sich in seinem Geschmack von der Begeisterung anderer anstecken. Jedenfalls war Klara neugierig auf das neue Kino, das mit so viel Pomp eröffnet worden war und jetzt täglich so viele Menschen anzog. Vielleicht schaffte sie es ja noch zu »Bonjour, Kathrin«. Solchermaßen in Gedanken trällerte sie leise:

*Dort auf der Insel der Schönheit*
*Wartet das Glück auf uns zwei.*

»Oh«, sagte Heinz Hertig, der trotz der Hitze draußen seinen Hut dabeihatte. »Das klingt ja verlockend.«

»Herr Hertig!«, empörte sich Klara ein wenig übertrieben. So hatte sie ihn ja noch nie gehört. Ob in ihrem Chef auch ein weniger akkurater, zurückhaltender Mensch steckte als der, den sie sonst stets erlebte?

»Entschuldigung«, sagte er sogleich, wieder ganz der Alte. »Das ist mir so herausgerutscht. Moin, Klara.« Verlegen wich er ihrem Blick aus. Vielleicht hatte er auch ein schlechtes Gewissen seiner Frau gegenüber.

»Moin, moin. Ich wollte gerade mit der Arbeit hier loslegen. Habe schon alles vorbereitet.«

»Nur zu, nur zu.«

»Haben Sie die neue *Claire* schon gesehen?«

»Hab sie mir schon geholt«, sagte Hertig und klopfte auf seine Manteltasche. »Aber noch nicht reingeguckt.«

»Ihre Fotos sind fabelhaft.«

»Danke. Die Hälfte des Ruhms gebührt Ihnen, das wissen Sie.«

Wichtig war, dass es auch Hertig wusste. Denn es war üblich, dass die gute Arbeit von Assistenten einfach hingenommen und ihren Vorgesetzten zugerechnet wurde. Doch so einer war Heinz Hertig nicht. »Schließlich war es Ihre Idee, einen Artikel über die Frau am Steuer zu machen.«

»Ach, ums Steuer ging es dabei gar nicht«, widersprach Klara. »Mehr so um Lebensart.«

»Und? Bringt der Artikel das auch zum Ausdruck?«

»Sagen wir: Er bemüht sich darum.«

Hertig musste lachen. »Sie sind mir 'ne Marke«, sagte er. Eine Bemerkung, die Klara schon öfter gehört hatte. Vielleicht war ja was dran. Vielleicht war sie ja wirklich ein bisschen anders als andere. »Na, dann machen Sie mal hier die Tür zu, und ich sehe mir rasch durch, was für einen Murks die wieder aus unseren schönen Aufnahmen gemacht haben.«

»Sie werden überrascht sein!«

»Hoffentlich positiv.«

»Unbedingt!« Klara grinste und schloss die Tür. Während der Entwicklung der Filme durfte in dem Raum nur Rotlicht brennen, sonst war alles verdorben.

Durch die Tür konnte sie hören, wie Hertig die Melodie aufgenommen hatte und nun seinerseits »Steig in das Traumboot der Liebe« summte. Ja, vielleicht war er nicht immer so zugeknöpft. Am Ende schlummerte in ihrem Chef einfach nur ein großer, aber schüchterner Romantiker. Und zum ersten Mal dachte sie, wie schade es war, dass er schon vergeben war. Der einzige Mann weit und breit, der das Herz am rechten Fleck hatte und sich ihr gegenüber nicht nur immer korrekt, sondern auch freundlich verhielt. Manchmal vielleicht sogar etwas zu freundlich für einen verheirateten Mann … Das dachte sie, als sie ihn fluchen hörte. »Himmel, Arsch und Zwirn!«

»Chef?« Sie blickte nochmal nach draußen.

»Die sind seitenverkehrt!«

»Bitte?«

»Die Bilder! Hier und hier! Gespiegelt!« Er hielt ihr die Zeitschrift hin. Tatsächlich waren zwei der Aufnahmen spiegelverkehrt. Klara zuckte die Achseln. »Ich finde nicht, dass sie deshalb schlechter aussehen.«

»Lesen Sie mal die Überschrift!«, befahl Hertig.

»Hummel, Hummel – Mors, Mors«, las Klara.

»Und jetzt lesen Sie mal die Kennzeichen!«

Klara klappte den Mund auf und wieder zu. »Die sind ... die sind ...«

Schweigen. Hertigs gute Laune war mehr als verpufft. Und Klaras Fröhlichkeit wich blankem Entsetzen. »Das ... das tut mir unendlich leid, Herr Hertig, ehrlich!« Sie spürte plötzlich einen Kloß im Hals. Tränen schossen ihr in die Augen. Nicht nur, weil sie sich ertappt fühlte, sondern weil sie zutiefst beschämt war: Man konnte Zahlen und Buchstaben nicht spiegelverkehrt abbilden – schon gar nicht, wenn es im begleitenden Text genau darum ging. Neue Nummernschilder. Hummel-Hummel. Und dann stand die Kennung »HH« am Ende des Schilds hinter einigen umgedrehten Ziffern und Buchstaben. »Ich ... ich ... weiß gar nicht ...«, schluchzte sie.

In dem Moment klopfte es an der Studiotür. »Tach!«, rief Linnemann von der Herstellung. »Sie haben es schon gesehen?«

»Gerade eben.«

Der drahtige Herr mit dem wirren Blondschopf trat ein. »Kraske hat mich gerade zu sich zitiert. Der will wohl seinen Kopf retten. Aber ich geh da nicht alleine hin. Da soll Ihr Fräulein Paulsen hier schön mitkommen. Die hat die Bilder schließlich so eingereicht.«

Heinz Hertig stellte sich vor Klara. »Aber Herr Kollege«, sagte er.

»Das hat sie doch in meinem Auftrag getan. Ich komme mit Ihnen.« Er wandte sich zu Klara um. »Und Sie beeilen sich bitte mit den neuen Bildern.«

»Wie wär's, wenn sie diesmal auf dem Kopf stünden?«, schlug Linnemann in Richtung Klara vor.

»Darum können Sie sich ja dann kümmern«, entgegnete Hertig und gab ihm ein Zeichen, dass er vorgehen solle. Als der Hersteller auf dem Flur war, drehte Hertig sich noch einmal zu Klara um und flüsterte: »Und Sie beruhigen sich bitte, ja? Wir sprechen nachher darüber.«

※ ※ ※

Es dauerte geraume Zeit, bis der Chef wieder auftauchte. Klara fühlte sich längst so elend, dass sie jederzeit hätte losheulen können. Allein die Arbeit lenkte sie ab – und machte ihr zugleich Angst. Bei jedem Handgriff fühlte sie auf einmal eine Unsicherheit, die sie jahrelang nicht mehr gekannt hatte. Ausgerechnet ihr hatte ein so dummer Fehler passieren müssen! Warum?

Als Hertig endlich wieder ins Studio kam, brachte sie nicht mehr heraus als: »Chef?«

Heinz Hertig trat zu seiner Aktentasche, nahm seinen Henkelmann heraus und setzte sich an den großen Tisch, auf dem sie immer die Probeabzüge ausbreiteten. Auch jetzt lagen etliche Bilder dort. Er schob sie zur Seite, packte seine belegten Brote aus, reichte eines Klara und sagte: »Setzen Sie sich zu mir.«

Eine Henkersmahlzeit, schoss es Klara durch den Kopf. Klar, das war's. So einen Fehler machte man nicht ohne Konsequenzen. Sie nickte und schob sich einen Stuhl dazu, setzte sich und wartete auf den Urteilsspruch.

Doch Hertig ließ sich Zeit. »Oder mögen Sie lieber Salami?«, fragte er stattdessen.

»Nein, nein«, entgegnete Klara. »Leberwurst ist prima.« Sie bekäme ohnehin keinen Bissen runter.

»Also. Die haben ziemlichen Zirkus gemacht da oben«, erklärte Hertig und lauschte seinen eigenen Worten, als könnte er es jetzt noch hören. Vermutlich hatte Kraske die ganze Redaktion »zusammengeschissen«, wie das hier gerne genannt wurde.

»Nun überlegen wir mal«, sagte Hertig. »Die Bilder kommen von uns. Natürlich müssen die tiptop sein, das ist gar keine Frage.«

»Natürlich«, stimmte Klara zu.

»Und dann gehen sie an den Redakteur, richtig?«

»Richtig.«

»Der reicht sie weiter in die Herstellung. Da arbeiten nochmal drei oder vier Personen dran, stimmt's?«

»Wenn Sie das sagen, Herr Hertig.«

»Stimmt. Dann geht das alles in die Druckerei. Von dort kommen noch einmal die Probeandrucke, über die einer der Hersteller schaut, manchmal auch nochmal der Redakteur, richtig?«

Klara nickte und fragte sich, worauf Hertig hinauswollte. Wollte er sagen, dass die nun alle ihretwegen Ärger bekommen hätten? Dass sie ihnen allen geschadet hätte? Wollte er ihr vor Augen führen, wie groß der Skandal war, an dem sie alleine schuld war? »Ich weiß, dass es nicht hätte passieren dürfen, Herr Hertig«, erklärte sie. »Es tut mir aufrichtig leid. Ich wollte die Arbeit der Kollegen nicht kaputtmachen, das müssen sie mir glauben.«

»Wie? Ach! Sie denken auch so?«

»Entschuldigung?«

»Sie sehen das wie Kraske? Also ich sehe das anders.« Hertig biss in sein Salamibrot und kaute genüsslich. »Wissen Sie«, sagte er mit vollem Mund. »Ich bin ja selbst ärgerlich, dass Ihnen das passiert ist. Aber ich bin entschieden gegen Bauernopfer.« Er biss noch einmal zu, fast konnte Klara seine Worte gar nicht mehr verstehen.

»Da kommt eine junge Frau und macht mal was falsch. Und dann tun diese gestandenen Mitarbeiter so, als ginge sie das alles nichts an!«, ereiferte er sich. »Linnemann! Der ist seit fünf Jahren im Haus, ein Mann der ersten Stunde!«

»Ich verstehe nicht ...«

»Sie kennen ihn nicht. Aber ich kenne ihn. Linnemann ist ein Guter! Eigentlich. Der kontrolliert alles. Glauben Sie, dass auch nur eine Zeile oder ein Bild ohne sein Einverständnis in Druck geht? Nein, nein. Er hat nicht aufgepasst! Das ist es. Genauso wenig wie der Redakteur. Und wie die ganzen anderen Beteiligten, bis das Heft fertig aus der Druckerei kam. Weder die Herren im Hause noch die Drucker haben mitgedacht. Dieser Fehler ...«, er hob den Zeigefinger wie ein Staatsanwalt im Gerichtssaal, »... dieser Fehler ist ein kollektiver, verstehen Sie? Er hat viele Väter!« Er sah Klara mitfühlend an. »Übrigens auch mich. Und das habe ich da oben ganz klar zum Ausdruck gebracht. Ich hätte ja nur anwesend sein müssen, statt Sie mit der Aufgabe allein zu lassen. Aber nun ist es mal geschehen, und da müssen sich alle an die eigene Nase fassen. Jedenfalls sehe ich es nicht ein, dass man hier einfach nach unten tritt – und Sie müssen den Schlamassel dann alleine ausbaden.«

Er schien seine Rede beendet zu haben, schraubte seine Thermoskanne auf, schenkte ein und hielt Klara den Becher hin. »Kaffee?«

Sie schüttelte den Kopf. Also trank er ihn selber.

»Und was bedeutet das jetzt für mich?«, fragte sie, ohne es wirklich hören zu wollen.

»Für Sie? Na ja, dass Sie vielleicht noch nicht ganz so weit sind, wie ich gehofft hatte.«

»Und deshalb?« Nun sprich es schon aus, dachte sie. Sag es, dass ich gefeuert bin.

»Und deshalb müssen wir in Zukunft etwas sorgfältiger nach dem Vier-Augen-Prinzip arbeiten. Oder was würden Sie sagen?«

»In Zukunft? Heißt das, Sie werfen mich nicht raus?«

»Sie rauswerfen?« Hertig lächelte. »Ehrlich gesagt, als Kraske mit seiner Suada anfing, da hatte ich ihn schon im Verdacht, dass er Sie gerne opfern würde. Schon um selbst als der Saubermann dazustehen, der keine Fehler zulässt. Aber wahrscheinlich war das auch bloß eine Art Drohgebärde. Nein, Klara, die Wahrheit ist: Wenn jeder fliegen würde, der hier mal was falsch macht, dann wäre der Verlag menschenleer. Fehler sind menschlich. Das heißt nicht, dass sie vorkommen dürfen. Aber es heißt, dass man mit ihnen umgehen muss. Und das werden wir tun, nicht wahr?«

Klara nickte. Sie wollte etwas sagen wie: Ja, Herr Hertig, das werden wir – und danke, tausend Dank, dass Sie sich für mich eingesetzt haben. Das hätte sie wirklich gerne gesagt. Es kam aber nur ein Schluchzen aus ihrem Mund. Und ein paar Tränen aus ihren Augen. Und dann spürte sie, wie er seinen Arm um ihre Schultern legte.

*** 

Der Alsterpavillon war wieder einmal bis auf den letzten Platz besetzt. Doch zum Glück gab es ja Herrn Fröhlich, den Klara noch am Nachmittag angerufen hatte, damit er ihr einen Tisch frei hielt.

»Moin, Fräulein Klara!«, rief er, offensichtlich erfreut über ihr Erscheinen. »Fein sehen Sie aus in Ihrem neuen Kleid.«

»Dass Sie das erkennen …«, stellte Klara geschmeichelt fest. Nach den niederschmetternden Stunden im Verlag und dem verwirrenden Gespräch mit Heinz Hertig war sie froh, endlich wieder draußen zu sein und die Freundinnen zu treffen.

»Tja. Sie wissen ja: Gut erkannt gibt doppelt Trinkgeld!«

»Ich werde daran denken.«

»Oh! Aber doch nicht für Sie als ehemalige Kollegin«, beeilte sich der Kellner, ihr zu versichern. »So hab ich das aber man nicht gemeint.«

»Ich weiß, ich weiß. Und hat es denn geklappt, dass Sie mir einen Tisch für drei reservieren?«

»Den schönsten, den wir haben: draußen auf der Terrasse, direkt beim Wasser.«

»Sie sind ein Schatz, Herr Fröhlich.«

»Man tut, was man kann.«

Elke und Rena waren noch nicht da. Aber das machte Klara nichts. Sie genoss es, einen Augenblick alleine dazusitzen und die Menschen zu betrachten, die sich hier zusammengefunden hatten, um einen wunderschönen, warmen Sommerabend zu genießen. Die Damen führten ihre neuesten Kleider aus, die Herren ihre Damen. Man plauderte, prostete sich zu, genoss die kleinen Freuden das Daseins, hier und da hüpfte ein kleiner Pudel zwischen nylonbestrumpften Damenbeinen umher, die Bedienungen verbeugten sich respektvoll und machten den einen oder anderen Scherz, um die gute Laune ihrer Gäste zu fördern, wie sich das gehörte ... Ja, Hamburg war ein schöner Ort. Und unter allen Orten Hamburgs war dies einer der schönsten, fand Klara und genoss den Gedanken, dass sie nun ihrerseits zu denjenigen gehörte, die nicht bedienten, sondern sich bedienen ließen. Fast waren all die Tränen, die sie seit dem Tod ihrer Mutter hatte weinen müssen, für einen Augenblick vergessen, und beinahe gelang es ihr, die Angst zu verdrängen, sie könnte demnächst auf der Straße stehen, weil es keine weitere Verlängerung für ihre alte Wohnung geben würde und sie partout keine neue fand.

»Hübsch, hübsch!«, hörte sie Elkes Stimme von der Seite. »Ich würde nur einen breiteren Gürtel empfehlen.«

»Elke, hallo! Wie schön, dass du Zeit hast.«

»Das lass ich mir doch nicht entgehen!«, rief die Freundin. »Wenn es was Neues gibt. Hast es ja sehr geheimnisvoll gemacht.« Die Schneiderin zwinkerte. »Und? Nun pack schon aus!«

»Erst, wenn Rena da ist.« Klara beobachtete, wie Elke sich unter den anerkennenden Blicken zweier Männer vom Nebentisch setzte. »Meinst du wirklich, ich sollte einen breiteren Gürtel nehmen?«

»Absolut! Bei deiner Wespentaille …«

»Der hier gehört aber dazu.«

»Das sieht man«, stellte Elke mit Kennerblick fest. »Sie haben eben gespart. Aber wenn du die Tage mal zu mir kommst, finden wir was Besseres.«

»Tja, also, da sag ich nicht nein.«

In dem Moment tauchte auch Rena auf und zwängte sich durch die Reihen. Sie war etwas fülliger als Klara und Elke. Aber auch sie war definitiv eine attraktive Frau. Dass Männer etwas kurvigere Formen mochten, war außerdem bekannt.

»Rena! Hier sind wir! Komm, setz dich!«

»Entschuldigt, ihr Lieben«, sagte die Friseurin statt einer Begrüßung. »Ich musste noch eine Dauerwelle legen. Ein Notfall.«

»Klar«, sagte Elke. »Das übliche. Kaiserschnitte, Blinddärme und Dauerwellen. Alles Notfälle.«

»Du kennst die Kundin nicht!«, erklärte Rena und beugte sich ein wenig vor, um zu flüstern: »Und ihr kennt die Trinkgelder nicht, die sie gibt.«

Als die Freundinnen versammelt waren und sie ihre Bestellung bei Herrn Fröhlich aufgegeben hatten, nahm Klara ihre Mappe zur Hand und öffnete sie. »Heute hab ich euch was mitgebracht. Druckfrisch!« Sie gab den beiden jeweils eine Ausgabe der neuesten *Claire* und setzte eine sehr besondere Miene auf.

»Aha?«, sagte Elke. »Na dann, danke.«

»Ich sage nur: Seite 23.«

Neugierig blätterten die zwei Frauen vor und schlugen die genannte Seite auf. Es dauerte einen Moment, bis Elke ihre Sprache wiedergefunden hatte. »Ich glaub es nicht«, flüsterte sie.

»Lies den Text! Du auch, Rena!«

Schweigend lasen die Freundinnen den Text unter der Überschrift »Sommertraum von nebenan«.

»Aber wie? Und wieso?«, stotterte Elke, während Rena neben ihr eine Hand auf Klaras legte und sagte: »Du bist wirklich eine ganz Besondere, weißt du? Ich hab das gleich gemerkt. Als ich dich zum ersten Mal gesehen habe! Kannst mir glauben, ich hab ein Gespür für so was.«

Klara strahlte die Freundinnen an. »Ich bin so froh, dass es euch gefällt«, stellte sie fest. »Ein bisschen hatte ich Angst. Vor allem deinetwegen, Elke.«

»Meinetwegen? Wieso meinetwegen? Dachtest du, ich könnte etwas dagegen haben, in einem Magazin zu erscheinen? Allein schon dieses Bild! Ich finde gar nicht, dass es aussieht wie ich. So wie du das fotografiert hast, könnte das ein Mannequin sein.«

»Davon gehen in der Redaktion auch alle aus«, sagte Klara. »Dass das ein Mannequin ist. Mein Chef meint, mit den Bildern solltest du dich bei einer Agentur bewerben. Die würden dich sicher in ihre Kartei aufnehmen.«

Alle drei blickten sie auf das Bild und den Text, in dem es hieß:

Fräulein Elke, Schneiderin bei Brill am Gänsemarkt in Hamburg, führt eine Kreation vor, die wegweisend für die Sommermonate sein könnte. Leicht und luftig, dabei elegant zugleich – und mit einer kessen Note. Man achte auf die Länge, die es mit jedem Petticoat aufnehmen kann, während die feine Linie von Bustier und angedeuteten Ärmeln wie aus einem Film mit Grace Kelly stammt. Dazu die raffinierte Frisur aus dem Hause »Salon Sissi« (ebenfalls

Gänsemarkt) und das sehr zurückhaltende Make-up für Frauen in diesem Sommer.

»Was für ein Make-up?«, rief Elke, nachdem sie wieder zu Atem gekommen war. »Ich war überhaupt nicht geschminkt!«

»Siehst trotzdem besser aus als manche feine Dame nach einer Stunde im Schönheitssalon«, stellte Rena nüchtern fest.

»Oh, là, là!«, sagte Herr Fröhlich, der an den Tisch getreten war und es sich nicht verkneifen konnte, den Damen über die Schultern zu schauen. »Was für eine entzückende Aufnahme!«

»Fräulein Paulsens Werk«, erklärte Rena.

»Sie haben das gemacht?« Klara schien in den Augen des Kellners noch zu wachsen.

»Also wenn, dann ist das unser aller Werk hier«, stellte Klara richtig. »Das Kleid hat meine Freundin Elke hier genäht. Die Frisur auf dem Foto stammt von meiner Freundin Rena. Ich habe nur das Bild geknipst.«

»Moment!«, bestimmte der Kellner. »Noch nicht anstoßen.« Er stellte sein Tablett auf den Tisch und eilte noch einmal davon. Kurz darauf kam er zurück und hatte noch ein viertes Glas dabei. »Jetzt dürfen Sie«, sagte er feierlich. »Ich wollte nämlich auch mit anstoßen.« Er hob sein Glas. »Auf die Fräuleins von Hamburg!«

Klara, Elke und Rena blickten einander an, lachten und taten es ihm gleich. »Warum nicht?«, rief Klara. »Auf die Fräuleins von Hamburg!«

\* \* \*

# 4.

»*Wie hast du das geschafft?*« Vicki Voss stand in der Tür und starrte Klara an, als wäre sie von einem anderen Planeten.

»Wollen wir zusammen zu Mittag essen?«, fragte Klara statt einer Antwort.

»Fischbrötchen?«

»Fischbrötchen.«

Natürlich wusste Klara genau, worauf Vicki hinauswollte. Aber es bereitete ihr Vergnügen, sie noch ein wenig zappeln zu lassen. »Das Wetter scheint schlechter zu werden«, stellte sie deshalb fest, als sie vor das Gebäude am Baumwall traten.

»Das Wetter wird immer schlechter«, erwiderte die Freundin verdrießlich. »Bis es wieder besser wird. Nun sag schon! Rück raus mit der Sprache! Was hast du getan?«

Mit forschen Schritten ging Klara voran. »Wegen deines Seemanns, meinst du?«

»Natürlich meine ich wegen meinem Seemann.«

»Wie kommst du darauf, dass ich etwas damit zu tun habe?«

»Aha!«, rief Vicki. »Du weißt es also! Wenn du schon sagst, dass du etwas damit zu tun haben sollst. Dann weißt du, dass es etwas gibt, womit du etwas zu tun haben sollst. Und dass du weißt, dass es um meinen Seemann geht, verrät dich vollends.«

»Ich bin nicht ganz sicher, ob ich dir folgen kann«, gluckste Klara, die ihre Freundin noch nie so durch den Wind erlebt hatte. Normalerweise war Vicki immer diejenige, die funktionierte wie ein Uhrwerk. Disziplin war so was wie ihr zweiter Vorname. Was

Vicki absolut nicht leiden konnte, war, die Kontrolle zu verlieren. »Aber angenehm ist das schon, wenn der Wind so ein büschen auffrischt, findest du nicht?«, sagte Klara, um die Freundin noch ein wenig mehr zu ärgern.

Vicki beschloss, nicht darauf einzugehen, sondern blickte auf ihre schöne Armbanduhr, die sie von ihrem Freund zum Geburtstag bekommen hatte. »Wirklich eine schöne Uhr«, stellte Klara süffisant fest. »Wir haben alle unsere kleinen Geheimnisse, nicht wahr?« Womit sie Vicki darauf ansprach, dass sie nicht hatte verraten wollen, der wievielte Geburtstag es gewesen war.

»Ach was!«, blaffte sie Vicki an. »Hier geht es schließlich um mich. Um mein ganzes Leben!«

Sie waren vor der Fischbrötchenbude angekommen. »Wie letztes Mal?«, fragte Klara.

»Egal.«

Klara bestellte und setzte sich vorne auf einen Polder, weil alle Tische besetzt waren. Vicki stellte sich neben sie und tappte mit der Fußspitze auf den Boden. »Und?«

»Na, du hast gesagt, Geld interessiert ihn nicht.«

»Tut es auch nicht.« Etwas milder fügte Vicki hinzu: »Sonst wäre er nicht so großzügig.«

»Weshalb ihn Curtius auch nicht mit einer besseren Heuer hätte halten können, richtig?«

»Richtig.«

»Vorausgesetzt, Curtius hätte ihn überhaupt halten wollen.«

Die Freundin blickte empört zu ihr hin. »Natürlich hätte Curtius ihn behalten wollen!«, stellte sie kopfschüttelnd fest.

»Siehst du? Das dachte ich mir eben auch. Aber Menschen wie Curtius haben ja nicht nur die finanziellen Möglichkeiten, die Wirklichkeit ihren Wünschen anzupassen ...«

»Ich verstehe nicht ...«

»Das lässt sich manchmal auch auf anderem Wege erreichen. Unter Umständen sogar auf billigerem«, erklärte Klara und winkte dem Fischbudenbesitzer, die Sachen zu ihnen zu bringen. »Komm, setz dich, Vicki, und entspann dich. Es hätte auch schiefgehen können, weißt du?«

»Also, dann verrätst du mir ja jetzt vielleicht, was du getan hast.«

Klara legte den Arm um ihre Freundin und verriet ihr kleines Geheimnis: »Ich bin zu Curtius gegangen. Weißt du, das war an dem Tag, an dem er mich wegen meiner Idee gelobt hatte, diesen Artikel zu bringen über …«

»Frauen und Autos.«

»Richtig. Es war also eine gute Gelegenheit. Ich habe ihm erklärt, dass ich zufällig mitbekommen hätte, dass sein Kapitän sich auf eine sehr prominente Stelle beworben hat.« Klara lachte. »Du hättest sein Gesicht sehen müssen! Ich glaube, er hat erst einmal überlegt, deinen Liebsten wegen Majestätsbeleidigung standrechtlich zu erschießen.«

Vicki vermochte es nicht, mit ihr zu lachen.

»Jedenfalls«, fuhr Klara fort, »habe ich ihm gleich gesagt, dass es wohl keine finanziellen Motive gäbe.«

»Und er?«

»Der Liebe Gott? Meinte, dann könne er wohl nichts machen.«

»Was ja auch stimmt.«

»Eben nicht! Ein Mann mit seinen Beziehungen und seinem Einfluss! Denkst du, er kennt niemanden bei der Reederei? Die sind doch alle dicke miteinander. Ein kurzer Anruf, und die Sache ist geregelt. Jedenfalls hab ich ihm das gesagt.«

Vicki blieb der Mund offen stehen. »Das hast du Curtius gesagt?«

»Vielleicht nicht so direkt«, entgegnete Klara. »Und vielleicht ein bisschen mehr in der Art, dass er selber draufkommen konnte.

Jedenfalls ist er offensichtlich draufgekommen. Ich habe gar nichts weiter tun oder sagen müssen.«

»Und die Reederei hat Jochen abgesagt.«

»Na also!«, rief Klara. »Darauf stoßen wir an.« Und wie auf ein Kommando erschien der Fischbudenbesitzer in diesem Moment mit den Bieren.

Eine Weile sagten sie nichts, sondern guckten nur hinaus auf die Elbe und ans andere Ufer, hinter dem sich inzwischen dunkle Wolken auftürmten. »Du bist wirklich unglaublich«, stellte Vicki schließlich fest.

»Ach was. Aber weißt du, eine gute Freundin hat mal zu mir gesagt, ein bisschen Tricksen und Schummeln hilft weiter.«

»Na, das hast du ja blendend gelernt.« Vicki Voss blickte die Freundin beifällig an. »Danke«, sagte sie. »Du hast wirklich was bei mir gut.«

»Jederzeit wieder.« So lässig Klara sich gab, so sehr wünschte sie, sie hätte sich auch nur annähernd so souverän gefühlt. Irgendwie schien sie das Talent zu haben, das Leben der anderen besser zu regeln als ihr eigenes. Sie hatte für Elke und für Rena die Bilder und den Artikel ins Heft gebracht, für Vicki hatte sie geregelt, dass ihr Liebster nicht zur hohen See fuhr – nur für sich selbst hatte sie seit dem Tod ihrer Mutter nichts vorangebracht: Immer noch suchte sie verzweifelt nach einer Wohnung, und von einem Silberstreif am Beziehungshorizont war weit und breit nichts zu sehen. Nicht dass sie sich nach einem Ehemann sehnte, eher im Gegenteil. Aber jemanden zu haben, mit dem sie in der Nacht nicht einsam war, jemanden zu haben, der sie unterstützte, der sie verstand, der sich um sie sorgte, der zärtlich wäre ... Vielleicht wäre Gregor Blum so jemand gewesen. Wenn er sich nur nicht immer so spöttisch gegeben hätte. Bei jeder Äußerung, die er tat, schien es einen Hintergedanken zu geben, nichts schien er ernst zu nehmen. Ob man so jemanden lieben konnte? Denn ohne Liebe ginge es natürlich nicht. Und Heinz Hertig war nun mal vergeben …

»Jetzt wüsste ich aber zu gerne, was in deinem Kopf vor sich geht«, sagte Vicki mit forschendem Blick.

»Oh«, log Klara. »Ich habe mir nur überlegt, wie alt du wohl geworden bist.«

»Ach …« Einen Moment schien die Freundin überlegen zu müssen, ob sie es verraten sollte. »Na ja. Dreißig. Aber das bleibt unter uns.«

✳ ✳ ✳

An manchen Tagen war Klara richtiggehend erschlagen, wenn sie aus dem Verlag kam. Im Studio herrschte oft Chaos, vor allem, wenn sie dort nicht nur externe Aufnahmen entwickelten und abzogen, sondern eigene machten. Dann waren oft auch ein, zwei Redakteure und etliche Leute von außerhalb der Redaktion anwesend, jeder wusste alles besser – und Klara war diejenige, die es allen recht machen sollte. Heinz Hertig war bei solchen Ereignissen regelmäßig überfordert und dem Herzinfarkt nahe. Und wenn dann auch noch Kraske oder gar Köster in den Keller kamen, um »nach dem Rechten zu sehen«, dann fühlte sie sich mitunter, als müsste sie auf einem Pulverfass tanzen.

Auch wenn es an diesem Tag nur Porträtaufnahmen gewesen waren, hätte die Hektik kaum größer sein können. Der Wirtschaftssenator hatte der Redaktion einen Besuch abgestattet. Am Ende hatte ihn Curtius nicht nur gebeten, noch für einige Fotos das hauseigene Studio aufzusuchen, sondern ihn persönlich hinunterbegleitet, woraufhin auch der persönliche Referent des Senators in Hertigs Reich gekommen war. Auch Curtius' Assistentin, Ellen Baumeister, die im Hause zuständig war für die Koordination prominenter Besuche, Vicki Voss als »unsere charmanteste Repräsentantin«, wie Curtius es genannt hatte, und natürlich die beiden Redakteure, die den Senator zuvor interviewt hatten, waren anwesend gewesen. Das Studio war so überfüllt, dass sie kaum Platz gehabt hatten, die Scheinwerfer zu platzieren.

Als Klara ins Freie trat, dankte sie dem Himmel für den leichten Regen, der an diesem Abend über Hamburg niederging. Erfrischend war das, es machte den Kopf frei und passte außerdem zu ihrer Stimmung. Denn anders als die anderen war sie aus unerfindlichen Gründen bei solchen Porträtsitzungen nicht gespannt bis in die Haarspitzen. Vielleicht lag es daran, dass sie solche Arbeiten schon als Schülerin bei Herrn Buschheuer in dessen Atelier gelernt hatte. Sie waren für sie wie das kleine Einmaleins des Fotografierens.

Den alten Lehrmeister hatte sie schon lange nicht mehr aufgesucht. Vielleicht sollte sie doch mal wieder vorbeigehen? Es lag ja nur ein Stückchen den Rödingsmarkt runter und dann rechts. Zuletzt hatte Klara Herrn Buschheuer auf der Beerdigung ihrer Mutter gesehen. Das war nun auch schon wieder drei Monate her.

Immer noch verspürte sie ein bisschen Herzklopfen, wenn sie zu dem kleinen Laden kam. Rückblickend war es eine schöne Zeit gewesen, eine aufregende Zeit. Sie hatte nicht viel verdient, aber doch genügend, um die fehlenden paar Mark für die Sekretärinnenschule beitragen zu können. Aber sie hatte gelernt. Und Herr Buschheuer hatte ihr vertraut, vielleicht mehr, als gerechtfertigt gewesen war. Schließlich war sie völlig ahnungslos gewesen damals.

Zu Klaras Überraschung war der Laden schon dunkel, das Fotoatelier Buschheuer war bereits geschlossen. Sie klopfte an die Tür und wartete ein bisschen. Blickte auf die Uhr und stellte fest, dass es erst kurz vor halb sieben war, eigentlich die Zeit, in der der Fotograf noch einmal vor sein Lokal trat, einen letzten prüfenden Blick auf die Schaufenster warf, ehe er das Gitter herunterließ und von innen versperrte. Doch die Gitter waren oben, und die Tür war trotzdem verschlossen. Seufzend wandte sich Klara ab. Schade, sie hätte gerne einmal wieder ein paar Worte mit ihm gewechselt, ihm vielleicht auch ein wenig von ihrer neuen Arbeit erzählt, jetzt, da sie endlich richtig angekommen war.

Sie war schon wieder ein paar Schritte entfernt, als sie hinter sich die vertraute Stimme hörte: »Klara?«

»Herr Buschheuer!« Klara drehte sich um und strahlte ihren alten Arbeitgeber an, auch wenn sie im ersten Moment erschrak: Mein Gott, er war dünn geworden! Und grau. »Guten Abend!«

»Guten Abend, Klärchen. Willst du nicht reinkommen?«

»Sehr gerne, Herr Buschheuer. Ich dachte schon, ich treffe Sie nicht an.«

»Ach, ich war nur hinten in der Dunkelkammer. Und weil vorne niemand im Laden war, habe ich abgesperrt.«

»Verstehe« sagte Klara, doch sie konnte ihm nicht recht glauben. Denn im Laden herrschte eine seltsame Unordnung. Regale waren leer geräumt, auf der Verkaufstheke stapelten sich Schachteln, der Telefonhörer hing schief auf der Gabel …

»Trinkst du ein Glas Sherry mit mir?«

»Ein Glas Sherry?« Klara konnte sich nicht erinnern, dass sie Herrn Buschheuer jemals Alkohol hätte trinken sehen. »Wenn Sie meinen …«

Er führte sie nach hinten und deutete auf den großen Fauteuil, in dem sie immer wahlweise den Familienvater oder die Dame platziert hatten, wenn sie eine Familienaufnahme machten. Auf dem Ziertischchen stand eine Karaffe, daneben zwei Gläser, von denen eines halb gefüllt war. Er füllte es auf und goss auch ins zweite etwas von der bernsteinfarbenen Flüssigkeit, ehe er es ihr reichte. Befangen nahm Klara ihm das Glas aus der Hand und ließ es zu, dass er mit ihr anstieß. »Wie geht es Ihnen denn immer so, Herr Buschheuer?«, wollte sie wissen.

»Ach, jetzt reden wir aber doch nicht von mir altem Mann, sondern von dir! Du hast doch neuerdings die Welt erobert, Deern!«

»Na ja«, merkte Klara an. »So groß hat es sich dann auch nicht angefühlt. Ich glaube, es ist noch ziemlich viel Welt übrig, Herr Buschheuer.« Aber sie tat ihm den Gefallen, und sie tat ihn ihm gerne, ein wenig aus dem Reich der Zeitschriftenmacher zu erzählen, zu berichten, wie die Zusammenarbeit mit Heinz Hertig war, ja sie konnte ihm sogar ein Exemplar der *Claire* mit dem Foto von Elke dalassen, das sie schließlich mit Herrn Buschheuers Kamera gemacht hatte!

Über all den Geschichten – und darüber, dass der alte Lehrmeister immer mal wieder ein Tröpfchen nachschenkte – vergaßen sie beide die Zeit. Und irgendwann bemerkte Klara, dass sie fast im Dunkeln saßen. Keiner von ihnen hatte daran gedacht, Licht zu machen. So im Zwielicht aber wirkte Alfred Buschheuer noch magerer und noch grauer. »Und Sie, Herr Buschheuer?«, fragte Klara schließlich. »Wie geht es Ihnen? Haben Sie schon eine neue Assistentin gefunden?«

»Eine neue Assistentin? Ach, ich denke nicht, dass sich das noch lohnt«, entgegnete der Fotograf.

»Aber warum das?«

Herr Buschheuer nahm einen Schluck Sherry und stellte bedauernd fest, dass die Karaffe leer war. »Vorne am Rathausplatz hat jetzt ein neues Fotoatelier eröffnet. Johannsen. Hast du vielleicht schon gesehen. Nein? Na, was soll ich sagen, alles vom Feinsten, piekfein geradezu. Auf drei Stockwerken. Und Preise, da kann unsereins nicht gegen an. Die neuesten Kameras kosten bei denen nicht mehr als bei uns die alten Modelle.«

»Hm«, machte Klara. »Und wenn Sie mit den Preisen runtergehen?«

»Dann zahle ich drauf, Klärchen. Ein Kleiner wie ich bekommt nicht solche Rabatte von den Herstellern wie die. Die nehmen mal eben die zehnfache Menge ab und kriegen auf alles zehn Prozent zusätzlichen Nachlass. Das sind die zehn Prozent, die wir Kleinen zum Überleben brauchen.«

»Dafür verstehen die sich aber bestimmt nicht so auf Porträts und Kunstfotografie«, gab Klara zu bedenken.

»Ach, die Kunst. Die geht ja schon seit Jahren nicht mehr. Und Porträts, also Porträts können die auch, das muss man neidlos anerkennen. Außerdem können sie mit ihren Fotowänden die tollsten Hintergründe zaubern, während wir hier nur ...« Er wedelte mit der Hand Richtung Mobiliar. »Während wir nur diesen ollen Kram hier zu bieten haben.«

»Aber was machen Sie dann, Herr Buschheuer?«, fragte Klara erschrocken.

»Was ich mache? Das liegt doch auf der Hand, oder? Ich mache zu. Wird nicht mehr lange dauern. Ich will nicht warten, bis die Miete meine restlichen Ersparnisse gefressen hat. Von irgendwas muss man ja schließlich noch leben.«

Unwillkürlich legte Klara eine Hand auf seinen Arm und spürte, wie er leicht zitterte. »Das tut mir schrecklich leid, Herr Buschheuer«, sagte sie. »Ich hätte so etwas nie gedacht.«

»Es ist eben der Lauf der Welt«, erklärte der alte Herr. Aber als draußen die Straßenlaterne aufflackerte und ihren Schein durchs Fenster warf, konnte Klara doch sehen, wie seine Augenwinkel feucht schimmerten. Marktwirtschaft, dachte sie. Darüber hatte sie gelesen. Im Hanseat. Der Markt regelt alles. Er regelt auch, wer die Preise diktiert. Es gab die Starken und die Schwachen. Die Schwachen aber mussten weichen. Warum? Sie wusste es nicht. Sie wusste nur, dass vor ihr ein Mensch saß, dem sie unendlich viel verdankte und der zu den Verlierern dieses Spiels gehörte, so wie vorhin, bei der Redaktionskonferenz im Verlag, ein Mann vor ihr gesessen hatte, dem sie ebenfalls viel verdankte, der aber einer der Gewinner dieses Spiels war: Hans-Herbert Curtius.

Traurig und auch ein bisschen angeschickert von seinem Sherry verabschiedete Klara sich von Herrn Buschheuer und ging in die Nacht hinaus, wanderte hinüber Richtung Michaelisbrücke. Obwohl es schon spät war, stand der einarmige Leierkastenmann noch da, dem sie manchmal einen Groschen in den Hut warf und den sie seit Jahren kannte. »Moin, moin!«, rief er, als er sie sah.

»Moin, Herr Schüller!«, rief sie zurück und kramte nach ihrem Portemonnaie. »So spät noch?«

»War ein schlechter Tag«, erklärte der Mann und zeigte lächelnd seine schadhaften Zähne. »Da muss ich noch ein büschen orgeln.«

»Verstehe«, sagte Klara und spendete zwei Groschen. Sie hatte sich eigentlich nie gefragt, wie so jemand über die Runden kam in einer Stadt wie Hamburg, wo alles jeden Monat teurer wurde. »Wohnen Sie eigentlich hier irgendwo?«, wollte sie wissen.

Der Mann nickte Richtung Hafen. »Portugiesenviertel«, sagte er. »Hatte Glück. Konnte die Wohnung von meinem Bruder übernehmen.«

»Oh. Er ist fortgezogen.«

»Ja. Kann man so sagen«, erwiderte der Drehorgelspieler und blickte in die Ferne. Verrückt, dachte Klara. Der Bruder gefallen und der Leierkastenmann versehrt. Was der Krieg aus den Menschen gemacht hatte …

»Und Sie? Michaelisplatz, richtig?«

»Nicht mehr lange«, sagte Klara und seufzte. »Bin längst gekündigt. Bald muss ich raus und weiß immer noch nicht, wohin.«

»Jaja, ist nicht leicht in dieser Stadt.«

»Ich schätze, es ist nirgends leicht.«

»Stimmt. Für niemanden.«

Klara nickte ihm zu und ging ihrer Wege. Einen Augenblick

blieb sie auf dem kleinen Platz stehen, den sie so sehr mochte, weil er sie an ihre Mutter erinnerte. Sie hatte Angst, Angst vor der Wohnung, die wie jeden Abend düster und einsam sein würde, seit die Mutter nicht mehr lebte. Und mehr noch davor, was nach dieser Wohnung kommen würde. In wenigen Wochen musste sie raus – und sie wusste immer noch nicht, wohin. Immer noch herrschte Knappheit an Wohnraum, selbst jetzt, da die letzten von britischen Kräften beschlagnahmten Wohnungen freigegeben worden waren. Es ist für niemanden leicht, hatte der Leierkastenmann gesagt. Aber das stimmte so nicht. Für jemanden wie die Herren Redakteure oder gar für die Verleger war es einfach, eine standesgemäße Unterkunft zu finden. Wer über das nötige Geld und die entsprechenden Beziehungen verfügte, konnte längst wieder alles haben. Aber eine alleinstehende junge Frau mit kleinem Einkommen ... Während sie auf den gepflasterten Platz und die Passanten blickte, fragte sich Klara, was sie selbst eigentlich war: eine Gewinnerin oder eine Verliererin? Vielleicht war es zu früh, diese Frage zu stellen. Vielleicht würde es nie eine eindeutige Antwort darauf geben. Vielleicht aber lag es auch ganz einfach an ihr, weil es nämlich noch nicht entschieden war und weil es für die Antwort auf einen ganz bestimmten Menschen ankam: auf sie selbst.

Menschen wie Hans-Herbert Curtius nahmen sich einfach, was sie wollten. Sie taten es mit einer Selbstverständlichkeit, als wäre es das Natürlichste von der Welt, dass ihnen Häuser und Jachten gehörten, dass Dutzende, ja Hunderte von Menschen für sie arbeiteten. Und wenn einer sich entschied, es nicht mehr zu tun, dann zog man seine Strippen und ließ ihn an einem unsichtbaren Faden wieder zurück in seine Position baumeln, ohne dass er jemals erfahren hätte, wie ihm geschehen war. Eine Marionette eben. Wie Jochen Stewens, Vickis Freund.

»Klärchen!«, sprach der unvermeidliche Otto Strecker sie an. An diesem Abend trug er einen hellen Anzug und Lackschuhe. Klara ärgerte sich, dass er sie hier vor dem Haus entdeckt hatte, und sie amüsierte sich über seinen lächerlichen Aufzug. »Na? Hat dich deine Liebste versetzt?«, fragte sie und konnte ein Kichern kaum unterdrücken. Der verdammte Sherry. Sie war das einfach nicht gewohnt. Nicht in diesen Mengen.

»Das kommt drauf an«, erwiderte Strecker.

»Und worauf?«, fragte Klara und verfluchte sich innerlich selbst. Es war einfach keine gute Idee, ihn zu einem Gespräch zu ermuntern. Sie hatte sich ganz klar vorgenommen, so eisig zu ihm zu sein wie nur möglich. Seit er ihr eine Unterkunft in einem Haus auf St. Georg angeboten hatte, das man nur als »Etablissement« bezeichnen konnte, war sie endgültig mit ihm fertig. Nie wieder würde sie sich zu einer Plauderei mit ihm hinreißen lassen. Aber an diesem Abend …

»Kommt darauf an, was du sagst, Klärchen. Ich hab ja noch nichts vor. Aber wenn du Lust hast, führ ich dich aus!«

Nein. Absolut nicht, dachte Klara und sagte: »Wohin gehen wir denn?«

Er schien ebenso überrascht zu sein wie sie.

»Wir könnten zu mir gehen«, schlug Strecker in einem Anfall von Dreistigkeit vor.

Ja, das hätte er sich so gedacht. Dass sie mit zu ihm ginge. Das kam ja überhaupt nicht in Frage! »Aber zuerst will ich tanzen«, entkam es ihr. Tanzen, das wollte sie nämlich wirklich. Aber nicht mit Otto Strecker!

Mit ungefähr jedem anderen Mann auf Erden, nur nicht mit diesem Widerling, der sie schon seit Jahren belästigte und sich falsche Hoffnungen machte.

Und dann hielt er ihr auch schon die Wagentür auf, und sie stieg ein, und er sprang auf der Fahrerseite hinein und drückte aufs Gas, als hätte er Angst, sie könnte es sich doch noch anders überlegen. Dabei hatte sie das längst getan: es sich anders überlegt. Nur dass Denken und Handeln manchmal zweierlei Dinge sind. Vor allem nach einer halben Flasche Sherry. Und dass manchmal der Richtige einfach nicht zur Hand war und man dann vielleicht sogar mit jemandem vorliebnahm, der eben nur nach fünf Gläsern Sherry einigermaßen erträglich wirkte.

※ ※ ※

Das Erwachen fühlte sich mehr als böse an. Und das lag nicht nur daran, dass ihr Otto Strecker aus nächster Nähe ins Gesicht schnarchte. Erschrocken fuhr Klara hoch und starrte auf die Szenerie. Erst nach und nach setzte sich ein Bild in ihrer Erinnerung zusammen, das sie kaum fassen konnte: sie selbst im Café Keese mit diesem lächerlichen Mann, bei Sekt und Würstchen, sie selbst mit diesem unmöglichen Kerl auf der Tanzfläche, sie selbst laut singend mit diesem schrecklichen Menschen im Auto, und schließlich sie selbst ... nein, daran wollte sie gar nicht mehr denken. Schockiert huschte sie aus dem Bett und ins Bad. Wo genau waren sie hier eigentlich? Sie machte das schmale Badezimmerfenster einen Spaltbreit auf und lugte hinaus: Zu ihrer Überraschung blickte sie auf die Weltkugel, die das Atlantic-Gebäude krönte: Gegenüber lag das prächtigste Hotel von ganz Hamburg. Hier wohnte Otto? Im Ernst? Wie um alles in der Welt hatte er das geschafft? Nein, eigentlich wollte sie das lieber gar nicht wissen. Nur weg, das wollte sie. Und zwar so schnell wie möglich. Am besten, bevor er aufwachte. Und ihn dann am liebsten nie wieder sehen. Sie setzte sich hin und erledigte, was zu erledigen war, dann wusch sie sich am Waschbecken, so gut es irgend ging – vor allem an den intimsten Stellen. Otto Strecker! Sie konnte es selbst nicht fassen. War sie so betrunken gewesen? So verzweifelt?

Ein Blick in den Spiegel sagte ihr, dass sie genauso aussah, wie sie sich fühlte. Sie musste dringend nach Hause, musste sich frisch machen, umziehen – und diese Episode so schnell wie nur möglich vergessen. Hoffentlich hatte er ihr bloß nichts angehängt. Weder ein Kind noch einen Gruß aus St. Pauli. Wie dumm konnte man sein!

Hastig sammelte sie im Schlafzimmer ihre Sachen zusammen, zog sich an – die Schuhe vor der Wohnungstür – und verschwand aus dem Haus an der Binnenalster, um so schnell wie möglich zu sich nach Hause zu laufen und diese Peinlichkeit zu vergessen. Was ihr natürlich nicht gelingen würde. Der Kopf tat ihr weh, sie hatte definitiv zu viel getrunken, und heiße Scham durchflutete sie, wenn sie daran dachte, dass sie mit in Ottos Wohnung gegangen war. Allerdings fehlte ihr buchstäblich jede Erinnerung daran. Das Letzte, was sie wusste, war, wie sie vor dem Café Keese aus einer Parklücke fuhren und sie bei geöffnetem Wagen laut »Rock Around the Clock« sang, vermutlich, weil sie das im Lokal gespielt hatten. Danach herrschte völlige Leere in ihrem Gedächtnis.

Erschrocken blieb sie neben einem Zeitungskiosk stehen. Und wenn dieser Filmriss länger gedauert hatte? Was für ein Wochentag war eigentlich?

Die schönsten Ideen fürs Wochenende, versprach das Abendblatt. Sommer, Sonne, Alsterfahrt!, titelte die Morgenpost. Klara atmete durch, guckte zur Sicherheit nochmal aufs Datum und stellte erleichtert fest, dass dort »Samstag, 21. Juli 1956« angegeben war. »Gott sei Dank!«, seufzte sie erleichtert und gab sich einen Ruck. Nichts wie weg von diesem vermaledeiten Ort. Je mehr Meter sie zwischen sich und Otto Strecker brachte, umso besser.

Am liebsten hätte sie ein Bad genommen. Ach was, am liebsten hätte sie ihre Leibwäsche verbrannt! Ausgerechnet Otto! Allein der Gedanke weckte Übelkeit in ihr. Vielleicht war es aber auch die Gewissheit, dass er ihr diese Nacht ewig unter die Nase reiben würde. Sie konnte nur hoffen, dass er nicht allzu oft Gelegenheit dazu bekam.

※ ※ ※

Seit sie ihr eigenes Geld verdiente, konnte sie es sich öfter leisten, in die Badeanstalt Jürgens zu gehen, auch wenn ihr ein eigenes Badezimmer tausendmal lieber gewesen wäre. Aber in Anbetracht der zurückliegenden Nacht war es das Beste, was ihr einfiel – und sie sank dankbar in die Wanne mit warmem Wasser, die man ihr in einer der Kabinen eingelassen hatte, griff nach der Kernseife, die auf einem Brett in Reichweite lag, und rieb sich gründlich ab. Jeden Zentimeter ihrer Haut schrubbte sie, als gälte es, Schwefelgeruch loszuwerden. Dabei war Otto natürlich kein Teufel, sondern nur ein unmöglicher Kerl, der auf Genuss aus war, wie so viele andere. Einer, der offenbar immer auf die Füße fiel. »So einer schwimmt immer obenauf«, erinnerte sie sich Heinz Hertigs Worte über Curtius. Nur dass Otto Strecker natürlich kein Hans-Herbert Curtius war, sondern im Vergleich dazu ein kleines Licht.

Und was war sie? Das Dummchen, das man für ein schnelles Vergnügen abschleppen konnte? Die kleine Fotoassistentin, die sich anschließend heimlich davonschlich, statt den Mann zur Rede zu stellen, der ihren Zustand ausgenutzt hatte? Entsetzt über ihre eigene Dummheit ließ Klara den Tränen ihren Lauf. Vielleicht hatte ihre Mutter doch recht gehabt. So etwas wäre garantiert nicht passiert, wenn sie sich einen seriösen Mann gesucht und eine Familie gegründet hätte. Ja. Und das würde sie. So schwer konnte es doch nicht sein, einen vernünftigen unverheirateten Mann zu finden, der einem zumindest nicht zuwider war. Sie wusste ja, dass sie aufs andere Geschlecht wirkte, hatte die Blicke oft genug gespürt, die man ihr hinterherwarf, hatte genügend Komplimente bekommen, um es nicht für Zufall zu halten.

Klara wollte nicht mehr allein sein, sich nicht mehr verloren fühlen, nicht mehr einsam in ihrem Zimmer sitzen oder in der Badeanstalt Jürgens statt in einer modernen, schönen Wohnung, wo sie ihr eigenes Badezimmer haben würde, mit einem Mann, der sie bewunderte, und vielleicht wirklich ein paar Kindern … Wenn bloß nichts passiert war in dieser elenden Nacht mit Otto.

❋ ❋ ❋

# 5.

*Klara liebte den Friseursalon »Sissi«.* Er mochte klein und unspektakulär sein, aber er hatte etwas Heimeliges für sie, was natürlich nicht zuletzt an Rena lag, die gleichermaßen eine geniale Friseurin war wie auch eine exzellente Zuhörerin und Alleinunterhalterin, wie man sie so in Hamburg wohl kein zweites Mal fand. Rena wusste alles, kannte jeden und konnte zu jedem Thema das Neueste und das Interessanteste erzählen. Außerdem durchblickte sie ihre Kundinnen, dass es fast unheimlich war. Man konnte vor Rena kein Geheimnis verbergen. Wer Kummer hatte, wer unzufrieden war, wen Amors Pfeil getroffen hatte – ein Blick der Friseurin, und er war ertappt. Darüber hinaus war der kleine Salon entzückend eingerichtet: Rena hatte das alte Mobiliar – vermutlich mit Elkes Hilfe – aufgehübscht. In den Fenstern hingen florale Vorhänge, deren Muster sich in den neuen Bezügen der Stühle wiederfand. An der Kasse hatte sie ein Regal aufgebaut, in dem allerlei Pflegemittel zum Kauf angeboten wurden, alles liebevoll dekoriert mit Schleifen und Trockenblumen … Ja, Klara liebte den Laden. Nur dass es an diesem Tag unerträglich voll war. Neben den drei Stühlen für die Wartenden standen noch zwei Frauen, die im Stehen in Zeitschriften blätterten. Das hieß, nein: nicht in Zeitschriften, sondern in einer Zeitschrift, nämlich der aktuellen *Claire*. Offensichtlich hatte Rena ein Dutzend Ausgaben gekauft und sie im Stapel in ihrem Salon ausgelegt.

»Vielleicht ist es besser, wenn ich wieder …«, murmelte sie, doch Rena hatte sie schon entdeckt und hob die Hand. »Frau Senator!«, rief sie. »Entschuldigen Sie bitte vielmals, dass ich die Herrschaften vorgelassen habe!«

Klara blickte sich verwirrt um, aber hinter ihr stand niemand. Rena kam auf sie zu. »Ich bin ja überglücklich, dass Sie doch noch gekommen sind«, sagte sie zu ihr. »Natürlich müssen Sie jetzt nicht alle abwarten, die in der Zwischenzeit hereingekommen sind, Frau Senator. Sie hatten ja schließlich Ihren Termin, nicht wahr?« Sie zwinkerte Klara zu. »Ich bin gleich mit der Wasserwelle hier drüben fertig, dann können Sie schon mal in dem Stuhl Platz nehmen, ja? Und vielleicht mögen Sie ja eine Ausgabe unserer ... Ach was, die Zeitschrift kennen Sie ja schon. Diese hier vielleicht?« Sie drückte Klara eine »Brigitte« in die Hand und war auch schon wieder zurück bei ihrer Kundin, die im Spiegel neugierig auf die verblüffend junge »Frau Senator« guckte.

Aus den Augenwinkeln erkannte Klara, dass die Wartenden hin- und hergerissen waren, ob sie sich darüber empören sollten, dass eine Person, die nach ihnen den Salon betreten hatte, vor ihnen drankommen sollte, oder ob das wegen des vermeintlichen Termins womöglich korrekt war.

Als Klara sich in den Stuhl sinken ließ, konnte sie nicht umhin, der Freundin für den kleinen Bluff dankbar zu sein. So würde sie noch Zeit haben, anschließend ein wenig durch die Mönckebergstraße zu schlendern und sich nach einer Handtasche umzusehen. Die brauchte sie schon so lange. Die alte, die einzige, die sie hatte, war inzwischen so schäbig, dass sie sich dafür schämte. »Danke«, murmelte Klara und setzte sich.

Die Konkurrenz auf dem Zeitschriftenmarkt war stark. Gerade die Brigitte hatte einiges zu bieten. Aber es fehlte ihr der Pfiff, den die *Claire* hatte. Im Grunde konnte man sagen, die Brigitte wandte sich an die verheiratete Hausfrau, während die Leserin der *Claire* sich nach einem selbständigen, ungebundenen Leben sehnte.

»Was schwebt dir denn vor?«, fragte Rena leise, als sie zu ihr kam.

»Bisschen kürzer wäre schön.«

»Schon klar«, sagte die Friseurin. »Aber du weißt, dass du einen wunderschönen Pferdeschwanzhinterkopf hast?«

»Gott, Pferdeschwanz hab ich getragen, seit ich zehn war!«, rief Klara lachend. »Ich finde, es darf auch mal frecher sein.« Frecher war das eine. Adrett war das andere. Wenn man schon die Absicht hatte, sich auf den Heiratsmarkt zu begeben, dann gefälligst möglichst gutaussehend! Aber das würde sie der Freundin nicht verraten.

»Wie die Frau Fotografin meinen«, erwiderte Rena und tippte mit dem Zeigefinger auf ihre Lippen. Wenn der kleine Schwindel um die »Frau Senatorin« nicht auffliegen sollte, mussten sie diskreter sein.

»Mächtig was los bei dir«, stellte Klara fest, nachdem die Freundin ihr den Umhang umgelegt und die Haare ein wenig angefeuchtet hatte.

»Deine Schuld.«

»Meine?«

»Seit du meinen kleinen Salon in deiner Zeitschrift erwähnt hast, hört die Türglocke nicht mehr auf zu klingeln.«

Und wie aufs Stichwort bimmelte die Glocke über dem Eingang, und zwei weitere Frauen streckten die Köpfe herein. »Oh!«, klagte eine. »Ausgebucht?«

»Restlos«, stellte Rena fest und kämmte Klaras Haare zur Seite, um sich strähnchenweise vorzuarbeiten. »Versuchen Sie's gerne am Montag wieder.«

»Ich bin beeindruckt«, sagte Klara. »Hoffentlich kann ich mir dich überhaupt noch leisten.«

»Du? Du bist hier jederzeit frei.« Rena warf einen Blick über die Schulter. »Siehst ja, was ich dir verdanke.«

Dass ein Artikel in einer Zeitschrift so wirkungsvoll sein könnte, hätte Klara nie gedacht. Ein hübsches Foto, ein paar flotte Sätze, und die Leute rannten so einem kleinen Laden die Tür ein. »Verrückt, oder?«

»Völlig«, stimmte Rena zu. »Und wunderbar.«

Eine Weile hörte Klara zu, wie die Damen in dem kleinen Friseursalon sich über die neuesten Filme unterhielten, ob »Die Fischerin vom Bodensee« der schönere Streifen war oder »Wo der Wildbach rauscht«. Ob Marianne Hold die hinreißendere Schauspielerin war oder doch Ingeborg Cornelius. Sie war nicht überrascht, als Rena für »Die Halbstarken« plädierte und für Karin Baal, aber sehr wohl war sie überrascht, als die Freundin erklärte: »Aber das liegt vielleicht auch daran, dass ich die Frisur von Horst Buchholz machen durfte.«

»Nicht Ihr Ernst!«, rief eine der Kundinnen. »Ich würde mir ja nie wieder die Hände waschen.«

Rena lachte. »Das wäre Ihnen aber nicht recht, wenn ich dann anschließend Ihre Haare mache, Frau Krüger.«

»Ach was! Wenn Sie Ihre Finger vorher im Schopf vom Buchholz hatten, dann würde mir das überhaupt nichts machen.« Alle lachten. Auf diesen jungen Mann als perfekten Liebhaber konnten sie sich alle einigen. Mit Ausnahme eines etwas verdrießlich dreinblickenden Herrn, der ebenfalls im Salon saß und wartete und den Damen entgegenhielt: »Er ist unreif und ein windiges Bürschchen. Deshalb heißt der Film ja, wie er heißt.«

»Ach, Herr Schlüter, gönnen Sie uns doch den Spaß«, warf Rena ein. »Manche Früchte schmecken eben am besten, wenn sie noch nicht ganz reif sind.«

»Davon will ich gar nichts wissen. Alles, was ich weiß, ist, dass am Ende doch jede Frau einen starken Mann an ihrer Seite will. Und keinen Halbstarken. Außerdem wurde in Berlin gerade ›Der

Hauptmann von Köpenick‹ zum besten Film gewählt. Zu Recht, wenn Sie mich fragen! Gibt es einen besseren Schauspieler als Heinz Rühmann?«

Die anwesenden Damen schmunzelten vor sich hin und ließen ihm für den Moment das letzte Wort. Rena nahm eine neue Strähne und schnitt – und überraschte Klara mit der Ankündigung: »Die Schneiderei Brill zieht aus.«

»Nein!«

»Doch! Nächsten Monat schon!«

»Das tut mir aber leid!«; sagte Klara, ganz betroffen. »Was ist passiert?«

»Was passiert ist?« Die Freundin lachte. »Denen geht es wie mir, die können die Nachfrage nicht mehr bewältigen.«

»Aber das ist doch eine gute Nachricht, oder?«

»Absolut! Nur dass sie größere Räumlichkeiten brauchen. Und mehr Mitarbeiterinnen. Die alte Frau Brill und Elke allein kommen jedenfalls nicht mehr hinterher. Gestern Abend war Elke bei mir und hat mir erzählt, dass sie Aufträge für vierzig Kleider angenommen haben.«

»Vierzig!«

»Und Aufträge für über hundert Kleider haben sie abgelehnt.«

»Nicht dein Ernst.«

»Ich überlege auch, ob ich umziehe. Der Salon ist einfach sehr klein. Ich könnte zwei Kolleginnen einstellen und deutlich mehr Umsatz machen, wenn ich einen größeren Laden hätte.« Rena deutete mit der Schere über ihre Schulter. »Auf der anderen Seite wird neu gebaut. Ich habe schon mal angefragt, ob da ein passendes Geschäftslokal zu haben wäre.«

»Und?«

»Muss man sehen. Die vermieten nicht gern an alleinstehende Frauen.«

»Du bist ja kein Backfisch, sondern eine gestandene Geschäftsfrau«, erwiderte Klara ein wenig entrüstet.

»Aber eben eine ohne Ehemann mit Bankkonto und Homburger.«

Noch so eine, dachte Klara. Wieso eigentlich konnte man als Frau ohne Mann so unendlich schwer bestehen? Es war eine verdammte Ungerechtigkeit.

※※※

Auf der Mönckebergstraße herrschte dichtes Gedrängel. Beinahe wäre Klara unter die Straßenbahn gekommen, als sie einem Auto auswich. Ein paar junge Männer liefen ihr zwischen St. Petri und dem Gerhart-Hauptmann-Platz hinterher und übertrafen sich in Fantasien, was sie alles für sie anstellen würden, wenn sie mit einem von ihnen eine Bootsfahrt auf der Binnenalster unternahm. Lachend und kopfschüttelnd ließ Klara die Kerle hinter sich, als sie abbog, um zu Peek & Cloppenburg zu gehen. Was so eine neue Frisur alles zu bewirken vermochte. Für einige Zeit gelang es ihr sogar, nicht mehr an die zurückliegende Nacht zu denken. Ein sonniger, freier Tag lag vor ihr, das war ein zusätzlicher Trost – und heute wollte sie endlich einmal wieder fotografieren! Heinz Hertig hatte nichts dagegen gehabt, dass sie sich eine der Kameras aus dem Verlagsstudio auslieh – »Wenn Sie sie nur heil wiederbringen« –, und hatte ihr sogar noch ein paar Tipps zur Belichtung gegeben, weil sie das Modell noch nicht kannte. Eigentlich hatte sie sich den Ausflug für Sonntag vorgenommen. Aber sprach irgendetwas dagegen, dass sie auch heute Nachmittag schon loszog? Es gab so wenige strahlende Sonnentage in der Hansestadt, die für ein raffiniertes Spiel von Licht und Schatten gut waren, dass man die Zeit nutzen sollte. Wenn sie zu Hause säße, würde sie ohnehin nur über den unsäglichen Otto Strecker und ihr ausbleibendes Liebesglück grübeln.

»Carpe diem«, flüsterte sie. Ihre Mutter hatte das immer gesagt. Ihre Mutter, die einmal eine stolze und gebildete Frau gewesen und vom Krieg um ihr Leben betrogen worden war. Unvermittelt war Klara stehen geblieben und blickte in die Menge der vorüberhastenden Menschen, in dieses Gewimmel von Träumen und Wünschen, Ängsten und Sehnsüchten, in dem auch ihre kleine Existenz sich abspielte. Nein, wie ihre Mutter wollte sie nicht enden. Auf einmal stand die Ehe wieder als etwas Gefährliches vor ihr: als Weg in die Abhängigkeit. Und wenn diese Ehe aus irgendeinem Grund zerbrach, dann stand man als Frau vor dem Nichts. Wie ihre Mutter. Nein, Klara würde sich hüten, sich einem Mann an den Hals zu werfen und ihm den Haushalt zu führen und Kinder zu gebären. Sie wollte berufstätig sein und gerne auch lange bleiben. Gab es eigentlich irgendeinen Grund, weshalb Frauen nach der Heirat zu Hause blieben? Wenn es einen gab, so würde es eben keine Heirat geben. Ihr Auserwählter jedenfalls würde sich damit abfinden müssen, kein Heimchen am Herd zu bekommen. Das Leben, da war sich Klara Paulsen völlig einig mit sich, bot so viel, dass man sich nicht mit wenig zufriedengeben durfte. »Carpe diem!«, sagte sie laut und erntete einige neugierige Blicke aus ihrer Umgebung. Dann marschierte sie in die Lederwarenabteilung und entschied sich absichtlich nicht für die hübsche kleine Handtasche, die sie sich eigentlich schon vor Längerem ausgesucht hatte, sondern für ein deutlich größeres Modell mit Schultergurt, in das man mehr als nur Lippenstift und Puderdöschen packen konnte. Zum Beispiel eine Fotokamera mit Objektiv.

✳ ✳ ✳

Das Fotoatelier Johannsen lag ebenfalls an der Mönckebergstraße. Der Inhaber hatte einen Fernsehapparat ins Schaufenster gestellt, weshalb sich immerzu Menschen vor dem Gebäude sammelten, gelegentlich ganze Aufläufe wenn es etwas Spannendes zu sehen gab. Auch Klara blieb stehen und staunte, wie in einer solch kleinen Kiste ein ganzes Kino stecken konnte. Der Laden präsentierte allerlei Fotozubehör, von billigen, einfachen Kameras bis hin zum Teuersten vom Teuren. Alles blitzte und funkelte. Kein Wunder, dass Herr Buschheuer da nicht mithalten konnte. Es sah wirklich so aus, als hätte das alte kleine Studio am Rödingsmarkt keine Chancen gegen einen so glänzenden Konkurrenten.

Auch wenn sie für den Lauf der Dinge absolut nichts konnte, plagte Klara das schlechte Gewissen. Ein bisschen war ihr, als hätte sie den alten Fotografen im Stich gelassen. Er hatte ihr zwar nie eine feste Stelle in seinem Laden angeboten – und sie hatte das auch nie erwartet –, aber manchmal hatte er leise Andeutungen gemacht, die Klara im Nachhinein so zu verstehen glaubte, als hätte er gehofft, sie würde seine Nachfolgerin werden und das Fotoatelier Buschheuer fortführen. Wobei allerdings offensichtlich war, dass sie genauso wenig gegen diese Konkurrenz hätte ausrichten können wie er. Eher weniger. Und doch.

Unvermittelt trat Klara zu dem kleinen Blumenstand nebenan. »Nelken«, sagte sie, weil sie sich erinnerte, dass Alfred Buschheuer die immer besonders gern gemocht hatte. »Rote Nelken, bitte. Einen schönen, großen Bund.«

»Gerne, Fräulein!« Die alte Frau, die hinter dem Wagen stand, war so abgehärmt und verwittert, dass Klara direkt Mitleid mit ihr empfand. Auf einmal wirkte alles grausam auf sie: Einerseits blühten Unternehmen und Reichtum an allen Ecken und Enden, andererseits ließ das neue Geschäftsleben immer mehr Menschen hinter sich. Nach dem Krieg waren alle arm gewesen, sie konnte sich noch sehr gut daran erinnern. Alle hatten sich abgestrampelt und auf den Weg in ein besseres Leben gemacht. Aber dann war es immer mehr Menschen gelungen, Fuß zu fassen und vorwärtszukommen. Nun aber, mit einigem Abstand, wurde sichtbar, dass es auch Verlierer gab. Solche, die es nicht geschafft hatten, die nur das Nötigste erwirtschafteten – und vielleicht zum Teil nicht einmal das. »Danke schön!«, sagte sie, als sie die wunderhübschen Blumen, die die alte Händlerin noch in einen Bogen Zeitungspapier gewickelt hatte, entgegennahm.

»Gerne, junges Fräulein. Viel Freude damit!«

»Sie sind für meinen alten Lehrherrn.«

»Da wird er sich bestimmt freuen.« Die Alte lächelte und entblößte mehrere Zahnlücken, dann musste sie husten, und Klara fühlte sich auf schreckliche Weise an die letzten Tage ihrer Mutter erinnert.

Hastig lief sie am Rathaus vorbei zum Rödingsmarkt und kam gerade rechtzeitig, um Herrn Buschheuer noch ein schönes Wochenende zu wünschen und ihm die Blumen zu überreichen.

»Ich habe auch etwas für dich!«, sagte der alte Herr und winkte ihr, mit nach drinnen zu kommen.

Es war schon nicht mehr allzu viel im Laden. Jetzt schien es schnell zu gehen. »Der Vermieter hat einen neuen Pächter«, erklärte Alfred Buschheuer, als er ihren Blick sah. »Da heißt es, schnell, schnell raus!«

»Ich weiß, was Sie meinen«, sagte Klara und seufzte. »Ich soll auch aus unserer Wohnung.«

»Das tut mir furchtbar leid. Ich hoffe, du hast schon etwas Neues gefunden?«

»Ich wünschte, ich hätte.«

»Na, dann hoffe ich das Beste. Hier!« Er griff nach einer Kamera, einer Leica I, mit der Klara schon früher gerne Fotos gemacht hatte. Sie war klein und leicht und praktisch. Und sie war technisch immer noch durchaus auf der Höhe der Zeit. Jedenfalls wenn man damit umgehen konnte. »Die möchte ich dir gerne schenken.«

»Aber Herr Buschheuer, das kann ich doch nicht annehmen!«, protestierte Klara. »Sie können sie verkaufen und …«

»Bitte, Klara, lass uns darüber nicht diskutieren«, fiel der Fotograf ihr ins Wort. »Du wirst einem alten Mann diesen Wunsch nicht abschlagen.«

Brauchte er jetzt nicht jede Mark, die er bekommen konnte? Der Laden geschlossen, das Einkommen perdu … Er konnte ihr doch jetzt nicht eines seiner wertvollen Stücke schenken. »Ich wüsste gar nicht, wie ich mich dafür revanchieren soll, lieber Herr Buschheuer«, sagte sie.

»Das hast du längst, junges Fräulein, das hast du längst. Jetzt, wo ich zumache, muss nicht alles in alle Winde zerstreut werden. Es ist schön, wenn das eine oder andere Stück in vertrauten Händen landet. Und diese Kamera möchte zu dir.«

Klara lachte, halb amüsiert, halb wehmütig. »Ja, wenn das so ist, dann kann ich wohl kaum nein sagen?«

»So ist das, Deern. So ist das.«

✳ ✳ ✳

Als kleines Kind, vor dem Krieg noch, Klara war vielleicht drei oder vier Jahre alt gewesen, da war sie mit ihrer Mutter einmal zum Hagenbeck'schen Tierpark gefahren an einem solchen sonnigen Wochenende. Mit der U-Bahn, die inzwischen wieder überall fuhr, dauerte es nur eine halbe Stunde bis in den Stadtteil Lokstedt. Tiere hatte Klara noch nie fotografiert, wenn man von Möwen am Hafen oder an der Alster absah. Einer spontanen Laune entsprechend sprang sie also auf die Hochbahn und entschied sich dafür, es mal mit Löwen und Elefanten vor ihrer Kamera zu probieren.

Während vor den Zugfenstern die unzähligen Baustellen vorbeizogen, die Hamburg immer noch ausmachten, malte sich Klara aus, wie sie versuchen würde, den wilden Tieren direkt ins Gesicht zu blicken. Sie hatte schon über Tierfotografie gelesen und wusste, dass es eine besondere Kunst war, die nicht zuletzt auch darin bestand, die Geduld aufzubringen, auf den richtigen Moment zu warten. Nur Amateure knipsten ihren Film leer, ehe das Objekt der Aufnahmen sich in die perfekte Position begeben hatte. Natürlich konnte es auf diese Weise aber auch passieren, dass man vergeblich wartete und am Ende gar keine Bilder mit nach Hause brachte. Aber der Zoo war nicht die freie Wildbahn. Wenn es diesmal nicht sein sollte, konnte sie ein andermal wiederkommen – zur Not so lange, bis der perfekte Augenblick eingetroffen war.

Allerdings herrschte bei Klaras Ankunft große Aufregung. Die Pforten von Hagenbecks waren geschlossen, Mitarbeiter des Tierparks liefen hektisch hin und her und überboten sich gegenseitig in Anweisungen, Schuldzuweisungen und Hinweisen. »Was ist denn hier los?«, fragte Klara eine der Umstehenden, denn es hatte sich eine größere Menschentraube vor dem Eingang gebildet.

»Haben Sie's noch nicht gehört? Die Affen sind los.«

»Wie bitte?«

»Rhesusaffen!«, rief ein Herr im Sommeranzug, der mit einem kleinen Jungen an der Hand dastand. Und der Knirps wusste: »Fünfundvierzig Stück! Alle ausgebüxt!«

Klara wollte es für einen Scherz halten, doch im selben Moment sah sie einen der besagten Affen auf dem Kassenhäuschen sitzen.

»Da!«, rief der Junge, der das Tier auch entdeckt hatte. »Da oben!«

Sogleich eilte einer der Männer in Zoouniform herbei und versuchte, das Äffchen mit einem Besen herunterzuscheuchen. Fasziniert packte Klara ihre Kamera aus und legte den Film ein. Tierfotografie mochte ja etwas Wunderbares sein, aber das hier war eine Reportage! Und sie würde nicht auf die Löwen warten, sondern ihr Glück hier und jetzt machen: mit Rhesusäffchen.

Doch so einfach, wie es zunächst ausgesehen hatte, war es nicht.

Denn die kleinen Tiere waren flink und gewitzt. Es brauchte nicht einen oder zwei, sondern drei Mitarbeiter, um ein Äffchen einzufangen. Bis der Erste nahe genug gekommen war, war das Tier bereits auf der anderen Seite des Dachs, als der zweite Wärter oder Pfleger von dort kam, zog sich das Äffchen zurück – und war damit auch für Klara nicht mehr zu sehen. Erst als von der Rückseite noch ein dritter Hagenbeck'scher Angestellter hinzukam und nach oben kletterte, tappte das Tier in die Falle und wurde ruckzuck von einem der anderen mit einem Sack geschnappt. Lediglich den Kopf konnte der kleine Affe noch einmal herausstrecken. Das war der Moment, in dem Klara auf den Auslöser drückte.

Ein Äffchen entdeckte sie selbst in einem Baum und fotografierte es in Ruhe, ehe sie die Zoomitarbeiter darauf hinwies. Ein hinreißendes Foto gelang ihr, als eines der Äffchen beim Einfangen auf dem Kopf eines Wärters landete und dort balancierte wie auf einer Turmspitze.

Nach und nach bewegte sich Klara vom Eingang weg, hinüber Richtung Gazellenkamp. Denn es war offensichtlich, dass sich dorthin auch die meisten der Zoomitarbeiter orientierten, während vorne beim Haupteinlass vor allem wegen des Andrangs an Neugierigen ein großer Auflauf herrschte. Es kam Klara entgegen, dass die Pressekollegen, die jetzt ebenfalls nach und nach eintrafen, sich erst einmal einen Überblick verschaffen mussten, während sie längst erkannt hatte, wie sich die Äffchen verhielten – und wie ihre Jäger.

Sie versuchte, möglichst unbemerkt ihre Fotos zu machen, und wanderte an der Tierparkmauer entlang, zuerst die Tierparkallee hinunter, dann in den Gazellenkamp – und stand auf einmal vor einem kleinen Kerlchen, das mitten auf dem Fußweg saß, einen Hut in der Hand, der wohl irgendjemandem vom Kopf gefallen sein musste, und zu ihr hinaufblickte. »Moin«, sagte sie und blieb stehen. »Wer bist du denn?« Mit ganz langsamen, geschmeidigen Bewegungen nahm sie ihre Kamera hoch und stellte das Objektiv scharf. Fast erschrak sie, wie nah das Tier ihr durch die Linse kam, jedes Haar war genau zu erkennen. Vor allem aber die Augen: bernsteinfarben und glänzend, geheimnisvoll wie aus einer anderen Welt. Aber im Grunde waren sie das ja auch: Wesen aus einer anderen Welt. Geschöpfe, die nicht an diesen Ort gehörten, sondern dorthin, wo sie natürlicherweise vorkamen. »Du bist aber ein schöner kleiner Mann«, flüsterte Klara, nicht nur, um irgendetwas zu sagen, sondern weil sie den Affen tatsächlich als ein sehr würdevolles, stolzes Wesen empfand, auch wenn er kaum größer war als eine Ziege oder ein Lamm. »Setzt du dir den Hut mal auf?«

Was das Tier natürlich nicht tat. »Schade, dass wir uns nicht unterhalten können«, sprach Klara weiter, weil sie das Gefühl hatte, der Affe betrachtete sie neugierig, solange sie etwas sagte. Es schien seine Aufmerksamkeit zu fesseln und hielt ihn vor ihrer Kamera. Sie zog den Film mehrmals auf und knipste. Ging in die Hocke und knipste erneut. Hielt die Luft an, als der Affe die Hand ausstreckte, und hielt die Kamera ganz fest, weil sie fürchtete, er könnte sie ihr entreißen. »So ein würdevoller Herr«, flüsterte sie und wagte sich noch ein paar Zentimeter näher, hin- und hergerissen zwischen der Faszination dieser Begegnung und der Angst, so ein Tier könne vielleicht auch zubeißen. Waren Affen gefährlich? Vermutlich eher nicht. Aber was, wenn sie sich bedroht fühlten? Der Makake öffnete den Mund und gab einen seltsamen Laut von sich, Klara drückte auf den Auslöser – und im selben Moment verschwand der Affe hinter einem Tuch. Ein Tierpfleger hatte sich unbemerkt von hinten angepirscht und ihn mit seinem Sack erwischt. »Wieder einer!«, jubelte der Mann und rief über die Schulter: »Hein! Hierher! Kannst Lady Isabella holen.«

»Lady Isabella?«, fragte Klara, als sie sich wieder gefasst hatte.

»Eine unserer einflussreichsten Affendamen«, erklärte der Tierpfleger. »Auf die hören auch die Männchen alle.«

Ha, dachte Klara, das war ja wie bei Vicki im Verlag.

※ ※ ※

»Warum haben Sie die nicht ans Abendblatt verkauft?«, schimpfte Hertig, als er die Abzüge auf seiner Leiste hängen sah. »Das hätte Ihnen richtig Geld gebracht.«

Klara zuckte die Achseln. »Wäre das denn erlaubt gewesen? Ich meine, ich arbeite doch hier …«

Hertig verdrehte die Augen. »Die hätten Sie schon nicht gefeuert, Fräulein Klara. Auf so eine Fotografin ist man doch stolz.«

»Das ist nett, dass Sie das sagen. Aber ich hatte ja gar nicht vor, Pressefotos zu machen.«

»Die besten Pressefotos sind die, die nicht dafür gedacht waren«, dozierte Hertig. »Denn die sind am authentischsten.« Er legte den Kopf etwas schief. »Die hier sind aber auch wirklich künstlerisch.«

»Lassen Sie sehen, Hertig«, tönte hinter ihm eine sonore Stimme, und wie auf Kommando drehten sich der Studiochef und seine Assistentin um. »Herr Curtius! Guten Tag hier unten.«

»Moin, moin. Ich wollte mir mal die Aufnahmen des Senators ansehen. Haben Sie die auch schon entwickelt? Die sind es ja wohl nicht«, sagte der Verleger mit süffisantem Lächeln und nickte zu den Bildern der Makaken hin.

»Ähm, nein, ähm, das sind … andere Aufnahmen. Aber die Fotos von Herrn Senator Osten sind auch schon abgezogen. Moment …« Hertig lief hinüber ins Studio und suchte die betreffende Mappe heraus, während Curtius näher kam und Klaras Aufnahmen der Affen ganz genau betrachtete. »Wer hat die gemacht?«

»Ich war das, Herr Curtius.«

»Nicht im Ernst, oder?« Der Blick, mit dem der Verleger Klara bedachte, schmeichelte ihr und beschämte sie zugleich. Denn offenbar sollte er zum Ausdruck bringen, dass er nicht erwartet hätte, dass einer Frau solche Bilder gelingen könnten. »Im Auftrag des Verlags?«

»Nein,« gab Klara zu und wappnete sich für ein Donnerwetter. Denn schließlich war das hier ein Studio des Verlags, es war die Dunkelkammer des Verlags, das Fotopapier des Verlags – und ihre Arbeitszeit, während der sie die Abzüge mutmaßlich gemacht hatte, wurde ebenfalls von Frisch bezahlt …

»Tja, das ist schade, nicht wahr?« Curtius nahm Hertig die Mappe mit den Bildern des Senators ab und blätterte die Aufnahmen rasch durch, schien's zufrieden und reichte sie ihm zurück. »Schicken Sie Senator Osten jeweils einen Abzug, am besten in einer hübschen Mappe, vielleicht mit Passepartout und so weiter, bisschen hübsch gemacht, Sie verstehen schon«, sagte er zu Hertig. Dann wandte er sich wieder Klara zu. »Wie gesagt: schade, schade. Denn unter diesen Umständen …«

»Pardon?«

»Nun ja, unter diesen Umständen muss ich die Bilder wohl käuflich erwerben.« Er griff in seine Brusttasche, schien etwas zu suchen und nicht zu finden, fragte dann: »Wären hundert Mark angemessen? Nein, warten Sie: zweihundert. Aber ich will auch die Filme. Und Hertig? Machen Sie mir die groß, ja? Achtzig mal einen Meter. Gerahmt.«

»Zweihundert Mark?« Klara spürte, wie ihre Knie weich wurden. Das war ein ganzer Monatslohn! Für ein paar Bilder, die sie in ihrer Freizeit geknipst hatte. »Also … also das wäre …« Sie fand gar nicht die Worte.

»Gut«, erklärte Curtius. »Sagen wir dreihundert. Frau Baumeister wird Ihnen einen Scheck ausstellen.«

\*\*\*

Einen Scheck hatte Klara noch nie besessen. Es war nur ein kleines Stückchen Papier, kaum größer als ein Geldschein – und weit weniger aufwändig bedruckt! Und doch schien es einen ganz leicht zu machen, wie ein Segel, das einen über die Straßen und Wege zog. Schweben ließ einen so ein Scheck über dreihundert Mark! Am liebsten hätte Klara die ganze Welt umarmt, als sie an diesem Abend nach Hause ging. Natürlich war es nicht nur das Geld, das ihr so unerwartet zugeflogen war. Es war auch die Anerkennung, die ihr so guttat. Hans-Herbert Curtius persönlich hatte ihre Fotografien so besonders gefunden, dass er sie gekauft hatte. Für sich selbst. Persönlich! Er, der Sammler! Ein Mann, der etwas von Kunst verstand! Gerne hätte Klara es gleich Herrn Buschheuer erzählt. Aber ein Blick auf die Uhr des Michel zeigte ihr, dass es für das Fotoatelier Buschheuer ohnehin zu spät gewesen wäre. Der alte Meister würde längst geschlossen haben, bis sie dort war.

So oder so: Das Leben war wunderbar! Klara hatte das Gefühl, dass sie wirklich die Welt erobern würde, so wie es ihr Alfred Buschheuer prophezeit hatte.

Am Kiosk kaufte sie sich im Vorbeigehen noch ein Fläschchen Limonade. Mit der würde sie heute Abend ihren Triumph feiern. Und sie gab einer Bettlerin, die am Anfang der Michaelisbrücke saß, eine Mark, heute konnte sie sich das leisten!

Sie überlegte, ob sie noch rüberlaufen sollte zum Rathausplatz, um Elke von den Neuigkeiten zu erzählen. In der Schneiderei Brill wurde stets bis in die Abendstunden gearbeitet, sie würde die Freundin wahrscheinlich antreffen. Doch dann entschied sie sich dagegen. Sosehr sie sich freute und so gern sie diese Freude mit der ganzen Welt geteilt hätte, sie wollte auch nicht angeberisch erscheinen. Besser, sie erwähnte es ein andermal, wenn sich eine gute Gelegenheit ergab.

»Klärchen?«

»Rena! Kommst du zu mir?«

Die Freundin kam auf sie zu. »Sind das deine Möbel?«, fragte sie und zeigte auf einen Haufen Hausrat, der in der Nische neben der Eingangstür aufgestapelt war. Verblüfft trat Klara näher und erkannte ihre Einrichtung: die alte Eckbank aus der Küche, den Tisch, zwei Stühle, von denen einer kaputt war, den Teppich aus der Stube, der zusammengerollt darüber lag, und das Nachttischchen der Mutter. Das war alles. »Allerdings sind das meine Möbel!«, rief Klara und blickte nach oben zu den Fenstern ihrer Wohnung. Wenn es denn noch ihre Wohnung war. Denn ein schrecklicher Verdacht bemächtigte sich ihrer. »Warte«, sagte sie zu Rena und sperrte mit zitternden Fingern auf, hastete die Treppe hinauf – und fand die Tür zur Wohnung mit einem Vorhängeschloss gesichert. Auch wenn der Schlüssel noch passte, bekam sie die Tür nicht auf. Sie war ausgesperrt. »Hallo?«, rief sie und pochte an die Tür. »Hallo?«

»Ist niemand drin, Fräulein Paulsen«, sagte die Nachbarin, die nach wenigen Augenblicken herauslugte. »Herr Gruber hat alles ausgeräumt. Und morgen sind wir dran. Morgen beginnen die Arbeiten auf unserer Etage.« Als sei damit alles gesagt.

»Aber das kann er doch nicht tun!«

Die abgehärmte Frau Fischer zuckte die Achseln. »Offenbar kann er's doch.«

»Aber wo soll ich denn jetzt hin?«, schluchzte Klara. »Ich kann doch nicht auf der Straße schlafen!«

Rena, die hinter ihr nach oben gekommen war, als sie Klara schreien gehört hatte, legte ihr eine Hand auf die Schulter. »Erst einmal kommst du zu mir«, sagte sie. »Wir müssen bloß gucken, wie wir das mit deinen Sachen machen. Die werden nur schwer bei mir Platz haben.«

»Ach, Rena«, seufzte Klara. »Ich weiß gar nicht, was ich ohne dich tun würde. Wie kann er denn so was machen?« Sie wischte sich die Tränen aus den Augen. »Räumt einfach meine Möbel auf die Straße ... Kein Wunder, dass die Hälfte geklaut ist. Mamas Bett ist weg. Die Kommode ist weg. Und meine Töpfe! Und das Geschirr!« Sie schlug die Hände vor den Mund.

»Hinter den Möbeln stand noch eine Kiste«, erklärte Rena mit beschwichtigender Stimme. »Da waren immerhin noch ein paar Töpfe und Teller drin, soweit ich gesehen habe.«

»Gott sei Dank! Dann ... dann lass uns schnell wieder runter, bevor die restlichen Sachen auch noch weg sind.« Denn wertvolle Dinge des täglichen Bedarfs einfach unbeaufsichtigt auf der Straße stehen zu lassen kam einer Einladung zum Diebstahl gleich. Jeder konnte etwas brauchen. Und Gelegenheit machte nun einmal Diebe.

Innerhalb weniger Augenblicke waren sie wieder draußen vor dem Haus. In der Kiste fanden sich tatsächlich noch einige Stücke, die guten Töpfe allerdings waren verschwunden und das Geschirr größtenteils auch. »Sie haben mir die Sauciere übrig gelassen!«, rief Klara und lachte verzweifelt auf. »Keine Schüssel. Keine Suppenteller. Kein Stück Besteck. Aber die Sauciere. Und das Nudelsieb.« Das Modell hatte ohnehin so gut wie jeder zu Hause: aus einem Stahlhelm der Wehrmacht gestanzt. Die Schöpfkelle, der der Griff fehlte, war noch da, der Schneebesen, aus dem ein Draht ausgerissen war. Das uralte Schneidbrett ... »Es ist ein Anfang«, sagte Rena. »Und außerdem: Wenn wir nicht so viel transportieren müssen, sind wir schneller mit der Arbeit fertig.«

Trotzdem schleppten sie bis weit nach Mitternacht zwischen der Michaelisbrücke und dem Gänsemarkt, nachdem Klara die Sachen vorläufig im Hausflur in Sicherheit gebracht hatte. Als sie endlich das letzte Stück in Renas Wohnung um die Ecke des Friseursalons geschafft hatten, waren sie beide so erschöpft, dass sie sich direkt auf die Eckbank niederließen, die nun dort im Flur stand und größtenteils den Weg ins Wohnzimmer versperrte.

»Ich bin dir so dankbar, Rena«, sagte Klara. »Das kannst du dir gar nicht vorstellen.«

Die Freundin winkte ab. »Das hätte jeder getan.«

Beide wussten sie, dass es nicht stimmte. »Ich mache es bestimmt wieder gut, weißt du? Ich weiß nur noch nicht, wie.«

Rena lachte und schüttelte den Kopf. »Nun lass mal gut sein. Wenn ich dich hier ein paar Tage beherberge, dann passt das schon.«

»Ein paar Tage gleich? Damit hätte ich jetzt gar nicht gerechnet«, erwiderte Klara.

»Ach, Klärchen, du bist wirklich ein Unschuldslamm«, konstatierte Rena. »Schätze, es werden eher ein paar Wochen oder Monate. Du solltest dir nichts vormachen. Eine Wohnung zu bekommen ist doch fast unmöglich.«

Das allerdings hatte Klara in den zurückliegenden Monaten zur Genüge selbst festgestellt. Weshalb sie auch nicht damit gerechnet hatte, dass Gruber sie wirklich rauswerfen würde, solange sie ihre Miete zahlte: Sie konnte ja nirgends hin. »Du hast wenigstens eine schöne Wohnung hier«, stellte sie fest und versuchte, sich all den Krempel wegzudenken, den sie in den letzten Stunden hier hereingeschleppt hatten. »Wirklich. Sehr geschmackvoll.«

»Ist nicht wirklich meine«, sagte Rena und lächelte, ja, wie? Verlegen?

»Nicht? Aber wem gehört sie dann?«

Einen Augenblick zögerte Rena, und Klara hätte schwören können, es war ein versonnenes Zögern, eines, das mit sehr romantischen Gefühlen verbunden war. Doch dann sagte sie: »Einer Freundin.«

»Einer Freundin? Aber … aber dann kann ich doch unmöglich

deine Einladung hierher annehmen! Zumindest müssten wir sie fragen. Aber sie wird bestimmt nicht einverstanden sein und …!«

Rena brach in heiteres Gelächter aus. »Keine Sorge, Klärchen! Sie wird einverstanden sein. Sie ist nicht einfach … eine Freundin. So wie du. Oder Elke. Verstehst du?« Offensichtlich verstand Klara nicht, sondern blickte reichlich ratlos drein. »Sie ist, na ja, meine Freundin, wenn du verstehst, was ich meine.«

»Oh.«

»Ja.«

»Ach.« Einen Moment herrschte Schweigen. Dann stellte Klara fest: »Finde ich toll.« Obwohl sie sich nicht wirklich sicher war. Zwei Frauen … Konnte man so zusammenleben? Und wie würde das sein, so Wand an Wand mit einem solchen Liebespaar?

»Toll?« Nun war es Rena, die überrascht war.

»Dass ihr euch nicht versteckt!« Das immerhin beeindruckte Klara. Denn dass es nicht einfach war, in einer solchen Beziehung zu leben, das konnte sie sich vorstellen.

»Doch, doch, das tun wir«, beeilte sich Rena, ihr zu versichern. »Offiziell ist sie meine Schwester. Rike.«

»Rike. Hm. Und warum ist sie nicht hier?«

»Sie arbeitet«, erklärte Rena. »Beim Rundfunk. Die haben da Nachtschichten. Nachrichtenredaktion. Müsste aber jeden Augenblick hier sein.«

In dem Moment ging die Wohnungstür. Unwillkürlich schlug Klaras Herz schneller. Was sollte sie sagen, wie sollte sie Rike begrüßen? Ihr die Hand geben? Winken? Sitzen bleiben? Aufstehen? Während sie sich noch zu sortieren versuchte, stand Renas Freundin auch schon in der Tür. »Oh, hallo! Ich wusste nicht, dass wir Besuch haben«, sagte sie ganz ungezwungen und trat auf Klara zu, um ihr die Hand zu reichen. »Ich bin Rike.«

»Ich bin Klara.« Sie glaubte zu spüren, wie sie rot wurde.

»Eine … Freundin von Rena. Und von Elke!«, schob sie hinterher, weil sie das Gefühl hatte, sie könnte ein Missverständnis provozieren.

»Na, dann sind wir ja praktisch auch befreundet«, stellte Rike mit offenem Lächeln fest.

»Klara wurde aus ihrer Wohnung geworfen«, erklärte Rena. »Ich habe ihr angeboten, dass sie bei uns unterkommen kann, bis sie was Neues gefunden hat.«

Rike nickte. »Das erklärt die vielen Sachen, die auf einmal hier herumstehen.« Sie zuckte die Achseln. »Wird nicht leicht sein, was zu finden«, stellte sie fest. »Alle suchen eine Wohnung in der Stadt.«

»Ich gebe mir wirklich Mühe, euch nicht zu lange zur Last zu fallen«, versicherte Klara den beiden. Doch Rike winkte ab. »Wir haben hier genug Platz, um noch jemanden aufzunehmen. Mach dir keine Sorgen.«

Diese Freundlichkeit, diese Ungezwungenheit, diese Hilfsbereitschaft – Klara schloss Rike spontan ins Herz. Vor Dankbarkeit stiegen ihr unvermittelt Tränen in die Augen. Sie schluckte, wollte etwas sagen, doch Rena meinte nur: »Alles gut, Klärchen. Manchmal muss man einfach ein bisschen Glück haben.«

※ ※ ※

# Jailhouse Rock

*Hamburg, Herbst 1956*

## 1.

*Klara freute sich jedes Mal,* wenn sie von Hertig in die Redaktionskonferenz geschickt wurde. Längst hatte sie den Bogen raus, wie die Karten bei diesen Treffen verteilt waren. Es gab diejenigen, die selten oder nie etwas sagten, ebenso wie diejenigen, die ständig das Wort führten – was nicht hieß, dass die einen das Sagen hatten und die anderen nicht. Wer etwas bewegen wollte, tat gut daran, seine Truppen zu sammeln. Manchmal beobachtete Klara, wie etwa Lothar Schröder aus der Redaktion des Hanseat ein Thema platzierte, indem er genau über das Gegenteil sprach. Er hatte ein Talent dafür, andere auf die Idee kommen zu lassen, diese dann aufzugreifen – und am Ende die Story zu schreiben.

»Die Ernst-Merck-Halle wäre mal ein Thema«, sagte er in einem eher gelangweilten Ton. »Große Veranstaltungen, großer Zuspruch, großer Umsatz …«

»Hm«, machte Köster, der die Sitzung leitete. »Zu trocken.«

»Wir könnten uns die Bilanzen ansehen.«

Rüdiger Kraske sprang seinem Chef bei und befand: »Ohne Anlass und ohne gute Geschichte ist das ein Rohrkrepierer.«

»Wir könnten den Leiter interviewen«, schlug Schröder vor.

»Am Wochenende findet dort ein Rock-'n'-Roll-Wettbewerb statt«, warf Helga Achter aus der Dokumentation ein, und Klara konnte ein winziges Zucken der Mundwinkel bei Schröder feststellen. »Für den Hanseat ist das eher nicht der richtige Aufhänger«, hielt er dagegen und lockerte wie zufällig seine Krawatte, ehe er nach den Zigaretten griff und sich eine ansteckte.

»Für den Hanseat nicht«, stimmte Köster zu. »Aber für die *Claire* wäre es vielleicht eine gute Story.«

»Wer liest denn da gerne was über Bilanzen und Umsätze und …«

»Vergessen Sie die Bilanzen!«, polterte Köster und schüttelte den Kopf über so viel Unverstand. »Schreiben Sie meinetwegen über Ihre Halle. Aber schreiben Sie vor allem über den Wettbewerb.«

»Da bräuchten wir aber auch Fotos«, gab Schröder zu bedenken. »Wenn wir das in der *Claire* bringen wollen …«

»Hertig soll Sie begleiten.«

»Hertig ist …« Lothar Schröder blickte sich um, stellte fest, dass Hertig nicht da war, Klara aber sehr wohl. »Hertig ist da nicht der Richtige.«

Köster gab einen unwilligen Laut von sich. »Wir können nicht für jede Geschichte einen Künstler beauftragen, der uns dann Hunderte von Mark in Rechnung stellt.« Damit sollte das Thema vermutlich erledigt sein, doch Schröder gab einen Laut des Unmuts von sich. »Das ist ja auch kein Zustand, dass wir hier ein eigenes Studio haben – und dann gibt es da unten einen einzigen Mitarbeiter!«

»Es gibt zwei«, warf Helga Achter ein. »Fräulein Paulsen arbeitet schließlich auch da.«

»Na bitte«, sagte Köster. »Dann soll Fräulein Paulsen Sie begleiten. Und jetzt möchte ich über das neue Layout von Haushalt heute sprechen …«

Klara hatte Schröder genau beobachtet. Und sie fand auch jetzt, dass sein Mienenspiel einiges über ihn und seine Absichten verriet. In dem Fall zum Beispiel, dass er mit dem Ergebnis der kleinen Diskussion mit dem stellvertretenden Chefredakteur durchaus zufrieden war. Und als hätte er ihren Blick auf sich gespürt, sah er auf und zwinkerte ihr zu. »Sechster Dezember«, raunte er ihr zu, als er nach der Konferenz an ihrem Platz vorbeiging. »Ich hoffe, Sie haben an dem Samstag noch nichts vor.«

»Und ich hoffe, Sie werden nicht enttäuscht sein, dass Sie mir diesen Auftrag eingebrockt haben«, erwiderte Klara mit geschäftsmäßigem Lächeln.

Lothar Schröder hob die Augenbrauen. »Herr Köster hat Sie eingeteilt!«, erklärte er. »Haben Sie das nicht gehört?«

»Herr Köster hat nur gesagt, was Sie ihn sagen lassen wollten.« Klara sortierte die Notizen, die sie gemacht hatte und später mit Heinz Hertig besprechen würde.

»Sie wollen doch nicht etwa behaupten, Herr Köster wüsste nicht, was er sagt!«, tat Schröder entrüstet, während er sich erkennbar amüsierte. Inzwischen hatte er auch den obersten Knopf seines Hemds geöffnet. Die Zigarette hing ihm lässig im Mundwinkel. Er hatte etwas Bartschatten, wie Klara erkannte, fast als hätte er sich an diesem Tag nicht rasiert. Aber es stand ihm, es passte zu seinem trotz der fortgeschrittenen Jahreszeit immer noch sonnengebräunten Gesicht. »Oder denken Sie nur, er sagt nicht, was er denkt?«

Ehe Klara antworten konnte, trat Ellen Baumeister neben ihn. »Können wir?« Der Blick, den sie Klara zuwarf, war unmissverständlich: Er gehört mir.

Klara zuckte die Achseln. »Ich würde jetzt auch gerne wieder an meine Arbeit gehen.«

»Nur zu!«, sagte Schröder. »Aber seien Sie am Samstag pünktlich. Ich hole Sie im Studio ab.«

※ ※ ※

»Sehen Sie sich vor, Fräulein Paulsen!«, flüsterte Gregor Blum in ihr Ohr, als sie aus dem Konferenzraum trat. »Ellen ist gefährlicher als alle anderen im Haus.«

»Einschließlich der berüchtigten Juniorredakteure?«, fragte Klara lachend. Sie wussten beide, dass es nur einen Mitarbeiter mit dieser Bezeichnung gab, nämlich Blum.

»Ach, die sind auf der Gefährlichkeitsskala nicht einmal sichtbar«, behauptete er. »Mögen Sie mich in Ihre legendäre Teeküche einladen? Ich könnte einen Kaffee gut gebrauchen.« In der Teeküche trafen sich üblicherweise nur die weiblichen Mitarbeiterinnen – die Herren der Schöpfung ließen sich bringen, wonach ihnen war.

»Dafür brauchen Sie doch keine Einladung, Gregor. Ich habe Sie schon dort gesehen.«

»Ertappt! Ertappt!«, witzelte Blum. »Aber inzwischen traue ich mich nicht mehr alleine dorthin. Neulich hat mich eine Ihrer Kolleginnen rausgeworfen.«

»Ich bin sicher, sie hatte ihre Gründe«, befand Klara. »Aber kommen Sie gerne mit. Ich könnte auch gut einen Kaffee vertragen.«

»Und Sie gehen jetzt also zum Rock-'n'-Roll-Festival«, stellte Blum fest, während sie den Flur hinuntergingen. »Ehrlich gesagt beneide ich den Kollegen.«

»Um den Artikel?«

»Um die Idee.«

»Hätten Sie die Herrn Köster auch gerne eingeflüstert?«

Blum lachte. »Ja, das auch. Aber vor allem hätte ich mir auch gerne eine Reportage mit Ihnen als Begleitung ergattert. Machen Sie Ihre Sache bitte gut, sonst habe ich keine Chance!«

»Wissen Sie, dass Sie ein ziemlich frecher Zeitgenosse sind, Gregor?«

Der Journalist seufzte. »Da sagen Sie was. Ich leide auch darunter. Ich wäre so gerne viel …« Er stockte.

»Viel was?«

»Ach, lassen wir das. Reden wir von Ihnen! Was machen Sie so? Ich meine, wenn Sie nicht gerade hier im Keller sitzen und Ihre Fotos entwickeln?«

»Was wollen Sie hören?«, fragte Klara. »Dass ich von meinem Märchenprinzen träume und mir ein paar Kinderchen wünsche und eine Gartenlaube im Veddel?«

Zu ihrer Überraschung schien Blum das gar nicht komisch zu finden. Er zupfte an seinem Einstecktuch herum, während er ihr zusah, wie sie mit der Kaffeemaschine hantierte. »Wäre das denn eine Zukunft, wie sie Ihnen vorschwebt?« Er blickte durch die geöffnete Tür nach draußen, wo Helga Achter bei Vicki Voss am Empfang stehen geblieben war und plauderte. »Es wird einige Frauen hier geben, die vor allem deswegen im Verlag arbeiten, weil sie auf eine gute Partie hoffen. Vielleicht die meisten!«

Klara folgte seinem Blick. Wenn er wüsste, wie sehr sich ihre Mutter das für sie gewünscht hatte, ja dass sie sogar zwischenzeitlich selbst in Erwägung gezogen hatte … »Über Frau Achter kann ich nichts sagen. Aber Vicki gehört bestimmt nicht dazu.«

Blum lachte. »Stimmt. Das denke ich auch nicht.«

»Tja, wenn Sie ohnehin wissen, wer dazugehört …«

»Sie haben recht. Dann kann ich mir auch eine Meinung über Sie bilden.« Gregor Blum betrachtete Klara auf eine Weise, die sie erröten ließ. Gerade, als sie den Mund öffnete, um ihn zurechtzuweisen, kam er ihr zuvor: »Sie auch nicht.«

»Bitte?«

»Sie sind nicht hier, um sich einen Redakteur zu angeln. Leider. Sie wollen einfach arbeiten. Wollen was erleben, stimmt's?« Er wartete nicht, bis sie es bestätigte. »Und wissen Sie was? Auch damit haben Sie recht. Sie sind eine außergewöhnliche Frau, Klara. Ich werde zwar nicht ganz schlau aus Ihnen, aber ich habe das Gefühl, das gehört zum Plan.« Er grinste und nahm die Kaffeetasse entgegen, die sie ihm hinhielt. »Wir werden ja sehen«, sagte er.

»Was werden wir sehen?«

»Ob in diesen Plänen Platz ist.« Er nickte ihr zu und ging nach draußen. Schon in der Tür, drehte er sich noch einmal um und erklärte: »Für einen Jungredakteur.« Mit einem Augenzwinkern war er verschwunden.

\* \* \*

Nach anfänglicher Verlegenheit fühlte sich Klara in Rikes Gegenwart wohl: Renas Freundin war eine stille, sanfte und kluge Frau, bei Weitem nicht so auffällig und gewinnend wie ihre Lebensgefährtin, aber auf angenehme Weise bedächtig. Eine Weile hatte es schon gedauert, bis Klara es schaffte, nicht mehr dauernd darüber nachzudenken, dass sie mit zwei Frauen zusammenlebte, die ein Liebespaar waren. Es hatte sich nicht falsch angefühlt, das nicht, aber eben auch nicht wirklich richtig. Bis Klara erkannt hatte, dass es richtig war. Weil die beiden wunderbar miteinander auskamen, weil sie füreinander da waren, weil sie sich ergänzten, wie man es bei Ehepaaren weit weniger häufig sah.

Als sie an jenem Abend nach Hause gekommen war, an dem Klara unvermittelt und vor allem unangekündigt in der Wohnung an der Gerhofstraße eingezogen war, hatte Rike nicht lange gefragt, sondern Klara nur kurz umarmt und gesagt: »Dann hoffe ich, du fühlst dich bei uns wohl«, und fortan so getan, als gehörte die Neue ganz natürlich dazu.

Dafür war Klara ihr unendlich dankbar. Denn ihre Anwesenheit bedeutete ja nicht nur, dass es plötzlich enger war in der Wohnung, dass man sich ständig arrangieren musste und dass die beiden Frauen nicht mehr so unbefangen miteinander umgehen konnten, wie sie es sonst vielleicht getan hatten, sie bedeutete vor allem einen riesigen Vertrauensvorschuss. Es war völlig klar, dass Rena und Rike um ihre eigene Wohnung bangen mussten, wenn herauskam, dass sie keineswegs Schwestern waren, sondern in einem »widernatürlichen« Verhältnis lebten. Wobei dieses Verhältnis auf so angenehme Weise natürlich aussah, dass Klara die beiden schon bald beneidete. »Deine Rike ist wirklich eine ganz Besondere«, sagte sie eines Abends zu Rena, als sie noch bei einer Tasse Tee zusammen in der Küche saßen, Radio hörten und Socken und Schlüpfer ausbesserten.

»Da bin ich ganz deiner Meinung, Klärchen«, entgegnete die Freundin. »Und ehrlich gesagt bin ich froh, dass ich mich nicht in dir getäuscht habe.«

»In mir getäuscht? Inwiefern?«

»Na ja, nicht alle kommen so gut damit zurecht.« Rena zuckte die Achseln, als wollte sie sagen: So ist das Leben, so sind die Leute.

»Hm. Seid ihr schon lange zusammen?«

»Drei Jahre.«

Klara nickte anerkennend. »Ich hab's mit meinen Männern nie mehr als ein paar Wochen ausgehalten ...« Wobei sie genau genommen ja noch nie mit einem Mann zusammengelebt hatte.

»Vielleicht solltest du's mal mit einer Frau probieren!«

»Ja, vielleicht!«

Sie lachten, weil sie beide wussten, dass es dazu nicht kommen würde. Und doch: So eine Beziehung ohne all die männlichen Macken und Wichtigtuereien, die hatte schon was! Vielleicht lag es auch einfach daran, dass Frauen einander schlicht besser verstanden.

»Was denkst du?«, wollte Rena wissen.

»Ich denke mir, wie unterschiedlich wir doch alle sind. Wenn ich da an die Frauen im Verlag denke ...«

Rena nickte nachdenklich. »Da sagst du was.« Sie stand auf und drehte die Heizung etwas höher. »Ich bin immer wieder überrascht, weißt du? Wenn mal irgendwie die Rede auf eine Beziehung zwischen zwei Frauen kommt, dann sind es meist die Frauen, die am lautesten schimpfen. Wirklich wahr!«

»Ja? Hm, vielleicht. Aber warum?« War es so? Schimpften Frauen am lautesten? Oder erwartete man es von ihnen vielleicht nur nicht?

Rena überlegte eine Weile, ehe sie antwortete: »Vielleicht ist es, weil unsereins das Lebensmodell dieser Frauen in Frage stellt.«

Überrascht blickte Klara auf. »Wie meinst du das?«

»Na, ist doch offensichtlich, oder? Sie sehen ihre Aufgabe darin, einen Mann zu heiraten, Kinder zu bekommen und einen Haushalt zu führen. Das ist so was wie der Sinn des Lebens.«

»Ja, und?« Was Rena beschrieb, war letztlich nichts anderes als das, was ihre Mutter sich für Klara gewünscht hatte. Beinahe hatte Klara in dem Moment ein wenig das Gefühl, sie müsste ihre Mutter verteidigen.

»Und dann kommen zwei Frauen, leben zusammen, lieben sich, genießen das Leben, sind erfolgreich und scheren sich nicht darum, ob sie Kinder bekommen oder einen Mann«, erklärte Rena. »Und wenn sie einen Haushalt führen, dann auf jeden Fall nur den eigenen!«

»Du meinst: Die normalen Frauen machen es für die anderen, aber ihr macht es für euch selber.«

»Die normalen Frauen …« Rena lachte und blickte Klara schräg an. »Tja, wenn du so willst …«

»Hab ich mir noch nie so überlegt.«

»Na ja, wieso auch? Gerade du bist das beste Beispiel dafür, dass man auch als normale Frau so leben kann.«

Klara lachte. »Also ich hätte schon gern einen Mann.«

»Dass du gerne einen hättest, geht doch völlig in Ordnung!«, erklärte Rena und griff wieder nach ihrem Nähzeug. Sie schien diese Diskussion schon öfter geführt zu haben. Jedenfalls bewunderte Klara sie dafür, wie wohldurchdacht alles klang, was sie sagte. »Wichtig ist, dass du keinen brauchst! Das ist ein riesiger Unterschied. Gibt es denn einen, der dir gefallen würde?«

Damit traf sie einen wunden Punkt. »Na ja«, gab Klara zu und dachte an Heinz. »Es gäbe einen, den ich sehr … nett finde. Gefunden hätte, ehrlich gesagt.«

»Er ist verheiratet«, stellte Rena lapidar fest.

Klara nickte. »Leider. Die Glückliche.« Das hatte sie bisher nicht gekannt, dass sie eine andere Frau um ihren Mann beneidete. Aber Heinz Hertig war ja wirklich was Besonderes.

»Der Richtige kommt schon noch. Sieh es einfach so: Du bist unabhängig. Du verdienst dein eigenes Geld, du entscheidest selbst, was du unternimmst, mit wem und wo, du hältst es dir offen, ob du mal Kinder bekommst … Aber vielleicht wirkt das auch bloß auf mich so?«, schloss Rena und betrachtete ihre Freundin nachdenklich.

»Gute Frage«, entgegnete Klara. »Ganz ehrlich? Ich weiß es nicht. Vielleicht ist es, wie du sagst. Vielleicht auch nicht. Ich denke immer wieder darüber nach. Aber zu einer Antwort hab ich noch nicht gefunden. Manchmal wünsche ich mir einen Mann, dann wieder wünsche ich mir eine Karriere. Aber meistens …«

»Lass mich raten: Meistens wünschst du dir beides.«

»Du hast mich durchschaut!«, rief Klara, und sie lachten beide.

*** 

Die Wohnungssuche erwies sich als eine elende Angelegenheit. Jeden Morgen besorgte Klara nun für den »Salon Sissi« die Zeitungen – und sie war die Erste, die einen Blick hineinwerfen konnte. Oft blätterte sie schon am Kiosk von Herrn Olpe darin, ohne auf seine ständigen Witzeleien zu hören. Der Mann war das, was man ein Hamburger Original nennen konnte: voller Anekdoten, Wortwitz und Selbstironie, dabei stets höflich und korrekt. Das Augenzwinkern war ihm schon so in Fleisch und Blut übergegangen, dass man es für einen Tick halten konnte. Denn selbst, wenn er mal keinen Scherz machte, zwinkerte er immerzu. Während er seine Späße über das Wetter, die Politik, die Preise oder die jüngsten Sportergebnisse machte, studierte Klara die Anzeigen, musste aber immer wieder feststellen, dass fast nur Zimmer inseriert wurden oder Wohnungen »für verheiratete Paare in soliden Verhältnissen«. Alleinstehende junge Frauen schienen für den Hamburger Wohnungsmarkt nicht zu existieren. Nun ja, sie konnten sich ja einen Herrn suchen, den sie ehelichten, um dann in soliden Verhältnissen mit ihm zu leben und eine Unterkunft zu mieten …

»Wieder nichts?«

»Nichts«, seufzte Klara, als sie in den Friseursalon kam und die Zeitungen auf das Tischchen neben die Magazine legte. »Ich weiß langsam nicht mehr, was ich machen soll.«

»Mund-zu-Mund-Propaganda«, erklärte Rena. »Das ist die einzige Methode. Du musst jemanden finden, der jemanden kennt, der was weiß. So läuft das immer. Anders findet doch heutzutage kaum einer eine Wohnung.«

»Und wo finde ich so jemanden? Soll ich mich auf den Platz stellen und mein Anliegen ausrufen?«

»Wäre mal eine neue Methode«, befand die Freundin und öffnete die Tür. »Frau Begemann! Hereinspaziert! Guten Morgen. Wir hatten keinen Termin, oder?«

»Nein, Frau Meier«, erwiderte die Kundin und trat mit neugierigem Blick auf Klara ein. »Ich dachte, ich probiere mein Glück einfach?«

»Na, wunderbar! Dann nehmen Sie mal Platz, ich bin gleich für Sie da. Was soll es denn sein?«

Klara stellte überrascht fest, dass Rena nicht »Fräulein« genannt wurde, sondern »Frau«, obwohl sie nicht verheiratet war. Ob es daran lag, dass die Kundinnen davon ausgingen, dass sie mutmaßlich einen Ehemann hatte? Oder lag es daran, dass Rena eine Geschäftsfrau war, die man ganz einfach nicht mit »Fräulein« ansprechen konnte?

Rena hängte noch die Treppe ins Obergeschoss ab, über die es bis vor einiger Zeit zur Schneiderei Brill gegangen war. Bald würde sie dorthin ihren Friseursalon erweitern. Sie hatte sich erst kürzlich mit dem Besitzer des Hauses geeinigt, nachdem dieser die erhoffte Genehmigung zum Abriss des Hauses nicht bekommen hatte. Auch der »Salon Sissi« also würde größer und prächtiger werden, als er bisher war. Rena hatte sogar schon zwei junge Mädchen angeheuert, die im nächsten Monat ihre Ausbildung im Friseursalon beginnen würden.

»Ich muss dann!«, rief Klara und winkte der Freundin zu. Denn in der Tat war sie schon spät dran. Heinz Hertig erwartete sie, weil im Studio Aufnahmen für den Hanseat gemacht wurden: Zwei Tage lang hatten ein paar Handwerker eine Bürokulisse aufgebaut, wo nun ein älterer Schauspieler vom Thaliatheater und eine junge Frau aus einem Cabaret vom Hamburger Berg »typische Büroszenen« nachstellen sollten – Diktate, das Reichen der Unterschriftenmappe, das Abzeichnen von Dokumenten, das Bringen von Kaffee und Zigarren, das Vorbereiten des Schreibtischs für den Chef …

»Dann mal einen schönen Tag dir!«

»Dir auch, Rena. Und danke!«

Die Freundin wusste, wie groß dieses Dankeschön von Klara gemeint war und was es alles umfasste. Sie zwinkerte ihr zu, und Klara war unendlich froh, dass sie so gute Freundinnen gefunden hatte. Doch das schlechte Gewissen plagte sie umso mehr: Sie musste endlich raus aus der Wohnung der beiden Frauen! Sie musste was Eigenes finden, musste wieder auf eigenen Füßen stehen!

※ ※ ※

## 2.

*Das Foyer der Ernst-Merck-Halle war* brechend voll. Lothar Schröder hatte Klara einen Presseausweis besorgt, weshalb sie beide überall ohne anzustehen und vor allem ohne zu bezahlen durchgelassen wurden. Trotzdem kamen sie kaum voran. Schröder wies Klara an, sich bei ihm unterzuhaken. »Damit wir uns nicht verlieren!«

»Ich will auf die Treppe.«

»Bitte?«

»Die Treppe!« Klara nickte zu dem großen Aufgang hin, der über zwei Flügel nach oben führte.

»Es ist noch kein Einlass.«

»Eben! Sehen Sie zu, dass wir trotzdem schon auf die Treppe können. Ich will die Menschen hier fotografieren.«

»Wir fotografieren, wenn getanzt wird.«

»Hören Sie, Herr Schröder«, machte Klara deutlich. »Sie sind für den Text hier, ich für die Bilder. Wenn Sie nicht mit mir auf die Treppe wollen, ist das Ihre Sache. Ich will Bilder von den Menschenmassen.« Denn in der Tat, auch das war eine Aufnahme wert: Wie sich alle darum rissen, dabei zu sein. Wie der Rock 'n' Roll alle mitriss. Es lag ein Fieber in der Luft, wie man es so in Hamburg noch nicht erlebt hatte. Nicht erst seit heute oder seit ein paar Tagen. Die Temperatur stieg unter den jungen Menschen seit einiger Zeit, und es schien dafür keine Obergrenze zu geben. Man sah es an den glühenden Gesichtern und den herausgeputzten Frauen und Männern, man hörte es am Lärmpegel, der in der Halle herrschte, man konnte es sogar riechen, weil ein ganz eigenartiger Dunst aus Parfüm, Rasierwasser und Schweiß in der Luft lag, vor allem aber spürte man es: Es war ein Vibrieren, wie Klara es noch nie erlebt hatte. Sie fühlte ihr Herz heftig pochen, als sie die Treppe hochlief, nachdem Schröder die Ordner überzeugt hatte, dass sie als Pressevertreterin durchzulassen sei. So viele leuchtende Augen, so viele kesse Frisuren, so viele neue Anzüge, so viele bunte Kleider! Aber es gab auch Frauen, die in Hosen gekommen waren. Hier schien es praktisch keine Regeln mehr zu geben. Die jungen Männer trugen lockere Schlipse oder gar keine, die Dekolletés der Mädchen waren zum Teil atemberaubend. Unwillkürlich fragte Klara sich, wie viele von diesen jungen Menschen ihr Elternhaus ganz anders gekleidet verlassen und sich heimlich in irgendeinem Winkel, im Auto oder auch erst hier auf der Toilette umgezogen hatten. Hastig zog sie den Film auf, stellte das Objektiv scharf und machte ein paar Aufnahmen, stolperte noch einmal einige Treppen weiter nach oben, knipste noch einmal und nochmals in der Totalen, ehe sie sich ein paar Gesichter heraussuchte und sie heranzoomte: einen jungen Mann, dem eine wilde Haartolle ins Gesicht hing, eine Frau von vielleicht zwanzig Jahren, deren Lippenstift verschmiert war, als hätte sie eben noch heftig geküsst … Und da erkannte sie es: Rock 'n' Roll war nicht einfach Musik. Rock 'n' Roll war nicht weniger als eine Lebensart. Vor ihr stand die Zukunft!

✳ ✳ ✳

Wenn sie gedacht hatte, die Stimmung könnte nicht mehr aufgeheizter werden, sah sie sich eines Besseren belehrt, als der Wettbewerb eingeläutet wurde. Zunächst tanzten mehrere Paare gleichzeitig auf der etwas erhöhten Bühne. Jedes Paar war mit einer eigenen Startnummer einer Gruppe zugeteilt. Aus jeder Gruppe wählten die Preisrichter, die an einem langen Tisch seitlich der

Bühne saßen, zuletzt zwei Paare, die in die nächste Runde kamen. Heiß war es im Saal, trotz der frostigen Temperaturen draußen. Die Musik schepperte aus den Lautsprecherboxen, und zwischendurch betrat Sammy Gutwein die Bühne und moderierte die jeweiligen Teilnehmer. Er trug einen hellgrauen, ziemlich weiten Anzug und ein weißes Hemd mit großem Kragen, dazu perfekt polierte Lackschuhe – und keinen Gürtel! Mit seinem schwarzen, gegelten Haar ähnelte er beinahe Elvis Presley, der an diesem Abend so etwas war wie der Hausgott der Veranstaltung. »Als Nächstes hören wir das Stück ›Jailhouse Rock‹«, rief Sammy Gutwein in sein Mikrofon und deutete auf die Bühne. »Und mit der Nummer vierzehn tanzen Erwin und Helga aus Rahlstedt für uns. Die Nummer fünfzehn haben Gerhart und Hilde aus Othmarschen gezogen. Mit der Sechzehn gehen Willy und Olga an den Start, die extra aus Hannover gekommen sind …« Applaus unterbrach den Moderator. »Und dann haben wir noch die Siebzehn: Günther und Bettina aus Langenhorn. Wie immer kommen nur zwei Paare weiter. Wie immer geht es mit ordentlich Jubel noch besser!«

Und in der Tat waren die letzten Worte von Sammy Gutwein kaum noch zu verstehen, so laut klatschte und johlte das Publikum. Klara hatte sich einen Platz neben dem Preisrichtertisch gesucht, nur eine Armlänge vom Gewinnerpodest entfernt. Anders als Lothar Schröder, der sich unter die Gäste gemischt hatte, um ein paar »O-Töne« zu sammeln, Zitate, die er später in seinem Artikel verwenden oder als Bildunterschriften nutzen wollte. Klara bezweifelte, dass er in diesem Hexenkessel viel Brauchbares aufschnappte. Vor allem beachtete niemand den Reporter, der sich zwischen den jubelnden, kreischenden, hüpfenden jungen Menschen mit seinem Block und Bleistift durchzwängte. Amüsiert knipste Klara mehrere Bilder, auf denen Lothar Schröder in den ungünstigsten Posen zu sehen war. Mal drückte ihm jemand den Ellbogen in die Seite, mal war er zwischen zwei Dekolletés eingequetscht, mal wischte ihm jemand den Block aus der Hand, und Schröder angelte verzweifelt nach seinen Notizen, die durch die Luft flogen …

Aber vor allem ging es natürlich darum, mitreißende Bilder der Tanzenden zu machen. Und das gelang vor allem im zweiten Teil der Veranstaltung, als die besten Paare gegeneinander antraten. »Gerda und Paul aus Lokstedt sind auf dem besten Wege!«, jubelte der Moderator, den Klara natürlich auch mit ihrer Kamera einfing. »Dicht gefolgt von Walter und Diana aus Fuhlsbüttel! Es geht in die Endrunde! Diesmal wollen wir aber nicht nur sehen, wie die Damen herumgeschleudert werden.« Sammy Gutwein grinste, dass man sein strahlend weißes Gebiss bis zum letzten Zahn sehen konnte. »Diesmal wollen wir die Herren in der Luft sehen!«

Ein hundertfaches Kreischen brachte die Luft zum Vibrieren. Die beiden Tanzpaare, die den Wettbewerb untereinander entscheiden würden, blickten sich an und lachten. Alle vier lachten sie und nickten zu den ersten Takten der Musik, die im Hintergrund losspielte. Im nächsten Moment schien der ganze riesige Saal »Rock Around the Clock« mitzuschreien – von singen konnte keine Rede sein. Die beiden Tanzpaare legten los – und keine zehn Sekunden später gelang es Gerda aus Lokstedt tatsächlich, ihren Paul durch die Luft zu wirbeln. Ein kollektiver Aufschrei ertönte aus tausend Kehlen, der sich noch steigerte, als Diana aus Fuhlsbüttel es ihr gleichtat. Die Tänzer waren wirklich unfassbar gut. Am liebsten hätte Klara mitgetanzt, so mitreißend war die Darbietung. Sie hätte nicht sagen können, wer nun von beiden Paaren das bessere war. Vielleicht die beiden Lokstedter, weil sie sich einfach noch ein bisschen mehr verausgabten als die anderen. Technisch sah es für Klara aus, als hätte sie hier Profitänzer vor sich, die den ganzen Tag nichts anderes taten, als diesen völlig verrückten Tanz zu üben. Das Publikum tobte, und als das Lied zu Ende war, war der Jubel ohrenbetäubend. Es dauerte mehrere Anläufe lang, bis Sammy Gutwein sich wieder Gehör verschaffen konnte und feststellte: »Die Jury hat es wahrlich nicht leicht. Aber, meine Herrschaften, jetzt ist der Augenblick der Wahrheit gekommen!« Der Moderator wandte sich den Preisrichtern zu, die mit heiligem Ernst an ihrem Tisch saßen, drei Männer, eine Frau, alle vier trugen sie Brille, alle vier schienen von der aufgeheizten Stimmung in der Halle nichts mitzubekommen. Stattdessen machten sie sich immer noch eifrig Notizen, ehe sie die Köpfe zusammensteckten und berieten. Aus den Lautsprechern tönte inzwischen leise etwas weniger schnelle, aufputschende Musik, sodass sich die Anwesenden wieder etwas beruhigten, bis schließlich der Juryvorsitzende aufstand und sich alle Aufmerksamkeit ihm zuwandte. Er trat ans Mikrofon, von Klara in einer Aufnahme festgehalten, als stünde er selbst als Sänger vor dem Auditorium, und klopfte prüfend dagegen, sodass ein dumpfes »Tock-Tock« im Saal zu hören war. »Ähm ja«, sagte er. »Verehrtes Publikum, die Jury ist zu einer Entscheidung gekommen. Der erste Preis unseres ersten Rock-'n'-Roll-Wettbewerbs geht an das Paar mit der Startnummer zwölf, Gerda König und Paul Schreber aus Lokstedt. Wir grat...« Der Rest ging im Jubel des Publikums unter. Erst als Sammy Gutwein nach einer Weile den Arm hob und deutlich machte, dass er etwas zu sagen hatte, wurde es wieder etwas leiser. »Das Siegerpaar wird uns nun noch einmal seinen Siegertanz vorführen – und dann darf ich die Tanzfläche für alle Anwesenden freigeben, bis wir in einer Stunde zur Ehrung der Preisträger kommen! Let's rock!«

Erneut erklang der Hit von Bill Haley und den Comets, ehe Elvis Presley mit »Hound Dog« gespielt wurde und nahezu alle in der riesigen Ernst-Merck-Halle begannen, wie verrückt zu tanzen.

Klara war gerade dabei, den Film zu wechseln, als Lothar Schröder plötzlich neben ihr stand. »Wir haben mit Sicherheit mehr als genug Bilder«, schrie er gegen die Musik und den Lärm der Tanzenden an. »Stecken Sie die Kamera weg.«

»Aber ...«

»Und kommen Sie endlich tanzen!«

Im nächsten Moment zog er Klara auf die Tanzfläche, dorthin, wo eben noch das Siegerpaar getanzt hatte, und packte sie um die Hüfte. »Auf drei!«

Und schon sauste sie unter seinen Beinen hindurch, er schwang über sie hinweg, wirbelte sie herum und zog sie wieder hoch, dass sie kaum wusste, wie ihr geschah – und drehte sie in seine Arme, als wäre alles genau so geplant gewesen. »Sie ... Sie sind ... ja richtig gut!«, rief sie und schnappte nach Luft.

»Sie aber auch, Klara«, erwiderte er und hob sie hoch, drehte sich einmal um die eigene Achse, ließ sie wieder herunter und hielt sie dann an der Hand, ganz fest, ganz sicher, aufregend und souverän zugleich. Und Klara vergaß, dass sie beruflich hier war, sondern gab sich einfach dem Spaß hin. Dem Spaß zu tanzen, sich zu verausgaben, die Welt zu genießen. Und einen Mann mal einfach gut zu finden.

✳ ✳ ✳

## 3.

*Lothar Schröder erwies sich als* ebenso einfühlsamer wie leidenschaftlicher Verehrer. Klara mochte ihn und fühlte sich in seiner Nähe wohl. Allerdings war sie sich schon bald im Klaren darüber, dass ihre Gefühle nicht den seinen glichen. Lothar ließ keinen Zweifel daran, dass er ziemlich ernsthafte Absichten verfolgte. Dass er mehr wollte. Seine Abschiedsküsse waren so heiß, dass Klara manchmal geradezu ein schlechtes Gewissen hatte. Denn ja, sie genoss diese Hingabe, und sie genoss es, so offensichtlich begehrt zu werden. Aber so gerne sie mit ihm zusammen war und sosehr sie es sich selbst gewünscht hätte: Ihr Herz entflammte einfach nicht für ihn. Vielleicht hatte es damit zu tun, dass es schlicht nicht richtig war, sich auf einen anderen Mann einzulassen, während sie heimlich an Hertig dachte. Vielleicht aber bremste auch das Erlebnis mit Otto Strecker sie aus, vielleicht konnte sie deshalb immer noch nicht anders, und es ließ sie weiterhin vorsichtig sein. Die möglichen Konsequenzen eines Abenteuers waren für eine Frau nun mal gravierend. Und Lothar mochte zwar ein sympathischer und attraktiver Mann sein, er mochte ein gutes Einkommen und einen angesehenen Beruf haben, doch er war nicht der Mann, mit dem sie ihr Leben teilen wollte. Ob es daran lag, dass er so sehr der Mann war, den sich ihre Mutter für sie gewünscht hätte? Jedenfalls nagte das schlechte Gewissen an ihr, weil er sich größere Hoffnungen machte als berechtigt. Sie wollte ihn weder ermutigen noch zurückstoßen. Verlieren wollte sie ihn aber auch nicht.

»Was willst du an Silvester machen«, fragte er sie an einem Tag im Dezember, ohne den Hauch eines Zweifels daran zu lassen, dass er erwartete, dieses Ereignis mit ihr gemeinsam zu begehen. Er hatte sie in der Teeküche entdeckt und sich zu ihr gestohlen.

»Ich weiß noch nicht«, entgegnete Klara. »Vicki gibt eine Party. Sie hat mich eingeladen. Ich bin bloß nicht sicher, ob es das Richtige für mich ist.«

»Ist es nicht«, erklärte Lothar Schröder und zog zwei Karten aus seinem Jackett. »Das hier ist das Richtige.« Er reichte sie ihr.

»Silvester im Atlantic? Wirklich?«

»Nur das Beste für dich, mein Engel.«

»Aber für so einen Anlass hab ich doch gar nichts anzuziehen.«

»Ich bin zwar sicher, die wären alle glücklich, wenn du ohne etwas anzuziehen erscheinen würdest«, sagte er und lächelte in sich hinein, als stellte er es sich bildlich vor. »Aber ich lasse die Ausrede nicht gelten. Erstens siehst du immer großartig aus.«

»Und zweitens ...«

»Zweitens wollte ich dir zu Weihnachten ein schönes Kleid schenken.«

»Du kannst mir doch kein Kleid schenken, Lothar.« Klara schüttelte den Kopf. Sie stellte sich vor, wie er in die Abteilung für Damenkonfektion bei Peek & Cloppenburg schlenderte und dann Garderobe für die Frau kaufte. Absurd.

»Schon geschehen«, erklärte er.

»Und wenn es nicht passt?«

»Muss es. Ich habe ein Kleid für dich bei deiner Freundin Elke bestellt. Es ist schon bezahlt. Du musst nur noch hingehen und Maß nehmen lassen.«

»Du hast mir ein Kleid bei der Schneiderei Brill gekauft?«

»Alles längst geregelt. Ich empfehle aber, bald hinzugehen. Sonst schaffen sie es nicht mehr rechtzeitig.«

Nun war es Klara, die ihn leidenschaftlich küsste. Zu leidenschaftlich, als dass er seine Finger bei sich behalten konnte, sodass sie ihn schließlich wegschieben musste. »Nicht«, sagte sie. »Ich will das nicht.«

Lothar nickte verständnisvoll. »Du hast schon recht. Wir sollten uns das für den richtigen Augenblick aufheben.« Er seufzte. »Ich hoffe, er wird bald kommen?«

Klara antwortete nicht, sondern wandte sich ab und hantierte mit der Kaffeemaschine. Zu ihrer Erleichterung kam Frau Beeske dazu. »Nanu, Herr Schröder? Wissen Sie nicht, dass das hier den Damen des Hauses vorbehalten ist?«

»Steht das irgendwo geschrieben?«, erwiderte Lothar und grinste verlegen.

»Es ist ein ungeschriebenes Gesetz.« Die Beeske hob die Augenbrauen und blickte von ihm zu Klara und zurück. »Na, Sie haben ja offenbar eine Fürsprecherin hier.«

»Ich bin schon weg«, rief Klara und nahm ihre Tasse mit sich.

»Klara ...«, beeilte sich Lothar Schröder, sie aufzuhalten, doch sie ignorierte ihn und huschte schnell davon. So gern sie ihn hatte, auf die eine oder andere Weise musste sie die Situation klären, sonst würde alles irgendwann kompliziert werden. Obwohl: Kompliziert war es schon. Für sie zumindest. Für ihn natürlich nicht. Er wusste, was er wollte, und hoffte, dass er es irgendwann auch bekam, besser früher als später. Aber sie? Sie wusste nur, was sie nicht wollte. Wenn sie mit ihm zusammen war, genoss sie – meistens jedenfalls – die Gegenwart, während er ganz klar auf die Zukunft lauerte und die Gegenwart so schnell wie möglich hinter sich lassen wollte. Auf eine bestimmte Weise konnte sie ihn sogar verstehen, denn manchmal ging es ihr ganz ähnlich. Nur dass sie eben nicht in der gleichen Situation war wie er. Männer hatten es einfach so viel leichter!

\* \* \*

Das Kleid war am 23. Dezember fertig. Klara probierte es in den neuen Räumen der Schneiderei Brill schräg gegenüber dem Rathausplatz an. Sie liebte diesen Ort! Elke war von der alten Frau Brill beauftragt worden, sich um die Einrichtung zu kümmern – und sie hatte einmal mehr ihren Sinn für Klasse bewiesen: Die zwei Säulen im großen Raum hatte sie mit Spiegeln an allen Seiten bedecken lassen, sodass man seine neue Garderobe buchstäblich unter allen denkbaren Lichtverhältnissen betrachten konnte – und sogar von allen Seiten, wenn man sich zwischen die Säulen stellte. An den Wänden hingen großformatige Fotografien von Greta Garbo, Grace Kelly und Audrey Hepburn in perfekter Garderobe – und der alte rote Vorhang war jetzt auf einen Paravent gespannt, hinter dem man sich diskret und unbeengt umziehen konnte. Zwei hübsche Sitzecken mit Blumenschmuck komplettierten den »Showroom«, wie Elke das große Zimmer nannte.

»Ich bin immer noch beeindruckt von euren neuen Räumlichkeiten«, sagte Klara anerkennend, während sie das Kleid überstreifte.

»Geht mir genauso«, gab Elke zu. »Jeden Morgen, wenn ich hier reinkomme, denke ich, dass die ganze alte Schneiderei, die wir am Gänsemarkt hatten, allein in diesen Raum zweimal komplett reinpassen würde.«

Nebenan ratterten zwei Nähmaschinen.

»Und die neuen Kolleginnen sind nett?«

»Nett ja«, erklärte Elke. »Aber ich bin auch froh, wenn sie endlich gut genug sind.« Sie flüsterte. »Sie tun ja brav alles, was man sagt. Aber ich muss schon sagen, Schneidern ist einfach mehr als nur ein paar Stücke Stoff zusammennähen.«

Klar, so war das. Wie mit der Fotografie. Da reichte es auch nicht, wenn man einen Film aufziehen konnte und wusste, wo der Auslöser ist. »Jedenfalls ist dieses Kleid ein Traum!«, sagte Klara und drehte sich einmal mehr um die eigene Achse, um sich ausgiebig in den Spiegeln zu betrachten.

»Bist du sicher, dass dein Lothar das auch findet?«, fragte Elke skeptisch.

»Ach, er wird schon damit zurechtkommen. Wahrscheinlich erkennt er den Unterschied gar nicht. Und außerdem ist er nicht mein Lothar.«

»Ich bin sicher, er sieht es«, widersprach die Freundin. »Er wird doch nicht ohne Grund das Modell mit den Ärmeln und den Rüschen bestellt haben.« Genau genommen hatte Lothar Schröder sogar selbst die Idee gehabt, als er Elkes Zeichnung gesehen hatte: »Wenn es diese halblangen Ärmel hätte, das wäre doch schön. Und vielleicht hier und da noch eine ... Schleife?« – »Sie meinen, eine Rüsche?« – »Ja, richtig, eine Rüsche.« – »Kein Problem, das können wir gerne machen.«

Aber genau diese Extras hatte Klara abgelehnt: »Ich will doch nicht aussehen wie meine eigene Großtante bei ihrer Goldenen Hochzeit!« – »Na ja, ursprünglich hatte der Entwurf auch gar keine Rüschen.« – »Hast du noch den ursprünglichen Entwurf?« – »Sicher. Hier.« – »Das ist es doch! Genau so muss das Kleid aussehen!« – »Und die Farbe ...« – »Lass das mal meine Sorge sein, Elke.«

Wenn sie sich nun in den Spiegeln des Showrooms betrachtete, hatte sie das Gefühl, als wäre sie eine ganz andere Frau – eine wunderschöne Frau, eine, die man vor der Kamera erwartete und nicht dahinter. In diesem Kleid sah man nicht, dass ihre Beine etwas zu kurz waren, die Schultern wirkten zierlicher, die Taille schmaler. Tricksen und Schummeln, dachte Klara, das gilt auch in der Mode.

»Du siehst fantastisch aus«, sagte auch Elke, und Klara errötete etwas. »Es ist deine Kreation«, gestand sie der Freundin zu.

»Es kommt immer auch darauf an, wer drinsteckt.« Elke gönnte es Klara so sehr. Sie wusste, dass ihre Freundin schwere Zeiten hatte hinter sich bringen müssen. »Das Atlantic wird dir zu Füßen liegen.«

Klara lachte. »Bitte nicht!«, rief sie. »Diese Füße sind voller blauer Flecken. Und dabei tanzt er wirklich gut! Also eigentlich.« Denn leider hatte er die Angewohnheit, mit seinen überaus großen Füßen beim Tanzen immerzu auf ihre zu treten.

»Das kenne ich!«, entgegnete Elke kichernd. »Die Kerle stehen gerne gut gepolstert.«

»Und was wirst du an Silvester machen?«, fragte Klara neugierig.

»Wir werden drüben am Gänsemarkt feiern. Rena gibt eine Party. Jeder ist eingeladen, der Lust hat.«

»Da würde ich lieber hingehen als auf den feinen Ball im Grandhotel«, gestand Klara.

»Ach was. Der Ball im Atlantic ist ein Großereignis! Jede Frau in Hamburg wäre gerne dabei!«

»Ich gebe ihr gerne meine Karte ab.« Vorsichtig schlüpfte Klara wieder aus dem Kleid.

»Aha? Und deinen Lothar gibst du dann gleich mit ab?«

»Er ist zwar immer noch nicht mein Lothar«, stellte Klara fest. »Aber nein, den würde ich gerne behalten.«

Elke half ihr beim Ausziehen und legte das Kleid vorsichtig auf den großen Nähtisch im anderen Nebenraum. »Wird das was Ernstes mit euch?«, forschte sie weiter.

Klara musste überlegen. »Ich glaube nicht«, sagte sie dann. »Weißt du, ich mag ihn. Ich mag ihn wirklich. Er ist charmant und bemüht und … ja, ich mag ihn.«

»Aber du liebst ihn nicht.«

Klara zuckte die Achseln.

»Verstehe schon. Kenne ich.«

»Wie ist es mit dir und Carl?« Denn auch Elke war seit einiger

Zeit fest mit einem Mann zusammen: Carl Diel, einem Autohändler an der Dammtorstraße.

»Keine Ahnung. Carl ist klasse, weißt du? Aber ... na ja, ich schätze, es ist so ähnlich wie bei dir.«

Was Klara sich gut vorstellen konnte, was aber vermutlich dennoch nicht ganz stimmte. Denn so, wie sie Elke kannte, ging die bei ihrem Freund längst aufs Ganze. Klara bewunderte ihre Freundin für den Mut, mit dem sie sich ins Leben warf. Aber sie machte sich auch ein wenig Sorgen, dass diese Unbefangenheit zu ungewollten Ergebnissen führen könnte. Denn eines war ganz klar: Elke war ein Wildfang. Die brauchte ihre Freiheit. Für so etwas Ernstes wie die Ehe war sie noch nicht bereit.

✳ ✳ ✳

»Violett? Warum um alles in der Welt Violett?«

»Lothar, der cremefarbene Stoff sah aus, als hätte ich ein Hochzeitskleid am Leib!«

»Überhaupt sieht es ganz anders aus an dir«, befand Lothar Schröder und gab ihr ein Zeichen, sich vor ihm zu drehen, was Klara tat – allerdings mit einem unguten Gefühl. Sie standen im Foyer, ihr Begleiter hatte ihr aus dem Mantel geholfen, sich mokiert, dass das Kleid, das er ihr gekauft hatte, eine ganz andere Farbe hatte als bestellt – und nun ließ er sie Pirouetten vollführen, die auch die Aufmerksamkeit anderer Gäste des Balls auf sie lenkte.

»Gefällt es dir denn nicht?«, fragte Klara ein wenig gekränkt. »Gefalle ich dir nicht in diesem Kleid?«

Lothar Schröder schien seinen Fauxpas erkannt zu haben, denn er lenkte versöhnlich ein: »Doch, natürlich, Klaraschatz. Du siehst immer wunderschön aus. Und auch in diesem ... violetten Kleid.«

»Ich finde eigentlich, es passt viel besser zu einem Silvesterabend als ein cremefarbenes.«

Er seufzte. »Vielleicht hast du damit sogar recht«, sagte er und hielt ihr den Arm hin, um sie nach drinnen zu geleiten. »Trotzdem bin ich etwas enttäuscht.«

Die Enttäuschung schien sich rasch zu verflüchtigen, denn natürlich bekam Lothar Schröder die bewundernden Blicke mit, die etliche Männer ihr zuwarfen, während sie den großen Festsaal betraten. Die Band spielte Musik von Glenn Miller, die Lüster warfen goldenes Licht auf die Gesellschaft, die sich an Dutzenden Tischen rund um die Tanzfläche versammelt hatte. Auf den Eintrittskarten standen die Platznummern, Klara wusste deshalb bereits, dass sie an Tisch zwanzig sitzen würden, einem etwas im Hintergrund befindlichen, von dem aus man die Tanzfläche kaum sehen konnte, dafür allerdings die Musiker, die seitlich dazu auf der kleinen Bühne saßen.

Lothar rückte ihr den Stuhl zurecht und winkte dann den Kellner herbei. »Sie haben sicher etwas zu trinken für die Dame?«

»Darf ich der gnädigen …« Der Ober prüfte mit geübtem Blick Klaras Hände und korrigierte sich: »… dem gnädigen Fräulein ein Glas Sekt anbieten?«

»Sehr gerne«, erwiderte Klara und betrachtete die anderen Gäste, mit denen sie den Abend an diesem Tisch verbringen würden. Es waren jeweils acht Gedecke aufgelegt, zwei, das hieß: mit ihnen nun drei davon waren inzwischen besetzt. Die anderen beiden Paare waren deutlich älter. Die Herren wirkten wie Chefärzte oder Bankdirektoren, ihre Begleiterinnen wie geübte Ehefrauen und Damen der besseren Gesellschaft. Klara nickte allen zu, und alle nickten freundlich, aber distanziert zurück. Hanseaten eben. Man würde sich womöglich im Laufe des Abends höflich über Themen wie die allgemeine Weltlage, den Preis für Importgüter, die Qualität der Gänseleber und natürlich das Wetter unterhalten, vielleicht einander aber auch gepflegt ignorieren.

Der Kellner stellte je ein Glas Sekt vor Klara und ihrem Begleiter ab, und Lothar griff sogleich danach und brachte den ersten Toast aus: »Auf einen unvergesslichen Abend, liebe Klara. Ich bin sehr glücklich, dass du dieses Silvester mit mir verbringst.«

Falls er darauf gehofft hatte, sie würde Ähnliches zu ihm sagen, wurde er enttäuscht. Klara hob ihr Glas, stieß es an seines und sagte: »Zum Wohl!« Und innerlich stellte sie sich schon darauf ein, dass es ein eher langweiliger Abend würde.

Doch dann stimmte die Band Cole Porter an. »All of You« riss nicht nur etliche Gäste aus den vorderen Reihen mit, sondern auch Lothar Schröder. »Komm!«, sagte er und zog Klara auf die Tanzfläche.

Im nächsten Augenblick waren sie vollkommen in der Musik gefangen. »Let's Misbehave« tanzte sich so gut wie von selbst, aber am meisten verausgabten sie sich bei Irving Berlins »Puttin' on the Ritz«, um sich schließlich bei »I've got you under my skin« in den Armen zu liegen. »Wurde auch Zeit, dass sie endlich einen Schieber spielen«, sagte Lothar. »Ich kann jetzt schon nicht mehr. Und der Abend ist noch so jung …«

Klara schenkte ihm ein fröhliches Lächeln. Ja, dachte sie, der Abend ist jung, und sehr bald bricht ein noch ganz junges Jahr an. Sie war ziemlich sicher, dass ihr Begleiter eine ganz andere Vorstellung davon hatte, wie der Abend enden und das Jahr beginnen sollte. Aber sie versuchte den Gedanken zu verdrängen. Was nützte es, ihn jetzt schon zu enttäuschen? Vielleicht konnte auch er die gemeinsamen Stunden genießen und an der Musik und am Tanzen Freude haben.

✳ ✳ ✳

»Fünf – vier – drei – zwei – eins – Prosit Neujahr!«, rief der Leiter der Band und ließ seine Kapelle einen Tusch spielen, der nahtlos überging in »So ein Tag so wunderschön wie heute«. Sogar die feinen Herrschaften, die bisher nur gespeist und die Tanzfläche ignoriert hatten, lachten und jubelten ausgelassen, während es Luftschlangen regnete und die Menge nach oben drängte. Die Leitung des Atlantic hatte sich nämlich einfallen lassen, an diesem Abend auf dem Dach Champagner auszuschenken und für seine Gäste ein kleines Feuerwerk zu veranstalten.

Die ganze Stadt war noch erleuchtet, als Klara und Lothar nach draußen traten und über die Brüstung blickten. Es war ein erhebender, ein feierlicher Anblick, den Hamburg in dieser Nacht bot. Am liebsten hätte Klara ein paar Aufnahmen gemacht, so verzaubert war sie von dieser einzigartigen Atmosphäre. »Es ist wunderschön hier«, sagte sie und drückte sich an ihren Begleiter, nicht zuletzt, weil es eisig kalt war. »Ich bin dir wirklich dankbar für diesen Abend.«

»Wir könnten viele solche Abende gemeinsam haben«, flüsterte Lothar ihr ins Ohr.

»Ja«, sagte sie und nahm dankbar hin, dass er seine Jacke über ihre nackten Schultern legte. »Aber …«

»Aber?«

»Aber ich will jetzt nicht darüber nachdenken.«

Von unten tönte »Chattanooga Choo Choo« herauf, während Lothar sie nachdenklich ansah. »Klara …«

Doch sie legte ihm den Finger auf die Lippen. »Lass uns einfach diese Nacht genießen, ja?«, flüsterte sie, als die ersten Wunderkerzen ihr funkelndes Feuer versprühten. »Das Jahr ist noch so jung. Wir haben noch so viel Zeit.«

Und er schien zu verstehen und nahm sie in den Arm. »Ja«, sagte er nach einer Weile. »Wir haben Zeit.«

Das Licht der Häuser spiegelte sich in der Binnenalster, der Himmel war klar und voller Sterne. Der Klang der Glocken tönte von den zahlreichen Kirchtürmen über die Stadt und vermischte sich mit dem Jubel der Menschen, von denen viele auf den Straßen unterwegs waren, auch unter ihnen am Ballindamm. Es war, als erwarteten alle, dass das neue Jahr nur Gutes bringen werde. Aber vielleicht würde es das ja auch? Für Klara war dieses Silvester in vielerlei Hinsicht ein besonderes: Ihre Mutter war gestorben, von nun an war sie allein auf der Welt, jedenfalls so lang, bis sie selbst eine Familie gründete. Sie hatte eine Arbeit angenommen und ihre ersten Erfahrungen als Verlagsmitarbeiterin gemacht. Nach ihrem eigenen Empfinden war sie dadurch nicht weniger als erwachsen geworden. Sie hatte unglaublich viel Schönes erlebt, neue Freunde gefunden – Freundinnen vor allem – und Verehrer gehabt. Einer davon hielt sie im Arm und machte sich falsche Hoffnungen, wofür sie unbedingt eine Lösung finden musste, denn sie wollte ihn anständig behandeln, sich selber aber auch nicht drängen lassen. Sie hatte ein mehr als fragwürdiges Abenteuer mit Otto Strecker erlebt. Sie hatte ihre ersten Fotos veröffentlicht und gelernt, sich in großen Konferenzen zu behaupten. Das alles war in den zurückliegenden Monaten geschehen, und es sprach nichts dagegen, dass sie auch in der nächsten Zeit unendlich viel lernen würde. Ja, 1957 konnte kommen. Sie war gewappnet. Sie wusste nicht nur, was sie nicht wollte, sie wusste auch, was sie wollte: ein aufregendes Leben, in dem ihr niemand sagte, was sie zu tun und zu lassen hatte. Und genau diese Art von Leben würde sie haben.

※ ※ ※

# 4.

»*Aber was um alles in der Welt* soll an Fräulein Gerti Daub aus Wandsbek für unsere Leserinnen interessant sein?«, warf Köster ein. Es war klar, dass das eine rhetorische Frage war: Die Diskussion, ob man ernsthaft einen Bericht über die neue »Miss Germany« aus der Hansestadt bringen wollte, sollte damit beendet sein. Doch ausnahmsweise schaltete sich Ellen Baumeister ein, die an diesem Tag für ihren Chef, Hans-Herbert Curtius, protokollierte, weil der wegen einer Regatta, an der er mit seiner »Monika« teilnahm, die große Redaktionskonferenz nicht beehrte. »Ich denke, wir sollten darüber nachdenken.«

»Bitte?« Köster war sichtlich irritiert. Wortmeldungen von Sekretärinnen waren schlichtweg nicht vorgesehen, auch nicht, wenn es Chefsekretärinnen waren.

»Die junge Frau repräsentiert unsere Leserin mit all ihren Träumen und Hoffnungen. Sie steht für das neue Bild der Frau«, erklärte Ellen Baumeister und holte Luft, um noch viel mehr zu sagen. Doch Köster schnitt ihr das Wort ab: »Ja, das mag ja alles sein. Aber sie ist und bleibt eben trotzdem bloß eine Art Möchtegern-Mannequin. Und ich find ...«

»Entschuldigen Sie, wenn ich Ihnen widerspreche, Herr Köster«, nahm sich Curtius' Assistentin heraus. »Aber genau das sind doch unsere Leserinnen ebenfalls alle! Sie träumen davon, auch einmal so elegant und hinreißend zu sein wie die Modelle in der *Claire*. Wenn wir einen Beitrag über Fräulein Daub bringen, dann geben wir damit indirekt unseren Leserinnen eine Plattform!«

In Kösters Brust schienen zwei Herzen zu schlagen: eines, das die Chefsekretärin zum Teufel wünschte, und eines, das eine gewisse Zustimmung nicht vermeiden konnte. Er zögerte. Mit angehaltenem Atem hörte Klara dem Wortgefecht der beiden zu. Sie stand klar auf Seite von Ellen Baumeister. Natürlich hatte sie recht: Die Leserinnen wollten mehr erfahren über das Mädchen, das sozusagen aus der Nachbarschaft stammte. Dadurch, dass sie eine von ihnen war, hatten sie das Gefühl, sie selbst könnte eines Tages Miss Germany werden.

»Herr Köster«, mischte sich Lothar Schröder ein. »Wenn Sie erlauben, ich möchte Frau Baumeister zustimmen. Außerdem … Unser besonderes Talent liegt doch bekanntlich darin, dass wir auch aus mittelmäßigen Themen große Storys machen.«

»Ist das so?«, fragte der stellvertretende Chefredakteur erkennbar angesäuert. »Na gut, dann teile ich hiermit Sie für die Geschichte ein, Herr Schröder. Liefern Sie mir bis zur nächsten Konferenz ein Stück, das zeigt, wie viel in Fräulein Daub und ihrem zweifelhaften Titel steckt.«

Lothar Schröder nickte ergeben, aber Klara erkannte ein feines Lächeln um seine Züge. Er hatte das wieder mal alles sehr genau geplant!

✳ ✳ ✳

»Willst du mich eifersüchtig machen?«, fragte Klara ihren Freund, als sie sich wenig später zum Mittagessen in Högners Bäckerei trafen. Natürlich wusste die ganze Redaktion längst, dass sie ziemlich eng miteinander waren. Doch Klara war es wichtig, auch nach außen deutlich zu machen, dass sie nicht beabsichtigte, ihre Unabhängigkeit aufzugeben. Seit sie im Februar und März ihren Freund mehrmals heftig in die Schranken gewiesen hatte und sie sich schließlich offen ausgesprochen hatten, war ihr Verhältnis ohnehin deutlich abgekühlt. War Lothar im Winter noch ganz der Romantiker gewesen, gab er sich jetzt gerne ironisch, vielleicht auch, um seine Verletztheit zu überspielen. Er tat ihr ja auch wirklich leid. Doch bei aller Sympathie: Sie liebte ihn nicht, und zurzeit brauchte sie auch kein Abenteuer. Darüber hinaus war sie so beschäftigt wie noch nie in ihrem Leben.

»Was machen deine Umzugspläne?«, fragte Lothar Schröder und tunkte sein Franzbrötchen in den Kaffeepott.

»Momentan ist die Wohnung ja noch gar nicht frei«, sagte Klara. Sie hatte vor ein paar Wochen von einer Wohnung am Paulinenplatz erfahren, die frei werden würde. Sosehr sie Rena mochte – und auch Rike – und sosehr sie sich willkommen fühlte bei ihr, so sehr blieb sie dort natürlich das fünfte Rad am Wagen. Sie musste endlich ausziehen, sie brauchte einen Ort, der ihrer war. Und nur ihrer, nicht ihrer und Lothars.

Die Wohnung am Paulinenplatz würde sogar ein eigenes Badezimmer haben und in jedem der zwei Zimmer große Fenster. Es war ein Neubau, die alte Dame, die dort noch wohnte, war gestürzt und würde zu ihrem Sohn und der Schwiegertochter nach Norderstedt ziehen. Die Schwiegertochter war Helga Achter von der Dokumentation. Von ihr hatte Klara es erfahren und sofort Interesse angemeldet. Es war genau gewesen, wie Rena es prophezeit hatte: Du musst jemanden kennen, der jemanden kennt, der was gehört hat …

»Du weißt, wenn du Hilfe brauchst …«

»Ich weiß, Lothar, und ich bin dir sehr dankbar. Ich werde auch darauf zurückkommen. Denn ich werde ganz sicher Hilfe brauchen.«

Und dann würde sie eine Einweihungsparty feiern, das stand schon mal fest. Mit Sekt und Häppchen. Aber am meisten begeisterte Klara die Vorstellung, dass sie die neue Wohnung nach ihren eigenen Ideen würde einrichten können. Niemand würde ihr reinreden, niemand alles besser wissen. Inzwischen hatte sie auch schon etwas Geld gespart und konnte es sich leisten, ein paar Möbel zu kaufen. Ihr schwebte ein schickes Sofa vor, ein halbhoher Tisch, wie ihn Hans-Herbert Curtius in seinem Büro hatte – auch wenn sie sich natürlich niemals ein so teures Exemplar würde leisten können. Und blaue Vorhänge! Warum auch immer, von denen träumte sie schon seit Langem.

»Klara?«

»Ja?«

»Du bist ganz woanders.«

»Ich musste nur an die Wohnung denken.«

»Verstehe.« Lothar nippte an seinem Kaffee, das Franzbrötchen war schon weg. Klara wusste, dass er es ihr verübelte, dass sie nicht mit zu ihm nach Hause kommen wollte. Aber seit dem Erlebnis mit Otto Strecker war es, als würde sich etwas in ihr dagegen sträuben, einen alleinstehenden Mann zu besuchen. »Werde ich dich denn mal besuchen dürfen?«, fragte Lothar prompt.

»Du meinst, in meiner Wohnung?«

»Ich meine auf einen Kaffee oder so«, erklärte er.

»Aber ja«, beeilte sie sich, ihm zu versichern. »Kaffee, Tee, was immer du willst!«

»Was immer ich will«, wiederholte er trocken. Sie wussten beide, was er am liebsten gewollt hätte – und dass er es nicht bekommen würde. Lothar Schröder räusperte sich. »Klara …«, sagte er und zögerte.

»Hm?«

»Ich weiß nicht recht, wie ich es sagen soll …«

»Was?« Klara blickte ihm in die Augen und forschte nach seinen Gedanken. »Hast du jemanden kennengelernt?«

Lothar Schröder lachte. »Also, das ist ja gruselig«, erklärte er.

»Bin ich so leicht zu durchschauen?« Er atmete durch. »Also: ja und nein. Es gibt jemanden ... Ich habe sie nicht kennengelernt. Denn ich kannte sie ja schon. Aber es hat sich irgendwie ergeben, dass wir ... na ja, wir sind uns nähergekommen.«

In dem Moment wusste Klara nicht, ob sie in Tränen ausbrechen oder sich freuen sollte. Lothars Geständnis löste ein großes Problem für sie, doch es fühlte sich zugleich wie ein schrecklicher Verlust an.

»Kenne ich sie auch?«, fragte sie nach kurzem Schweigen.

»Es ist Gabriele Tönnessen«, sagte er leise.

»Gabi? Aus der Buchhaltung?« Fast hätte sie »Nicht dein Ernst!« gerufen, denn dass ein und derselbe Mann sie und Gabriele Tönnessen attraktiv finden könnte, das wäre ihr im Traum nicht eingefallen. Gabi war ein linkisches, schüchternes Mädchen, lang, hager, kantig. Hätte sie einen Anzug getragen, man hätte sie für einen Mann halten können. Sie selbst war gewiss kein Mannequin, aber doch deutlich fraulicher und auch um einiges jünger.

»Ich weiß«, sagte Lothar Schröder und lächelte schief. »Das klingt wahrscheinlich komisch. Aber ... Na ja, ich hab sie kürzlich nach Hause gebracht. Es hat wie aus Eimern gegossen, sie hatte keinen Schirm, ich hatte einen ... Also, ich will dich hier gar nicht mit Einzelheiten belästigen. Aber wir hatten viel ... Es war sehr nett.« Er senkte seinen Blick und studierte die Kaffeetasse, als könnte er darin zurückblicken zu dem betreffenden Abend. »Sie ist lustig.« Er rieb sich mit den Händen übers Gesicht. »Und seither belastet mich das. Unseretwegen.«

Klara nickte und blickte durch das große Fenster hinaus auf die Straße und hinüber Richtung Hafen, wo gerade ein Ozeandampfer vorüberzog. Sie musste an ihren ersten Freund denken, Frieder, der mit ihr zur Schule gegangen war und den sie einige Wochen lang immer mal wieder unter der Kellertreppe im Haus an der Michaelisbrücke geküsst hatte, mit dem sie ein bisschen herumgefummelt hatte und der dann zum »Volkssturm« gegangen und nie mehr wiedergekommen war. Dann hatte es Paul Rolfes gegeben, mit dem sie für eine kurze Zeit gegangen war, ehe sie in seinem Auto zweimal mit ihm geschlafen hatte, obwohl sie es vor lauter Angst nicht hatte genießen können. Und an Otto Strecker und diese eigenartige Nacht, an die sie immer noch mit einem gewissen Grusel zurückdachte. Lothar hätte der erste Liebhaber sein können, mit dem sie eine gute Beziehung gehabt hätte – wenn sie es denn zugelassen hätte. Aber nun war es vorbei. So wie der Dampfer, der elbabwärts verschwand und in einer Stunde die Mündung passieren und aufs offene Meer hinausfahren würde.

»Klara?«

»Ach Lothar«, seufzte sie. »Ich bin sicher, Gabi ist eine wundervolle Person. Ich kenne sie kaum. Aber wenn sie die Richtige für dich ist, dann ist das eine gute Nachricht.« Sie gönnte es ihm wirklich, endlich eine Liebe zu bekommen.

»Ich bin froh, dass du mir nicht böse bist«, antwortete er und sah so erleichtert aus, dass Klara lachen musste. »Dafür zahlst du den Kaffee!«, erklärte sie. »Und du hilfst mir beim Umzug.«

»Versprochen ist versprochen.«

✳ ✳ ✳

Nicht nur Lothar Schröder hatte sich erboten, bei Klaras Umzug mitzuhelfen. Es kam ihr vor, als wäre die halbe Redaktion da – auch wenn die Männer in ihrer Arbeitskleidung kaum wiederzuerkennen waren. Und die Frauen noch weniger. Ellen Baumeister trug einen Einteiler, als wäre sie direkt von der nächsten Tankstelle gekommen. Aber sogar damit sah sie hinreißend aus – nur nicht so streng und diszipliniert wie im Verlag. Heinz Hertig wirkte wie einer aus dem Film »Die Halbstarken«. Lothar hatte einen löchrigen Anzug an, als hätte er darin seit Wochen auf der Straße geschlafen.

Gregor Blum hatte Jeans angezogen und erinnerte an John Wayne oder William Holden. Und Vicki steckte zum ersten Mal, seit Klara sie kannte, in Hosen, zu denen sie ein kariertes Männerhemd trug.

Alle waren sie so eifrig bei der Sache, dass der ganze Umzug kaum länger als den Vormittag dauerte, zumal Klara ja nicht über große Besitztümer verfügte. Die Stimmung war so locker, dass selbst der schüchterne Heinz Hertig und die kühle Ellen Baumeister schon nach kürzester Zeit per Du waren. Aus einem kleinen Radio, das Gregor mitgebracht hatte, schepperte Rock-'n'-Roll-Musik, die alle noch mehr beflügelte.

Zu Mittag hatte Klara Wurst- und Käsebrote vorbereitet und Coca-Cola organisiert, was allgemein sehr gewürdigt wurde. Vergnügt saßen die Helfer auf Kisten und in den Fensterbänken und aßen, tranken und plauderten, während Klara die Kamera auspackte, die ihr Alfred Buschheuer geschenkt hatte und die bunte Gesellschaft fotografierte.

»Hey!«, rief Vicki. »So kannst du mich doch nicht ablichten!«

»Warum nicht? Du siehst doch immer aus wie für ein Modemagazin erfunden«, erwiderte Klara lachend. Und so war es ja auch: Vicki und Ellen waren die zwei Schönheiten des Verlagshauses. Eine von ihnen hatte sich der Liebe Gott als Sekretärin geangelt, die andere sollte die Besucher empfangen und beeindrucken – und das tat sie auch. Klara bewunderte Vicki ehrlich. Und dass sie ihr in Liebesdingen ihr Herz ausgeschüttet hatte, hatte Klara endgültig für sie eingenommen. Nie zuvor hatte sie eine so selbstbewusste Frau kennengelernt. Sie war ihr Freundin und Vorbild geworden, zumal sie nicht nur die Gäste des Hauses mit ihrem strahlenden Lächeln begrüßte, sondern unglaublich viel im Hintergrund bewirkte. Wer immer etwas unter den Mitarbeitern des Verlags geregelt wissen wollte, tat gut daran, sich an sie zu wenden, auch weil sie das Vertrauen von buchstäblich allen genoss.

»Und?«, wollte Lothar wissen. »Hat jemand Urlaubspläne?«

Urlaubspläne. Die Frage hatte Klara noch nie gehört. Urlaub hatte es in ihrem Leben bisher nicht gegeben. Die anderen schienen weniger überrascht von dem Vorstoß.

»Ich würde ja gerne«, sagte Vicki. »Aber mein Jochen muss arbeiten.«

»Da sagst du was!«, stimmte Ellen Baumeister zu. »Zwei Wochen griechische Inseln und eine Woche Côte d'Azur!« Natürlich wusste sie, wo sich ihr Chef aufhalten würde während der heißen Sommermonate. Nun wussten es also auch die anderen: Er würde mit seiner Jacht durch die schönsten Gegenden des Mittelmeeres schippern.

»Und du?«

»Ich muss mit«, erklärte Ellen und blickte zur Seite. Für einen Moment herrschte verlegenes Schweigen. Keiner wusste so genau, ob das Verhältnis zwischen Curtius und seiner Sekretärin ein rein professionelles war. Er galt nun einmal als großer Schwerenöter. Daran änderte nichts, dass er seit vielen Jahren verheiratet war.

»Also ich werde diesen Sommer in die Berge fahren«, erklärte Heinz Hertig und setzte der Stille ein Ende. »Garmisch-Partenkirchen. Wollte ich schon immer mal. Gebirgsaufnahmen. Mit all den Kontrasten und Konturen …«, schwärmte er.

»Und Klara?«, wollte Gregor Blum wissen. »Wohin zieht es unser Verlagsküken?«

Klara warf ihm einen scharfen Blick zu. Sie wusste, dass die Redakteure diese Sprüche nicht böse meinten. Trotzdem fühlte sie sich von solchen Bezeichnungen herabgesetzt. »Ich möchte mir ein Fahrrad kaufen«, erklärte sie. »Das, das wir mal hatten – meine Mutter und ich –, ist uns schon vor Jahren gestohlen worden. Jetzt kann ich es mir endlich leisten. Na ja, ich werde es abzahlen müssen. Aber … Jedenfalls möchte ich gerne die Elbe flussabwärts fahren, durchs Alte Land, vielleicht bis an die Küste.«

»Könnten wir das nicht zu zweit machen?«, fragte Vicki spontan. »Nachdem Jochen keine Zeit für mich hat ...«

Freudig stimmte Klara zu. Daran, dass sie in Begleitung einer Freundin fahren könnte, hatte sie bisher nicht gedacht. Lothar hatte sie vor Tagen nicht zu fragen gewagt, denn ein gemeinsamer Urlaub hätte nur Gelegenheiten für Missverständnisse erotischer Natur geboten. Und jetzt war er ohnehin anderweitig orientiert mit seiner Gabriele.

Gregor Blum betrachtete die beiden Frauen nachdenklich. Sein sonst so spöttischer Gesichtsausdruck war einem feinen Lächeln gewichen. »Interessant«, murmelte er. »Und sicher sehr vergnüglich ...«

※ ※ ※

Die Fotoaufnahmen mit Gerti Daub, der neu gewählten Miss Germany aus Hamburg, waren ein großer Spaß: Die junge Frau war unkompliziert, fröhlich und sehr kooperativ. Hertig ließ sie vor seinen Rolltapeten posieren, einmal vor reinem Weiß, dann vor einer Stadtansicht. »Ist das New York?«, wollte Fräulein Daub wissen.

»Chicago«, erklärte Klara. »Der Himmel weiß, warum.«

»Man soll nicht dauernd auf die Hochhäuser gucken«, versuchte Heinz Hertig zu erläutern. »Wenn Sie da das Empire State Building haben, starren alle nur darauf.« Er fotografierte sie aus allen Winkeln, einmal legte er sich sogar auf den Boden und wies sie an, über ihn hinwegzusteigen. »Keine Sorge, ich knipse am Rock vorbei.«

»Solange Sie das in der richtigen Richtung tun!«, entgegnete Gerti Daub lachend.

Rein zufällig tauchten ständig Mitarbeiter des Hauses auf. An diesem Tag schienen alle etwas im Studio zu suchen. Als Erste kam Vicki, die allerdings von Klara extra angerufen worden war. Sie brachte Ellen mit – und beide fachsimpelten sie mit der neu gewählten Miss Germany über die perfekte Haltung als Mannequin. Doch dann kamen auch immer mehr Redakteure, die sich in fadenscheinigen Ausreden übertrafen. Löss wollte angeblich wissen, ob man etwas für ihn abgegeben habe. Weitershausen fragte nach einem Film für seine private Kamera. Rückert wollte Heinz Hertig um Rat fragen wegen einer privaten Anschaffung … So ging es dahin, bis irgendwann Gregor Blum in der Tür stand. »Und?«, fragte Klara, die gerade die Scheinwerfer neu ausrichtete. »Wolltest du uns auf einen Kaffee einladen? Oder suchst du ein Foto aus der Studiokartei?«

Gregor hob eine Augenbraue und nahm seine Zigaretten heraus. »Nö«, sagte er. »Ich wollte bloß mal einen Blick auf Miss Germany ergattern.«

»Du bist der Erste, der das zugibt«, sagte Klara erstaunt.

»Tatsächlich? Tja. Vielleicht ist es ja nur eine Ausrede.« Er lächelte auf seine ironische Art. »Vielleicht wollte ich ja nur jemand anderen sehen.«

»Verstehe«, sagte Klara. »Darüber würde sich Heinz sicher sehr freuen.«

Gregor Blum lachte laut und zündete sich eine Zigarette an. »Nicht auf den Mund gefallen«, stellte er fest. »Nicht auf den Mund gefallen.«

Wenig später traf auch Lothar Schröder ein, um den Gast zum Interview nach oben zu holen. »Sollen wir da auch noch ein paar Aufnahmen machen?«, wollte Heinz Hertig wissen.

»Vom Interview? Nein. Wozu? Gerti Daub in Chicago ist kaum zu schlagen, oder?«

Dass Lothar die Stadtansicht von Chicago identifizieren konnte, beeindruckte Klara. Und fast tat es ihr ein bisschen leid, dass sie nicht mehr so eng mit ihm war – zumal er mit seiner neuen Frisur ziemlich attraktiv aussah, wie er nun mit Gerti Daub im

Schlepptau Richtung Aufzug ging. Er hatte es an den Seiten kürzen lassen und trug es nun oben etwas länger, fast wie ein Rock-'n'-Roller.

»Und wieso wurde das nichts mit euch beiden?«, fragte Gregor Blum grinsend.

Klara winkte ab. »Er hatte keine Chance.«

»Kann ich verstehen«, erklärte der Juniorredakteur. »Er ist einfach zu glatt.«

Zu glatt. Ob er recht hatte? Vielleicht war das ja wirklich so. Vielleicht war Lothar einfach ein zu berechenbarer Mensch. Abgesehen von seinem genialen Talent, seinen Chefs die Geschichten für ihn einzureden, die er gerne schreiben wollte. Aber nein: Lothar war völlig in Ordnung, so, wie er war. Es hatte nur einfach nicht gepasst. »Du musst es ja wissen«, sagte Klara deshalb. Denn sie wollte Gregor in der Sache keinesfalls das letzte Wort überlassen.

»Zeit, dass Sie uns unsere Arbeit tun lassen, Herr Kollege«, scheuchte Heinz Hertig den Juniorredakteur aus dem Studio, nachdem alle Aufnahmen im Kasten waren.

»Dunkelkammer?«, fragte Klara aufgeregt. Sie wollte unbedingt so schnell wie möglich sehen, was bei dem Shooting herausgekommen war.

»Fangen Sie schon mal an, alles vorzubereiten«, sagte ihr Chef und verabschiedete sich von den Übrigen.

Wenig später waren sie in diesem stillen Raum, in dem nur Rotlicht brannte, allein und beschäftigten sich mit der Entwicklung der Filme. Klara spürte, wie Heinz Hertig immer wieder ihre Nähe suchte, mehr als nötig. »Ich finde, Sie schlagen sich ziemlich gut«, stellte er fest.

»Sie meinen, beim Entwickeln?«

»Das auch. Aber auch im Umgang mit den Angestammten hier. Die Damen und noch mehr die Herren sind ja ziemlich, hm, selbstbewusst.« Er schien nach Worten zu suchen. »Und manchmal dreist.«

»Na ja, ich stamme aus Hamburg«, erwiderte Klara, die bemerkte, dass ihr Chef sie mit einem seltsamen Blick beobachtete. »Da kann man sich wehren.«

Hertig nickte. »Ja. Das muss man sicher ab und zu.« Er schien noch etwas sagen zu wollen. Klara blickte zu ihm auf. »Was ist?«, fragte sie.

»Ich frage mich …«, suchte Hertig nach Worten. »Ob … ob du vielleicht … na ja.« Er trat ganz nah an sie heran. »Ob es jemanden in deinem Leben gibt. Du weißt schon …«

Klara spürte, wie ihr Herz schneller schlug. Verwirrt trat sie einen Schritt zurück und stieß beinahe die Fotowanne um. »Ich … ich weiß nicht, was du meinst, Heinz«, stotterte sie. »Aber … ich finde, das Gespräch nimmt keine gute Richtung.«

»Ich wollte doch nur …«, flüsterte Hertig und war schon wieder ganz nah bei ihr. Da stieß sie ihn zurück und erklärte mit fester Stimme: »Wir sind hier, um zu arbeiten, Herr Hertig! Bitte!«

Ihr Chef schnappte nach Luft, wich ihrem Blick aus und murmelte, als er sich wieder gefasst hatte: »Verzeihung. So war das nicht gemeint. Es … es tut mir leid.«

Vielleicht war er erschrocken über sich selbst, vielleicht war er gekränkt von Klaras heftiger Reaktion. Jedenfalls blieb Hertig den restlichen Tag schweigsam und vermied es, seiner Assistentin nahe zu kommen.

※ ※ ※

Die neue Wohnung war ein Traum. Aber Klara nahm ihn an diesem Tag kaum wahr. Zu sehr war sie innerlich aufgewühlt von Hertigs Vorstoß. Und von der Tatsache, dass sie für einen Augenblick mit dem Gedanken gespielt hatte, ihn zuzulassen! Denn das war ihr im Nachhinein klar geworden: Für einen Moment war sie unentschlossen gewesen, ob sie auf seine Avancen eingehen sollte.

Nachdem sie sich etwas frisch gemacht hatte, ging sie noch einmal nach draußen. Sie konnte jetzt nicht zu Hause sitzen und so tun, als wäre nichts geschehen. Stattdessen wollte sie unter Menschen, wollte sich ablenken.

Um den Paulinenplatz herrschte reger Trubel. Es war eine Gegend, in der Tag und Nacht viel los war. Aber das störte Klara nicht. Im Gegenteil: Schnell hatte sie ihre neue Lieblingsbäckerei entdeckt, ein hübsches Café, das bei gutem Wetter Tische nach draußen stellte, einen netten kleinen Laden, in dem sie das Nötige kaufen konnte und der es mit den Öffnungszeiten nicht ganz so ernst nahm. Sie hatte sich mit einigen Nachbarn bekannt gemacht und arbeitete jeden Abend, wenn sie nach Hause kam, und an den Wochenenden von früh bis spät, um die zwei Zimmer mit Küche und eigenem Bad noch ein bisschen hübscher zu machen.

An diesem Abend aber bummelte sie nur herum und versuchte, ihre Ausgeglichenheit wiederzufinden. Ausgerechnet Heinz Hertig, den sie wirklich, wirklich mochte! Unter anderen Umständen hätte sie gejubelt, wäre einfach nur glücklich gewesen, hätte … Ach, warum musste das Leben so unendlich kompliziert und beschwerlich sein?

※ ※ ※

In den nächsten Tagen stürzte sich Klara noch mehr in die Arbeit an ihrem neuen Zuhause, um sich abzulenken und den Vorfall zu vergessen. Während Heinz Hertig geradezu vorbildlich darum bemüht war, keinerlei missverständliche Äußerung zu tun oder entsprechende Gesten zuzulassen, floh Klara so früh wie möglich aus dem Studio und eilte nach Hause, um zu putzen, zu nähen, zu streichen … Elke half ihr mit den Vorhängen. Egon Fröhlich vom

Alsterpavillon tauchte eines Samstagmorgens mit zwei Barhockern auf. »Die hatten wir im Keller stehen. Dabei haben wir gar keine Bar«, erklärte er. »Also hab ich ein büschen Platz geschaffen, nicht wahr?«

»Du hast zwei Barhocker für mich geklaut?«, entfuhr es Klara erschrocken.

»Geklaut? Also, das würde mir ja nie in den Sinn kommen!«, stellte Egon Fröhlich klar. »Die Dinger mussten raus. War ja kein Platz mehr für Getränkekästen. Also hab ich sie nach draußen gestellt. Dass sie dann an mir kleben geblieben sind, dafür kann ich nüscht!«

Mit einer Mischung aus schlechtem Gewissen und Dankbarkeit schüttelte Klara den Kopf und überlegte. Eine Bar hatte sie hier freilich erst recht nicht. Andererseits wäre das mal etwas wirklich Witziges! Man müsste nur wissen, wie …

»Bei Hochholz am Karpfanger haben sie ja neuerdings diese alten Heringsfässer«, dachte Egon laut. »Ich könnte schwören, die haben sie sich in der Speicherstadt geholt. Man muss die natürlich ordentlich reinigen, damit sie nicht mehr nach Fisch riechen … Na ja, ich muss weiter. Wollte nur mal nach dem Rechten sehen hier. Sehr gemütlich, wirklich. Kompliment! Und die Vorhänge mit den hellblauen Streifen, die gefallen mir besonders gut. Da hat sicher Ihre Freundin aus der Schneiderei mitgeholfen, was?«

»Elke«, bestätigte Klara. »Ja, das hat sie.«

»Hmmm.«

Etwas schien er noch sagen zu wollen, doch dann nahm er nur seinen leichten Sommerhut und verabschiedete sich mit dem so typischen schiefen Grinsen. Egon Fröhlich war schon eine Marke. Es gab nicht viele Menschen, in deren Nähe Klara sich so wohlfühlte wie in seiner. Manchmal dachte sie … Aber das war natürlich Unsinn. Klara war überzeugt, der alte Kollege aus dem Alsterpavillon fühlte sich weniger zu Frauen hingezogen als zu Männern. Außerdem war er mindestens zwanzig Jahre älter als sie.

So kam es, dass sie noch am selben Abend hinüberspazierte zur Speicherstadt, von der immer noch große Teile in Trümmern lagen. Der Brooksfleet und der Kehrwiederfleet allerdings, die waren schon ganz wiederhergestellt. Sie war noch nie hier gewesen, sondern hatte die Backsteinfassaden immer nur von den Mühren oder vom Baumwall her gesehen. Jetzt, in der Dämmerung, war es fast ein wenig unheimlich hier.

Heringsfässer fand sie nicht. Aber ein Stück eines alten Schiffskamins, unter dessen abblätternder dunkelgrauer Bemalung man noch die ursprünglichen Farben Weiß und Rot erkennen konnte.

Für fünf Mark waren zwei junge Herumtreiber bereit, das Stück auf dem Leiterwagen zu ihr nach St. Pauli zu bringen und in den zweiten Stock zu tragen, wo ihre Wohnung lag. Als die Kerle wieder in die einsetzende Dunkelheit entschwunden waren, betrachtete Klara ihre Errungenschaft. Und sie roch sie: Draußen war es ihr nicht aufgefallen, aber im geschlossenen Raum verbreitete dieses schwere Metallteil den Geruch von Ruß und Eisen. Dennoch war Klara fasziniert, zumal die beiden Barhocker daneben passten, als wären sie dafür geschaffen! Nun brauchte sie nur noch eine Tischplatte. Aber da würde sich etwas finden.

Nach und nach wurde ihre neue Bleibe ein ganz besonderer Ort für sie, einer, der mit keinem anderen Ort auf der Welt vergleichbar war. Und nach und nach entspannte sich das Verhältnis zu Heinz Hertig wieder und wurde erneut zunehmend freundschaftlich.

\*\*\*

Nachdem sie den ganzen Sonntag damit zugebracht hatte, ihren Schiffskamin zuerst von Dreck und Ruß zu reinigen und dann die graue Kriegsbemalung abzukratzen, erschien Klara am folgenden Montag so übermüdet in der Redaktion, dass sie auf dem Weg zu Köster im Aufzug beinahe eingeschlafen wäre. Zum Glück stieg in der Fünften Gregor Blum zu und grüßte sie mit einem jovialen: »Moin, Fräulein Fotogräfin!«

»Moin, Gregor«, grüßte Klara zurück.

»Die neue *Claire* schon gesehen?«

»Leider nein.« Warum fragte er sie?

»Dann solltest du dir mal besser eine besorgen.«

Auf einen Schlag war Klara hellwach, zumal Gregor im sechsten Stock ausstieg und sie einfach stehen ließ. Statt ebenfalls den Fahrstuhl zu verlassen und wie beabsichtigt die Fotomappe in Kösters Büro zu bringen, fuhr sie wieder runter und stieg im fünften Geschoss aus. »Vicki?«

»Oh, moin, Klara! Tolle Fotos!«

»Ich hab noch gar nichts gesehen«, sagte Klara. »Gregor hat so komische Andeutungen gemacht ...«

Vicki Voss gluckste und griff unter ihre Theke. »Dann guck dir mal den Artikel von Lothar an. Seite zwanzig oder so.«

Hastig blätterte Klara durch das Heft, auf dem die neue Miss Germany auch das Titelblatt zierte, allerdings nicht vor der Kulisse von Chicago, sondern vor der des Hamburger Hafens. Und dann sprang ihr die Fotostrecke geradezu ins Gesicht: Gerti Daub mit Petticoat, Gerti Daub mit Sonnenbrille, Gerti Daub mit Strohhut – und Gerti Daub mit Klara Paulsen. Wobei Klara die eindeutig Schönere war, zumindest auf dem Foto. »Wann hat er denn die Aufnahme gemacht?«, murmelte sie, aber natürlich wusste sie es: Klara hatte der prominenten Besucherin erklärt, wie sie sich für die Aufnahmen im Abendkleid schminken sollte, damit ihr Gesicht im

Scheinwerferlicht perfekt ausgeleuchtet war, man keine Falten sah und auch kein Glänzen. Sie hatte mit ihr vor dem großen Spiegel gestanden und ihr das Make-up vorgemacht. Und genau das zeigte die Aufnahme: zwei junge Frauen beim Schminken, ganz dem eigenen Gesicht zugewandt, mit neugierigen, großen Augen, mit Lippenstift, Lidschatten, Wimperntusche und zwei eindrucksvollen Dekolletés, vorgebeugt, wie sie waren.

»Sie haben das ohne dein Wissen ins Heft gebracht?«, fragte Vicki, ehrlich erstaunt.

»Ich wusste nicht einmal, dass es so ein Foto gibt.«

»Na ja, jedenfalls spricht jetzt die ganze Redaktion davon.« Vicki zeigte ihr ein strahlendes, mitreißendes Lächeln. »Vielleicht solltest du dich mal für die nächste Wahl bewerben.«

»Die nächste Wahl? Zur Miss Germany?« Klara winkte ab. »Dann schon lieber zur Bürgerschaft.«

»Klärchen!«, rief die Freundin, über Klaras Scherz lachend. »Zur Bürgerschaft soll sich Bredemann bewerben.« Sie beugte sich über ihre Theke. »Dann hätten wir das Ekelpaket mal los.«

✳ ✳ ✳

## 5.

*Die Fähre legte in dem Augenblick ab*, in dem Klara und Vicki mit ihren Drahteseln auf die Rampe einbogen. »Ach, nööö!«, rief Klara und klingelte kräftig, als könnte sie damit den Skipper dazu bewegen, umzukehren und sie doch noch an Bord zu lassen.

Vicki schüttelte ihren Lockenkopf und lachte. »Komm, lass mal. Ist doch ein prima Anfang für unseren Urlaub: Als Erstes genehmigen wir uns einen Kaffee im Bootshaus.« Sie nickte zu dem kleinen Ausflugskiosk hin, wo mit Kreide auf eine Tafel geschrieben stand: Bester Kaffe von ganz Blankenese. »Wollen mal hoffen, dass er das Kaffeekochen besser beherrscht als die Orthografie.«

Vicki war so ganz anders als sonst. Das lag nicht nur daran, dass sie ihr Haar nicht gebändigt hatte und ganz ähnlich gekleidet war wie bei Klaras Umzug, sondern auch an einer gelassenen Ausstrahlung, die man sonst so von ihr nicht kannte. Normalerweise war die Freundin von der strikten Sorte, war ins Gelingen verliebt und machte gerne alles »zack, zack«, wie sie selber gerne zu sagen pflegte, als wäre Empfangsdame so etwas wie ein Feldwebel.

»Hast recht«, stimmte Klara zu. »Testen wir mal, was die Blankeneser so unter gutem Kaffee verstehen.« Sie lehnte ihr Fahrrad, das vorne und hinten mit zwei Rucksäcken beladen war, ans Geländer des Fähranlegers und ging hinüber zu dem blau gestrichenen Häuschen. »Moin! Zweimal den besten Kaffee von ganz Blankenese!«, bestellte sie.

»Oha!«, meinte der Mann, der hinter der Fenstertheke stand. »Da muss ich erst mal frischen machen. Hab gerade den letzten ausgeschenkt.« Er nickte zu der Fähre hin, die jetzt Kurs auf Cranz am gegenüberliegenden Elbufer nahm.

»Wird wohl dauern, bis die Nächste geht«, stellte Klara fest.

»Jede Stunde, Fräulein.«

»Na, dann machen Sie mal Ihren Kaffee, wir haben Zeit.«

Es war ein herrlicher Sommertag, schon um neun Uhr morgens so warm, dass Klara und ihre Freundin spontan Schuhe und Strümpfe auszogen, um die Füße ein wenig ins Wasser zu hängen. Der Fluss freilich war so frisch, dass sie beide laut lachend aufschrien, als sie gleichzeitig die Zehen eintauchten. »Seit wann fließt die Elbe am Nordpol vorbei?«, fragte Vicki staunend. Sie hatte die Hosen bis zu den Knien hochgekrempelt und entblößte makellose Beine: glatt rasiert, die Zehennägel hübsch lackiert … »Bei dir sieht immer alles so leicht aus«, sagte Klara anerkennend.

»Was meinst du?«

»Du bist immer perfekt geschminkt, hast dein Haar genau richtig, sogar deine Beine sind tiptop rasiert. Deine Hände sehen aus, als hättest du noch nie arbeiten müssen. Und stets bist du so wach!«

»Wach?« Vicki lachte und blickte die Freundin zweifelnd an. »Was meinst du mit wach?«

»Genau das: wach. Ich gucke in den Spiegel und habe Augenringe oder Tränensäcke.« Nun lachte auch Klara. »Eigentlich habe ich meistens beides. Meine Haare wollen nie, wie ich will. Und meine Füße sehen so aus, dass ich froh bin, wenn niemand sie sieht.«

Vicki Voss winkte ab. »Ach was«, sagte sie. »Ich habe nur ein paar Jahre Vorsprung. Mit der Zeit bekommt man Routine. Ich sehe auch nicht immer perfekt aus – vor dem Spiegel schon gar nicht. Aber wenn du mal Tipps brauchst oder Hilfe, ich stehe dir jederzeit zur Verfügung.«

Klara beobachtete die Fähre, die bald das gegenüberliegende

Ufer der Elbe erreicht haben würde. »Vielleicht, wenn wir wieder zurück sind? So ein wenig Anleitung beim Schminken wäre schon nett.« Erst jetzt wurde Klara schmerzlich bewusst, dass sie so etwas mit ihrer Mutter nie erlebt hatte: ein Gespräch von Frau zu Frau. Über Themen wie Schminken oder Beine-Rasieren schon gar nicht. Das hatte Hannelore Paulsen nie gemacht. Vermutlich hatte sie auch nie darüber nachgedacht. Klara hatte sich schon öfter mal vorgestellt, dass sie sich richtig hübsch rausputzen würde. Aber in den Jugendjahren hatte ihr das nötige Geld für Schminksachen gefehlt – und dann hatte sie es nicht mehr richtig gelernt. Weshalb sie kaum je mehr tat, als sich mal ein wenig Lippenstift aufzutragen.

»Machen wir«, stellte Vicki fest und nickte bekräftigend. »Ich hole uns mal den Kaffee.« Sie sprang auf und lief mit ihren hübschen nackten Füßen hinüber zum Kiosk, wo Klara den Besitzer sie schon von Weitem beobachten sehen konnte. Natürlich, bei einer Frau wie Vicki Voss wurden alle Männer schwach, das war mehr als verständlich.

✳ ✳ ✳

Das Alte Land war ein Landstrich südlich der Elbe, der sich von Hamburg aus Richtung Elbmündung erstreckte. Es war eine romantische Gegend mit vielen Obsthainen und hübschen kleinen Sträßchen, an denen sich von Zeit zu Zeit ein Fachwerkhäuschen fand, so adrett und harmlos wie aus einer Märchenerzählung. Die Strecke ging flach dahin, sodass das Fahrradfahren eine Lust war und die beiden Frauen munter plaudernd Kilometer um Kilometer zurücklegten, ohne allzu rasch müde zu werden.

Am frühen Nachmittag langten sie in Borstel an, das verschlafen, ja beinahe ausgestorben wirkte. Doch in »Schlüters Apfelreich« konnte man einkehren und sich bei Saft und Kuchen stärken, was auch dringend nötig war, weil sie beide das Gefühl hatten, bald zu verhungern. Von der Terrasse des alten Gutshofs aus konnte man über einen sanft abfallenden Apfelhain Richtung Elbe blicken und auf die Insel Neßsand, hinter der gelegentlich die Aufbauten eines größeren Schiffs vorbeizogen. So hatte Klara die Region noch nie betrachtet. Alle Hektik der Stadt, alle noch sichtbaren Zerstörungen des Krieges, alle Geschäftemacherei und Großmannssucht waren auf einmal so weit weg …

»Denkst du auch, was ich denke?«, fragte in diese Überlegungen hinein Vicki Voss.

»Dazu musst du mir erst einmal deine Gedanken verraten«, erwiderte Klara. »Mit der Hellseherei hab ich's nicht so.«

»Ich denke, dass ich noch ein Stück Kuchen vertragen würde.«

»Guter Gedanke, auch wenn es nicht meiner war«, sagte Klara lachend und winkte der Bäuerin, die etwas entfernt damit beschäftigt war, Wäsche auf eine Leine zu hängen, die zwischen zwei Obstbäumen gespannt war. »Hätten Sie nochmal zwei Stück von dem gedeckten Apfelkuchen?«

»Kommt gleich!«

»Und was hast du gedacht?«, fragte Vicki neugierig. »Hast gerade so versonnen geguckt …«

»Oh, ehrlich gesagt hab ich mir vorgestellt, wie schön es wäre, an einem solchen Ort zu leben.«

Vicki lachte. »Du? Hier? Das glaub ich dir nicht. Du bist eine Großstadtpflanze, glaub mir. Ich übrigens auch. Wer hier lebt, der muss früh raus, hart anpacken und ständig für gutes Wetter beten.«

»Ach, ich könnte mir das schon vorstellen«, sagte Klara. »Sieh dir doch die Bäuerin an. Die bäckt Kuchen, macht zwischendurch ihre Wäsche, und ihr Geld bekommt sie von Leuten wie uns, die brav dasitzen und sich freuen, wenn's auch noch Kaffee gibt.«

»Was ich zugebe, ist, dass es wirklich idyllisch aussieht.«

Dass es idyllisch aussieht. Das brachte Klara auf eine Idee. »Sagen Sie«, fragte sie die Obstbäuerin, als der Kuchen kam. »Hätten Sie etwas dagegen, wenn ich mir mal Ihre Küche ansehe?«

Die Frau, die bisher sehr freundlich gewesen war, reagierte reserviert. »Stimmt was nicht mit meinem Kuchen?«

»Im Gegenteil!«, beeilte sich Klara, ihr zu versichern. »Der Kuchen ist großartig. Ich glaube, ich habe noch nie besseren gegessen! Und Sie müssen wissen, dass ich eine Weile im Alsterpavillon gearbeitet habe.«

Das schien die Frau nicht sonderlich zu beeindrucken. »Hm. Und was wollen Sie dann in meiner Küche?«

»Ich würde gerne sehen, wo alle Ihre Köstlichkeiten entstehen. Natürlich nur, wenn es Ihnen nicht allzu große Umstände macht.«

»Hm«, machte die Bäuerin nochmals und musterte die junge Frau auf ihrer Terrasse. »Also bitte, dann kommen Sie mal mit.«

»Darf ich auch?«, fragte Vicki und schloss sich einfach an, als die beiden ins Haus gingen.

Die Küche hatte zwei kleine Sprossenfenster, in einer Ecke einen blau gestrichenen Esstisch mit zwei Sitzbänken, den Boden bildeten sauber abgescheuerte Holzplanken, die an das Deck eines Segelschiffs erinnerten. Von den mächtigen Deckenbalken hingen allerlei Bündel mit getrockneten Kräutern: Lavendel, Rosmarin, Thymian, Salbei ... Auf dem riesigen Herd standen zwei Töpfe, in denen etwas vor sich hin köchelte. »Ich mache gerade Kirschmarmelade«, erklärte die Bäuerin. »Und Johannisbeere.« Sie öffnete das Schränkchen unter dem großen Büfett, das seitlich an der Wand stand, und gab den Blick frei auf eine Reihe von Einweckgläsern, die sie säuberlich mit kleinen bunten Stofftüchlein bedeckt hatte.

»Hätten Sie etwas dagegen, wenn ich ein paar Fotos mache?«

»Fotos?« Da war sie wieder, die Skepsis von gerade eben.

»Wissen Sie«, erklärte Klara, »wir beide kommen vom Frisch Verlag. Dort erscheint die Zeitschrift Haushalt heute. Vielleicht kennen Sie die ja?«

Die Bäuerin schüttelte den Kopf.

»Es ist ein Heft, das den Hausfrauen die Arbeit erleichtern soll. Sie erfahren praktische Anregungen, wie die Wäsche weißer wird, wie man den Tisch für eine Einladung perfekt deckt, welche Lebensmittel man wie verwenden kann, es gibt neue Rezepte, Informationen über Ernährung, Erziehung und das Eheleben …«

»Und was hat meine Küche damit zu tun?«

Klara breitete die Arme aus und deutete auf alles um sie her. »Sie leben hier, Sie wissen nicht, wie bezaubernd das alles hier ist«, erklärte sie. »Weil Sie es jeden Tag sehen. Aber waren Sie schon einmal in einer normalen Hamburger Küche? Die Frauen dort träumen von etwas, das ist wie dieser Ort.«

»Hm. Dann wird es nicht besser, wenn Sie Bilder von meiner Küche machen, oder?«

»Oh, wissen Sie, erstens geht es manchmal auch einfach ein bisschen ums Träumen. Und zweitens kann man sich ja auch mal Kleinigkeiten abgucken, die einem dann Freude machen.« Klara deutete auf die Kräuterbündel. »Die meisten Hausfrauen trocknen ihre Kräuter auf Tüchern auf der Fensterbank, rebeln sie dann und packen sie weg. Aber solche Büschel wären auch ein hübscher Schmuck für manche Hamburger Stadtküche!«

»Ja, also wenn Sie meinen …«, begann die Bäuerin zu schmelzen.

»Und überhaupt ist alles so adrett und aufgeräumt und entzückend bei Ihnen. Das macht doch richtig Laune, auch die eigene Küche in Ordnung zu bringen.« So überzeugte Klara die Frau schließlich und holte ihre Kamera aus dem Rucksack, während die Bäuerin sich noch eine frische, gestärkte weiße Schürze umband und das Haar mit einigen Klammern ordnete.

※ ※ ※

Als sie eine Stunde später fertig waren und gemeinsam die halbe Küche mehrmals umgeräumt hatten – den Tisch mit den Bänken mehr in die Mitte, die Einweckgläser aus dem Büfett auf das Büfett, die Töpfe weg, mehr Töpfe hin, die Kräuterbündel übers Fenster und wieder zurück an die Balken –, waren alle drei rechtschaffen erschöpft. »Ich hätte nicht gedacht, dass es Arbeit ist!«, erklärte die Bäuerin.

»Fotografiert zu werden? Allerdings! Die Mannequins haben gar keine so leichte Arbeit.«

»Die Mannequins ...«, sagte die Bäuerin. »Also mit denen möchte ich mich aber nicht vergleichen.«

»Na ja«, gab Vicki zu bedenken. »Abgeschminkt sehen die auch nicht so viel anders aus als unsereins.«

»Ha!«, erwiderte die Bäuerin. »Sie sind ja originell! Sehen selber aus wie eines und erzählen mir solche Sprüche. Ne, ne, ich bin bloß eine einfache Frau vom Bauernhof. Da werden die paar Bilder, die Sie jetzt gemacht haben, nichts dran ändern.«

»Sie werden sehen, es sind schöne Bilder geworden«, sagte Klara. »Ich schicke Ihnen Abzüge.«

»Schicken Sie mir lieber ein Heft. Dann erfahre ich auch, was die moderne Hausfrau so wissen muss.«

»Na ja.« Wie sollte sie es ihr erklären? »Es ist nicht sicher, dass die Bilder auch tatsächlich im Heft erscheinen ...«

»Hm.« Da war sie wieder, diese Grundskepsis der Bäuerin. »Ich dachte, Sie wollen einen Artikel machen?«

»Am Ende entscheiden immer die Chefs, welche Geschichten wirklich gedruckt werden«, erklärte Vicki. »Und welche Fotos.«

Die Bäuerin zuckte die Achseln und beschloss, sich wieder ihren eigentlichen Aufgaben zu widmen. »Dann warten wir es ab. Ich würde es nicht drucken«, sagte sie, während sie die Marmeladengläser wieder im Unterschrank verstaute. »Wer will denn was über eine Obstbäuerin in Borstel und ihre Küche lesen? Da ist doch nichts Besonderes dran.«

Vielleicht hatte sie ja recht. Aber Klara wollte es auf jeden Fall probieren.

*\*\**

Die Nacht verbrachten sie nur ein kleines Stück entfernt in einem Nest namens Ladekop, wo sie Unterkunft fanden im Lagerhaus eines kleinen Hofs und zwischen Kisten mit Äpfeln und Birnen schliefen, nachdem sie ihre Toilette am kleinen Bach hinter dem Gebäude gemacht und sich dabei hatten von Mücken zerstechen lassen.

Obwohl sie beide völlig erschöpft waren von diesem schönen, aber anstrengenden Tag, konnten sie länger nicht einschlafen und redeten noch bis weit nach Mitternacht über Gott und die Welt und die Männer. »Hast es gut getroffen mit deinem Chef«, bemerkte Vicki, als Klara sich über die oft so forsch-freche Art der Redakteure im Verlag beklagte. »Heinz ist der Beste.«

Und als Klara seufzte, hakte sie nach: »Hast du etwa Absichten bei ihm?«

»Ich?«, empörte sich Klara. »Bei Heinz? Ich fang doch nichts mit einem verheirateten Mann an!«

»Heinz ist verheiratet?«, fragte Vicki erstaunt. »Seit wann denn das?«

»Gregor hat es gesagt!« Klara hatte seine Worte noch genau im Ohr: Da muss sich Frau Hertig vorsehen, dass Sie ihr nicht den Gatten ausspannen, was? Hatte er es nicht so gesagt?

Vicki lachte. »Ach, Blümchen und seine Sprüche«, sagte sie. »Das wäre mir wirklich neu, dass Heinz Hertig in den Ehehafen eingelaufen wäre.« Sie kicherte, als würde die Idee sie köstlich amüsieren. Aber vielleicht war es auch bloß der Wein, der ihr zu Kopf gestiegen war. Klara indes fühlte sich auf einmal stocknüchtern und ziemlich schockiert. Da hatte sie den einzigen Mann zurückgestoßen, der ihr wirklich ganz und gar liebenswert erschien – wegen eines dummen Scherzes? Sie hätte sich selbst ohrfeigen können. Und Heinz: Was musste er von ihr denken, nachdem sie ihn so brüsk zurückgewiesen hatte?

Am Morgen fühlten sie sich beide wie gerädert von der harten Unterlage und der Kühle, die in dem beinahe fensterlosen Steinhäuschen geherrscht hatte. »Hab mir das erholsamer vorgestellt«, klagte Vicki.

»Ich auch«, gab Klara zu. »Aber ganz ehrlich: Das werden wir doch nie vergessen, oder? Nachts im Obstlager, ohne weiches Bett, ohne fließend Wasser ...«

»Und ohne Licht!«

Klara lachte. »Na ja, das war vielleicht ganz gut so. Ich möchte gar nicht so genau wissen, was sich da alles zwischen den Obstkisten und den Geräten herumtreibt.«

»Auch wahr.« Vicki setzte ihren Hut auf und die Sonnenbrille, Klara tat es ihr gleich, auch wenn ihre Sachen längst nicht so schick aussahen, dann traten sie in die Pedale und fuhren auf gut Glück Richtung Nordwest durch immer neue Obsthaine, während die Sonne höher und höher stieg und schon bald kräftig einzuheizen begann.

Vicki war wesentlich robuster, als Klara sie eingeschätzt hatte. Sah sie im Verlag hinter ihrem Empfang aus wie ein Kunstwerk aus Porzellan und Meisterschneiderei, wirkte sie auf dem Fahrrad wie ein übermütiges Mädchen, das die Ferien genoss und sich schon auf den nächsten Streich freute – nur natürlich um etliche Jahre älter als die echten Schulmädchen. Und von geradezu plakativer Schönheit. Klara mochte es, wie unbefangen die Freundin sich mit ihr über alles unterhielt, was sie beschäftigte. Immer wieder ertappte Klara sich dabei, sich zu wünschen, Vicki wäre nicht nur eine Kollegin, sondern ihre große Schwester. So gerne hätte sie jemanden gehabt, der immer für sie da wäre. Nun ja, früher oder später würde das wohl ihr Ehemann sein, nur dass man mit dem natürlich niemals so offen sprechen konnte wie mit einer echten Freundin.

»Und?«, fragte Vicki. »Bist du immer noch glücklich mit deiner neuen Wohnung?«

»Absolut!«, beeilte sich Klara, ihr zu versichern. »Sie ist perfekt! Also: Sie wird perfekt sein, wenn ich sie irgendwann ganz eingerichtet habe. Aber das wird noch dauern. Kostet ja alles ziemlich.« Denn in der Tat, ihr kleines Gehalt schmolz schneller, als sie sich das hätte vorstellen können. Das Leben war teuer, selbst wenn man nur mit dem Fahrrad im Alten Land Urlaub machte.

»Schon klar. Aber ist es dir nicht zu laut, da am Paulinenplatz?«

»Ach, das stört mich nicht. Ich mag es, wenn es lebhaft ist.«

»Lebhaft, na ja …«, gab Vicki zu bedenken. »Es geht doch sicher ziemlich lange da mit all den Kneipen und Läden.«

»Oh, ich habe keine Ahnung, wie lang es geht«, sagte Klara. »Die sind jedenfalls noch nicht fertig mit feiern, wenn ich ins Bett gehe.«

»Das kann ich mir vorstellen!«

Tatsächlich herrschte auch in den späten Abendstunden heftiger Trubel in der Gegend, in der Klaras Wohnung lag. »Gegenüber hat jetzt ein ziemlich angesagter Musikclub aufgemacht …«

»Der Hot Club?«

»Du hast schon davon gehört?«

»Blümchen hat davon erzählt. Scheint ihm gut gefallen zu haben«, erklärte Vicki amüsiert. Sogar in seiner Abwesenheit spöttelte sie gerne über den Juniorredakteur. Zugleich ließ sie keinen Zweifel daran, dass sie ihn eigentlich schätzte.

»Gregor ist aber auch immer ganz vorne dabei, was?«
»Und du?«
»Wie?«
»Warst du schon dort?«
»Nö. Ich wollte dich fragen, ob du mal mit mir hingehen willst.«
»Klar! Machen wir. Dann zeigen wir denen mal, was hot ist!« Und wie zum Beweis, dass sie wusste, wie das geht, wackelte Vicki mit ihrem Busen, dass ihr Fahrrad fast ins Schlingern kam.

»Vicki!« Erschrocken blickte Klara sich um. Aber es war niemand zu sehen, die Landschaft lag menschenleer vor ihnen. Sie hätten nackt radfahren können, es wäre niemandem aufgefallen.

Natürlich taten sie das nicht. Aber als sie irgendwann wieder am Fluss angelangt waren, waren sie so überhitzt und so verschwitzt, dass sie sich kurzentschlossen hinter einer großen Weide am Ufer auszogen und im Sichtschutz einiger dichter Büsche ganz ohne Kleider ins Wasser sprangen und sich erfrischten. Einmal mehr war es Vicki, die furchtlos voranschritt. Klara nestelte noch umständlich an ihrem Büstenhalter herum, da war Vicki schon bis zum Hals im Wasser und beobachtete sie. »Deinen Busen hätte ich gern!«, stellte die Freundin anerkennend fest.

»Du siehst doch wunderschön aus«, entgegnete Klara. Was stimmte: Vicki hatte eine Traumfigur: schlank, sportlich, groß.

»Sag das mal meinem Jochen. Der mäkelt ständig, dass er nichts anzufassen hat bei mir.«

»Verstehe einer die Männer.« Das Wasser war so kalt, dass Klara es kaum über sich brachte, weiter als bis zu den Knien hineinzusteigen. »Einerseits sollen wir schlank sein, andererseits Busen haben.«

»Und Po!«
»Und Po.«

»Tja, schön wie sie selber sind, stellen sie eben Ansprüche«, erklärte Vicki, und beide mussten sie lachen. Vicki spritzte die Freundin voll, Klara spritzte zurück, beide kicherten sie und bemerkten gar nicht die zwei Jungs, die sie von einem Platz in der Nähe ihrer abgestellten Fahrräder aus beobachteten. Erst als Klara sich umdrehte, um Vickis nächster Attacke zu entgehen, entdeckte sie die Kerle, die mit hochroten Köpfen zu ihnen herüberstarrten. Sie gab der Freundin ein Zeichen und sagte leise: »Bleib mal schön bis zum Hals im Wasser. Und komm mir ein Stückchen hinterher.«

»Was hast du vor?«

»Wart's ab! Lass dir nur nichts anmerken.«

Klara bewegte sich langsam rückwärts aufs Ufer zu, Vicki hinterher. Als sie schon reichlich nah an der Weide waren, ächzte sie plötzlich auf. »Mein Fuß! Oh Gott, ich … ich kann doch nicht schwimmen!« Leise zischte sie: »Du auch!«

»Ja! Was ist denn da?«, rief Vicki und tat, als müsste auch sie gegen etwas am Boden ankämpfen.

»Hilfe!«, rief Klara.

»Hilfe! Hilfe!«, stimmte Vicki ein.

»Oh Gott, ist denn niemand da, der zwei arme Frauen vor dem Ertrinken rettet?« Klara warf theatralisch die Arme in die Luft. Aus den Augenwinkeln konnte sie erkennen, dass einer der Jungs sich aus seinem Versteck wagte, kurz darauf auch der andere. »Hilfe!« Die beiden kamen näher. »Hilfe! Hilfe!« Schon standen sie am Ufer, und der Erste begann seine Schuhe aufzuschnüren. Da drehte Klara sich blitzschnell um und spritzte eine mächtige Welle ans Ufer. Vicki tat es ihr gleich. Und noch einmal, und nochmals, sodass die Jungs in Sekundenschnelle von oben bis unten klitschnass waren. Und keinen Augenblick später die Böschung hochrannten und hinter dem Deich verschwanden, so schnell, als wäre der Teufel hinter ihnen her.

Die beiden Frauen lachten lauthals und bejubelten ihren Sieg, ehe sie selbst wieder aus dem Wasser stiegen, sich im Sichtschutz der Büsche zum Trocknen in die Sonne legten und versuchten, Grasmücken und Dasen zu ignorieren und einfach nur die sanfte Brise und den Klang der Natur zu genießen.

\* \* \*

Als sie am Abend in Siebenhöfen in einer kleinen Pension abstiegen und endlich wieder aus den bis dahin längst verschwitzten Kleidern und Schuhen schlüpften, hatten beide einen ordentlichen Sonnenbrand – vor allem an den Stellen, die sonst kaum je Sonne abbekamen. »Gott sei Dank wird das nie jemand zu sehen bekommen!«, rief Klara lachend, als sie vor dem kleinen Spiegel am Waschbecken in ihrem gemeinsamen Zimmer stand und ihren feuerroten Busen betrachtete.

»Ach«, warf Vicki ein. »Die Männer wären sicher ganz scharf darauf.«

»Das sind sie, glaube ich, immer. Ob rot oder weiß oder braungebrannt ...«

»Da hast du allerdings recht!«, stimmte Vicki zu.

Sie machten sich frisch, wuschen schnell die benutzten Stücke und zogen sich ihre Wechselkleider an, ehe sie sich auf den Weg machten, etwas zum Abendessen zu suchen – was sich nach wenigen Schritten schon erübrigt hatte: Der Ort war so winzig, dass es nur eine Möglichkeit gab. Das Haus, in dem sie abgestiegen waren, bot den Gästen nicht nur Logis an, sondern auch Kost, wenn man denn am Abendbrottisch der Bauernfamilie mitessen wollte.

Allerdings war das selbstgebackene Brot und waren Speck und Schafskäse aus der eigenen Herstellung ein Genuss. Dazu kam, dass der Gastgeber eine Flasche Wein anzubieten hatte, einen weißen Elsässer, zu dem Vicki nicht nein sagen wollte.

So kam es, dass die beiden Freundinnen wenig später noch hinter dem Haus auf dem Rand eines alten Brunnens saßen, die Bäuche voll vom üppigen Abendmahl, um den Wein, den sie bei Tisch nicht hatten trinken wollen, noch in aller Gemütlichkeit hier draußen zu genießen. »Ich liebe es!«, sagte Vicki.

»Was genau?«

»Das Leben!«

Klara nickte zustimmend. »Ich auch«, sagte sie. Und nach einer kleinen Weile: »Warum kann es nicht immer so sein?«

Vicki blickte zu ihr herüber und forschte in Klaras Gesicht: »Würdest du das wirklich wollen?«

»Warum nicht?«

»Und die Stadt? Das Leben? Die Arbeit? Die ganze Aufregung den ganzen Tag? – Die Männer?«

»Wahrscheinlich hast du recht«, gab Klara zu. Hinter sich, hinter dem Haus hörten sie ein Schiffshorn von der Elbe her. »Vermisst du ihn?«, wollte Klara wissen.

»Jochen? Sicher. Aber auf der anderen Seite: Es hat auch seine Vorteile, dass er so oft weg ist und dann auch für längere Zeit.« Vicki lächelte. »Man wird einander nicht so schnell überdrüssig.« Sie überlegte kurz. »Und ich denke, es ist auch ganz gut, wenn er ein bisschen Sehnsucht nach mir hat. Ich nehme jedenfalls an, dass er das hat.«

»Man will immer das, was man nicht hat«, sagte Klara. Es war ein altbekanntes Phänomen.

»Natürlich. Das ist ja klar. Schwierig ist es, wenn man das nicht erkennt.«

»Du bist eine kluge Frau, Vicki.«

Die Freundin winkte ab. »Ich bin nur oft genug auf die Nase gefallen.«

Sie lachte. »Da! Trink auch, sonst seh ich noch weiße Mäuse.«

Sie hielt die Flasche Klara hin, die einen kräftigen Schluck nahm, und fand, dass der Wein einfach zu warm geworden war. »Aber weißt du was?«, sagte sie. »Ich habe eine Idee.« Sie beugte sich nach hinten und ließ an der Kurbel den Wassereimer in den Brunnen hinab, bis sie spürte, dass er auf Widerstand stieß, dann holte sie ihn wieder ein. Sie goss den größten Teil des Wassers weg und stellte dann die Weinflasche in den Eimer. »In zehn Minuten ist er wieder genießbar.«

So war es auch. Nach jedem Schlückchen Wein wanderte die Flasche wieder in das kühle Brunnenwasser, bis die beiden Frauen – da war es schon nach zehn Uhr, und die Sonne war längst hinter den Obstgärten versunken – dem Elsässer den Garaus gemacht hatten und endlich nach drinnen gingen und praktisch augenblicklich aufs Bett und in tiefen Schlaf sanken. »Morgen sind wir in Stade«, murmelte Klara noch.

»Schade«, sagte Vicki leise.

»Stade. Schade. Ja.« Klara nickte betrübt. Denn von Stade aus würde es mit der Fähre wieder zurück nach Hamburg gehen, in ein Leben ohne diese üppige Natur, Weite, diese betörende Langsamkeit, intime Gespräche und Spontanbäder im Fluss. Was sie erwartete, war der Alltag gefüllt mit den üblichen Sorgen und der alles verschlingenden Hektik.

✱✱✱

Stade war ein zauberhaftes Örtchen, der ideale Abschluss für eine Reise durchs Alte Land. Schöner als hier konnte es auf der Welt eigentlich nicht sein. Ein entzückendes Häuschen reihte sich ans andere, viele waren wiederaufgebaut worden, nachdem sie im Krieg beschädigt oder ganz zerstört worden waren. Umso herausgeputzter wirkten sie nun. Und die Reihe am Hafen erschien Klara wie ein Blick in die guten alten Zeiten ihrer frühen Kindheit, als auch in Hamburg noch stolze Bürgerhäuser einen Großteil des Stadtbildes ausmachten.

Zugleich freute sie sich auf zu Hause. Nach drei Tagen im Sattel, in der Natur und in bequemer Kleidung bei ganz viel Ruhe, Wind und Sonne war ihr nach Leben und Trubel zumute, nach Menschen und Musik. Sie wollte Stadtluft riechen und Stadtlärm hören. Sie war so voller Energie, dass sie tanzen gehen wollte und wieder richtig Lust hatte auf die Hektik des Verlagsalltags. Denn letztlich war sie ganz einfach ein Stadtgewächs. Ihr Herz schlug im Takt von Hamburg, ja genau genommen im Takt von St. Pauli, wo es ganz einfach noch ein Stückchen aufgeregter zuging als im Rest der Hansestadt.

Zugleich blickte sie mit einer gewissen Dankbarkeit und Wehmut zurück, als die Fähre vom Stader Hafen ablegte und auf die Elbe schwenkte. Vom Fluss aus würden sie nun noch einen Teil der Strecke sehen, die sie mit ihren Rädern gefahren waren. Vieles würde natürlich von den Elbinseln verdeckt sein. Mit zwiespältigen Gefühlen nahm Klara zwei Äpfel, die sie von der Bäuerin in Borstel bekommen hatte, aus dem Rucksack und reichte einen der Freundin. »Hier. Ein Abschiedshapps.«

»Danke! Ich dachte schon, wir hätten keine mitgenommen, und habe es bedauert.« Vicki hatte ihr Haar wieder offen wie am ersten Tag der Fahrt. Sie hielt ihr Gesicht in den Wind und ließ die Sonne auf ihre makellose Haut scheinen. Klara dachte, wie eigenartig es doch war: Frauen konnten jederzeit ganz anders aussehen. Sie konnten Mädchen sein und Dame, unnahbar und anziehend, bodenständig und aufregend ... Männer dagegen schienen im Grunde immer dieselben zu sein. Sie waren entweder das eine oder das andere, das aber dann immerzu.

So oft schon hatte sie sich überlegt, was eigentlich ihr eigener Stil war. Wie wollte sie selbst sein? Aber sie hatte keine überzeugende Antwort gefunden. Jetzt hatte sie sie: Sie wollte die sein, die sie gerade war. Und das war nun einmal nicht immer dieselbe Person. Denn auch sie war manchmal wild und manchmal harmlos, hatte manchmal Lust auf Verrücktes und wollte manchmal einfach nur ihre Ruhe, sie liebte es mal elegant, mal bequem, mal romantisch und mal frech.

Bald schon fuhren sie am Elbhochufer vorbei, eine Viertelstunde später legten sie in Blankenese an, wo sie den »besten Kaffe« getrunken hatten. Diesmal allerdings würden sie durchfahren bis zu den Hamburger Landungsbrücken auf St. Pauli, wo sich ihre Wege trennen und Vicki weiterfahren würde bis Harvestehude, während Klara bergan fuhr zu ihrer neuen Wohnung am Paulinenplatz, um dann doch noch einmal abzubiegen und zum Kiosk von Herrn Olpe zu fahren und ihm eine »Constanze« abzukaufen. »Sie studieren die Konkurrenz?«, fragte der Zeitschriftenhändler neugierig.

»Man muss immer wissen, was die anderen machen.«

»Scheinen jedenfalls einen Nerv zu treffen. Denn das Blatt geht wie geschnitten Brot.«

»Gut zu wissen«, sagte Klara und lachte. »Dann guck ich mal, was wir denen nachmachen sollten.«

Rasch stieg sie wieder auf den Sattel und fuhr so schnell sie konnte nach Hause. Als Erstes würde sie ein ausgiebiges Bad nehmen und sich in aller Ruhe pflegen. Vielleicht würde sie sogar die Zeitschrift in der Wanne lesen. Anschließend würde sie sich eincremen und sich dann frisch gewaschen und duftend mit einer Tasse Tee auf den kleinen Balkon setzen, der von der Küche nach hinten raus auf den Hof ging, und sie würde den Geräuschen der Stadt lauschen, dem Verkehrslärm, den Streitereien, der Musik, dem Geschepper von Töpfen und Pfannen, den Gesprächen der Hausfrauen, die sich beim Wäscheaufhängen unterhielten, nein: beim Wäscheabhängen, denn es wurde ja schon Abend. Irgendwo würde ein Radio laufen, irgendwo vielleicht sogar ein Fernsehgerät. Jemand würde vielleicht auf dem Schifferklavier spielen, auf der Vorderseite stünden Tische und Stühle vor den Lokalen, sodass viel gelacht werden würde … Ja, eine Stadt war schon etwas sehr Besonderes. Und auch wenn Klara bisher nicht viel herumgekommen war, weil Krieg und Armut in ihrer Kindheit und Jugend es verhindert hatten, so wusste sie doch ganz sicher, dass unter allen Städten Hamburg eine ganz besondere war.

✳ ✳ ✳

# 6.

*Im Erdgeschoss stiegen ausgerechnet Hassfurt* und Grüner zu, die zwei wichtigsten Fotografen, die vom Verlag für größere Reportagen regelmäßig beauftragt wurden. Klara bewunderte Hassfurt, während sie Grüner für den meistüberschätzten Mitarbeiter des Hauses hielt. Er verstand nichts von Bildkomposition, neigte zu unmöglichen Perspektiven und belichtete seine Aufnahmen häufig über, sodass Klara in der Dunkelkammer intensiv nacharbeiten musste, damit man die Bilder überhaupt zum Druck nutzen konnte.

»Guten Morgen, Herr Hassfurt«, sagte sie. »Herr Grüner.«

»Moin«, grüßte Hassfurt zurück, indes sein Kollege sie nur mit hochgezogener Augenbraue musterte, als müsste er überlegen, ob sie gute Aktfotos hergab.

»Die SP taugt als Kamera nicht viel«, setzte Hassfurt das Gespräch fort, das die beiden offenbar draußen schon geführt hatten, während sich die Türen schlossen und sie gemeinsam in den sechsten Stock hochfuhren. »Aber das Konzept des elektrischen Filmtransports wird sich auf jeden Fall durchsetzen.«

»Wenn wir damit erst einmal anfangen, dann kann bald jeder Dorftrottel professionelle Fotos machen«, klagte Grüner.

»Das denke ich nicht«, hörte Klara sich selbst sagen.

»Bitte?«

»Beim Fotografieren kommt es auf so viel mehr an!«, beeilte sie sich zu erklären. »Man braucht den Blick, man braucht ein Gefühl für Stimmungen und Perspektiven. Fürs Motiv nicht zu vergessen! Den Film aufziehen kann auch jetzt schon jeder Dorftrottel.«

Grüner holte Luft, ließ sie dann wieder ab und erklärte trocken: »Sie müssen es ja wissen.«

In dem Moment langte der Fahrstuhl in der obersten Etage an, und die Türen öffneten sich. Grüner trat nach draußen, Hassfurt aber blieb noch einen Moment stehen und wandte sich an Klara: »Sie haben natürlich völlig recht, Fräulein ...«

»Paulsen.« Er war schon so oft unten im Studio gewesen, er hätte sich ihren Namen längst einmal merken können.

»Fräulein Paulsen«, wiederholte Hassfurt. »Trotzdem würde ich Ihnen gerne empfehlen, sich mit Herrn Grüner gut zu stellen. Er ist ein angesehener Kollege. Wenn Sie ihn gegen sich haben, machen Sie es sich selbst unnötig schwer.«

Klara nickte. »Verstehe«, sagte sie. »Danke.«

»Wollen wir?« Hassfurt ließ ihr den Vortritt. Gemeinsam gingen sie in den Ostflur, wo der große Konferenzsaal lag. »Interessant, dass Sie jetzt ebenfalls für den Verlag fotografieren«, stellte Hassfurt fest, ohne dass Klara hätte sagen können, ob sein Tonfall positiv klang oder eher negativ.

»Verzeihung?«

»Die Bilder in der Haushalt heute.«

»Oh, die Bauernküche! Ach, das waren nur Urlaubsfotos.«

»Soso. Sie machen Urlaub im Alten Land?« Wieder ließ er Klara den Vortritt in den Konferenzraum.

»Ich bin ja nur Assistentin unten im Studio«, erklärte Klara. »Da kann ich nicht so große Sprünge machen.«

»Nur Assistentin, hm. Tja dann ...« Der Fotograf nickte ihr mit einem sibyllinischen Lächeln zu und setzte sich dann auf einen der freien Plätze am Fenster, während Klara lieber in der hinteren Reihe blieb, zumal sie nur hier sein würde, bis Heinz Hertig wieder im Haus war.

Sie sortierte ihre Unterlagen und legte sich Papier und Bleistift zurecht, um alles sorgfältig zu notieren. Ellen Baumeister zwinkerte ihr im Vorbeigehen zu, Frau Beeske nickte geschäftsmäßig, Helga Achter blieb kurz hinter ihr stehen und flüsterte: »Neues Kleid? Sieht schick aus!«

Tatsächlich hatte Klara sich mit Elkes Hilfe ein leichtes Baumwollkleid genäht. Nun ja, am Ende hatte es vor allem Elke genäht, weil Klara mit der Maschine nicht besonders gut zurechtgekommen war. »Danke«, flüsterte sie zurück. »Du siehst aber auch prima aus.«

»Wegen der Frisur, meinst du? Ich hatte solche Sorge, dass das zu extravagant sein könnte.« Helga Achter entfuhr ein leises Kichern, und sie griff sich ins ziemlich hoch autoupierte Haar.

»Es ist perfekt!«, lobte Klara. »Wenn du magst, kannst du nachher zu mir runterkommen, dann machen wir ein Foto für deinen Hans.« Seit Kurzem nämlich war Helga Achter verlobt.

»Au ja! Du bist ein Schatz!«

In dem Moment flog die Tür auf, und die Gespräche im Saal verstummten, weil Hans-Herbert Curtius den Raum betrat, wie immer eskortiert von Hermann Köster und Rüdiger Kraske. »Moin, die Herrschaften!«, grüßte der Verleger und ließ seinen Feldherrnblick über die Mitarbeiterinnen und Mitarbeiter schweifen. »Alle da? Dann fangen wir mal rasch an, damit ich meinen Flug nach New York noch bekomme.«

Wie immer begann der Liebe Gott mit der Nachlese der jüngsten Ausgaben der drei Blätter. Er blätterte durch den Hanseat und fand Lob für die Redaktion, dass man es endlich geschafft hatte, mehr als nur die Neuigkeiten von gestern und vorgestern neu zu verpacken. Besonders wohlwollend erwähnte er einen Beitrag über den Kunstmarkt und etwas Neues, das er »Pop-Art« nannte. Klara fragte sich, ob die Bezeichnung seine Idee war oder ob man das ganz allgemein so nannte – und sie erinnerte sich daran, wie sie ahnungslos gewesen war hinsichtlich der Kunstwerke in Curtius' Büro. Da hatte sie den Begriff zum ersten Mal gehört.

»Übrigens ein herzerwärmender Artikel über die Bauernküche im Alten Land«, hörte Klara und meinte, das Herz müsse ihr stehen bleiben. »Wer hat den denn verbrochen?«

Lothar Schröder hob die Hand. »Der Text stammt von mir«, sagte er. Und in der Tat hatte er sich bereit erklärt, einen Artikel zu Klaras Fotos zu schreiben. Einen harmlosen, aber hübschen Artikel, wie Klara fand. Nur dass Curtius in ihren Ohren nicht so klang, als teilte er diese Ansicht. »Tja«, sagte der Verleger. »Was soll ich sagen? Haben Sie sich schon mal gefragt, was die Leserin von Haushalt heute sucht, Herr Schröder?«

»Nun, sie sucht Information und Anregung, sie sucht ...«

»Sie sucht nicht die Geschichten von anno dazumal, Mensch!«, entfuhr es Curtius. »Wir sind ein moderner Verlag, wir wollen moderne Geschichten machen. Nichts Rückwärtsgewandtes! Keine Heile-Welt-Storys und keine Aus-Großmutters-Zeiten-Geschichten! So entzückend das alles ist, es hätte nicht in unser Heft gehört. In keines davon!«

»Tut mir leid«, murmelte Lothar Schröder.

Klara hob die Hand. Irritiert sagte der Verleger: »Bitte?«

»Die Idee war meine«, erklärte sie. »Tut mir leid. Ich habe diese Küche entdeckt und fand sie so schön. Na ja, da habe ich den Kollegen Schröder gefragt, ob er nicht ...«

»Aha?« Belustigt hob Curtius die Augenbrauen und blickte von ihr zu Schröder und zurück. »Na, das ist ja mal fein, dass sich das Fräulein vor den Redakteur stellt. Machen Sie das bitte unter sich aus. Ich habe gesagt, was es zu sagen gibt.« Damit widmete er sich dem nächsten Beitrag, der auf seiner Liste stand. Klara jedoch hatte das Gefühl, dass sie es zwar gut gemeint, aber eher noch schlimmer gemacht hatte: Jetzt sah es so aus, als ließe sich Lothar Schröder von einer Fotoassistentin sagen, was er zu schreiben habe. Verzweifelt blickte sie zu ihm hinüber. Doch Lothar starrte nur konzentriert auf seinen Block und umklammerte seinen Stift und vermied es, irgendjemanden anzuschauen.

Wenn doch nur Heinz Hertig endlich käme, dachte Klara, als sie Curtius fragen hörte: »Wen sollen wir damit beauftragen?«

Hassfurt hob die Hand. »Ich würde den Auftrag gerne annehmen, wenn Sie ihn mir erteilen wollen«, sagte er.

»Tja ...« Curtius schien unschlüssig. »Herr Hassfurt, hm.«

»Ich finde, für die Haushaltsschule tut's auch unsere Assistentin«, warf Kraske ein und deutete auf Klara. »Der Artikel über die Bauernküche mag ja unpassend gewesen sein. Aber die Bilder waren doch ganz ordentlich.«

»Sie haben recht«, stellte Curtius fest. »Dafür müssen wir nicht wieder einen von den Herren mit den fürstlichen Honorarnoten beauftragen.« Er nickte zu seinem Stellvertreter hin, der machte sich eine Notiz, nickte Klara zu, die in dem Augenblick das Gefühl hatte, keine Luft mehr zu bekommen, und ging dann zum nächsten Tagesordnungspunkt über.

Klara aber spürte den nachdenklichen Blick, den ihr Hassfurt zuwarf – und den unversöhnlichen von Grüner.

※ ※ ※

Hin- und hergerissen zwischen Euphorie und Panik verließ Klara den Konferenzraum, nachdem sie sich von Kraske die Informationen zu der neuen Haushaltsschule hatte geben lassen und sich mit Gregor Blum besprochen hatte, der den Artikel dazu schreiben und sie dorthin begleiten sollte. Sie musste unbedingt Vicki davon erzählen! So schnell wie möglich fuhr sie hinunter in den fünften Stock.

Doch als die Aufzugtür sich öffnete, blickte Klara in ein Gesicht, das sie so nicht kannte: Vicki saß wie jeden Tag an ihrem Empfang, nein: sie residierte. Doch an diesem Tag trug sie eine große dunkle Sonnenbrille und ein Kopftuch, als wollte sie zum Segelausflug gehen. »Moin, Vicki!«, rief Klara. »Zeit für einen Kaffee?«

»Warte.« Vicki griff zu ihrem Telefon und bat Frau Beeske um kurze Vertretung am Empfang. Dann nahm sie ihre Handtasche und flüsterte Klara zu: »Aber nicht hier. Lass uns um die Ecke gehen.«

Um die Ecke, das war Högners Bäckerei, wo man auch ein Hörnchen essen und einen Pott Kaffee bestellen konnte.

»Was ist los?«, fragte Klara, als sie sich an den Tisch im hinteren Winkel gesetzt hatten. Statt zu antworten, nahm Vicki ihre Sonnenbrille ab und enthüllte ein tiefviolettes Veilchen. Klara schlug die Hände vor den Mund. »Wie ist das denn passiert?«

»Das war Jochen«, sagte Vicki leise. »Und das auch.« Sie zog das Kopftuch etwas zur Seite und enthüllte eine verschorfte Wunde am Haaransatz.

»Er hat dich geschlagen?« Schockiert legte Klara eine Hand auf den Arm der Freundin. »Dein Jochen? Ich dachte immer … er ist doch … er ist doch ein Gentleman.« Es sollte eine Feststellung sein, aber es klang wie eine Frage.

»Sie sind immer so lange Gentlemen, wie man funktioniert«, erwiderte Vicki düster. »Aber wehe, du hast deinen eigenen Kopf …«

»Was ist denn geschehen? Habt ihr euch gestritten?«

Vicki Voss seufzte und nahm einen Schluck von ihrem Kaffee. Sie verzog das Gesicht, offenbar tat ihr auch das Schlucken weh. Da entdeckte Klara, dass sie auch am Hals rote Stellen hatte. »Hat er dich etwa auch gewürgt?«

»Ich bin froh, dass er mich nicht gleich umgebracht hat«, erklärte Vicki und setzte die Sonnenbrille hastig wieder auf, weil die Bäckerin zu ihnen herüberblickte.

»Hast du ihm Anlass gegeben?«

»Anlass?« Vicki starrte die Freundin verständnislos an. »Findest du, dass es für so was einen Anlass geben kann?«

»Ich nicht«, stellte Klara richtig, erschrocken darüber, dass man das hätte missverstehen können. »Aber dein Freund vielleicht?«

»Er ist nicht mehr mein Freund. Ich habe Schluss gemacht mit ihm.« Eine kleine Weile saßen sie schweigend da und tranken ihren Kaffee. Schließlich flüsterte Klara: »Es tut mir so leid, Vicki. Du bist so ein guter Mensch. Das hast du nicht verdient. Ich bin froh, dass du ihn los bist. Er hat dich gar nicht verdient.«

Ein Zittern ging durch den Körper der Freundin. »Er hat mir einen Antrag gemacht«, sagte sie, kaum hörbar.

»Wie? Erst schlägt er dich, dann fragt er dich, ob du ihn heiratest?«

»Umgekehrt.« Vicki wischte sich mit den Händen übers nasse Gesicht, während unaufhörlich weitere Tränen unter der Sonnenbrille hervorkamen. »Er hat mir einen Antrag gemacht. Und ich ... ich habe nein gesagt.«

»Aber warum?«

»Warum? Siehst du das nicht?«

»Hat er dir denn vorher schon einmal etwas angetan?«

»Nein. Jedenfalls nicht so.«

Klara ahnte, was sie damit meinte. Manchmal waren Männer grob, wo sie hätten zärtlich sein sollen. Und manchmal dachten sie, man wäre einverstanden mit etwas, was man eigentlich nicht wollte ... »Aber warst du nicht selbst schwer verliebt in ihn? Ich meine, denk nur, wie du nicht wolltest, dass er auf einem Ozeandampfer anheuert, weil er dann monatelang weg ist und ...«

»Schwer verliebt.« Vicki lachte bitter. »Ja, das stimmt schon. Ich mochte ihn. Von mir aus habe ich ihn auch geliebt. Aber was er mir jetzt angetan hat ... ich glaube, ich habe es geahnt.«

»Dass er gewalttätig ist?«

Die Freundin schüttelte den Kopf. »Dass er denkt, ich gehöre ihm. Das denken sie nämlich alle. Alle denken sie, dass sie dich besitzen, wenn sie dich geheiratet haben. Und Jochen ... er dachte es offenbar schon vorher.«

Klara kannte ihre Freundin gut, sie wusste, dass es auf der Welt keine unabhängigere Frau gab als Vicki Voss, und sie bewunderte sie dafür. »Du wolltest niemandem gehören«, stellte sie fest.

»Ganz sicher nicht.« Vicki richtete sich auf, nahm ein Taschentuch heraus und schnäuzte sich kräftig. »Weißt du was?«, sagte sie. »Das Veilchen war es wert.«

»Bitte?«

»Meine Freiheit! Wenn ich mich dafür schlagen lassen muss, lasse ich mich lieber dafür schlagen, als sie aufzugeben. Ich wollte nie heiraten – und ich werde es auch nicht. Nicht Jochen Stewens und auch keinen anderen Mann.«

※ ※ ※

# Oh, Baby!

*Hamburg, Herbst 1957*

# 1.

*So aufgeregt hatte Klara ihre* Freundin Elke noch nie erlebt. »Mein Carl holt die Gäste mit dem Wagen ab und bringt sie wieder nach Hause. Oder ins Hotel. Stellt euch vor!«, berichtete sie begeistert.

»Und die nehmen es wirklich im Autohaus auf?«, fragte Rena zweifelnd.

»Von Anfang bis Ende. Die ganze Sendung.«

»Also ich finde das eine klasse Idee«, erklärte Klara. »Es macht neugierig, ist modern und ungewöhnlich – und dass man von draußen zuschauen kann, ist ziemlich genial!« Sie erinnerte sich an das Fernsehgerät im Schaufenster des Fotoateliers Johannsen – gleich die Sendung selbst vor Publikum zeigen zu können war natürlich grandios.

Denn in der Tat, das konnte man: Durch die großen Schaufenster des Autohauses Dello in der Dammtorstraße konnten Passanten beobachten, wie drinnen eine Sendung mit interessanten Gästen und dem Moderator Werner Baecker aufgenommen und in Echtzeit in die Wohnstuben in Hamburg und ganz Deutschland gesendet wurde! Das hieß: wenn alles klappte. Denn bis jetzt waren das nur Pläne. Pläne, die außer den Eingeweihten in der Stadt niemand kannte. Zu den Eingeweihten aber gehörte Carl Diel, Elkes Freund, mit dem sie auch schon mal verlobt gewesen war und es vermutlich irgendwann wieder sein würde, weil die beiden nun einmal ziemlich perfekt zueinanderpassten und sich bloß nicht so ganz trauten.

Die Freundinnen hatten sich unter den Alsterarkaden zum

Kaffee getroffen. Von ihrem Tisch im Untergeschoss aus blickten sie fast gerade auf den Fleet, wo ein paar Möwen auf dem kalten Wasser schaukelten und ihrerseits neugierig hereinguckten. »So ähnlich stell ich mir das vor«, sagte Rena vergnügt.

»So ähnlich wird es auch sein«, erklärte Elke wichtig. »Und wir werden Herrn Baecker ausstatten, stellt euch vor!«

»Ihr schneidert seine Garderobe?«

»Hab letzte Woche bei ihm Maß genommen«, bestätigte Elke, und Klara hatte das Gefühl, sie sagte es mit einem etwas fragwürdigen Unterton.

»Soso«, bemerkte denn auch prompt Rena und lächelte süffisant. »Ich nehme an, er ist gut gebaut?«

»Alles, wie es sein soll«, erwiderte Elke und lachte. »Mehr sag ich nicht. Dienstgeheimnis!« Woraufhin sie alle drei kicherten.

»Vielleicht könnte ich einen Artikel in der *Claire* darüber anstoßen«, dachte Klara laut.

»Passen würde es.«

»Allerdings will unser Chef immer etwas Besonderes. Wenn wir einen Artikel bringen, der nicht mehr erzählt, als die Leute schon aus der Tageszeitung wissen, dann zerreißt er das Heft in der Luft. Und den Redakteur gleich dazu.«

»Raue Sitten sind das bei euch«, sagte Rena.

Klara zuckte die Achseln. »Er hat ja recht. Und dass die Auflage mit jedem Heft steigt, zeigt, dass er es richtig macht.«

»Ich dachte, du hattest selbst schon einmal Ärger mit ihm?«

»Das ändert nichts daran. Mir ist lieber, er sagt, wie's richtig ist, als dass wir alle alles dauerhaft falsch machen.«

Elke blickte die Freundin mit einer Mischung aus Bewunderung und Erstaunen an. »Man erkennt dich nicht wieder«, sagte sie.

»Ach was. Langsam verstehe ich eben, wie so ein Verlag funktioniert.«

»Und wann genau soll es so weit sein?«, wollte Rena wissen, um wieder auf die Fernsehsendung zurückzukommen.

»Am siebten Dezember.«

»Das sind noch über zwei Wochen«, stellte Klara fest. »Unsere Redaktionskonferenz ist Dienstag, das Heft geht am Freitag in Druck ... Ich könnte es versuchen.« Sie blickte zu Rena hin. »Und du? Machst du dem Moderator die Haare?«

»Ich? Keine Ahnung! Wenn er bei mir im Laden steht, werde ich ihn nicht wieder rausschubsen.«

Klara schüttelte den Kopf. »Das geht besser«, sagte sie. »Wann kommt er denn zur Anprobe, Elke?«

»Herr Baecker? Morgen. Also, zur ersten Anprobe. Er wird sicher noch ein zweites Mal kommen. Bei so einem Auftritt muss der Anzug natürlich perfekt sein.«

»Eben«, bestätigte Klara. »Und die Frisur auch. Das sagst du ihm. Und du sagst ihm, wo er die perfekte Frisur zu seinem perfekten Anzug bekommt.« Mit einem zufriedenen Grinsen blickten die drei Freundinnen einander an. »Ich hab euch einmal in die *Claire* gebracht, da schaff ich es vielleicht auch ein zweites Mal!«

※ ※ ※

Am Vormittag des 7. Dezember waren die Bühnenarbeiter, die aus einem Autohaus ein modernes Fernsehstudio machen sollten, mit ihrer Arbeit fast fertig. Immer wieder blieben Passanten vor den großen Fenstern stehen und staunten, wie ein Wagen nach dem anderen das Gelände verließ, um wenige Meter weiter am Straßenrand abgestellt zu werden, die Scheinwerfer aufgestellt und Kulissen angebracht wurden. Alles sah nach Pappmaschee aus – und nach großer weiter Welt, eine seltsame Mischung von falsch und echt. Auch Klara beobachtete die Arbeiten genau – schon seit zwei Tagen. Manches würde bleiben, das meiste über Nacht aber wieder verschwinden, um nächsten Sonnabend in aller Frühe wieder aufgebaut zu werden – vorausgesetzt, die Sendung, die man hier zu produzieren gedachte, wurde ein Erfolg.

Daran allerdings hatte Klara nicht den geringsten Zweifel. Wenn man nur mitbekam, wie gebannt die Leute schon die Vorbereitungen zu dieser Fernsehübertragung verfolgten! Manche standen eine Stunde da und länger, um alles ganz genau zu besehen.

Dass es mit dem Artikel tatsächlich etwas geworden war, hatte nicht zuletzt damit zu tun, dass Gregor Blum Klaras Idee glänzend fand und bei der Redaktionskonferenz unterstützte. Nun, eigentlich hatte er sie als seine eigene ausgegeben. Immerhin war er es gewesen, der einen Dreh gefunden hatte, wie man aus dem Ereignis etwas machen konnte, das die Leserin der *Claire* interessierte: Er hatte ein Interview mit dem Erfinder der Sendung geführt, der auch der Moderator sein würde. Der Mann hatte in der Tat einiges zu erzählen! Er war Kriegsgefangener in Tunis gewesen, hatte für die Lagerzeitung über Thomas Manns »Zauberberg« geschrieben. Das wiederum hatte der berühmte Dichter mitbekommen und ihn bestärkt, weiterzuschreiben. Also hatte dieser Werner Baecker noch in Lagerhaft ein Fernstudium in Publizistik begonnen – an der amerikanischen Universität von Oregon! Als einer von 24.000 Bewerbern war er später für die Rundfunkschule des Nordwestdeutschen Rundfunks ausgewählt worden ... Alles das erfuhr Gregor Blum bei seinem Gespräch im alten Flakbunker am Heiligengeistfeld, wo die neue Sendung mit großem Aufwand wochenlang geprobt wurde, ehe sie im Autohaus Dello ihren ersten Vorhang haben würde. Eine Sendung, die Baecker sich von einem amerikanischen Sender abgeschaut hatte. Kurzum, in diesem Interview gab es alles, was man lesen wollte: Drama, Mut und Begabung, Glück, die große, weite Welt. Und eine grandiose Erfolgsgeschichte. Dazu kam, dass Werner Baecker ein überaus gutaussehender

Mann war – jedenfalls auf den Bildern, die Klara von ihm gemacht hatte.

»Moin, Klärchen!«, rief jemand hinter ihr.

»Oh! Carl, moin!« Es war Elkes Freund, der eben wieder einen der schnittigen und ziemlich teuren Wagen nach draußen gefahren hatte, die es bei Dello zu kaufen gab, den letzten. Jetzt konnten die Bühnenarbeiter auch noch den Boden bearbeiten.

»Elke irgendwo hier?«

»Nicht dass ich wüsste. Vorhin war sie noch bei Rena.«

»Kann ich mir denken«, sagte Carl grinsend. »Muss ich eifersüchtig sein?« Natürlich wussten sie beide, dass Baecker gerade in Renas Frisierstuhl saß.

»Solltest du immer«, beschied ihm Klara. »Bei einer so hübschen Freundin …«

Carl seufzte theatralisch. »Diese Frauen!«, rief er verzweifelt. Zwei neugierige Passantinnen blickten zu ihnen herüber. »Oh!«, sagte eine. »Sind Sie Herr Baecker? Können wir ein Autogramm von Ihnen haben?« Schon nestelte sie aufgeregt in ihrer Handtasche herum.

»Ein Auto ja«, sagte Carl. »Ein Autogramm dagegen … Na ja, warum eigentlich nicht?« Er nahm den Stift, den ihm die Frau hinhielt, und griff nach einem Prospekt des Autohauses, um etwas draufzuschreiben.

»Metzger?«, sagte die Frau, als sie den Zettel entgegennahm.

»Baecker ist mein Künstlername«, erklärte Carl und zwinkerte Klara zu. Dann hakte er sie unter und zog sie mit sich Richtung Gänsemarkt. »Schnell weg«, flüsterte er. Beide mussten sie lachen. Noch wusste ja niemand, wie dieser Werner Baecker wirklich aussah, bisher hatte der ja nur Radio gemacht. »Du bist ein Schlitzohr, Carl«, beschied Klara ihrem Begleiter.

»Ach was. Ich habe nur eine Frau glücklich gemacht!«

»Sie wird sich in Grund und Boden schämen, wenn sie erst einmal erfährt, wie sehr du sie auf den Arm genommen hast.«

»Aber bis dahin schwebt sie auf Wolke sieben!«

Der echte Werner Baecker saß noch im Salon Sissi und hatte einen Umhang über den Schultern. Rena stand hinter ihm und frisierte die frisch geschnittenen Haare. »Ich finde, Sie sehen perfekt aus«, erklärte sie ihrem prominenten Kunden gerade.

»Denken Sie wirklich, dass es so etwas wie Perfektion gibt?« Baecker schüttelte den Kopf. »So enthusiastisch sehe ich selbst die Dinge nicht.«

»Nun gehen Sie mal rüber in Ihr Autohaus, und führen Sie Ihre Aktuelle Schaubude vor, dann werden Sie schon sehen, wie hingerissen alle von dem tollen Moderator sind.«

»Ihr Wort in Gottes Ohr, Fräulein Meier. Ihr Wort in Gottes Ohr.«

\* \* \*

Die Sendung war ein fulminanter Erfolg, was Gregor Blums Anerkennung für »seine« Idee, einen Artikel dazu in der *Claire* zu bringen, nur noch steigerte. Immerhin war er anständig genug, seinerseits sehr lobend die Aufnahmen herauszuheben, mit denen der Beitrag illustriert worden war. Und er passte Klara nach der Redaktionskonferenz ab und ließ sich von ihr in die Teeküche einladen. »Klärchen«, sagte er, obwohl er wusste, dass Klara diesen Namen von ihm nicht hören wollte, »ich bin dir was schuldig. Deshalb habe ich uns einen Tisch bei Reinhardt's reserviert. Morgen Abend. Acht. Soll ich dich abholen, oder kommst du lieber selber hin?«

»Auf den Gedanken, dass ich gar nicht kommen möchte, scheinst du nicht zu kommen.«

»Nö«, sagte Blum. »Wieso auch. Um einen Tisch bei Reinhardt's reißen sich alle. Wer den ausschlägt, ist vollkommen plemplem. Und du bist das bekanntlich nicht, stimmt's, Klärchen? Deshalb wirst du ihn auch nicht ausschlagen.«

Über so viel Dreistigkeit konnte Klara nur lachen. »Kaffee?«

»Mit Milch und Zucker.«

Klara schenkte zwei Tassen voll und reichte ihm seine. »Milch und Zucker gibst du selbst hinein«, beschied sie. »Oder soll ich auch noch beim Trinken helfen?«

»Gott, was sind wir heute wieder zickig«, klagte Gregor Blum.

»Ach, sind wir das?«, erwiderte Klara. »Ja, vermutlich sind wir das. Wir zwei.«

Nun war es Blum, der lachte. »Wie geht es so am Paulinenplatz?«

»Bestens, Gregor. Ich habe es mir nett gemacht, die Nachbarn sind feine Leute, wenn ich rausgehe, habe ich alles in nächster Nähe ...«

»Und wenn du drinnen bist?«

»Bitte?«

»Na, fühlst du dich nicht manchmal ein bisschen einsam? Ich meine: so ohne Mann ...«

»Woher willst du wissen, dass ich keinen Mann habe?«

»Oho! Also hast du einen?«

»Das habe ich nicht gesagt.«

»Dann hast du keinen«, stellte Blum knapp fest, und Klara ärgerte sich, dass sie sich so von ihm hatte vorführen lassen. Denn natürlich hatte er recht. Auch damit, dass es manchmal sehr ruhig in ihrer Wohnung war, hatte er recht. Zu ruhig. »Ich nehme an, du weißt, wovon du sprichst«, sagte sie ein bisschen frostig.

»Absolut«, gab Blum zu. »Ich weiß, was Einsamkeit bedeutet.«

Ein solches Bekenntnis aus seinem Mund überraschte Klara. Denn Gregor Blum war nun einmal ein ebenso geselliger wie oberflächlicher Mensch, der nichts ernst zu nehmen schien – am wenigsten sich selbst. Das machte ihn einerseits sympathisch. Andererseits war es womöglich der Grund, weshalb auch er offenbar noch nicht die Richtige gefunden hatte. »Aber feste Beziehungen werden sowieso völlig überbewertet«, erklärte er und wischte damit sogleich jedes Mitgefühl von Klara aus.

Helga Zips, eine der Redaktionssekretärinnen, kam herein. »Ups! Störe ich ein Techtelmechtel?«

»Das ist hier nur eine redaktionelle Besprechung«, sagte Blum lässig. »Es geht um Kaffee.«

»Das sehe ich«, erwiderte Helga Zips spöttisch.

»Nein, im Ernst! Wir überlegen gerade, ob wir mal so etwas wie einen Test für die *Claire* machen sollen: Der beste Kaffee – Wie Sie Ihren Redakteur damit glücklich machen. Also, Ihren Mann.«

»Sicher.« Helga blickte auf Klara und dann wieder auf ihn, schien sich ihren Teil zu denken und stellte fest: »Wenn Sie ihn alle gemacht haben, hätten sie auch neuen aufsetzen können, Fräulein Paulsen.«

»Das hatte ich gerade vor«, sagte Klara. »Ich bin fertig, bis Sie Herrn Blum den Weg zu seinem Büro gezeigt haben.«

Helga Zips lachte. »Den findet er sicher auch alleine, stimmt's, Herr Blum?«

Der Juniorredakteur hob eine Augenbraue, schien zu überlegen, ob er noch etwas sagen sollte, ließ es dann aber und drehte sich um. Schon in der Tür, rief er dann doch noch: »Acht! Nicht vergessen.«

»Acht?«, fragte Helga Zips.

»Acht Bilder zur Auswahl«, erklärte Klara. »Die Herren werden auch immer anspruchsvoller.«

»Verstehe.« Ob die Sekretärin ihr glaubte, blieb offen. Sie sah Klara zu, wie sie neuen Kaffee aufbrühte. »Aber immer im feinsten Zwirn, unser Herr Blum, was?«

»Er legt Wert auf ein gutes Erscheinungsbild«, stimmte Klara so neutral wie möglich zu.

»Schick, geradezu, finden Sie nicht?«

»Doch, doch. Sicher.«

»Ob er sich in seiner Freizeit auch so viel Mühe gibt mit seinem Äußeren?«

Daher wehte der Wind! Die Sekretärin wollte herausfinden, ob nicht doch etwas zwischen Klara und dem Juniorredakteur lief. »Da fragen Sie die Falsche«, sagte sie. »In seiner Freizeit habe ich Herrn Blum noch nie gesehen.« Was natürlich nicht ganz stimmte, schließlich hatte er ihr beim Umzug geholfen. Und tatsächlich erinnerte sich Klara, dass er – wenn auch auf ganz andere Art – durchaus schick gewesen war. Doch, Gregor Blum war schon ein Besonderer, und er hatte Sinn für Stil. Aber am meisten mochte Klara an ihm, dass man so gut mit ihm lachen konnte.

✳ ✳ ✳

Schick war Gregor Blum auch am nächsten Abend gekleidet, als er um kurz nach halb acht vor ihrem Haus stand und klingelte. Klara blickte aus dem Fenster nach unten. »Hallo?«

»Klärchen! Beeil dich, sonst ist unser Tisch weg!«

»Du? Habe ich gesagt, du sollst mich abholen?«

»Hast du gesagt, ich soll es nicht?«

Blum hatte einfach das Talent, immer das letzte Wort zu haben. Kopfschüttelnd machte Klara das Fenster zu und schloss die kalte Winterluft wieder aus. Sie blickte noch einmal in den Spiegel im Flur, zog die Lippen nochmals ein wenig nach und schlüpfte dann in ihren geliebten dunkelblauen Mantel, der ihr so viel Glück gebracht hatte.

Blum stand mit seinem Cabriolet vor dem Haus. »Hoppla!«, rief Klara. »Ist das nicht ein bisschen kalt?«

»Wenn das Verdeck geschlossen ist, merkst du gar nicht, dass du in einem Cabrio sitzt«, versicherte Blum. Klara sah ihn zweifelnd an. »Was denkst du denn?«, sagte er lachend. »Glaubst du, als Juniorredakteur bei Frisch kann ich mir einen ganzen Fuhrpark leisten?«

Er hatte natürlich recht. Die wenigsten hatten ein Auto. Es war an sich schon ein Wunder, dass er eines hatte. Selbst ältere Kollegen mit mehr Dienstjahren auf dem Buckel hatten keines. Aber die trugen ja auch keine Anzüge aus englischer Wolle mit Seidenfutter, so wie Gregor Blum, der seinen Mantel lässig auf die kleine Rückbank geworfen hatte und tatsächlich eine Nelke im Knopfloch trug.

»Bitte schön!«, sagte er und hielt ihr den Wagenschlag auf. Beim Einsteigen konnte Klara einen Hauch seines Rasierwassers erschnuppern. Beim Friseur war er offenbar auch gewesen, womöglich sogar bei Rena? Die beiden hatten sich bestens verstanden, als sie sich anlässlich der Arbeit für den Artikel über die Aktuelle Schaubude kennengelernt hatten.

Klara setzte sich und fand das Auto eng, aber elegant. Rote Ledersitze hatte er, der Herr Jungredakteur. »Das kostet bestimmt ein Vermögen«, stellte sie fest und fuhr unwillkürlich mit der Hand über das blank polierte Palisanderholz der Armaturen.

»Er gehört nicht mir«, sagte Gregor Blum und startete den Motor. »Ich kann ihn mir nur ausleihen, wenn ich ihn brauche.«

»Oh! Und darf man fragen, wer so großzügig ein solches Auto herleiht?«

»Darf man«, entgegnete Blum. »Aber ich werd's nicht verraten.« Er nahm ein Päckchen Zigaretten aus der Innentasche seines Jacketts und hielt es Klara fragend hin. Doch sie schüttelte den Kopf, woraufhin er sein Angebot zurückzog. »Wenn du nicht rauchst, Klärchen, dann lassen wir's.«

Manchmal rauchte sie durchaus gerne eine Zigarette. An ihren Abenden mit Vicki im Alten Land hatte sie es genossen, unter freiem Himmel zu sitzen und sich eine anzustecken. In engen Räumen störte sie der Rauch, vor allem, weil man ihn nicht mehr aus den Kleidern bekam.

Das Reinhardt's lag in der besten Gegend an der Großen Theaterstraße, und Blum ließ es sich nicht nehmen, mit seinem schicken Wagen einen kleinen Umweg zu fahren, um über den Jungfernstieg, am Alsterhaus und am Hotel Vier Jahreszeiten vorbei dorthin zu fahren, sodass sie tatsächlich erst um Viertel nach acht Uhr ankamen.

An der Tür stand, wie bei einem Grandhotel, ein livrierter Herr, der die Gäste einließ und an seinen Kollegen am Empfangspult verwies. Klara staunte, wie förmlich es hier zuging. Soignierte Gentlemen saßen mit herausgeputzten Damen bei Sekt und Wein und plauderten so diskret leise, dass man gegen die Musik, die im Hintergrund spielte, fast nichts hörte. »Das ist aber nicht ganz meine Klasse«, flüsterte Klara ihrem Begleiter leise zu, als der Empfangschef sie zu ihrem Tisch führte.

»Stimmt«, sagte Gregor Blum. »Aber was Besseres war nicht zu finden.«

Klara entkam ein leises Kichern. Sie war aufgeregt. In den »besseren Kreisen« Hamburgs war sie fremd. Staunend betrachtete sie im Vorübergehen die üppigen Blumenbouquets, die in den Fensterbögen standen. Woher bekamen die um diese Jahreszeit solche Blumen? Die Frauen glänzten mit Juwelen, als gäbe es auf der Welt keine Not, und Klara wurde zum ersten Mal bewusst, dass sie dergleichen nie gehabt hatte – und wohl auch in dem Ausmaß nie haben würde.

»Alles in Ordnung?«, fragte Gregor Blum, als sie sich gesetzt hatten. Er schien bemerkt zu haben, dass sie sich nicht wohlfühlte.

»Was sind das für Leute hier?«, flüsterte Klara. »Wieso sind sie alle so reich?«

Ihr Begleiter ließ den Blick über die Anwesenden schweifen und lächelte sein typisches, etwas spöttisches Lächeln. »Ach«, sagte er. »Ich wette, die Hälfte von ihnen hat mehr Schulden als Geld. Da drüben zum Beispiel ...« Er nickte in Richtung eines Tisches am Fenster. »Das ist Ludger Ollenburg. Hatte mal große Ländereien in Ostelbien. Alles perdu natürlich. Aber der Herr Baron lebt trotzdem wie in seinen guten alten Zeiten. Verjuxt das Geld seiner Frau. Die hat geerbt. Fabrikbesitzerstochter aus Lübeck.«

Klara folgte seinem Blick. »Ach. Und dann ist sie auch noch so eine Schönheit!«

Irritiert folgte Blum Klaras Blick. »Ach die? Aber das ist doch nicht seine Frau!«

»Darf ich den Herrschaften schon etwas zu trinken bringen?«, unterbrach der Kellner die beiden, während Klara skeptisch zu dem anderen Tisch hinüberstarrte.

»Zwei Gläser Champagner«, bestellte Blum, ohne sie zu fragen. »Oder dort drüben ...« Er nickte zu einem anderen Tisch hin. »Adolf Göss. Bankier a. D. Hat sein Bankhaus in die Pleite getrieben und mit größter Not verkauft.«

»So hat er doch noch Geld dafür bekommen«, stellte Klara fest.

»Nicht genug, um seine verpfändeten Immobilien auszulösen.«

Ungläubig schüttelte Klara den Kopf. Die Währungsreform war erst acht, neun Jahre her. Wie konnte es sein, dass einige wenige in so kurzer Zeit solche Vermögen aufbauen und sogar schon wieder verspielen konnten? »Und doch sitzt er in diesem feinen Restaurant.«

»Aber sicher. Solche Leute gehen nie an die Würstchenbude.« Gregor Blum suchte Klaras Blick. »Das verträgt sich nicht mit ihrem Selbstverständnis.«

»Hm. Eine seltsame Gesellschaft ist das.«

»Aber sie wissen, das Leben zu genießen!«

Der Kellner brachte mit wichtiger Miene den Champagner, und

Gregor hob sogleich sein Glas: »Auf die klügste und entzückendste Mitarbeiterin, die …« Er zögerte. »… die es im Fotostudio des Frisch Verlags gibt.«

Klara grinste und hob ihrerseits ihr Glas. »Und auf den charmantesten und gerissensten …« Auch sie zögerte. Immerhin war er Mitglied der Redaktion! »… Verleger, den es in Hamburg gibt: Hans-Herbert Curtius«, sagte sie zu Blums völliger Verblüffung. »Weil er dich eingestellt hat. Trotz allem.«

»Trotz allem!« Klara konnte sehen, wie sein ganzer Oberkörper zuckte. Doch er konnte es nicht vermeiden, in schallendes Gelächter auszubrechen, sodass ringsum alle zu ihnen herüberblickten. »Trotz allem!«, rief Gregor Blum und wischte sich Tränen aus den Augenwinkeln. »Du bist ja wirklich … köstlich … Klärchen. Trotz allem!« Als er sich wieder etwas beruhigt hatte, stieß er sein Glas an ihres und wiederholte: »Auf Curtius! Das ist gut.«

Und so tranken sie auf Klara Paulsen und Hans-Herbert Curtius, die unterschiedlicher nicht hätten sein können – und auf einen Abend, an dem sie im Luxus schwelgten, ehe der Alltag Klara wieder in ihr Kellerstudio verbannen und Gregor Blum zur nächsten Reportage hetzen würde.

※ ※ ※

Es ging auf Mitternacht zu, als sie endlich wieder vor dem Lokal standen. Sie hatten Taschenkrebssuppe gegessen und Rinderlendensteak, Kartoffelgratin mit Pilzen und ein Halbgefrorenes zwischendurch. Sie hatten warme Zimtküchlein mit Vanillesoße verspeist und Kirschlikör. Und jede Menge Spaß hatten sie gehabt, indem sie über die anderen Gäste gelästert hatten, über Kollegen und über einander. Als sie nun in der Großen Theaterstraße standen, vom vergnügten Plausch und den geistigen Getränken noch ganz erhitzt, da fand Klara gar nichts dabei, sich bei Gregor Blum unterzuhaken. Der Juniorredakteur hatte viel über Klaras Vergangenheit erfahren. Sie hatte ihm von ihrer Zeit bei Buschheuer erzählt, aber auch von den kleinen Gaunereien, für die sie sich am Schwarzmarkt verwendet hatte, sie hatte von den diversen Umzügen erzählt, die ihr jedes Mal so schwergefallen waren, und von ihrer Mutter und auch von ihrer Schwester, die mit nur vier Jahren an den Masern gestorben war. Schon lange hatte sie niemandem mehr so viel über ihr Leben und ihre Gefühle erzählt wie Gregor an diesem Abend. Der wiederum hatte von seinen Plänen erzählt, davon, dass er gerne selbst einen Verlag gründen oder zumindest die Lizenz für eine neue Zeitschrift erwerben würde, ein Blatt über Musik und Unterhaltung. Denn darin sah er die Zukunft!

Die Scheiben von Gregors Cabriolet waren völlig vereist. »Wir werden einige Zeit im Auto sitzen müssen, bis das abgetaut ist«, erklärte er, und Klara wusste nicht, ob er damit sein Bedauern zum Ausdruck bringen wollte oder irgendwelche Hoffnungen, die er sich womöglich machte.

»Und wenn wir zu Fuß gehen?«, schlug Klara vor.

Denn es war eine sternenklare, wunderschöne Nacht geworden. Der Verkehr jagte nicht mehr durch die Straßen der Hansestadt, zumindest nicht durch diesen Teil Hamburgs. Und ein erfrischender Spaziergang würde nach der Hitze der zurückliegenden Stunden nicht schaden, auch wenn es ein gutes Stück bis zum Paulinenplatz war.

»Wenn dir dabei nicht kalt wird«, sagte Gregor.

»Aber nein! Im Gegenteil. Ich freue mich, wenn wir noch einen romantischen Spaziergang machen.« Hatte sie das wirklich gesagt? Sie traute sich kaum, ihm ins Gesicht zu sehen, aber sie wusste auch so, dass er wieder sein spöttisches Lächeln aufgesetzt haben würde. Doch sie täuschte sich. Stattdessen hatte seine Miene etwas Träumerisches. Sag bloß, dachte Klara, Gregor hat eine sanfte Seite?

Sie gingen durch die Colonnaden und über die Große Bleichen Richtung Millerntor. Die Stadt lag friedlich vor ihnen, auf den winterlichen Fleeten schaukelten die Boote, nur ab und zu war noch ein Wagen unterwegs oder ein anderes Paar mit eingezogenen Köpfen und hochgeklappten Krägen. Gregor summte ein Stück von Glenn Miller, und Klara ertappte sich dabei, wie sie ihre Schritte im Takt dazu setzte. Seit Lothar war sie nicht mehr so gerne mit einem Mann zusammen gewesen. Na ja, genau genommen fühlte sie sich viel wohler als mit Lothar.

Entsprechend schnell kam es ihr vor, dass sie in St. Pauli angelangt waren, wo es – anders als in den anderen Vierteln – immer noch lebhaft war wie am helllichten Tag. »Schon erstaunlich«, sagte Gregor. »Hier interessieren sich die Leute gar nicht dafür, ob es Tag ist oder Nacht.«

»Oh doch!«, widersprach Klara. »Das tun sie sehr wohl! Nur dass sie es am Tag ruhiger angehen lassen und dafür nachts noch jede Menge Energie übrighaben.«

»Verstehe«, sagte Gregor und lachte. »Und du? Hast du auch noch Energie übrig?«

Klara hielt den Atem an. Diese Frage … »Na ja«, sagte sie. »Es war zwar ein langer Tag …« Den Rest ließ sie in der Schwebe. Er würde auch so verstehen.

»Stimmt«, sagte Gregor und zögerte. Einen Moment erschien es Klara, als wollte er sich zu ihr hin beugen. Doch erneut zögerte er, dann drehte er sich so, dass ihr Arm aus seinem rutschte. »Es war ein langer Tag«, sagte er mit einem seltsam melancholischen Lächeln. »Entschuldige. Aber es war ein sehr schöner Abend! Also: für mich.«

»Für mich auch, Gregor!«, stimmte Klara ihm zu. Wollte er sich wirklich verabschieden? Hatte er nicht schon einmal vor ihrer Haustür mit ihr gestanden und ihr deutlich signalisiert, dass er gerne noch mit nach oben gekommen wäre? Und heute …

»Das freut mich«, sagte er. »Denn du hast es verdient. Also dann …«

»Dann?« Es fühlte sich ganz seltsam an. Denn wirklich, er war im Begriff, sich zu verabschieden!

»Dann sage ich jetzt gute Nacht.«

»Oh, natürlich. Gute Nacht«, entgegnete Klara perplex, enttäuscht und auch ein wenig gekränkt. Hatte er ihre Signale nicht verstanden? Oder hatte sie etwas nicht verstanden? »Und vielen Dank.«

»Ich danke dir, Klärchen. Das war wirklich ganz besonders für mich.«

Kein spöttisches Lächeln, keine ironisch erhobene Augenbraue – aber auch kein Kuss, sondern nur eine sanfte Berührung ihrer Wangen. Und weg war er.

※ ※ ※

## 2.

*Der ganze Platz schien zu flirren,* obwohl es ein kalter, zugiger Februarnachmittag war und obwohl es bereits zu dämmern begann. Vor dem Nachbargebäude war ein roter Teppich ausgerollt, der bis zur Straße reichte, sicher fünfzehn oder zwanzig Meter lang! Einen solchen Pomp kannte man sonst allenfalls vom Atlantic Hotel oder natürlich vom Rathaus, wenn Staatsgäste empfangen wurden. Aber an diesem Abend war es weitaus aufregender und bedeutender für die meisten Hamburger, was an Gästen erwartet wurde. Denn der Ufa-Filmpalast am Gänsemarkt eröffnete, und man hatte der Tagespresse bereits entnehmen können, dass Dutzende von berühmten Filmstars über diesen Teppich schreiten würden. Die Knef würde da sein, Curd Jürgens natürlich, Horst Buchholz und Heinz Rühmann. Sogar von Marlene Dietrich war die Rede, die angeblich endlich zurückkehren wollte in die Heimat. Aber das glaubten weder Klara noch Rena, die über ihr stand und fragte: »Sicher, dass du sie noch kürzer willst?«

»Ich will sie wie die Böttcher.«

»Wie du meinst. Aber ich sage dir, es wird dir leidtun. Du hast so schönes Haar …«

»Es wächst nach.«

»Tja. Aber das dauert.«

»Ich bin dreiundzwanzig. Man wird mich nicht mit Bubikopf beerdigen.«

»Darüber macht man keine Scherze«, sagte Rena und klang beinahe wie Klaras Mutter.

»Mich wundert, dass hier nicht reihenweise Filmstars sitzen und darauf warten, sich die Haare von dir machen zu lassen.«

»Das Problem ist, dass es zu nah ist. Die können nicht gut hier reinkommen und dann mit frisch gemachten Haaren direkt vom Friseur ins Kino gehen. Die wollen vorfahren, verstehst du?«

Das verstand Klara absolut. Es gehörte zu einem Klasseauftritt, dass man zum richtigen Augenblick mit den richtigen Leuten am richtigen Ort auftauchte – nicht zu früh, nicht zu spät und immer mit der perfekten Route, damit die Kameras einen auch optimal einfangen konnten. Die Knef beherrschte das unvergleichlich. Oder Hans-Herbert Curtius: Er kam nicht einfach in einen Raum, er erschien darin. Man lernte ihn nicht einfach kennen, er trat in das Leben eines Menschen! Wo er auftauchte, bildete sich augenblicklich eine Aura, die Luft veränderte sich, Licht und Vibration schienen auf den Ort hinzuzielen, an dem er sich befand, und sich mit ihm mit zu bewegen. Genau dieses Phänomen hatte Klara auch bei Hildegard Knef beobachtet, als diese einmal den Alsterpavillon betreten hatte. Mein Gott, war das schon lange her. Die Knef war damals noch völlig unbekannt gewesen. Aber das hatte sich gründlich geändert! Als Klara sie auf einem Filmplakat wiedererkannt hatte, hätte sie es beinahe nicht glauben mögen. »Sie könnten ja früher am Tag kommen und dann abends trotzdem wieder vorfahren.«

Rena frisierte Klaras Bubikopf noch einmal auf links und dann wieder zurück, war mit dem Volumen zufrieden und zückte ihr Haarspray. »Können sie natürlich nicht«, sagte sie. »Luft anhalten! Augen zu! Denn vor dem großen Ereignis brauchen sie alle noch eine Mütze voll Schlaf. Vor allem die Damen! Niemand kann strahlen, wenn er den ganzen langen Tag in den Knochen stecken hat.«

Womit sie absolut recht hatte. Man mochte Müdigkeit übersehen, wenn man jemandem gegenübersaß und mit ihm plauderte. Aber die Kamera erkannte alles. Sie war unbestechlich. Augenringe,

Kummerfalten, Tränensäcke … Auf Fotos gebannt wirkten sie oft geradezu überlebensgroß. »Guter Punkt«, sagte Klara. »Das werd ich mir merken, falls ich selbst mal berühmt werde. Nie zu irgendwelchen Aufnahmen, ohne vorher einen Schönheitsschlaf gehalten zu haben!«

»Und nie, ohne dir vorher die Haare von deiner alten Freundin Rena machen haben zu lassen!«

»Pah! Jemand anderen lass ich da ganz bestimmt nicht mehr ran!«

»Sehr löblich. So! Fertig! Wenn du dich auf die andere Seite der Absperrung stellst, bist du bestimmt morgen mit Foto in der Zeitung.«

»Tja, leider muss ich arbeiten. Ich steh auf der falschen Seite.«

»Welche die richtige und welche die falsche ist, hab ich nicht gesagt«, erklärte Rena. Ein Satz, der Klara noch durch den Kopf ging, als sie längst schon wieder draußen war Richtung Rathausplatz und Mönckebergstraße, wo sie ihr neues Kleid bei Elke abholen wollte. Als sie über den Bleichenfleet lief, hörte sie jemanden pfeifen, wenig später noch einmal. Sie drehte sich nicht um, aber sie konnte ein Grinsen nicht unterdrücken: Die neue Frisur schien gut anzukommen. Und sie selbst fühlte sich auch, als hätte sie eine Extraportion Energie getankt.

✳ ✳ ✳

Tatsächlich kamen Dutzende von Berühmtheiten zur Eröffnung des neuen Ufa-Palasts am Gänsemarkt. Die Schlange der Automobile, die darauf warteten, ihre prominenten Gäste auf den roten Teppich zu entlassen, nahm gar kein Ende mehr. Hätte Heinz Hertig nicht darauf bestanden, dass sie dablieb, dann wäre Klara gerne den Valentinskamp hinabgelaufen bis zur Laeiszhalle oder bis wo auch immer die Kolonne reichte, um davon Aufnahmen zu machen.

Immerhin: So bekam sie Menschen zu sehen, die sie sonst nur auf der Leinwand zu sehen bekam. Hansjörg Felmy war da und Willy Fritsch. Karin Baal und Brigitte Horney. Lil Dagover und Bibi Johns! Unwillkürlich griff Klara sich ins Haar. Sie trugen wirklich fast genau die gleiche Frisur! Nur dass die Schauspielerin hellblond war und Klara brünett. Sie hätten Schwestern sein können.

»Klara?«

»Entschuldigung.« Heinz Hertig hatte sie zu Recht gemahnt. Denn in dieser komplizierten Lichtsituation mit all den umgebenden Lampen, den Scheinwerfern, den Blitzlichtern, die unablässig aufflackerten, war es besonders wichtig, dass sie den Strahler, den sie extra aus dem Verlagsstudio mitgebracht hatten, genau ausrichtete. Köster hatte sich einen Artikel über »Die neue Lust am Kino« gewünscht: »Etwas Opulentes mit ganz viel Glamour. Ich will alle Stars sehen, aber auch den Filmpalast selbst, ich will Nahaufnahmen und freche Schnappschüsse. Aber macht mir keine Hausfrauenbilder und keine Tageszeitungsfotos. Für die *Claire* muss es glanzvoll sein, es muss Stil haben …«

»Schnappschuss, aber glanzvoll?«, hatte Lothar Schröder skeptisch eingeworfen.

»Haben Sie ›Das verflixte siebente Jahr‹ gesehen? Die Szene über dem U-Bahn-Schacht? So was!«

Jeder hatte das Bild von Marilyn Monroe vor Augen, wie ihr Rock in die Luft flog und sie ihn neckisch unten hielt und dabei reizvoll Bein zeigte. Unzählige Hamburger Frauen hatten sich seither gefragt, warum es hier keine Lüftungsschächte gab, bei denen so etwas funktioniert hätte – und noch mehr Männer.

Immerhin hatte Heinz Hertig eine Idee gehabt, wie man es vielleicht hinbekam, Schnappschüssen einen besonders prickelnden Effekt zu geben: »Wir stellen eine Leiter auf«, hatte er gesagt. »Ich fotografiere von oben.«

»Und wozu soll das gut sein?«, hatte Klara gefragt.

»Wenn wir schon keine Möglichkeit haben, Röcke fliegen zu lassen, dann können wir auf die Weise zumindest ein wenig mehr Dekolletés zeigen.«

Nur dass das leider nicht funktioniert hatte: Die Wachmänner, die für die Sicherheit der Gäste und des Publikums sorgten, hatten eine Leiter am roten Teppich schlicht verboten.

Also mussten sie auf Glück hoffen. Oder auf einen guten Einfall.

»Klara! Klara!« Der Ruf kam von der anderen Seite. Einen Moment brauchte Klara, bis sie erkannte, woher: Ihre alte Schulfreundin Petra winkte hektisch über die Köpfe der Schaulustigen hinweg.

»Petra!« Klara winkte zurück und freute sich.

»Warte!«, rief Petra und zwängte sich in die erste Reihe vor, schob die anderen Leute beiseite und duckte sich unter das mächtige Seil, das die Besucher vom roten Teppich zurückhielt. Sekunden später war sie zwischen den beiden Seiten.

»Hoppla!«, rief einer der anwesenden Aufseher. »Sie da!« Und rannte auf sie zu. Petra blickte erschrocken zur Seite, stolperte und fiel hin. »Verlassen Sie auf der Stelle den Teppich!«, herrschte der Mann vom Sicherheitspersonal sie an. Petra nickte nur, rappelte sich auf und schlüpfte auf der gegenüberliegenden Seite wieder unter dem Seil hindurch nach draußen.

»Petra! Mensch! Ist alles in Ordnung? Hast du dir wehgetan?«

»Alles fein, Klara«, versicherte ihr die Schulfreundin und lachte. »Jetzt hab ich wenigstens was, was ich meinen Enkelkindern mal erzählen kann.«

»Das war wirklich eine gewagte Aktion«, befand Klara. »Ich freue mich so, dich zu sehen. Toll, dass du auch hier bist.«

»Und du? Beruflich?«

»Wie du siehst …«

»Bin beeindruckt.« Petra musterte sie mit anerkennendem Blick. Wie Klara feststellte, hatte sich die Freundin bei ihrem Sturz doch eine Schramme am Ellbogen zugezogen. »Das müssen wir desinfizieren«, sagte sie. »Kommst du nachher mit zu mir? Dann verarzten wir dich.«

»Gerne.«

Und dann fiel es Klara ein. Die Freundin hatte sie auf die Idee gebracht. »Heinz? Da vorne kommt die Hold, siehst du?« Tatsächlich war Marianne Hold gerade aus dem Wagen gestiegen und ließ ihren Mantel von den Schultern in die Hände des Chauffeurs gleiten, um in vollendeter Eleganz über den roten Teppich zum Portal des neuen Filmpalasts zu schreiten. »Halt drauf. Geh lieber ein bisschen runter, ja?«

»Aber wenn ich runtergehe ...«

»Mach einfach!«

Als die Schauspielerin gerade noch drei Schritte von ihnen entfernt stand, ließ Klara einen kleinen Aufschrei hören und stolperte nach vorne, versuchte theatralisch, nicht über die Absperrung zu fallen, um dann aber genau das zu tun – und direkt vor die Schauspielerin zu plumpsen, die ihrem Reflex folgte und sich zu der Stürzenden beugte, genau in dem Augenblick, in dem Heinz Hertig wie verrückt zu fotografieren begann: den überraschten Gesichtsausdruck, die elegante Geste, das grandiose Kleid – und den hinreißenden Busen, der sich ihm präsentierte.

※ ※ ※

»Traumfrau mit Herz! Schreiben Sie sich die Überschrift gleich auf«, befahl Köster, der sich in seinen Anforderungen bestätigt sah. »Ich wusste, dass Sie etwas Schönes einfangen würden. Aber manchmal muss man Sie wirklich mit der Nase drauf stoßen«, sagte er in Richtung des Hausfotografen.

»Ich …«, begann Heinz Hertig und wollte etwas einwerfen, doch Köster ließ ihn gar nicht zu Wort kommen. »Kriegen wir ein Interview mit der Hold? Blum, Sie sind doch gut in so was.« Er nickte Richtung Gregor Blum, der vor wenigen Tagen zum Redakteur befördert worden war, aber immer noch kein eigenes Büro bekommen hatte.

»Für die nächste Ausgabe?« Blum blickte auf seine Armbanduhr, als würde er es an den Stunden abzählen, ob das noch machbar war oder nicht. »Sollte zu schaffen sein.«

»Ich kenne zufällig den Impresario …«, erwähnte Köster betont beiläufig.

»Oh. Ich auch«, sagte Blum, und seine vorwitzige Augenbraue wanderte nach oben. Klara hielt die Luft an. Das war eine ziemlich dreiste Bemerkung gewesen, fast schon frech. Köster blickte ihn entsprechend säuerlich an. »Umso besser«, sagte er dann und ließ es sich nicht nehmen, den Verleger, der an diesem Tag nicht anwesend war, zu zitieren: »Und denken Sie daran, wir wollen das Besondere! Nicht nur im Bild, auch im Wort.«

»Deswegen haben Sie mich doch für das Interview angefragt«, erklärte Blum mit leichtem Grinsen, schob aber immerhin ein »Vielen Dank für dieses Vertrauen« hinterher.

»Was ist denn heute mit dir los?«, wollte Klara wissen, als sie nach der Redaktionssitzung gemeinsam nach unten fuhren, um die Fotoauswahl für den Artikel über den neuen Ufa-Filmpalast zu besprechen. »Wenn dir Köster das mal bloß nicht übelnimmt.«

»Ach, ich werd ihn schon überleben«, sagte Gregor leichthin und trat neugierig an die große Wand, an der sie neuerdings alternative Bildzusammenstellungen probehalber komponierten. Heinz Hertig hatte mehrere Drähte spannen und mit Metallklammern bestücken lassen, sodass man alles auf jede gewünschte Art und Weise ausprobieren, wieder verwerfen, austauschen und neu arrangieren konnte.

Klara stellte sich stolz neben ihn. Die Fotos waren durchweg großartig geworden. Sie stammten fast alle von Heinz, nur ein paar wenige waren von ihr, alle waren sie gestochen scharf und hatten perfekte Kontraste, ideales Material für den Zeitschriftendruck. Doch Gregor schien nicht begeistert. »Habt ihr mit Leni Riefenstahl gearbeitet?«, fragte er.

»Bitte?«, keuchte Klara.

»Sie meinen, wegen der Lichtkomposition?«, fragte Heinz Hertig.

»Ehrlich gesagt meine ich wegen der gesamten Ästhetik. Das sieht ja aus wie Olympia 1936. Diese Säulen, diese Linien ...«

»Das musst du schon dem Gebäude vorwerfen und nicht dem Fotografen«, stellte sich Klara vor Heinz Hertig – und auch vor ihre eigene Arbeit.

»Gut. Dann sollten wir das aber auch thematisieren.«

»In unserem Artikel über den Filmpalast?«

»Warum nicht? Ist schließlich so was wie ein Blick in die finstere Vergangenheit«, erklärte Gregor und wandte sich der gegenüberliegenden Wand zu, an der ebenfalls ein paar Bilder hingen, allerdings Aufnahmen der anwesenden Stars.

»Und du denkst, das interessiert die Leserin der *Claire*?«, fragte Klara, empört über Gregors Geringschätzung der Fotografien.

Gregor Blum zuckte die Achseln. »Das soll sich dann Herr Köster überlegen. Oder sein Nachfolger.«

»Hast du ihn schon mal so bissig erlebt?«, fragte Klara, als Gregor wieder gegangen war.

»Er steht unter Druck«, meinte Heinz Hertig.

»Und warum?«

»Keine Ahnung. Es muss etwas vorgefallen sein.«

»Und die Andeutungen von wegen Köster?«

»Offenbar weiß er etwas, was wir nicht wissen.«

»Du meinst, Köster geht?«

Hertig nickte nachdenklich. »Oder er wird gegangen?«

»Aber warum? Es läuft doch bestens hier, oder?«

Mit einem Seufzen hängte Heinz Hertig die Bilder ab, die dem Redakteur nicht gefallen hatten. »Kommt vermutlich darauf an, wen du fragst. Wenn du mich fragst, ja. Aber ob das auch die Herren aus der Geschäftsführung so sehen?«

»Curtius hat doch erst neulich gesagt, dass wir schon den sechzehnten Monat in Folge mehr Exemplare verkauft haben als zuvor ...«

»Und was, wenn wir mit jedem Heft Geld verlieren?«

Eine solche Möglichkeit hatte Klara noch nie bedacht. »Im Ernst? Wir verlieren Geld?«

»Ehrlich, Klara, ich weiß es nicht«, sagte Heinz Hertig. »Aber ich kann es auch nicht ausschließen. Der Hanseat verliert Auflage, Haushalt heute ist zu billig. Und die *Claire* ...«

»Die schlägt doch jeden Verkaufsrekord!«

»Mag sein. Aber sie ist teuer in der Herstellung. Zwei von drei Fotoaufträgen geben wir raus an Leute wie Hassfurt oder Grüner. Was die Herren als Honorar aufrufen, dafür muss unsereins zwei Monate arbeiten. Mindestens.«

Klara war beeindruckt. Dass die Kollegen solche Gelder für ihre Arbeit bekamen, hätte sie nicht gedacht. »Und warum machen wir das nicht selbst? Unsere Bilder sind nicht schlechter als deren.«

»Eher besser, wenn du mich fragst. Aber wir können nicht alles machen. Wann bist du hier zum letzten Mal pünktlich in Feierabend gegangen?«

Das war eine gute Frage, die sich Klara selbst nie gestellt hatte. Zu glücklich war sie darüber, diese Anstellung gefunden zu haben. Aber nun, da Heinz Hertig die Frage stellte, musste sie eingestehen: »Ich glaube nicht, dass ich schon jemals pünktlich in Feierabend gegangen bin. Ich bin nicht einmal sicher, wann ich eigentlich Feierabend haben müsste. Um sechs?«

»Halb sechs.«

»Oh.« Dass sie ernsthaft jemals um halb sechs aus dem Atelier kommen würde, konnte sie sich beim besten Willen nicht vorstellen. Aber vielleicht war das ja ein Vorsatz für die Zukunft. Schließlich gab es auch ein Leben außerhalb des Verlags, oder?

✳ ✳ ✳

# 3.

*Aus unerfindlichen Gründen war das Verhältnis* zu Gregor Blum nach jenem Abend im Dezember nicht mehr so herzlich wie zuvor. Dabei hatte es sich für Klara bis zum Abschied eher so angefühlt, als wären sie dabei, sich näherzukommen. Viel näher. Nun ja, bis zu dem Moment, in dem er sie einfach stehengelassen hatte.

Dafür war die Freundschaft zu Vicki umso inniger geworden. Nachdem Vicki ihrem Freund endgültig den Laufpass gegeben hatte, war sie in eine tiefe Krise geraten, und Klara war für sie da gewesen. Lange Abende hatten sie gemeinsam am Paulinenplatz verbracht, mehrmals hatte die Freundin bei ihr auf dem Sofa übernachtet, Klara hatte sogar ein Foto gemacht, auf dem sie beide im Pyjama im Spiegel zu sehen waren, lachend, fröhlich, albern – doch der Schmerz war einige Zeit lang nicht aus Vickis Miene gewichen. Und Klara hatte sehr mit ihr gelitten, auch wenn sie stets versucht hatte, es sich nicht anmerken zu lassen.

Auf mysteriösen Wegen war die Information, dass Vicki Voss wieder frei war, in der Redaktion durchgesickert. Und Klara staunte, wie offensichtlich die Männer des Verlags um die Freundin buhlten. Natürlich verstand sie es einerseits, denn Vicki war nun einmal eine Schönheit, und sie hatte Witz und Charme. Andererseits war die Hälfte dieser Männer verheiratet. Mindestens. Wobei man natürlich auch nicht sagen konnte, wie ernst gemeint die Avancen waren, die man der Freundin unaufhörlich machte. Vicki immerhin schien es zunehmend zu genießen. Denn schon nach kurzer Zeit waren die gemeinsamen Abende in Klaras Wohnung

Vergangenheit – verdrängt von Verabredungen ins Kino, ins Theater, zum Essen oder ins Konzert. War Vicki Voss schon vorher modisch stets auf der Höhe der Zeit gewesen, so tauchte sie nun beinahe täglich mit etwas Neuem auf, gerne mit etwas Spektakulärem: einem neuen Kleid mit großem Rückenausschnitt, einem atemberaubenden Hut, seidenen Handschuhen, die ihr bis zum Oberarm reichten, einer extralangen Zigarettenspitze, einem hinreißenden Halsband oder Nylonstrümpfen, die die Blicke der Herren zu fesseln schienen. »Wie kannst du dir das alles leisten?«, fragte Klara eines Tages naiv.

»Was meinst du damit?«, erwiderte Vicki mit süffisantem Lächeln.

»Na, die ganzen Sachen. Die Kleider, die neue Handtasche ... alles!«

Es war ein milder Tag im April, die Sonne ließ sich hinter dem Dunst, der über dem Hafen lag, schwach erahnen, es wehte ein Lüftchen. Die Freundinnen hatten die Mäntel aufgeknöpft und spazierten ein wenig an den Landungsbrücken entlang, bis die Mittagspause vorbei war. »Gott, Klärchen, bist du so ahnungslos, oder tust du nur so?«

»Hm? Ich frage einfach.«

»Ich kaufe mir das natürlich nicht selber. Jedenfalls das meiste nicht.«

»Und woher hast du es dann? Leihst du es dir?«

»Ich lasse es mir schenken!«

»Von ... Männern?«

»Von wem sonst?« Vicki lachte, aber es lag auch eine Spur Bitterkeit in diesem Lachen.

»Du bist aber nicht ... ich meine, du gehst aber nicht ...« Klara räusperte sich und schwieg.

»Du meinst, ob ich ...?« Diesmal lachte sie befreit. »Nein,

Klärchen, das ganz sicher nicht!« rief sie. »Ich bitte dich! Wo denkst du hin?«

»Entschuldige«, murmelte Klara beschämt. Wie hatte sie nur auf so etwas kommen können?

Die Freundin blieb stehen und blickte zu einer Möwe hin, die nur wenige Armlängen entfernt auf einem Pfosten saß und die beiden Frauen beobachtete. »Weißt du, Klärchen, die Männer sind seltsame Wesen. Sie befinden sich immer in einer Art Wettbewerb«, erklärte sie. »Etwas zu haben ist ihnen oft gar nicht so wichtig. Es zu jagen, das macht ihnen Spaß. Und am meisten macht es ihnen Spaß, wenn sie es anderen abjagen können. Dann überbieten sie sich gegenseitig in ihren Bemühungen, dass man nur staunen kann.« Sie lächelte die Freundin an und schob ihren Ärmel zurück. »Dieses Armband – ich habe es von einem Verehrer bekommen, nachdem ich ihm erzählt habe, dass mir ein anderer Mann eine wunderhübsche Perlenkette geschenkt hat.«

»Ja, aber die Strümpfe und so was …«

»Du meinst die Strümpfe, die ich gestern getragen habe? Ja, die sind wirklich etwas ganz Besonderes. Ich habe sie im Schaufenster gesehen, als ich mit Zielick spazieren war.«

»Mit Zielick?«, fragte Klara schockiert. »Der ist doch verheiratet.«

Vicki zuckte mit den Schultern. »Dafür kann ich nichts. Jedenfalls hat ihn meine Begeisterung für dieses Paar Strümpfe animiert, sie mir am nächsten Tag in einem dezenten kleinen Päckchen auf die Theke am Empfang zu legen. Natürlich mit der Bemerkung, wie sehr er sich darauf freut, sie an meinen Beinen zu sehen.« Vicki gluckste ein wenig vor Vergnügen, und Klara konnte nicht umhin, ebenfalls zu kichern, denn Zielick war ein ebenso blasser wie langweiliger Zeitgenosse. Zumindest schien er so. Aber stille Wasser waren ja bekanntlich tief. Wer also wusste schon, wie es in diesem scheinbar harmlosen Mann aus der Personalabteilung in Wirklichkeit aussah?

»Aber bist du glücklich so?«, wollte Klara wissen und hakte die Freundin unter, um wieder mit ihr zurück zum Verlag zu marschieren.

»Glücklich? Glücklich war ich mal. Na ja, zumindest so etwas Ähnliches. Jetzt bin ich froh, wenn ich meinen Spaß habe. Und vielleicht ...«

»Vielleicht?«

»Vielleicht ist irgendwann der Richtige dabei.«

»Hm.«

»Geht es dir nicht so? Suchst du nicht auch den einzig Wahren?«

Klara seufzte. »Na ja, wenn ich ehrlich bin, suche ich nicht, aber ich würde gerne finden. Und es müsste auch nicht der einzig Wahre sein, sondern einfach ein Netter, mit dem ich gern zusammen bin, zumindest für einige Zeit.« Denn die Einsamkeit nagte zunehmend an Klara. Und sie quälte sie jeden Tag ein bisschen mehr, wenn sie in ihre hübsche, kleine, aber leere Wohnung kam, in der es dunkel und kalt war und niemand wartete – und niemand von ihr erwartet werden würde! Den Einen, der vielleicht der Wahre gewesen wäre, hatte sie vor den Kopf gestoßen. Auf Heinz jedenfalls brauchte sie nicht mehr zu hoffen. Der war vorher schon ein Gentleman gewesen, nun ja, bis zu jenem Moment in der Dunkelkammer. Und jetzt war er geradezu vollkommen untadelig. Aber warum hatte sie Lothars Werben nicht nachgegeben? Warum war Gregor nicht auf ihre Signale eingegangen? Es war alles so verwirrend.

»Das ist eine gute Einstellung«, befand Vicki. »Du bist eine kluge Frau.«

»Ich wäre schon froh, wenn ich keine ganz törichte Frau wäre«, entgegnete Klara.

»Also wenn ich eines sicher weiß, dann, dass dir das jeden Tag gelingt, Klärchen.«

Nun, immerhin hatte sie in Vicki eine wunderbare Freundin gewonnen, und dafür war sie von ganzem Herzen dankbar.

※ ※ ※

In der Redaktion herrschte zunehmend rauerer Wind. Vor allem Köster schien in alle Richtungen zu beißen. Auch Heinz Hertig musste sich Vorwürfe gefallen lassen, er verschwende wertvolles Material und kostbare Arbeitszeit mit »unsinnigen Experimenten«. Anfang Mai bestimmte der stellvertretende Chefredakteur in Abwesenheit seines Chefs, dass im Studio »von künstlerischen Ambitionen Abstand zu nehmen« sei. »Unsere Leser sind keine Galeristen, sondern moderne Frauen, die in Haushalt heute vor allem informiert werden wollen und in der *Claire* das Neueste über Mode, Schönheit und Stil erfahren wollen, und gestandene Männer, die im Hanseat seriöse Beiträge über Wirtschaft, Politik und Lebensart suchen. Vermengen Sie das nicht mit Ihren persönlichen Vorlieben für avantgardistische Fotografie und all den Klimbim«, fuhr er den Leiter des Verlagsstudios an, der betreten zu Boden blickte.

Klara hätte sich gewünscht, an diesem Tag nicht von ihrem Chef mit in die Redaktionskonferenz genommen worden zu sein. Es war klar, dass er ihr gegenüber zutiefst beschämt sein musste. Der Zufall wollte es, dass sie nach dem Ende der Sitzung beinahe über ihn stolperte, als sie mit einem Pott Kaffee auf die Lieferantentreppe trat, zu der es neuerdings einen Zugang vom Zwischengeschoss vom Keller aus gab. »Oh! Entschuldigung!«

»Kein Problem«, entgegnete Heinz Hertig freundlich und trat einen Schritt von der Tür weg, um sie nach draußen zu lassen. Er hatte eine Zigarette zwischen den Fingern – und eine noch leicht glimmende Kippe lag zu seinen Füßen. »Ich bin hier nur eine rauchen …«

»Hättest du auch eine für mich?«, fragte Klara.

»Ich habe dich noch nie rauchen sehen.«

»Ach, kommt auch nur selten vor. Aber auf die miese Laune von Köster hin kann ich auch eine brauchen.«

»Dein Kopf ist wenigstens noch dran«, stellte Heinz Hertig fest.

»Deiner doch auch.«

»Aber kräftig gewaschen.«

Klara nahm eine Zigarette aus dem Päckchen, das ihr ihr Chef hinhielt. »Ich weiß nicht. Wenn du mich fragst, hat sich Köster diesmal selbst ins Aus geschossen. So geht man nicht mit seinen besten Mitarbeitern um.«

»Mit den Besten sicher nicht …«

»Du weißt genauso gut wie ich, dass du einer davon bist, Heinz!«, beharrte Klara. »Er wird niemand Besseren für sein Studio finden.« Er hätte wirklich nicht so bescheiden zu sein brauchen. Manchmal kam es Klara vor, als wäre Heinz der einzige vernünftige Mensch in dem ganzen Laden. Der netteste war er ohnehin. Und der Einzige, auf den sie nicht mehr zu hoffen brauchte.

»Ich denke, wir haben insgesamt einfach auch die falsche Struktur. Es ist ja durchaus was dran an dem, was er sagt«, gab Heinz zu.

»Wirklich? Ich weiß nicht. Wir haben doch eine wundervolle Bildsprache. Unsere Fotostrecken sind großartig! Und ich finde auch nicht, dass wir zu verschwenderisch wären.« Klara überlegte. »Oder sind wir das?«

»Nein«, sagte Heinz Hertig lächelnd. »Sind wir nicht. Aber wir haben keine klaren Strukturen. Das macht alles schwieriger.«

»Hm. Was bräuchten wir denn, was wir nicht haben?«, fragte Klara neugierig.

»Eine Bildredaktion. Es kann nicht angehen, dass jeder Redakteur für sich selbst mit uns diskutiert und uns Anweisungen erteilt und am Ende auswählt, was ins Heft soll und was nicht. Dafür sind die Herren schlicht nicht kompetent!« Er nahm einen Zug von seiner Zigarette und nickte nachdrücklich. »Was man ihnen natürlich niemals sagen darf. Denn das wäre absolut ein Fall von Majestätsbeleidigung.«

Klara lachte. »Majestätsbeleidigung! Du bist witzig, Heinz.«

»Na ja. Galgenhumor.«

Heinz Hertig war ein unauffälliger, ein freundlicher, ein leiser Mann. Aber er war kein unbedarfter und schon gar kein naiver Mann. »Du bist ein kluger Mensch, Heinz«, sagte Klara und staunte selbst, dass sie das nicht schon längst einmal gesagt hatte. Heinz Hertig war die Sorte Mensch, den man immer noch ein bisschen mehr mochte, je besser man ihn kannte. Davon allerdings gab es bekanntlich nicht viele. Meist war es ja eher andersherum. Es war ein großes Glück, dass sie so einen Chef hatte. So einen Freund.

»Ach«, sagte er. »Ich mache mir nur meine Gedanken und versuche, die dümmsten Fehler zu vermeiden.«

»Was nicht viel hilft, wenn ihn dann andere machen«, stellte Klara fest.

»Nun bist du es aber, die Galgenhumor hat.«

Den brauchten sie auch in den folgenden Tagen und Wochen. In der nächsten Redaktionskonferenz hielt Hermann Köster eine Brandrede über Spesen, da offenbar nicht nur einige, sondern so gut wie alle Redakteure dazu neigten, bei den Ausgaben gehörig über die Stränge zu schlagen. »Ein Abendessen im Reinhardt's, Herr Blum?«, knurrte der stellvertretende Chefredakteur. »Darf man fragen, wen Sie dorthin ausführen mussten – im Rahmen Ihrer Recherchen?«

»Margarete Schwarzhaupt, Herr Köster«, erklärte Gregor Blum

trocken. »Eigentlich war es eine Einladung, die sie ausgesprochen hatte. Ich hätte mir den Abend wahrlich lieber freigenommen. Aber bei einer so guten Anzeigenkundin hielt ich das für unpassend.« In der Tat war der Schwarzhaupt-Konzern, in dem große Marken von Konsumgütern hergestellt wurden, von Taschentüchern bis zu Haarfärbemitteln, einer der wichtigsten Partner vor allem der *Claire*, aber auch von Haushalt heute.

»Aha«, erwiderte Köster trocken. »Und warum haben Sie dann die Rechnung eingereicht?«

»Weil Frau Schwarzhaupt ihre Geldbörse vergessen hatte. Ich wollte sie nicht in Verlegenheit bringen. Aber ich kann natürlich gerne auch die Rechnung wieder an mich nehmen und Frau Schwarzhaupt bitten, dass sie …«

»Schon gut!«, schnitt ihm der Vorgesetzte das Wort ab. »Es muss eine Ausnahme bleiben, ist das klar? Überhaupt möchte ich Sie bitten, mit dem Geld des Verlags in Zukunft deutlich sorgsamer umzugehen! Sie genießen hier alle ausgezeichnete Gehälter. Setzen Sie sie nicht aufs Spiel!«

»Das war doch der Abend, an dem wir beide zu Abend gegessen haben«, raunte Klara Gregor zu, als sie den Sitzungssaal verließen.

»Wirklich? Dann muss ich mich im Datum vertan haben«, entgegnete der und verschwand ohne ein weiteres Wort in seinem neuen Büro.

Klara überlegte kurz und folgte ihm dann. Sie schloss die Tür hinter sich, nachdem sie eingetreten war, und stellte sich vor seinen Schreibtisch. »Gregor, was ist los?«, fragte sie, ohne darauf zu achten, dass er sich mühsam den Anschein gab, sehr beschäftigt zu sein.

»Was soll los sein?«

»Du bist verschlossen wie eine Miesmuschel.«

»Hübscher Vergleich. Darf ich den für meinen nächsten Artikel benutzen?«

»Falls er von dir handelt, ja.« Klara spürte, wie sich Ärger Bahn in ihr brach. Sie legte ihre Unterlagen vor ihn hin und setzte sich halb auf seinen Schreibtisch. »Also los, sag, was für eine Laus dir über die Leber gelaufen ist.«

»Gar keine! Wirklich! Es ist nichts.«

»Seit Wochen weichst du mir aus, sprichst nur das Nötigste, benimmst dich, als hätte ich dir was getan. Habe ich das? Ich wüsste nämlich nicht, was. Aber wenn es so sein sollte, dann möchte ich es gerne ausräumen.«

Gregor Blum blickte zu ihr auf. Sein Blick streifte unwillkürlich ihre Hüfte, die nur eine Armlänge von ihm entfernt auf seinem Tisch lagerte. »Klara. Wirklich, es ist nichts. Alles ist gut. Tut mir leid, wenn ich in letzter Zeit etwas distanziert war. Ich wollte nicht ... Also, ich will nicht ...« Er suchte nach Worten.

»Was willst du nicht, Gregor? Erst lädst du mich aus heiterem Himmel ins feinste Restaurant der Stadt ein, dann spazierst du mit mir romantisch durch die Nacht – und dann verabschiedest du dich so plötzlich und knapp, als hätte ich dich gebissen. Kannst du verstehen, dass ich das seltsam finde?«

Gregor nickte. »Ja«, murmelte er. »Das kann ich durchaus verstehen. Und ich bitte dich um Entschuldigung.« Aber erklären wollte er sein merkwürdiges Verhalten offenbar nicht.

Verärgert, aber auch verunsichert verließ Klara sein Büro und nahm sich vor, in Zukunft etwas kühler mit ihm zu sein. Ein wenig Distanz würde sie davor schützen, allzu verletzlich zu sein. Denn offenbar verstanden es die Herren Redakteure nicht, auf die Gefühle ihrer weiblichen Mitarbeiterinnen Rücksicht zu nehmen. Dass aber ausgerechnet Gregor sich so schofel verhielt, kränkte Klara. Auch, weil sie das Gefühl hatte, nicht ernst genommen zu werden.

※ ※ ※

Während sein Stellvertreter unablässig die Peitsche schwang, ließ sich der Verleger und Chefredakteur selbst nur gelegentlich im Hause sehen und schwebte dann in einer Wolke der Selbstgefälligkeit über die Flure, die schon an Arroganz grenzte. Dennoch konnte auch Klara, wenn sie ihn – selten genug – einmal persönlich sah, nicht umhin, sich von seiner Ausstrahlung beeindrucken zu lassen. Curtius war ganz einfach ein Mensch, der über den Dingen stand. Nicht nur er sah das offensichtlich so, sondern auch der Rest der Welt – und ganz besonders die Mitglieder der Redaktion, die in den Konferenzen an seinen Lippen klebten, als würde er dort das heilige Evangelium verkünden.

Vielleicht war es aber auch ein wenig deshalb, weil Köster sich in den Redaktionssitzungen, in denen der Verleger abwesend war, mit besonders harschen, scharfen und gar verletzenden Äußerungen zurückhielt und weil Curtius bei aller Eigenliebe stets interessiert daran war, was seine Mitarbeiter zu sagen hatten. Deshalb überraschte es Klara nicht, als auf die Frage »Noch irgendwelche Vorschläge oder Anregungen, die Herren?« Heinz Hertig die Hand hob und auf ein Nicken des Verlegers aufstand, um ein wenig umständlich darzulegen: »Also, es geht um die Zusammenarbeit zwischen Studio und Redaktion.«

»Gibt es da Schwierigkeiten?«

»Nein, so würde ich das nicht sagen«, erklärte Heinz Hertig. »Aber man könnte da einiges besser machen.«

»Aha?«, warf Köster ein, der offenbar sogleich Rebellion witterte. »Und Sie wissen, was wir besser machen könnten, ist das so?«

Heinz Hertig hob die Hände. »Es geht nicht darum, dass ich den Stein der Weisen gefunden hätte«, versicherte er. »Aber ich habe mir angesehen, wo es bei uns unnötig kompliziert läuft und was andere Redaktionen besser machen.«

»Ach«, sagte Köster, offenbar in der Absicht, Hertig abzukanzeln, doch Curtius hob die Hand und sagte: »Sie machen mich neugierig, Herr Hertig. Schießen Sie los!«

»Der entscheidende Unterschied ist simpel: Die innovativsten Verlage haben eine eigene Bildredaktion. Die haben wir nicht. Die Folge ist, dass wir viel Zeit mit Extrarunden vergeuden, weil die Redakteure sich einzeln mit dem Studio abstimmen müssen. Manchmal gibt es lange Diskussionen – sehr professionelle, natürlich! –, manchmal hat niemand die Zeit, sich ums Bildmaterial zu kümmern, und das sieht man den Artikeln gelegentlich auch an … Also, um es kurz zu machen, eine Schnittstelle zwischen uns unten, die wir die Bilder liefern sollen, und der Redaktion, die die Bilder braucht, wäre meiner Meinung nach eine gute Idee. Eine Bildredaktion. Ich möchte das hiermit einfach gerne mal anregen. Sie können sich ja dagegen entscheiden, wenn Sie es für unnötig halten«, schob er noch nach, womit er in Klaras Augen seine Rede unnötig schwächer machte.

»Danke, Herr Hertig«, sagte der Verleger. »Wir werden das besprechen. Meine Herren …«, wandte er sich an die Runde. »Egal, ob das jetzt einen Effekt hat oder nicht, ich möchte, dass Sie es Herrn Hertig gleichtun! Denken Sie darüber nach, was wir verbessern können. Ruhen Sie sich nicht auf Ihren Lorbeeren aus. Fragen Sie sich täglich, ob Sie Ihr Bestes geben oder einfach nur gute Arbeit abliefern. Das war's für heute, vielen Dank.«

※ ※ ※

# 4.

»*Klara? Ellen hier. Kannst du bitte* mal zu mir nach oben kommen?«

»Ins Chefbüro? Bin gleich da.«

Dass Ellen Baumeister im Studio anrief, kam kaum jemals vor, und wenn, dann wollte sie Heinz Hertig sprechen und nicht dessen Assistentin. Neugierig und ein wenig bang warf Klara noch rasch einen Blick in den Spiegel, frisierte einmal kurz durch ihr Haar und zog den Lippenstift nach, dann eilte sie nach oben. Heinz war wie so oft außer Haus, diesmal, um sich bei Johannsen einen »Belichtungsmesser« vorführen zu lassen, das Neueste vom Neuen. Klara war selbst gespannt, ob das Gerät hielt, was die Hersteller versprachen.

Wie immer, wenn man es eilig hatte, brauchte der Fahrstuhl ewig. Das war einer der Nachteile im Keller: Man brauchte Geduld, bis der Aufzug endlich kam. Immerhin war er leer und fuhr bis zum fünften Stock ohne Halt durch. Dort öffnete sich die Tür, und Klara winkte ihrer Freundin am Empfang zu, während Helga Achter mit einem riesigen Arm voll Unterlagen zustieg. »Meine Güte! Hast du überhaupt noch etwas übrig gelassen in der Dokumentation? Komm, ich helfe dir.« Ungefragt nahm Klara ihr einen Teil des Stapels ab.

»Ach, Kraske«, stöhnte Helga. »Will alles über den Fall Pamir und was es sonst noch gibt zum Thema Segelschulschiffe.«

»Verstehe.« Rüdiger Kraske war inzwischen auch in den sechsten Stock umgezogen, was ihn eindeutig noch ruppiger und selbstgefälliger hatte werden lassen. »Aber was will er denn darüber machen? Das passt doch nicht in die *Claire* und auch nicht in Haushalt heute. Und der Hanseat ... ich weiß nicht.«

Helga Achter zuckte mit den Schultern. »Das muss er selber wissen. Wenn er Material zu Segelschulschiffen braucht, bekommt er Material zu Segelschulschiffen. Und wenn er Material über die schicksten Hamburger Junggesellen auf dem Heiratsmarkt braucht, dann bekommt er Material über die schicksten Hamburger Junggesellen.«

Klara lachte. »Na, die Unterlagen kannst du mir dann bei Gelegenheit auch mal raussuchen.«

Der Aufzug hielt im sechsten Stock. »Und du, wohin musst du?«

»Ich bin auf dem Weg zu Ellen. Keine Ahnung, was sie von mir will.«

»Na dann, schönen Tag noch, Klärchen!« Die Mitarbeiterin der Dokumentation bog nach rechts ab, während Klara nach links musste.

»Dir auch Helga, danke.«

Mittlerweile hörte sie es gar nicht mehr. Anfangs hatte es Klara noch gestört, dass sie auch hier zunehmend »Klärchen« genannt wurde. Aber es schien nun einmal ihr Schicksal als jüngstes Mitglied des Hauses, dass alle sie als das Küken betrachteten. Sie klopfte an die geöffnete Tür zu Ellen Baumeisters Büro, durch das man gehen musste, wenn man zum Lieben Gott vorgelassen werden wollte.

»Immer hereinspaziert!«, rief die Chefsekretärin und schenkte Klara ein warmes Lächeln. »Wir sind allein. Auf dem ganzen Flur ist keiner da außer den Sekretärinnen.«

Klara war noch nie im Büro des Chefredakteurs gewesen und auch noch nie in Ellens Reich. »Schön hast du's hier«, sagte sie anerkennend. Denn in der Tat: Es war ein geräumiges, helles Büro, in dem nur ein Schreibtisch stand. An der Wand gegenüber hing ein modernes Bild, das zwar scheinbar nichts Bestimmtes darstellte, aber mit tollen Farben bestach. »Klimt?«, fragte Klara.

»Du meinst Klee.«

»Stimmt. Klee habe ich gemeint.«

»Nö«, sagte Ellen und grinste. »Miró.«

»Aha.« Den Namen hatte Klara noch nie gehört. »Gefällt mir!«

»Der Chef hat ein halbes Dutzend davon«, erzählte Ellen Baumeister und griff nach einer Kanne. »Du auch Tee?«

»Haben wir Zeit für einen Tee?«

»Wir trinken ihn einfach nebenher, oder? Dagegen kann niemand was haben«, erklärte Ellen. »Es wird sowieso niemand vorbeikommen.«

»Verstehe.« Was für ein Leben, dachte Klara. Ellen saß hier völlig ungestört und konnte, wenn sie wollte, Zeitschriften lesen oder sich die Nägel machen, und nur wenn zufällig jemand anrief, musste sie mal ans Telefon oder jemandem etwas bringen. Obwohl: Fürs Bringen gab es ja die Assistentinnen. Leute wie sie selbst. »Und was besprechen wir?«

Ellen reichte ihr eine Tasse mit duftendem Tee. »Der Chef will, dass du uns auf der Jacht begleitest.«

Klara verschluckte sich schon mit dem ersten Nippen. »Auf der Jacht? Wohin denn?«

»Ach, wir fahren gar nicht weg. Curtius möchte beim Stapellauf der Gorch Fock im Hafen kreuzen. Also: vor der Werft.«

»Das ist nächsten Samstag.« Klara hatte davon erst am Morgen im Radio gehört. Blohm & Voss hatten in nur einem halben Jahr Bauzeit ein riesiges Segelschiff fertiggestellt, das am kommenden Wochenende zu Wasser gelassen werden sollte. In der Hansestadt waren große Stapelläufe ein beliebtes Ereignis, dem man beiwohnen wollte, sei es von der Hafenmole aus oder auf dem Boot. »Und du bist auch da?«

Ellen Baumeister lachte. »Wir werden prominenten Besuch an Bord haben«, sagte sie. »Da fährt der Chef nicht ohne Assistentin.«

»Verstehe«, erwiderte Klara. »Fräulein Baumeister, bitte zum Diktat.«

»Ja. Das vielleicht auch noch«, antwortete die Chefsekretärin kryptisch.

Nachdem sie geklärt hatten, wann (»Um 10 Uhr, und sei besser überpünktlich!«) und wo (»Am Jachthafen Blankenese, weißt ja, der Liebe Gott wohnt auf dem Hügel.«) der Törn losgehen würde und was von ihr erwartet wurde (»Bring alles mit, was du für perfekte Fotos brauchst!«), ging Klara wieder zurück zum Aufzug, nicht ohne noch einen neidvollen Blick auf das absolut makellose Erscheinungsbild Ellen Baumeisters zu werfen. Eine elegantere, gepflegtere Frau hatte Klara noch nie gesehen. Ihre Zähne waren so weiß, dass man sich fragte, ob sie überhaupt echt waren. Ihr Haar war so perfekt, als hätte sie einen Friseur zu Hause, der sie herrichtete, ehe sie zur Arbeit ging, ihr Gang, ja ihre ganze Haltung waren so bestechend, dass sie damit auch am englischen Königshof hätte mithalten können. Und niemals sah man so etwas wie Müdigkeit oder Erschöpfung in ihrem Blick. »Weißt du«, sagte Klara, als sie kurz darauf einen Halt bei Vicki machte. »Ellen müsste eigentlich Miss Germany werden.«

Vicki hob überrascht die Augenbrauen. »Sie ist schön, ja …«

»Das klingt nach Aber.«

»Sicher«, bestätigte die Freundin. »Sie ist zu glatt. Ihr fehlt das Freche. Für Miss Germany musst du ein bisschen vorwitziger sein. Die makellosen Schönheiten gewinnen bei so was nicht.«

»Vielleicht hast du recht. Vielleicht bin ich auch einfach ein bisschen eifersüchtig.«

»Auf Ellen?«, fragte Vicki so überrascht, dass wiederum Klara überrascht war. »Aber ja!«, sagte sie. »Sie sieht ja nicht nur aus wie ein Mannequin, sie residiert in einem riesigen Büro mit großen Fenstern zum Hafen und scheucht herum, wen sie will. Dabei ist ihr Chef die meiste Zeit gar nicht da. Da ist es natürlich einfach, so perfekt auszusehen.«

Vicki blickte die Freundin ein wenig mitleidig, ein wenig unwillig an. »Denkst du das wirklich? Also ich beneide Ellen nicht. Sie sitzt den lieben langen Tag allein da oben in ihrem fabelhaften Büro und vereinsamt. Die meiste Zeit sieht kein Mensch sie. Aber wenn mal jemand vorbeikommt, muss sie perfekt aussehen. Dafür steht sie eine Stunde früher auf als unsereins und macht sich die Haare und das Make-up wie für einen Fernsehauftritt, dafür geht sie schlafen, statt zu feiern, damit sie jederzeit frisch wirkt und bloß kein Fältchen bekommt. Sie gibt ihr ganzes Geld für Kleidung aus, die nicht bequem ist, nicht zu frech, aber trotzdem attraktiv … Denn sie muss ja die ganze Zeit attraktiv sein. Damit alle den Chef um seine exquisite Sekretärin beneiden.« Vicki war zu Klaras Erstaunen richtig in Fahrt gekommen, während sie sprach. »Und jeden Tag muss sie Angst haben, dass irgendeine andere daherkommt, die noch schöner ist. Denn das wäre die größte Gefahr für Ellen. Schließlich darf keiner eine schönere Sekretärin haben als der Liebe Gott persönlich. Also wenn du mich fragst, ist der Arbeitsplatz von Ellen grauenhaft.« Vicki nahm sich eine Zigarette und hielt Klara das Päckchen hin. »Auch eine?«

Klara schüttelte den Kopf und betrachtete die Freundin gedankenvoll. »Aber ist das bei dir nicht ganz ähnlich?«, fragte sie schließlich. »Du siehst auch großartig aus, aber du musst ja auch, oder? Ich meine, diese Stelle hier …«

»Nu lass mal die Kirche im Dorf«, sagte Vicki und blies den Rauch durch ihre Stirnlocke nach oben. »Klar muss ich repräsentieren. Aber das ist doch nicht dasselbe. Außerdem bin ich hier nur das Mädchen für alles. Und für alle. Ellen schmückt den Chef. Das ist wirklich ein anderer Schnack. So ein verrücktes Huhn wie mich braucht der auf seinem Luxusbötchen nicht.«

Ja, vielleicht war das so. Vielleicht betrachtete Curtius seine Sekretärin als eine Art Privateigentum. Vielleicht waren alle anderen hier gar nicht in der Liga, in der Ellen spielte, sogar Vicki, die hier am Empfang das menschgewordene Strahlen war – sozusagen der leuchtende Stern des ganzen Verlags.

Das Telefon am Empfang läutete. Nachdem Vicki rangegangen war, hörte Klara sie nur »Mhm, mhm … wirklich … nö … ach …« und »Samstag?« sagen, »Aber ich … Ellen, hör mal … Aber …«, und schließlich: »Gut, wenn er das will …« Dann legte Vicki wieder auf und blickte sie erstaunt an. »Tja, also scheinbar braucht er so ein verrücktes Huhn doch auch auf seiner Jacht.« Dabei sah sie alles andere als begeistert aus. Kein Wunder. Sie wussten beide, wer der Kapitän war.

❋ ❋ ❋

Sie waren zu dritt: Klara, Vicki und Heidi Schlosser, die erst vor Kurzem als Redaktionsassistentin angefangen hatte und als dunkelhaarige Schönheit ein echter Hingucker war. Ob ihre ausgeprägte Schüchternheit echt war oder nur eine gut gespielte Masche, darüber gingen die Meinungen unter den anderen Frauen im Verlag auseinander. Vicki war überzeugt, das Mädchen hätte es faustdick hinter den Ohren. Helga Achter dagegen fand, dass Heidi ein »harmloses Gör« war, auf das man ein Auge haben musste, weil »die Männer ja nicht den geringsten Anstand haben«.

Vicki hatte Klara bereits an der Haltestelle getroffen und war mit ihr gemeinsam nach Blankenese hinausgefahren. Die ganze Fahrt über hatte sie eine Miene gemacht, als müsste sie auf eine Beerdigung gehen. Aber Klara konnte sie gut verstehen. Ein Wiedersehen mit Jochen Stewens musste für Vicki einem Albtraum gleichkommen. Doch unter diesen Umständen ließ es sich schlichtweg nicht vermeiden. Denn auch wenn Curtius' Boot eine stattliche Jacht war, so war sie doch überschaubar genug, dass der Kapitän jeden Gast an Bord persönlich begrüßte. Aber Klara würde der Freundin beistehen, so viel stand fest. Sie würde nicht zulassen, dass dieser unsägliche Kerl ihr noch einmal zu nahe trat, nicht mit Worten und schon gar nicht mit Grobheiten.

Als sie am Hafen von Blankenese ankamen, wartete Heidi Schlosser bereits auf sie. Ellen Baumeister würde natürlich mit dem Lieben Gott kommen, der sie bereits vorab in seine Villa mit Elbblick zitiert hatte. Offenbar hatte er außerdem Kaiserwetter bestellt, denn die Sonne strahlte, dass man kaum die Augen offen halten konnte. »Jetzt wäre eine Sonnenbrille gut«, befand Klara, die absichtlich keine mitgenommen hatte, weil man mit Sonnenbrille nicht fotografieren konnte. Stattdessen hatte sie die große Materialtasche aus dem Studio dabei, zwei Kameras, Stativ, etliche Filme, mehrere Objektive, die Heinz Hertig erst kürzlich angeschafft hatte, und allerlei anderes Zubehör, sodass sie sicher an die zehn Kilogramm auf den Schultern schleppte. »Darf ich Ihnen helfen?«, fragte Heidi Schlosser entgegenkommend.

»Gerne«, freute sich Klara und reichte ihr die kleinere ihrer beiden Taschen. Sorgenvoll blickte sie zu Vicki hin, die ihre Sonnenbrille aufgesetzt hatte – dasselbe Exemplar, das sie getragen hatte, nachdem Stewens sie geschlagen hatte.

»Sie sehen entzückend aus mit diesem Kleid!«, stellte Heidi Schlosser anerkennend fest.

Tatsächlich war Klara auch ein bisschen stolz auf das Sommerkleid, das sie sich extra für diesen Anlass noch rasch gekauft hatte. Im Alsterhaus! Ganz exquisit. Dass es ein Sonderangebot gewesen war, musste ja niemand wissen. Marineblau mit weißen Tupfern, dazu ein weißer Gürtel, der Rock knapp übers Knie und hübsch ausgestellt, ärmellos, aber mit kleinem weißen Kragen ... »Danke. Ich bin übrigens Klara. Wir müssen uns nicht siezen.«

»Oh! Danke. Ich bin Heidi.«

»Dein Kleid ist auch sehr hübsch.«

»Ach, ich habe das Gefühl, ich trage es andauernd. Da wird einem das schönste Kleid rasch über.« Heidi lachte und entblößte perfekte Zähne, zu denen der etwas gewagte Lippenstift in einem aufregenden Kontrast stand. Für einen winzigen Augenblick fragte sich Klara, ob Heidis Auftritt auf der Jacht Ellen nicht in Verlegenheit bringen könnte. Aber dann verwarf sie den Gedanken und blickte zum Pier, wo der Stolz des Verlegers bereits wartete.

Über zwanzig Meter lang, mit dunkelblauem Rumpf und weißen Aufbauten lag das Boot im Wasser, in den Scheiben spiegelte sich die Vormittagssonne. Eine Gangway mit verchromtem Geländer reichte auf den Anleger. Zwei Matrosen standen an Deck, beide in strahlend weißen Paradeuniformen, dass man sie am liebsten gleich auf ein Rendezvous mitgenommen hätte. »Ich wusste nicht, dass es so groß ist«, flüsterte Heidi.

»Warst du schon mal auf so einem Boot?«

Die Redaktionsassistentin schüttelte den Kopf.

»Ich auch nicht.« Klara blickte zu Vicki hin, die mit regloser Miene auf die Jacht zuging, so stoisch, als schritte sie geradewegs in den sicheren Tod. Natürlich, Vicki war öfter auf der »Monika« mitgefahren, dort hatte sie schließlich auch Jochen kennengelernt. »Vicki? Alles gut?«

Die Freundin holte nur tief Luft und nickte. Dann waren sie auch schon an der Brücke.

Zu Klaras und gewiss erst recht zu Vickis Erleichterung war der Kapitän zur Begrüßung nicht anwesend. Er war noch auf Landgang, wie einer der Matrosen bedauernd mitteilte, und er würde erst mit dem Eigner der Jacht, Herrn Curtius, eintreffen. »Kein

Problem«, befand Klara. »Vielleicht kann mich einer von Ihnen ein wenig herumführen? Ich bin hier, um Fotos zu machen. Da wäre es gut, ich hätte mir vorab einen Überblick verschafft.«

»Sehr gerne, gnädige Frau«, erwiderte einer der Matrosen, und Klara musste ein Grinsen unterdrücken. Gnädige Frau, das klang, als wäre sie zehn Jahre älter und längst unter der Haube. Ehe sie dem adretten Matrosen folgte, deponierte sie ihre Sachen auf einem der gemütlichen Sitze auf dem Hinterdeck, von wo aus der Seemann seine Führung zu beginnen beabsichtigte.

Die »Monika« hatte sieben Mann Besatzung, von denen zwei Frauen waren: »Gerda und Liv, unsere beiden Stewardessen«, erklärte der Matrose, der sich selbst als Walter vorgestellt hatte, wobei Klara nicht sicher war, ob das nun der Vor- oder der Nachname war. Auch die Stewardessen trugen matrosenähnliche Uniformen, allerdings mit Rock. Einen Steward gab es ebenfalls, Paul, englisch ausgesprochen. Klara hätte sich nicht entscheiden können, wer schöner war: die Frauen oder dieser Mann, dessen schwarzes Haar beinahe bläulich wirkte, dessen hellgraue Augen einen geradezu hypnotisch anblickten und dessen entspanntes Lächeln einen genialen Kontrast zu dieser Exotik bildete. »Und Sie werden also das fotografische Gedächtnis dieses Tages liefern«, stellte Paul fest, nachdem Walter sie einander vorgestellt hatte. »Eine schöne Aufgabe.«

»Vielen Dank. Ich freue mich, dass ich bei Ihnen an Bord sein darf.«

»Falls Sie irgendetwas brauchen, wenden Sie sich jederzeit gerne an mich«, erklärte der Steward. »Meine Aufgabe ist es, dafür zu sorgen, dass alles hier reibungslos abläuft und sich jeder Gast an Bord wohlfühlt.«

»Na ja«, erwiderte Klara und lachte. »Zum Wohlfühlen bin ich nicht eingeladen worden. Aber trotzdem danke!«

Sie ließ sich von Walter weiter über die Decks und durch den Kabinengang führen. Es gab einen Kartenraum und kleine, aber elegant eingerichtete Kajüten, es gab beeindruckende Vorratsräume, und selbst den Maschinenraum durfte sie besichtigen. Schließlich führte der Matrose sie auf die Brücke, wo sie sich hinters Steuerrad stellen und sich für einige Augenblicke fühlen durfte, als wäre sie selbst Kapitänin einer stolzen Jacht. »Warum gibt es eigentlich keine Kapitäninnen?«, fragte sie Walter.

»Gibt es, Fräulein Paulsen«, erwiderte der Matrose. »Ich selbst bin schon unter einer gefahren.«

»Ach. Ich habe noch nie von einer gehört.«

»Sie ist auch die einzige mit einem Patent zur hohen See. Allerdings darf sie trotzdem kein Hochseeschiff befehligen.«

Irritiert blickte Klara den Seemann an. »Und warum nicht? Wenn sie doch ein solches Patent hat?«

Walter hob die Arme. »Das kann ich Ihnen leider nicht beantworten, Fräulein Paulsen. Ich weiß nur, dass es so ist. Jeder hier kennt sie. Sie wohnt sogar hier in Blankenese!« Er deutete auf den Hügel, auf dem sich pittoresk die Häuschen und Villen aneinanderreihten. »Annaliese Teetz. In Seefahrerkreisen ist sie ziemlich berühmt.«

»Verstehe«, sagte Klara. Denn sie verstand: Eine Frau konnte zwar alle Voraussetzungen erfüllen, sie konnte sogar die Erlaubnis haben, bestimmte Dinge zu tun, aber solange sie kein Mann war, wurde es ihr dennoch verboten. Das war die Welt, in der sie lebten. Und sosehr Klara ihr Leben genoss, so stolz sie darauf war, Dinge erreicht zu haben, von denen viele nur träumen konnten, so bitter empfand sie diese Ungerechtigkeit des Lebens. Was um alles in der Welt hatten Männer, das Frauen nicht hatten?

In dem Moment sah sie den Wagen vorfahren, mit dem Hans-Herbert Curtius und sein Gefolge zum Hafen kamen. Ein Chauffeur sprang heraus und öffnete die Hintertür. Heraus stieg der Verleger und blickte auf den Fluss, die Mole und seine Jacht, atmete tief ein, nickte zufrieden und setzte das Lächeln eines Feldherrn auf. Da wusste sie es: Das Selbstverständnis, die Welt zu beherrschen, das war es, was Männer den Frauen voraushatten. Und weil Dinge, an die man nun einmal zutiefst glaubte, sich gerne bewahrheiteten, so taten sie es auch. Sie bestimmten über den Lauf der Dinge – und über die Frauen.

✳ ✳ ✳

# 5.

*Curtius hatte Klara angewiesen,* Fotos von allen Gästen zu machen, die an Bord der »Monika« kamen. Auf der kurzen Fahrt von Blankenese zum Hamburger Hafen, wo besagte Gäste aufgenommen werden würden, knipste sie die Jacht selbst und ihre Besatzung, vor allem aber natürlich den Lieben Gott, der sich darin gefiel, auf der Brücke das Kommando zu übernehmen und Jochen Stewens praktisch zum Maat zu degradieren. Klara beobachtete Vicki aus den Augenwinkeln, doch die Freundin hielt sich tapfer. Sie ließ sich nicht das Geringste anmerken, auch wenn Jochen Stewens ihr immer wieder einmal einen finsteren Blick zuwarf.

Der Verleger erklärte den drei anwesenden Frauen der Redaktion, vor allem aber der jungen Heidi Schlosser, die mit geröteten Wangen neben ihm stand, die Grundbegriffe der Seefahrt, Ausdrücke wie Steuer- und Backbord, Luv und Lee oder S.O.S., und wies kenntnisreich auf die diversen Werften und ihre Docks hin, die sich vor allem am Westufer aneinanderreihten. Zu jeder wusste er, was sich dort gerade im Bau oder in Reparatur befand, wer die Haupteigner waren, wie es um die wirtschaftliche Gesundheit des Unternehmens stand und welche Skandale dort in nächster Zeit zu erwarten waren. Staunend erkannte Klara, was für ein geborener Erzähler dieser Mann war. Was immer er sagte, er hatte das Talent, jeden seiner Zuhörer zu fesseln. War Curtius anwesend, vergaß man schlichtweg, dass noch andere Menschen anwesend waren.

Mit seiner außerordentlichen Größe und dem vollen Haar, das an den Seiten elegant zu ergrauen begann, gab der Verleger außerdem ein erstklassiges Motiv für Klaras Aufnahmen ab. Man hätte ihn jederzeit als Fotomodell für Herrenmode, für geistige Getränke oder Zigarren verwenden können, auch wenn Hans-Herbert Curtius modern war und nur Zigaretten rauchte. Die Bilder, die Klara von ihm machte, würden ihm gefallen, da war sie sich sicher. Es ließ sich ja fast nicht vermeiden, dass es Heldenaufnahmen waren. Ob sie allerdings seiner Frau gefallen würden, war eine andere Frage. Denn immer wieder war Heidi Schlosser darauf zu sehen, wie sie an seinen Lippen hing, manchmal auch Ellen, die seine Nähe suchte, vielleicht, um nicht völlig gegen die junge Kollegin ins Hintertreffen zu geraten.

Und dann waren sie am Pier 5 im Hamburger Hafen, Jachtanleger, wo schon auf sie gewartet wurde. Curtius hatte nichts dem Zufall überlassen, sondern mehrere Mitarbeiter des Verlags im Einsatz, die sich um Begrüßung und Abfertigung der Gäste kümmerten. Auch einige Redakteure würden mit an Bord kommen, die das Ereignis in Form eines Artikels für den Hanseat würdigen sollten, unter anderem Gregor Blum, der an diesem Tag einen hellen Leinenanzug mit leuchtend blauem Einstecktuch und ein himmelblaues Hemd, aber keine Krawatte trug, was offenbar nicht nur Klara erstaunte, sondern auch den Unwillen des Verlegers hervorrief: »Konntest du keinen Schlips finden? – Paul, holen Sie doch bitte etwas Passendes aus meiner Kajüte und geben Sie es Herrn Blum!«

Verärgert wandte Curtius sich ab, nur um schon im nächsten Moment strahlend einen britischen Offizier zu begrüßen, der mit einer elegant gekleideten, im Übrigen aber völlig unansehnlichen Frau am Arm über die Brücke kam. »Commodore! How nice to see you! Ma'am ... It's my greatest pleasure to welcome you on board of our little boat.« Curtius reichte der Dame die Hand, um ihr bei dem kleinen Hüpfer von der Brücke an Deck behilflich zu sein, und ließ geschmeidig einen galanten Handkuss folgen.

Klara hatte keine Zeit, Gregor ebenfalls zu begrüßen, der in diesem Moment hinter ihr vorbeiging, da sie ja alle Ankömmlinge beim Betreten der Jacht fotografieren sollte. Doch sie konnte sein Rasierwasser riechen – und sie bemerkte, dass er im Vorübergehen zögerte und sie anblickte. Doch dann war er weg, und sie richtete ihr Augenmerk auf den Senator für Kultur der Hansestadt, der sich als Nächster anschickte, seinen Fuß auf die »Monika« zu setzen, gefolgt von einem Industriellen-Ehepaar, das sie an jenem Abend im Reinhardt's gesehen zu haben glaubte, und – ein Raunen ging durch die Reihen, als auch andere ihn entdeckten – dem Sänger Peter Kraus, der nicht in Begleitung einer hübschen Frau, sondern mit drei anderen jungen Männern am Pier stand – seiner Band, wie alle sofort kapierten!

※ ※ ※

Als die »Monika« ablegte, befanden sich sicher fünfzig Menschen an Bord. Jochen Stewens hatte nun wieder das Kommando übernommen und ließ die Jacht in einem großen Bogen hinüber zu den Docks von Blohm & Voss gleiten, wo bereits von fern Masten und Takelage des neuen Schulschiffs zu sehen waren.

Curtius dozierte für seine Gäste, während sie näher kamen: »Die Segelfläche wird über 1900 Quadratmeter betragen. Wir sprechen hier von einer Verdrängung von an die 1800 Tonnen. Die Maschinen leisten an die 800 PS, meine Herrschaften, damit kann dieses Segelschiff ohne Weiteres mit modernen Motorschiffen mithalten! Als Stammbesetzung sind allein elf Offiziere und 56 Unteroffiziere vorgesehen – von den 200 Kadetten ganz zu schweigen.«

»Aber der Name ist seltsam, finden Sie nicht?«, warf eine der anwesenden Damen ein. »Man kann ihn ja kaum aussprechen. Was soll denn das überhaupt heißen?«

Curtius blickte sie halb erstaunt, halb amüsiert an. »Kennen Sie nicht? Gorch Fock? Na, dann lassen Sie mich mal feststellen, dass wir von der schreibenden Zunft ziemlich stolz sind, dass das Schiff nach ihm benannt wurde. Denn dieser Gorch Fock war ein Schriftsteller, der übrigens ganz in der Nähe hier auf Finkenwerder geboren wurde ...« Der Verleger deutete Richtung Süden. »Hieß eigentlich Johann Kinau und ist tragischerweise bei der Schlacht im Skagerrak im Ersten Weltkrieg gefallen. Gab schon mal ein Segelschulschiff, das nach ihm benannt worden ist.«

Der hanseatische Teil der Anwesenden blickte etwas verlegen weg, denn das wusste hier natürlich jedes Kind. Die Dame, die gefragt hatte, schien es nicht weiter schlimm zu finden. »Ich finde, Frauennamen für Schiffe sind immer schöner. Ihres heißt ja auch Monika.«

»Frauen sind immer schöner!«, stimmte Curtius generös zu und ergänzte: »Egal wofür.« Mit süffisantem Lächeln fügte er hinzu: »Vielleicht wollte man den Jungmatrosen nur ersparen, auf die Frage, wo sie denn waren, mit einem Satz wie ›Auf der Rosemarie‹ zu antworten.«

Die anwesenden Herren lachten, die Damen lachten notgedrungen mit oder gaben vor, den Scherz nicht gehört zu haben. Nur Ellen stand mit unbewegter Miene in Curtius' Nähe und schien ihn mit ihren schönen Augen durchleuchten zu wollen. Ein Bild, das Klara wider besseres Wissen nicht auslassen konnte: Sie musste es einfach knipsen.

Der Stapellauf selbst war von Bord der »Monika« aus nur vage zu erkennen, die Position war schlicht nicht besonders geeignet. Denn direkt vor der Rampe hatte die Jacht nicht bleiben dürfen, und in größerer Entfernung wären sie in der Fahrrinne der Elbe gewesen und hätten den Schiffsverkehr und die eigene Sicherheit gefährdet. Doch das störte an Bord niemanden: Ein so großes Ereignis an

Bord eines so exquisiten Boots und in Gesellschaft einer so exklusiven Gesellschaft erleben zu dürfen ließ die Gesichter strahlen. Dass Hans-Herbert Curtius nicht um erstklassigen Champagner noch um einen erhebenden Toast auf die neue Windjammer verlegen war, beflügelte die Anwesenden zusätzlich. Und als mit Einbruch der Dämmerung die Band zu spielen begann, hatte auch Klara völlig vergessen, dass sie bereits den ganzen langen Tag gearbeitet hatte und eigentlich völlig erschöpft hätte sein müssen.

※ ※ ※

Gegen zwanzig Uhr waren nicht nur die Lichtverhältnisse so schlecht geworden, dass Fotografieren nicht mehr sinnvoll war, Klara hatte auch buchstäblich all ihre Filme verschossen. Sie konnte nur hoffen, dass sich der Liebe Gott nicht noch irgendwelche fotografischen Extrawürste überlegte, sondern damit zufrieden war, dass sie seit dem Vormittag mehrere Hundert Aufnahmen gemacht hatte.

Zufrieden mit ihrer Ausbeute, verstaute sie all ihr Material sorgfältig in den Kamerataschen und deponierte sie zur Sicherheit im Kartenraum der Jacht, wo ihr Paul netterweise eine Ecke freigeräumt hatte. Hier war sie den Tag über schon gelegentlich gewesen, um neue Filme einzulegen, die Dosen für die alten zu beschriften, Objektive zu wechseln oder auch mal einen Moment zur Ruhe zu kommen. Nun waren alle oben und feierten oder bedienten. Im Bauch der Jacht war es ruhig, niemand hatte hier unten etwas verloren. Dachte Klara zumindest, bis sie jemanden aus der Kabine gegenüber hörte. Eine Frauenstimme, lachend, kichernd und – nach einer Weile – seufzend. Und dann eine Männerstimme, die sie gut kannte. Curtius. Natürlich! Es war seine Kabine! Sie konnte ihn gut verstehen, dass er sich an einem so langen Tag auch mal für ein paar Minuten zurückziehen wollte. Und dass er Begleitung hatte, nun, das war wohl seine Angelegenheit. Lächelnd packte Klara den letzten Film weg, machte die Taschen sorgfältig zu und schob alles in die Nische zwischen Kartentisch und Bordwand. Dann machte sie sich wieder auf den Weg nach oben – um vor der Treppe Jochen Stewens in die Arme zu laufen. »Wo ist Vicki?«, fragte er. Den ganzen Tag über hatte er Klara gar nicht zur Kenntnis genommen und nicht einmal ein Wort zu ihr gesagt, als sie ihn mit den prominenten Gästen der Jacht auf der Brücke fotografiert hatte.

»Ich ... ich weiß nicht.«

»Sie geht mir aus dem Weg.«

»Hören Sie, Herr Stewens ...«

»Wir sind noch nicht fertig«, erklärte der Kapitän, und es war klar, dass er damit sich und Vicki meinte. Von dem umwerfenden Charme, den sie früher, aber auch den Tag über an Bord an ihm beobachtet hatte, konnte Klara nichts mehr erkennen. Der Mann vor ihr war brutal und kalt. »Soweit ich weiß, sind Sie nicht mehr zusammen«, wagte sie sich vor. »Vicki ist Ihnen also keine Rechenschaft schuldig.«

Stewens betrachtete Klara, als wäre sie von allen guten Geistern verlassen. »Wer mir Rechenschaft schuldig ist, werde ich selber wissen, Fräulein«, sagte er mit eisiger Stimme. »Ich lasse mir auf meinem Schiff sicher keine klugen Sprüche von einem Backfisch vorhalten!«

Klara war nicht überrascht, dass er so sprach. Dennoch musste sie nach Luft schnappen. »Herr Stewens, Sie mögen hier der Kapitän sein und das Kommando haben. Aber ich möchte sie daran erinnern, dass die wichtigste Eigenschaft eines Kapitäns eine tadellose Disziplin ist. Wer sich nicht im Griff hat, hat auf der Brücke eines Schiffs nichts zu suchen. Und an der Seite einer Frau schon gar nicht.« Er war so perplex, dass er noch nach Worten suchte, als sie schon nachsetzte: »Sie haben Vicki misshandelt, Sie Scheusal. Ich hoffe, Sie werden noch die Quittung für Ihr Verhalten bekommen. Aber wenn Sie ihr noch einmal zu nahe kommen, dann werde ich dafür sorgen, dass es alle Welt erfährt«, schleuderte sie ihm voll Empörung entgegen. Endlich musste alles, alles raus, was sich in ihr aufgestaut hatte. »Sie sind ein Scheusal. Und auch wenn Sie nicht dafür zur Rechenschaft gezogen werden sollten, soll es die ganze Welt erfahren. Ich glaube nicht, dass Sie sich viel Respekt damit verschaffen, dass Sie eine Frau schlagen.« Für einen Augenblick sah es so aus, als würde sich Stewens auch auf Klara stürzen, so sehr bebte er vor Zorn. Doch im selben Moment ging die Tür zur Toilette auf, neben der sie beide standen, und Vicki trat heraus. »Ist schon gut, Klara«, sagte sie. »Ich komme zurecht.« Sie lächelte ihr mit einer Souveränität zu, dass Klara die Freundin zutiefst bewunderte. Dennoch machte sie sich Sorgen, als sie nach oben ging und die beiden unter Deck zurückließ.

»Darf ich Ihnen einen Cocktail anbieten?«, fragte eine der Stewardessen und hielt Klara ein Tablett hin.

»Vielleicht keine schlechte Idee jetzt.« Immer noch nach unten lauschend, nahm Klara eines der hohen Gläser, auf dem hübsch ein Schirmchen aufgesteckt war, zur Hand, pflückte es ab und nippte. Sie hätte nicht hochkommen sollen, sie hätte Vicki nicht mit diesem Unmenschen allein lassen sollen.

»Für Sie auch einen?« Hinter Klara war Heidi Schlosser die Treppe hochgekommen. Ihr Gesicht schien zu glühen, ihre Augen glänzten, das Haar wirkte leicht zerzaust. »Gerne«, sagte sie kurzatmig und schaute zu Boden, als sie Klaras Blick auffing. Hastig nahm sie einen Schluck, hustete und erklärte: »Lecker, was?«

»Mhm«, machte Klara und dachte sich ihren Teil. Immerhin: Wenn Heidi denselben Weg heraufgekommen war wie sie, musste sie auch an Vicki und ihrem Ex vorbeigekommen sein. Offenbar war dort unten bisher nichts passiert. »Aufregender Abend, nicht wahr?«

Heidi nickte. »Toll.« Sie trank noch einmal und wippte leicht zum Rhythmus der Musik.

»Hast du schon getanzt?« Natürlich wusste Klara, dass die junge Kollegin bereits ausgiebig das Tanzbein geschwungen hatte – vornehmlich mit Hans-Herbert Curtius, der immer noch unten sein musste. So wie Vicki und Stewens. Klara überlegte, ob sie noch einmal nach unten gehen sollte, als die Freundin auf der Treppe auftauchte, zum Glück unverletzt. »Na, ihr zwei?«, sagte sie, als wäre nichts gewesen. »Für mich habt ihr keinen Drink?«

Als hätte er auf eine solche Frage nur gewartet, stand der Steward hinter ihnen und bot Vicki einen Cocktail an, den sie mit all ihrer exquisiten Damenhaftigkeit nahm, um sogleich das Glas zu heben. »Auf uns Frauen in dieser verrückten Welt!«

»Auf uns«, erwiderte Klara und stieß ebenso an wie Heidi. Nachdem sie getrunken hatten, beugte sich Klara vor und fragte leise: »Was war los? Was hast du gesagt?«

»Ach«, erklärte Vicki Voss mit mokantem Lächeln. »Vor allem habe ich etwas getan, was ich längst hätte tun müssen. Ich habe ihm eine schallende Ohrfeige gegeben.«

»Hans-Herbert?«, hauchte Heidi Schlosser entsetzt. »Ich meine: Herrn Curtius?«

In dem Moment tauchten sowohl der Verleger als auch der Kapitän oben an der Treppe auf – und Klara hätte schwören können, beide erröteten vor Verlegenheit.

✳ ✳ ✳

Längst standen die Sterne am tiefschwarzen Himmel, als Peter Kraus ein letztes Mal ans Mikrofon trat. Auch er schien von der Stimmung an Bord und von den zurückliegenden Stunden aufgepeitscht, sein Gesicht glühte, sein ohnehin mitreißendes Lächeln war noch ein wenig breiter als sonst schon, und er hatte einen wei-

teren Hemdknopf geöffnet. »Ladies and Gentlemen!«, rief er und deutete ins Publikum. »Der letzte Tanz dieses Abends! Den widmen wir unserem Gastgeber. Und weil ich zufällig weiß, dass er ein ausgezeichneter Sänger ist, möchte ich ihn auf die Bühne bitten …«
Eine Bühne gab es auf der Jacht zwar nicht, aber da die Band auf dem Zwischendeck stand, wirkte es wie eine Bühne, auf die Hans-Herbert Curtius nun unter dem Jubel der Anwesenden mit zwei sportlichen Schritten sprang. Schon spielte die Band los, Peter Kraus wackelte im Rhythmus mit den Hüften, und der Verleger riss sich das Jackett vom Leib, den Schlips dazu, knöpfte das Hemd auf und rollte die Ärmel hoch, als der Sänger schon begann mit dem Text:

*Honey babe*
*Ah ha*
*Oh Honey babe*
*Mmhhm*
*Oh Honey babe, du passt so gut zu mir*

Woraufhin Hans-Herbert Curtius sich zum Mikrofon beugte und ergänzte:

*That's good baby, that's good*

Jubel brandete unter den Gästen auf, die ebenfalls zu tanzen begannen. Klara griff noch einmal zur Kamera, um diesen Augenblick festzuhalten, in dem der große Verleger mit dem berühmten Sänger zusammen auftrat, als wäre es das Normalste von der Welt für ihn, dann aber räumte sie die Sachen weg und griff nach Vickis Arm. »Komm! Wir tanzen auch.«
»Wir zwei?«
»Wieso nicht? Wir haben schließlich was zu feiern!« In der Tat:

Jochen Stewens hatte keine Anstalten mehr gemacht, Vicki zu nahe zu treten. Dass die Ohrfeige und die Bemerkung »Lerne gefälligst, wie man eine Frau zu behandeln hat, du Widerling!« ausgerechnet in dem Augenblick gefallen waren, in dem Hans-Herbert Curtius aus seiner Kajüte gekommen war, mochte geholfen haben.

Lachend begaben sich die beiden Frauen auf die Tanzfläche, wo sie mit Applaus begrüßt wurden. So tanzten die zwei Mitarbeiterinnen des Frisch Verlags vor den Gästen des Verlegers Rock 'n' Roll, als seien sie genau dafür an Bord gekommen. Vicki sauste unter dem Johlen der Zuschauer unter Klaras Beinen durch, Klara wagte einen Überschlag und landete zu ihrer eigenen Überraschung nicht auf dem Po, sondern auf den Füßen, juchzte vor Glück und Erleichterung und tanzte wie verrückt weiter, während der Liebe Gott und sein Troubadour sangen:

*Dieser Rhythmus macht mich schwach*
*That's good*
*Aber i-immer wieder wach*

*Wunderbar, wir haben nie genug davon*
*Und tanzen wir drei Stunden schon*
*Du passt so gut zu mir*
*That's good baby, that' good*

Dass Curtius dabei Heidi Schlosser nicht aus den Augen ließ, war so offensichtlich, dass selbst Klara es bemerkte, wenn sie zwischendurch einen kurzen Blick auf die Bühne wagte. Offensichtlich war der Verleger völlig hingerissen von der neuen jungen Kollegin.

*Wunderbar, du liebst wie ich den Autosport*
*Das Toto und den Weltrekord*

*Du passt so gut zu mir*
*That's good baby, that' good*

Man musste den Lärm von Curtius' Jacht bis St. Pauli hören, ach was: bis Harvestehude! Die Stimmung war so überbordend, wie Klara es zuletzt beim Rock-'n'-Roll-Wettbewerb in der Ernst-Merck-Halle erlebt hatte. Längst war es kalt geworden, doch alle waren so erhitzt, dass niemand es bemerkte. Die Band war fantastisch, Curtius war großartig, die Menschen an Bord waren glücklich …

*Oh, oh Baby*
*Oh wunderbar, auch du liebst nicht nur einen Kuss*
*Das Glück beginnt nach Ladenschluss*
*Du passt so gut zu mir*
*Honey ich lieb' dich so*
*Honey babe*
*Mmhhm*
*Honey babe*
*Ah ha*
*Oh Honey babe*
*Du passt so gut zu mir*
*That's good, Baby, that's good*
*Honey babe …*

Wenn auch nicht alle. Als der Song vorbei war und auch die Zugabe, die Kraus nun wieder alleine sang, »Diana«, ein wunderbarer Rauswerfer, zu dem die anwesenden Paare noch einmal ganz innig tanzen konnten, fand Klara sich an der Bar wieder, erschöpft und aufgekratzt zugleich, und nahm Gregor Blum überrascht ein Glas aus der Hand. »Für mich?«

»Nach dem Auftritt eben brauchst du etwas Flüssiges, oder?«

»Stimmt«, sagte Klara und nahm einen Schluck. »Fein! Was ist das?«

Gregor zuckte nur die Achseln. »Keine Ahnung. Die mixen hier, was ihnen in den Sinn kommt.«

Aber sie verstanden offensichtlich etwas davon, denn der Drink war wirklich köstlich. »Na dann«, sagte Gregor. »Auf meine neue Stiefmutter.« Er stieß sein Glas gegen Klaras und trank, ehe sie etwas erwidern konnte. Im nächsten Moment war er verschwunden.

※ ※ ※

Es war bereits nach sechs Uhr morgens und taghell, als Klara und Vicki in das Taxi stiegen, das ihnen Paul im Auftrag des Verlegers hatte rufen lassen. »Bitte zuerst zum Paulinenplatz«, sagte Vicki mit dünner Stimme. »Und dann müssen wir noch weiter bis Harvestehude.«

»Bleib doch einfach bei mir«, sagte Klara. »Du kannst mein Bett haben, ich schlafe auf dem Sofa.«

»Du bist ein Schatz, weißt du das? Aber wenn, dann machen wir es umgekehrt.« Vicki schlüpfte aus den Schuhen und stöhnte. »Ich denke, ich komme nachher gar nicht wieder rein.«

»Geht mir genauso«, ächzte Klara und tat es ihr gleich. »Ich bin nicht sicher, ob es was gibt, was mir nicht wehtut.«

»Wann hab ich das letzte Mal so gefeiert?«

»Also soweit es mich betrifft, kann ich ganz sicher sagen, dass ich das noch nie habe«, sagte Klara. »Und das nach so einem Arbeitstag.«

»Stimmt, du hast ja auch noch die ganze Zeit fotografiert …«

»Und du musstest die Leute unterhalten.«

»Oh Gott! Dieser Japaner! Wie hieß er nochmal?«

»Takashi … Tokushi …?«

»Ich hoffe, ich sehe ihn nie wieder! Was für ein anstrengender Mensch!«

»Aber dieser Peter Kraus war großartig, findest du nicht?«

»Vor allem war er zum Anbeißen«, fand Vicki und brachte trotz ihrer Müdigkeit ein sehnsüchtiges Lächeln zustande.

Selbst St. Pauli war um diese Zeit ein einsames Pflaster – vielleicht ja nur um diese Zeit. Klara kannte die Straßen hier sonst nur belebt und in den Abend- und Nachtstunden sogar voller Menschen. Aber wenn der Morgen graute, fanden offenbar sogar die eifrigsten Nachtschwärmer endlich den Weg nach Hause.

Der Taxifahrer war bereit, gegen ein Trinkgeld die beiden schweren Taschen mit der Fotoausrüstung nach oben zu tragen, und Vicki war bereits auf dem Sofa eingeschlafen, als Klara das Badezimmer für sie frei machte. Bei aller Erschöpfung aber fand Klara keinen Schlaf und saß schon eine halbe Stunde später auf ihrem kleinen Balkon, um über das noch stille St. Pauli zu blicken und eine Tasse Kaffee zu trinken.

Sie musste an Heidi denken, die irgendwann nicht mehr zu sehen gewesen und auch nicht mit den anderen von Bord gegangen war, an Ellen, die wie eine First Lady auf der Jacht repräsentiert hatte, aber stets viel ernster geblieben war als alle anderen, an den Verleger, dessen Spitznamen sie endlich ganz und gar nachvollziehen konnte, weil sie noch nie jemanden kennengelernt hatte, der so souverän war wie Hans-Herbert Curtius – und an Gregor, der ihr noch geheimnisvoller und unverständlicher erschien denn je und dessen seltsame Bemerkung von der Stiefmutter sie nicht verstand.

»Weißt du was über Gregors Familie?«, fragte sie Vicki, als sie am frühen Nachmittag gemeinsam beim Frühstück auf dem Balkon saßen.

»Na ja, nicht mehr als alle.«

»Aha? Also, soweit es mich betrifft, weiß ich gar nichts.«

»Dann also: alle anderen außer dir«, sagte Vicki und lachte. »Allerdings ist das auch kein bisschen offiziell. Sprich, das hat noch nie jemand bestätigt.«

»Nämlich was genau?«

»Na, dass er der Sohn vom Alten ist.«

»Vom … du meinst, von Curtius?« Fassungslos starrte Klara die Freundin an. Konnte das wirklich wahr sein?

»Das ist jedenfalls die Legende.«

»Deshalb kommt er mit seinen Auftritten immer durch, oder?«, sagte Klara beinahe mehr zu sich selbst. »Ich meine, manchmal frage ich mich schon, wo er den Mut hernimmt, mit Köster so zu sprechen. Oder mit Kraske. Die könnten ihn doch hochkant feuern.«

»Eher nicht«, widersprach Vicki und nippte an ihrem Kaffee, während sie die Frauen studierte, die unten im Hof Wäsche aufhängten.

»Ja. Wenn er Curtius' Sohn ist …«, stimmte Klara zu.

»Ich mag ihn ja ganz gern«, erklärte Vicki. »Er ist witzig und intelligent. Hattet ihr nicht sogar mal ein Rendezvous?«

»Doch«, bestätigte Klara. »Hatten wir.« Wieder musste sie an die seltsame Szene am Ende des Abends denken, als Gregor sie nach Hause gebracht und dann buchstäblich stehen gelassen hatte. Immer noch konnte sie sich keinen Reim darauf machen, und immer noch fühlte sie sich von seinem Verhalten gekränkt.

»Ja«, sagte Vicki, als wüsste sie davon. »Er ist aber halt auch eine komplizierte Persönlichkeit.«

Wohl wahr, dachte Klara. Kompliziert, das traf es. Mindestens das. Sie jedenfalls wurde nicht schlau aus ihm. Und eigentlich wollte sie es auch gar nicht mehr werden. Einerseits. Andererseits hatte Vicki schon recht: Er war witzig, intelligent, man musste ihn beinahe zwangsläufig mögen.

✳ ✳ ✳

Die nächsten zwei Tage verbrachte Klara fast ausschließlich in der Dunkelkammer und verfluchte sich dafür, so unendlich viele Aufnahmen gemacht zu haben.

»Dir ist klar, dass wir irgendwann auch wieder Fotos für unsere Zeitschriften entwickeln müssen?«, bemerkte Heinz Hertig irgendwann für seine Verhältnisse fast ein wenig bissig.

»Absolut, Heinz, entschuldige. Ich weiß auch nicht … Das war alles so viel, weißt du? Erst die Gäste. Dann die Feier …« Sie war ja selbst schon ganz verzweifelt, dass es kein Ende nahm.

»Vor allem waren es viele Fotos. Zu viele, wenn du mich fragst. Unsinnig viele!«

»Du hast völlig recht, Heinz.« Klara seufzte hilflos. »Gib mir noch ein paar Stunden, bitte.«

»Hm.«

Am Ende brachte Heinz ihr sogar Kaffee ins Studio, weil er selbst sah, dass sie am Rande der völligen Erschöpfung arbeitete. »Du hättest dir ein, zwei Tage freinehmen sollen nach dem Wochenende«, stellte er fest.

»Dann wäre hier alles noch viel mehr durcheinandergekommen. Und Curtius will ja seine Abzüge so schnell wie möglich auf dem Schreibtisch haben.« Daran hatte der Chef keinen Zweifel gelassen. Aber wenn sie ehrlich war, war sie selbst neugierig auf die Aufnahmen.

»Verstehe. Dann schlage ich vor, du machst jetzt mal eine Pause, und ich übernehme hier für die nächsten zwei, drei Stunden.«

Dankbar blickte Klara ihren Vorgesetzten an. Heinz war wirklich ein feiner Mensch. Sie war so froh über diesen Vorschlag, dass sie ihn am liebsten umarmt hätte. »Ach, Heinz, ich weiß gar nicht, wie ich dir danken soll!«

Der sah sie nachdenklich an, erwiderte aber nichts.

Am Ende brauchten sie noch den ganzen restlichen Tag und den halben Abend, bis die Bilder alle entwickelt waren. Als sie fertig waren, war der Verlag verwaist, und auch Ellen Baumeister war nicht mehr im Büro, um die ersten Abzüge, die inzwischen getrocknet waren, entgegenzunehmen. »Tja, dann wohl morgen«, sagte Heinz und lachte, als er sah, wie enttäuscht Klara war. »Nun komm schon, Curtius ist sowieso nicht da. Der war den ganzen Tag nicht im Haus. Wenn du die Bilder morgen in aller Frühe hochbringst, reicht das völlig. Und du kannst sogar noch einen weiteren Schwung fertiger Abzüge dazupacken.«

Klara nickte. »Ich glaube, es ist nur, weil ich so geschafft bin.«

Heinz nickte verständnisvoll. »Kann ich gut verstehen. Darf ich dich auf eine Kleinigkeit einladen?«, schlug er vor. »Einen Happen zu essen und ein Bier vielleicht?«

»Das klingt wunderbar, Heinz. Gerne. Danke.«

»Da nicht für«, sagte Heinz und begleitete Klara wieder nach unten, wo sie ihre Sachen zusammenpackten, das Studio abschlossen und schließlich in den Feierabend gingen. »Muss ja ein fulminantes Fest gewesen sein.«

»Fulminant trifft es genau«, bestätigte Klara. »Unser Verleger ist wirklich …« Sie überlegte. »Ich weiß gar nicht, wie ich ihn beschreiben soll.«

»Ich kenne ihn.«

»Aber hast du ihn mal bei so was erlebt?«

»Nein«, gab Heinz Hertig zu.

Wie sollte sie es beschreiben? »Er ist so was wie ein Sonnengott, verstehst du?«, versuchte sie es. »Alles konzentriert sich völlig auf ihn. Wo er ist, ist was los. Wenn er was sagt, hören ihm alle zu. Er könnte den größten Unsinn erzählen, und alle würden es sofort nachbeten.«

»Vielleicht tut er das ja«, gab Heinz zu bedenken.

Klara lachte. Heinz war witzig, ohne sich wichtig zu nehmen. »Ja. Vielleicht. Aber keiner wird es merken.«

»Hm. Beneidenswert.«

»Unsinn erzählen zu dürfen?«

»Nein. So eine Begabung. Im Mittelpunkt stehen zu können, meine ich.«

»Ja. Vielleicht.« Klara betrachtete ihren Chef von der Seite. Im Grunde war Heinz das genaue Gegenteil von Curtius: bescheiden, unauffällig, nachgiebig, uneitel … »Aber ehrlich gesagt sind mir die geerdeten Männer lieber«, erklärte sie. Doch, ja, das waren sie, fand Klara und wunderte sich, dass sie sich das nie so richtig überlegt hatte.

Sie blieben an einem Lokal mit Straßenverkauf stehen, schon fast am Hafentor: »Die Kombüse«. Heinz Hertig zögerte. »Wir könnten was auf die Hand nehmen«, sagte er.

»Gerne! Wenn sie ein Hot Dog hätten?«

Hatten sie, auch wenn der Verkäufer im Fenster des Lokals den Mund verzog. »Zwei Hot Dogs bitte. Mit Ketchup? Mit Senf. Beide. Und zwei Bier.«

Wenig später schlenderten sie mit ihrem Wurstbrötchen und ihrem Bier am Bismarckdenkmal vorbei Richtung Reeperbahn. »Du wohnst ganz in der Nähe, nicht wahr?«

»Paulinenplatz.«

»Ah. Kenne ich gut. Meine Schule war da. Ist lange her.«

Die Biografien der Männer, die schon während des Kriegs keine kleinen Kinder mehr gewesen waren, waren fast immer kompliziert. Klara überlegte, wie alt ihr Vorgesetzter wohl war. Fünfunddreißig? Vierzig? Eher vierzig. Er musste also mindestens in der HJ gewesen sein.

»Und jetzt? Wo wohnst du jetzt?«

»Kirchenallee.«

»Oh Gott! Dann gehen wir ja in die völlig falsche Richtung.«

»Keine Sorge. Ich freue mich, dass wir ein Stück zusammen spazieren«, sagte Heinz, und nach kurzem Zögern: »Ich bin gerne mit dir zusammen.«

Nun war es Klara, die zögerte. Doch an sich war es nicht so schwer, ihm zu antworten, denn es stimmte ja: »Ich mit dir auch. Und übrigens, ich bin dir sehr dankbar.«

»Dankbar? Um Gottes willen! Wegen einem Hot Dog und einem Bier?«

»Nein, Heinz!«, rief Klara lachend. »Das habe ich jetzt nicht gemeint. Ich meinte, ich bin dir dankbar, weil ich unglaublich viel von dir gelernt habe. Ich hatte keine Ahnung. Von nichts!«

Heinz Hertig schüttelte den Kopf und deutete Richtung Reeperbahn. »Hier lang?«

»Klar. Ist der kürzeste Weg.«

»Das stimmt nicht. Ich meine, dass du keine Ahnung hattest. Du warst doch schon vorher eine sehr begabte Fotografin! Und inzwischen hast du eben Gelegenheit gehabt, dein Talent noch auszubauen.« Er meinte es ernst, das spürte sie.

»Ich würde eher sagen, du hast mir die Gelegenheit dazu gegeben«, stellte sie richtig. »Ohne deine Unterstützung und ohne dein Vertrauen würde ich doch jetzt noch nur Fotos abziehen und an die Leine hängen.«

»Wenn du es so siehst ...«

»Doch, Heinz, so sehe ich das. Und dafür bin ich dir wirklich unendlich dankbar. Ich könnte mir keinen besseren Chef vorstellen.«

»Hm. Na ja.« Er blieb stehen und schien ihren Worten nachzulauschen.

»Und keinen besseren Freund«, ergänzte Klara. Da glitt ein Lächeln über sein Gesicht. »Jetzt bin ich es aber, der danke sagen muss«, murmelte er, und Klara fand, dass ihm die Verlegenheit, in die sie ihn gebracht hatte, ausgezeichnet stand. Und ohne nachzudenken, zog sie ihn an sich und gab ihm einen Kuss auf die Wange.

# Let's Rock

*Hamburg, Herbst 1958*

# *1.*

**Zu Klaras Verblüffung war Ellen Baumeister** auch am nächsten Morgen nicht auf ihrem Platz. Stattdessen saß Heidi Schlosser auf dem Platz vor Curtius' Büro. »Oh, Klara, moin!«, rief sie, als sie den Besuch sah.

»Moin, Heidi. Wo ist denn Ellen?«

»Ich habe keine Ahnung«, erklärte Heidi. »Ich habe nur einen Anruf von Frau Beeske bekommen, dass ich heute hier hochkommen und sie vertreten soll.«

»Verstehe. Gestern warst du nicht da, oder?«

»Nein«, sagte Heidi und blickte verlegen zu Boden. »Gestern nicht.«

Klara fragte nicht weiter. Sie war nicht naiv und konnte sich die Umstände schon selber zusammenreimen. Auf einmal waren sowohl Heidi als auch Curtius auf der nächtlichen Party nicht mehr aufgetaucht. Am nächsten Tag fehlten sie beide im Büro. Und dann saß Heidi plötzlich auf dem Platz der bisherigen Chefsekretärin Ellen Baumeister … Man musste keine Hellseherin sein, um eins und eins zusammenzählen zu können. Das Schlimme war, dass Ellen Klara unendlich leidtat, dass sie aber Heidi nicht verdammen konnte. Was hätte die Neue in der Redaktion denn tun sollen? Die Avancen des Chefs ablehnen? Die Beförderung ausschlagen? Ja, sicher, sie hätte es tun können. Aber jeder wusste, dass sie dann ziemlich schnell eine neue Stelle hätte suchen müssen. Und sich von Hans-Herbert Curtius umgarnen zu lassen, das war nicht schwer. Der hatte schon erfahrenere Frauen rumgekriegt.

»Weißt du, ob der Chef heute kommt?«

»Herr Curtius? Ich … also, ich denke schon. Vorhin hat er jedenfalls gesagt … ich meine: Vorhin hat er angerufen und gesagt, dass er … also, dass er heute kommt«, stotterte Heidi, und Klara schüttelte innerlich den Kopf. Wie sollte dieses unbedarfte Mädchen Ellen Baumeister ersetzen? Das konnte doch nie im Leben gut gehen!

»Tja, dann würde ich dich bitten, dass du ihm das hier gibst.« Sie reichte Heidi die Mappe mit den Aufnahmen, die bisher fertig waren. »Es kommen dann bis heute Nachmittag noch einmal etwa genauso viele. Wir sind fleißig am Entwickeln und Abziehen. Aber es dauert halt seine Zeit.«

»Alles klar. Danke.«

Klara war schon wieder an der Tür, als sie Heidi sagen hörte: »Klara?«

»Ja?«

»Kann das bitte unter uns bleiben?«

Sie musste nicht aussprechen, was sie meinte.

Klara seufzte. »Wenn es nach mir geht, Heidi, gerne. Aber ich fürchte, es denkt sich sowieso jeder in der Redaktion.«

»Verstehe. Na ja. Danke.«

»Keine Ursache. Wenn was ist, du weißt ja, wo du mich findest.«

Heidi Schlosser nickte. »Danke, Klara.«

Wenn was ist, dachte Klara. Warum hatte sie das gesagt? Weil sie eine gute Freundin sein wollte, sicher, zumal Heidi noch so jung und so neu in der Redaktion war. Aber eigentlich hatte sie damit etwas anderes zum Ausdruck gebracht, und sie bedauerte es in dem Moment, in dem sie es ausgesprochen hatte: Sie glaubte nicht, dass es gut gehen konnte.

✳ ✳ ✳

Ellen Baumeister indes war von einem Tag auf den anderen verschwunden. Selbst Vicki, die sonst alles über alle zu wissen schien, hatte keine Ahnung, wo sie abgeblieben war. »Vielleicht hat Curtius ihr einen Antrag gemacht, und sie muss nicht mehr arbeiten!«, wagte Gabriele Tönnessen sich mit einer These vor.

Die anderen Kolleginnen in der Kaffeeküche aber lachten sie nur aus. »Dann bootet er sie doch nicht so aus! Nein, ich schätze, er hat sie hochkant rausgeworfen, weil sie ihm zu aufmüpfig geworden ist. Hat sich ja zunehmend wie die Chefin des Verlags aufgeführt«, erklärte Frau Beeske, erntete aber ebenso wenig Zustimmung durch die anderen.

So blieb das Verschwinden Ellen Baumeisters ein großes Rätsel im Verlag und war auch ein Thema, als Klara sich nach Längerem einmal wieder mit Elke und Rena im Alsterpavillon traf. »Also ich finde das auch merkwürdig«, sagte Rena, während sie noch ein drittes Stück Zucker in ihren Kaffee rührte.

Auf der Binnenalster blähten sich die weißen Segel zahlreicher Jollen. Eine steife Brise trieb die Boote flott übers Wasser, sodass es immer wieder einmal zu heiklen Situationen kam. Die Gäste des Lokals schienen geradezu darauf zu warten, dass endlich mal ein Zusammenstoß passierte.

»Vielleicht hat sie wirklich was ausgefressen?«

»Nein«, sagte Klara. »Ellen hat ihre Rolle perfekt gespielt. Und sie ist ein ganz und gar anständiger Mensch.«

»Hm«, warf Elke ein. »Kann man sich da immer so sicher sein? Wenn ihr mich fragt ...« Sie senkte die Stimme ein wenig, es mussten ja nicht auch die Ohren hören, die womöglich am Nebentisch gespitzt lauschten. »Wenn ihr mich fragt, dann hat er sie mit einer fürstlichen Abfindung in den Ruhestand versetzt.«

»In den Ruhestand?«, erwiderte Klara. »Dafür ist sie doch viel zu jung.«

»Und wieso sollte er ihr eine Abfindung zahlen?«, warf Rena ein.

»Das liegt doch auf der Hand«, erklärte Elke. »Niemand weiß so viel über Curtius wie Ellen! Über seinen Besitz, seine Affären, seine Steuererklärungen ... Alles ist über ihren Tisch gegangen, alles über ihr Telefon abgewickelt worden. Wenn Ellen auspackt ...« Elke machte ein bedeutsames Gesicht.

»... dann kann Curtius einpacken«, führte Klara den Gedanken zu Ende.

»Eben.«

Rena pfiff durch die Zähne. »Meint ihr wirklich?«

Natürlich blieb es Spekulation. Solange man Ellen Baumeister nicht persönlich befragen konnte, sprießten die Gerüchte. Und wenn man sie hätte befragen können, dann hätte sie vermutlich ohnehin nichts verraten. Denn darin hatte Klara völlig recht: Ellen hatte ihre Rolle perfekt gespielt. Und diese Rolle war die einer unbestechlichen, würdigen Person, die repräsentieren konnte und Geheimnisse für sich zu behalten verstand – ganz, wie es der Bedeutung ihrer Tätigkeit entsprach: Chefsekretärin.

»Mein Carl macht jetzt sein eigenes Unternehmen auf!«, wechselte Elke das Thema.

»Tatsächlich? Gründet er auch ein Autohaus?«, fragte Klara.

»Woher hat er denn für so was das Geld?«, wollte Rena wissen und schleckte ihren Löffel ab.

»Kein Autohaus«, wiegelte Elke ab. »Er betreibt ab morgen einen Chauffeurservice.«

»Haben sie ihn bei Dello rausgeworfen?«

»Rena!«

»Ich meine ja bloß. Das war doch eine tolle Arbeit da.«

»Eben. Er hat ja auch dort schon viel als Chauffeur gearbeitet«, erzählte Elke. »Neulich hat er Freddy Quinn gefahren. Hat sogar ein Autogramm bekommen.« Elke war sichtlich stolz auf ihren

Carl. »Die Prominenten haben in letzter Zeit immer öfter ausdrücklich nach ihm gefragt. Also hat er sich mit Dello geeinigt, dass er den Wagen übernimmt und in Zukunft auf eigene Rechnung die Gäste zur Schaubude bringt.« Elke nippte von ihrem Kaffee und goss sich ein wenig aus dem Kännchen nach. »Wisst ihr, viele von den Stars lassen sich gerne fahren. Wenn die ihre Auftritte haben, dann haben sie hinterher keine Lust, sich selber ans Steuer zu setzen ...«

»Oder sie sind zu betrunken dazu«, warf Rena ein, erntete aber nur ein Achselzucken von Elke. »Jedenfalls«, fuhr die fort, »hat ihn Freddy Quinn jetzt schon mehrmals als Fahrer beschäftigt. Und Curd Jürgens auch!« Das galt etwas in der Hansestadt. Der berühmte Schauspieler war hier ja so etwas wie ein Säulenheiliger.

»Meinst du, er kann damit genug Geld verdienen?«, wollte Klara wissen.

»Mehr als genug! Und die Trinkgelder sind manchmal sensationell! Das Entscheidende«, erzählte Elke, »ist, dass man ein gutes Netzwerk hat. Und das hat Carl. Er weiß immer alles als Erster. Ich weiß wirklich nicht, wie er es macht!« Ein kleines Kichern entwich Elkes Mund. »Stellt euch vor, er weiß sogar, wo Elvis ankommt. Und wann!«

Den Freundinnen blieb die Sprache weg. Elvis! Man hatte gehört, dass er nach Deutschland versetzt würde. Als GI. Aber niemand wusste, wann genau er kommen würde und wohin. »Und er wird Elvis fahren?«, fragte Klara ungläubig.

»Elvis? Nein, den wird er nicht fahren. Der darf ja gar nicht mit dem Auto fahren, der muss ja den Zug nehmen. Mit den anderen GIs. Denke ich.«

Nachdenklich blickte Klara wieder auf die Alster, beobachtete ein gewagtes Manöver eines kleinen Segelboots, das dabei beinahe gekentert wäre, sich nun aber umso härter im Wind fand und übers

Wasser schoss. »Weißt du was?«, sagte sie. »Ich habe auch einen Auftrag für deinen Carl.«

* * *

Carl war wirklich ein guter Fahrer. Er lenkte den Wagen so ruhig über die Straßen, dass Klara sogar noch ein wenig Schlaf nachholen konnte, was auch nötig war, weil sie am Vortag lange hatte arbeiten müssen und sie schon so früh losgefahren waren. Als Carl mit seinem Borgward vor dem Haus stand, war es noch stockfinster gewesen. »Bremerhaven ist ein gutes Stück«, hatte er erklärt. »Wir werden zwar nicht viel Verkehr haben, aber wenn wir nur einen einzigen Umweg fahren müssen, dann verlieren wir auf der Strecke schon eine halbe Stunde.«

Und sie mussten es bis neun Uhr schaffen. Denn die »General Randall« würde vermutlich zwischen acht und neun Uhr einlaufen. Dann würde es einige Zeit dauern, bis die Männer sich aufgestellt hatten, es würde einen letzten Appell geben, vielleicht auch eine Ansprache des Kommandanten, anschließend würden die GIs in Kolonnen das Schiff verlassen und sich auf den Weg zum Bahnhof machen, von wo aus sie dann zu ihren jeweiligen Standorten gebracht wurden. So zumindest hatte Carl es von einem Bekannten gehört, der in der Hafenverwaltung arbeitete und ihnen auch noch einen Tipp gegeben hatte, wie sie näher rankamen: »Der Truppentransporter legt bei Meter 700 an. Wir sperren das Gelände nach Süden, weil schon klar ist, dass jede Menge Leute kommen, um Elvis zu gucken. Aber von Norden her ist das Gelände nicht abgesperrt.«

Wenn sie also früh genug dran waren, konnten sie versuchen, an der Stelle vorbeizugelangen, an der das Schiff anlegen würde, um dann von der anderen Seite her freie Sicht zu haben und näher ranzukommen.

»Dass die dir von deinem Verlag einen Fahrer stellen, hätte ich nicht gedacht«, erklärte Carl anerkennend. »Scheinst eine große Nummer dort zu sein.«

»Manchmal ist man überrascht«, entgegnete Klara kryptisch. In der Tat wäre Elkes Freund vermutlich überrascht gewesen, dass sie ihn mit der Fahrt beauftragt hatte, obwohl sie keineswegs grünes Licht vom Verlag dafür bekommen hatte, genauer gesagt: von Köster.

Der stellvertretende Chefredakteur hatte lediglich gesagt: »Wenn sich das nicht lohnt, können Sie die Limousine selber zahlen.«

Für Klara hieß das im Umkehrschluss, dass der Verlag die Kosten übernehmen würde, wenn es sich für ihn lohnte. Und das wiederum hing davon ab, ob sie gute Fotos machen konnte – und ob sie rechtzeitig da wären. »Wie weit noch?«

»Wir sind in zehn Minuten da, Klara. Keine Sorge.«

Es dauerte dann doch noch beinahe eine halbe Stunde. Die Absperrungen waren längst aufgebaut, und unzählige Menschen standen davor und warteten auf die Ankunft des Truppentransporters. Hektisch packte Klara ihre Kamera aus und machte alles fertig. »So ein Mist«, schimpfte sie wieder und wieder. »Warum sind wir nicht früher losgefahren?« Irgendwann kam Bewegung in die Menschen: Das Schiff hob sich aus dem Dunst heraus, der über der Wesermündung lag. »Oh Gott! Ich muss raus!« Klara packte ihre Sachen und öffnete die Tür. Doch Carl hielt sie zurück. »Warte! Bleib noch kurz sitzen!«

Er ließ den Motor an und rollte mit dem Wagen hinter der Menschenmenge vorbei auf die Landungsbrücke. Schon stand ein Offizier da und hob die Hand. »Wo wollen Sie hin? Das ist hier nicht für Autoverkehr!«

»Ich bin der Chauffeur«, erklärte Carl Diel durch das geöffnete Fenster.

»Von Elvis?«, fragte der Offizier ungläubig.

»Von Elvis? Sind Sie verrückt? Ein gewöhnlicher GI bekommt doch keinen Limousinenservice! Ich bin der Chauffeur von General Smith. Und das ...« Er deutete auf Klara. »... ist seine Nichte.«

Der Offizier salutierte und stellte fest: »Das ist natürlich etwas anderes. Warten Sie, ich winke Sie durch, damit es keine weiteren Missverständnisse gibt.«

»General Smith?«, fragte Klara leise und grinste. »Gibt es den wirklich?«

»Bestimmt gibt es auch einen General Smith«, sagte Carl und nahm sich eine Zigarette aus dem Etui, das auf dem Armaturenbrett lag. »Aber ob's einen auf dem Schiff gibt ...«

»Meine Güte, das sind ja Tricks«, gluckste Klara und beobachtete, wie der Truppentransporter anlegte. Das Schiff war bei Weitem nicht so riesig wie die größten Frachter, die in den Hamburger Hafen einliefen. Aber vor der Kulisse des deutlich kleineren Bremerhavener Anlegers wirkte es gigantisch – und so kam es auch auf den ersten Fotos rüber, die Klara von dem Stahlkoloss machte.

Die Militärs waren üblicherweise sehr empfindlich, wenn fotografiert wurde, Klara hatte das schon öfter erlebt. Seit das Verhältnis zwischen Amerikanern und Sowjets dramatisch abgekühlt war, war es noch schlimmer geworden: Überall vermutete man Spionage. Doch an diesem Tag war es anders. Denn auch wenn der Truppentransporter Tausende junger Männer zum Einsatz in Germany brachte, wussten doch alle, dass diese Reise in den Augen der Welt – und in den Augen der Deutschen vor allem! – in erster Linie die des weltberühmten und heiß ersehnten Elvis Presley war, des »King of Rock 'n' Roll«.

Entsprechend groß war das Kreischen unter den anwesenden Frauen und das Gepfeife und Gejohle unter den Männern, als jemand den Sänger in der Nähe der Gangway entdeckt zu haben glaubte. Klara hielt mit der Kamera einfach drauf und machte mehrere Aufnahmen, ohne genau zu sehen, was sie fotografierte. Wenn sie Elvis wirklich irgendwo eingefangen hatte, konnte sie immer noch einen Bildausschnitt vergrößern.

Doch dann stand er plötzlich wirklich oben am Ende der Treppe und winkte mit schelmischem Lächeln herab auf die begeisterten Besucher. Er schien auch etwas zu rufen, was man aber nicht verstehen konnte. Während sich die anderen Pressevertreter südlich der Absperrung mit der wogenden Masse herumplagten und kaum zum Zuge kamen, konnte Klara den Star in aller Ruhe mit dem Objektiv einfangen und Bild um Bild machen. Sie war so aufgeregt, dass sie inständig hoffte, die Aufnahmen nicht verzittert zu haben. Denn immer noch hing Nebel in der Luft, und die Belichtungszeit war relativ lang.

»Hey! You've been coming for me?«, rief der Sänger zu Carl Diel herüber, der lässig an der Motorhaube seines Wagens lehnte und das Spektakel beobachtete.

»Need a car, Sir?«, fragte der zurück.

Elvis lachte und deutete einen militärischen Gruß an, Carl grüßte entsprechend zurück, die Zigarette im Mundwinkel und mit anerkennendem Nicken. »Guter Mann«, sagte er, als der neue GI aus Tennessee über die Rampe verschwunden war und sich die Reihen seiner Kameraden hinter ihm schlossen und die Sicht auf Elvis endgültig verstellten.

»Sehr guter Mann«, bestätigte Klara und fügte leise hinzu: »Und ein sehr fotogener Mann.«

※ ※ ※

# 2.

**Heinz Hertig konnte kaum glauben,** was Klara an Aufnahmen gelungen war. »Eigentlich sind die für uns viel zu schade«, sagte er.

»In der *Claire* brauchen wir doch besondere Fotos!« Manchmal konnte Klara ihren Chef nicht verstehen.

»Aber ohne einen entsprechenden Text bringen uns die Fotos nichts.«

»Ich bin sicher, Gregor Blum kann etwas Tolles über Elvis schreiben.«

»Klara, es muss ein Text sein, den diese Bilder schlüssig illustrieren«, erklärte Heinz Hertig. »Also müsste es ein Text über die Ankunft von Elvis in Deutschland sein.«

»Ja und?«

»Von den Herren war aber keiner dabei. Auch dein Gregor nicht.«

»Er ist nicht mein Gregor«, erwiderte Klara ein wenig angefasst.

»Entschuldigung«, murmelte Heinz Hertig und widmete sich wieder seiner eigenen Arbeit. Klara allerdings kam nicht umhin, ihm recht zu geben. Der Text musste etwas mit den Bildern zu tun haben.

Kurzentschlossen nahm sie ein paar der Abzüge mit nach oben und suchte den stellvertretenden Chefredakteur auf. »Herr Köster?«

Statt auch nur aufzublicken, deutete er zerstreut auf den Besucherstuhl und blieb in seine Lektüre vertieft.

»Sie sagten, Sie würden mir die Fahrtkosten ersetzen, wenn es das Bildmaterial wert wäre«, sagte Klara nach einer Weile mutig.

Köster seufzte und legte seine Papiere weg. »Dann zeigen Sie mal.«

Klara breitete die Bilder vor ihm auf dem Tisch aus. Im Laufe ihrer Zeit bei Frisch & Co. hatte Klara den stellvertretenden Chefredakteur zu schätzen gelernt. Er war gewiss kein auffälliger Menschenfreund. Und in der jüngsten Zeit war er eher noch unangenehmer geworden. Aber angesichts der Verantwortung, die er ständig trug, und angesichts der grenzenlosen Bewunderung, die sein Chef genoss, ohne sich auch nur annähernd so für den Verlag einzusetzen wie er, konnte Klara das irgendwie auch nachvollziehen. Diesmal allerdings wäre ihr wirklich lieb gewesen, er hätte mal eine weniger skeptische Miene aufgesetzt. Seufzend nahm er die Bilder eines nach dem anderen auf und legte sie wieder hin, vertauschte sie, schüttelte den Kopf, runzelte die Stirn und war so erkennbar unzufrieden, dass Klara selbst Zweifel kamen. Hatte sie sich vom Objekt ihrer Aufnahmen blenden lassen? War sie befangen, weil Elvis eben Elvis war und weil praktisch alles großartig war, das mit ihm zu tun hatte – selbst ein paar missratene Schnappschüsse?

»Was haben Sie denn gezahlt?«, wollte Köster wissen.

»Für die Fahrt? Vierzig Mark.«

Der stellvertretende Chefredakteur hob die Augenbrauen. »Haben Sie sich von Elvis fahren lassen?«

»Vom Fuhrservice Carl Diel.«

»Hm.« Noch einmal schob er die Bilder ein wenig hin und her. »Die Überstunden zahle ich Ihnen nicht, ist das klar?«

»Natürlich!«, versicherte Klara. Daran hätte sie nicht einmal im Traum gedacht.

»Aber wenn Sie wirklich noch einmal ein paar Stunden Zeit investieren, dann gebe ich Ihnen hundert. Für alles, versteht sich.«

»Alles?«

»Die Bilder und den Artikel.«

»Aber wer soll ihn schreiben?«

Köster musterte sie. »Trauen Sie sich das nicht zu?«

»Ich? Also ich … Versuchen könnte ich es«, sagte sie schnell.

»Und dann bringen Sie auch die Fotos?«

Der stellvertretende Chefredakteur hob die Hände. »Was wir dann tun, werden wir sehen, Fräulein Paulsen. Mit den Bildern haben Sie mich überzeugt. Aber das heißt noch nichts.«

»Verstehe«, sagte Klara. Und: »Danke, Herr Köster. Dann überlege ich mal …«

»Bis morgen.«

»Bitte?«

»Den Text. Um acht bei mir. Um zehn ist Konferenz. Vorher will ich ihn gelesen haben.«

※ ※ ※

Es war nicht so, dass Klara nicht schon öfter davon geträumt hätte, wie es wäre, Reporter zu sein. Sie liebte ihre Arbeit als Studioassistentin und gelegentliche Ersatzfotografin. Aber letztlich war es doch immer eine Art Hilfstätigkeit: Man illustrierte die Inhalte, die sich andere ausgedacht hatten – zumindest in deren Augen war es so. Auf einmal aber war es ganz anders. Sie sollte sich etwas ausdenken! Etwas, das zu ihren Bildern passte. Oder, wenn man es wie ein Reporter betrachtete: etwas, wozu ihre Bilder passten. Die Fotos von Elvis.

Sie betrachtete die Aufnahmen. Spät war es. Sie hatte sich nach Feierabend zunächst an den großen Tisch im Studio gesetzt und sich Papier und Stift zurechtgelegt. Doch so aus dem Nichts einen Text zu schreiben, das hatte ihr nicht gelingen wollen. Also war sie auf die Idee gekommen, eines der Negative vor einen Scheinwerfer zu spannen und die Aufnahme an die Leinwand zu werfen. Es sah seltsam und aufregend aus in seiner umgedrehten Farbgebung:

Weiß war Schwarz, und Schwarz war Weiß. Was sie auf die Idee für ihr Thema brachte! »Weiß wird Schwarz!« titelte sie – nur dass sie dann nicht mehr weiterwusste.

»Klärchen? Noch so spät am Arbeiten?«

»Vicki!« Die Freundin war noch einmal nach unten gekommen, um sich in den Feierabend zu verabschieden. »Ich muss noch einen kurzen Text für Köster schreiben.«

»Schreiben? Im Ernst?« Vicki lächelte schräg, ein wenig ungläubig, vielleicht sogar ein wenig eifersüchtig?

»Es ist für meine Elvis-Fotos«, erklärte Klara.

Nun trat die Freundin ein. »Zeig! Du hast sie fertig?«

Klara deutete auf den Prüftisch, auf dem sie die besten Aufnahmen ausgebreitet hatte. Vicki trat näher und beugte sich darüber. »Du hast ihn wirklich gesehen«, flüsterte sie.

»Aber das hatte ich dir doch erzählt.«

»Ja. Aber so von Nahem ... meine Güte.« Sie blickte auf. »Wie groß ist er?«

»Elvis? Ich weiß nicht. Normal groß. Nicht klein!«, beeilte sich Klara, Vicki zu versichern. »Aber auch nicht riesig. Eher so wie ... hm, wie Carl. Mein Fahrer.«

»Mein Fahrer!« Vicki stieß ein kleines, schrilles Lachen aus. »Du hast einen Fahrer und schreibst einen Artikel. Was kommt als Nächstes? Wartet deine Frau zu Hause auf dich?«

Betroffen trat Klara auf die Freundin zu. »Hab ich was Falsches gesagt, Vicki?«

Vicki Voss blickte zu Boden. »Nein«, erwiderte sie. »Überhaupt nicht. Entschuldige. Ich fürchte, ich bin eifersüchtig.«

»Du? Auf mich? Das geht doch gar nicht.«

Kopfschüttelnd trat Vicki auf Klara zu und umarmte sie. »Das ist so schön an dir, Klärchen«, sagte sie. »Du bist einfach ohne Arg. Und du trägst dein Herz auf der Zunge.«

Nun war es Klara, die lachte. »Ich weiß nicht«, erwiderte sie. »Schätze, das ist manchmal nicht besonders hilfreich.«

»Da magst du recht haben.« Neugierig guckte Vicki auf das Papier. »Weiß wird Schwarz?«

Klara seufzte. »Ich weiß nicht, wie ich es fassen soll. Irgendwie denke ich, ich hätte eine Idee. Aber sobald ich sie aufzuschreiben versuche, ist sie schon wieder weg.«

»Kein Wunder, in diesem Loch hier«, erklärte Vicki. »Kein Fenster, kein Tageslicht ...« Auf einmal kam ihr ein Gedanke. »Weißt du was? Warum setzt du dich nicht zum Schreiben in Kraskes Büro?«

»In Kraskes Büro? Bist du verrückt?«

»Weshalb? Er ist schon um vier gegangen heute. Die Büros links und rechts sind auch schon leer. Kein Mensch wird dich sehen. Höchstens die Putzfrau. Aber die wird nichts sagen.«

»Ich weiß nicht ...«

»Aber ich weiß, Klara. Pack deine Sachen, wir fahren in den Sechsten.«

Tatsächlich war das sechste Stockwerk nahezu menschenleer. Die Herren Redakteure waren längst im Feierabend. Auch die Sekretärinnen waren fast alle weg. Gregor Blum eilte wichtig vorbei, als Klara und Vicki Richtung Kraskes Büro gingen. Aber er hatte außer einem hastigen »Hallo!« offenbar kein weiteres Mitteilungsbedürfnis.

Das Büro des Chefs vom Dienst war eines der kleineren unter denjenigen der leitenden Redakteure, aber das mit dem spektakulärsten Blick. Es hatte Fenster zu zwei Seiten hin, weshalb man einerseits gen Michel und andererseits in Richtung Elbe blicken konnte. Der Sonnenuntergang färbte die Wände rötlich und damit auch die Diplome, die der Verlagsmann gegenüber seinem Schreibtisch aufgehängt hatte: Abschlüsse von Frankfurt und von Stockholm, Auszeichnungen in fremden Sprachen, die Klara nicht verstand – und ein Schreiben des Bundeskanzlers Adenauer, in dem ihm für seine Arbeit gedankt wurde. Bisher hatte Klara sich das alles nie so genau ansehen können, weil sie stets nur ganz kurz in dem Büro gewesen war, um etwas zu bringen, zu holen oder sich Anweisungen geben zu lassen. Und nun saß sie frech hinter Kraskes Schreibtisch und legte ihr Blatt Papier wieder vor sich hin. »Weißt du was?«, sagte Vicki. »Du solltest mit der Maschine schreiben. Profis machen das so.«

»Profis diktieren«, warf Klara ein.

»Na gut. Dann diktierst du mir eben. Warte.« Sie setzte sich an den kleinen Tisch neben der Tür und spannte ein Blatt Papier in die Schreibmaschine, die darauf stand. »Schieß los!«

»Du kannst Schreibmaschine?«

»Was dachtest du denn? Ich habe hier auch mal als Sekretärin angefangen«, erklärte Vicki empört. Und tatsächlich ratterte im nächsten Moment die Maschine, dass Klara staunte: Weiß wird Schwarz tippte Vicki und ergänzte: von Klara Paulsen.

»Bremerhaven. Am Morgen des 1. Oktober 1958 erwarteten an Landeplatz 9 in Bremerhaven mehrere Tausend Menschen die Ankunft des amerikanischen Sängers Elvis Presley …«, diktierte Klara und hielt inne. »Warum schreibst du nicht?«

»Das willst du nicht im Ernst Köster auf den Tisch legen, oder?«

»Warum nicht?«

»Bremerhaven. Am Morgen des bla, bla, bla …? Echt jetzt? In welcher unserer Zeitschriften willst du das veröffentlichen?«

»In der … *Claire*?« Unvermittelt wurde Klara bewusst, dass sie genau den Fehler gemacht hatte, der den Redakteuren in den Konferenzen immer wieder vorgeworfen wurde: Sie war im Begriff, einen

Zeitungsartikel zu verfassen. Aber in die *Claire* gehörten andere Texte! Besondere! »Okay«, sagte sie. »Schreib!«

*Rock 'n' Roll lag in der Luft, als der Truppentransporter anlegte.*

»Ja!«, rief Vicki. »Das hat was!«

*Kein Wunder, denn auf dem Schiff befand sich der größte Sänger unserer Zeit: Elvis Presley! Einen Blick nur wollten die vielen Tausend Menschen erhaschen, die sich in aller Frühe am Hafen versammelt hatten. Der Morgen war noch kalt, aber die Stimmung bereits heiß. Mit glühenden Gesichtern starrten die jungen Frauen hinüber an Deck, wo sich GIs aufstellten, einer neben dem anderen. Und mit funkelnden Augen blickten diese zurück. Denn für sie war das ein großes Abenteuer.*

*Als Elvis auf die Gangway trat, vibrierte die Luft vom Kreischen der Mädchen. Hat er seine Hüften geschwungen? Hat er mir zugezwinkert? Wie kann es sein, dass ein Mensch von so weit weg mich so gut versteht? Dass er meine Träume kennt und meine Hoffnungen?*

*Elvis ist in Deutschland. Dieses Land ist nicht mehr dasselbe. Denn Elvis hat den Rock 'n' Roll mitgebracht. Schwarze Musik für ein weißes Volk? Nein. Wer am Hafen war und wer die begeisterten Wartenden erlebt hat, weiß: Wer den Rock 'n' Roll liebt, ist selbst schwarz. Danke, Elvis!*

Als sie den letzten Punkt getippt hatte, ließ Vicki die Hände sinken und blickte ungläubig auf das Papier. »Wie bist du denn jetzt darauf gekommen?«, fragte sie.

»Keine Ahnung, Vicki. Ich habe nur gesagt, was ich gedacht ... was ich gefühlt habe.«

Anerkennend nickte die Freundin. »Ich kann mir zwar nicht vorstellen, dass Köster das wirklich druckt. Und ich weiß auch nicht, was das eigentlich für eine Art von Artikel sein soll. Aber ganz ehrlich: Ich bin ziemlich beeindruckt.«

※ ※ ※

Der Artikel kam ins Heft. Allerdings um fast die Hälfte gekürzt – und ohne Klaras Namen. Ihr selbst fiel es zunächst gar nicht auf, weil sie vor allem die Bilder kritisch untersuchte. Doch die waren tadellos. Im Gegenteil: Der Drucker hatte perfekte Arbeit abgeliefert. In der *Claire*, auf Zeitschriftenpapier, wirkten die Aufnahmen sogar noch intensiver. Aber das mochte auch an der Gestaltung liegen. Das Bild, das Elvis an Deck zeigte und seinen neugierigen, wachen Blick eingefangen hatte, reichte über mehr als eine Seite. Zwei weitere Aufnahmen in kleinerem Format ergänzten den Text auf der anderen Seite. Mehr war es nicht, nur diese zwei Seiten. Aber es waren zwei Seiten, die ganz allein Klara erschaffen hatte! Auch wenn aus unerfindlichen Gründen »RK« unter dem Artikel stand, die Abkürzung für »Rüdiger Kraske«.

»Diese Schweine!«, schimpfte Elke, als sie sich am Abend im Elbkeller trafen, wo Carl Diels Bruder Emil als Koch arbeitete, weshalb die drei Freundinnen dort extragroße Portionen bekamen. »Das ist wieder mal typisch Männerwirtschaft!«

»Ach, Elke«, erwiderte Klara. »Nun mach mir mal meine Freude an dem Artikel nicht madig. Für mich war besonders wichtig, dass sie meine Fotos bringen.«

»Schon klar«, empörte Elke sich weiter. »Deshalb steht da auch ›Fotos: Claire‹.«

Rena lachte und nahm einen Schluck von dem Wein, den sie sich zu den Sprotten bestellt hatte. »Klingt nicht so falsch. Klara und Claire sind ja wohl der gleiche Name.«

»Vielleicht sollte ich mich einfach Claire nennen«, schlug Klara vor. »Als Fotografin, meine ich.«

»Hey, das wäre wirklich eine kesse Idee!« Elke schien direkt etwas vor sich zu sehen, denn sie zeichnete mit den Händen einen Schriftzug in die Luft: »Claire Paulsen. Fotografie.«

»Ich werde ganz bestimmt kein Fotoatelier aufmachen«, bestimmte Klara. »Dafür macht mir die Arbeit in der Redaktion viel zu viel Spaß.«

»Und am Ende klauen sie dir die Ideen und schreiben ihre eigenen Namen drauf«, erklärte Elke und zuckte die Achseln. »Du musst es wissen.«

»Ich bin nun einmal keine Redakteurin oder Reporterin«, sagte Klara.

Die Freundinnen schien das nicht zu überzeugen. Doch ehe Elke noch weiter sticheln konnte, hob Rena ihr Glas und sagte: »Auf unser Klärchen und ihren ersten eigenen Artikel. Egal, wer drunter steht. Sie ist es jedenfalls, die drinsteht.«

»Auf Klärchen«, stimmte Elke zu und stieß mit ihr an und mit Klara, die Rena dankbar zulächelte – einerseits wegen der netten Geste, andererseits, weil sie einen Schlussstrich unter die Diskussion gezogen hatte. Denn es war schon so, dass sie selbst gekränkt gewesen war, als sie es entdeckt hatte. Aber dann hatte sie sich damit abgefunden: Es stimmte ja, sie war keine Journalistin. Da konnte sie keine Ansprüche stellen. Und sie wollte auch niemandem die Aufgabe wegnehmen. Wenn plötzlich jeder Artikel schreiben und unterzeichnen durfte, was wäre denn aus den Redakteuren geworden?

Und schließlich hatte sie sich bewusst gemacht, dass es nicht irgendwer war, der sein Kürzel unter ihren Beitrag gesetzt hatte, sondern einer der wichtigsten Autoren des Hauses, der Chef vom Dienst Rüdiger Kraske, der den Teufel tun würde, sich mit einem schwachen Artikel zitieren zu lassen! Nein, es mochte ungerecht sein, aber man musste es auch verstehen.

Solchermaßen versuchte Klara, sich mit der Situation zu arrangieren, als sie sehr viel später nach Hause ging. Es war die Idee der Freundinnen gewesen, in ein Lokal in der Talstraße zu gehen, vielleicht auch die von Elkes Freund Carl, der dann aber nicht gekommen war. Mit der Talstraße verband Klara viele Erinnerungen. Hier war in den ersten Jahren nach dem Krieg einer der wichtigsten Schwarzmärkte gewesen. Und sie selbst war fast jeden Tag hingegangen, weil die Männer und Frauen, die dort ihren Geschäften nachgingen, immer Kinder vor Ort wissen wollten, vor allem Mädchen: Wenn es eine Razzia gab, steckten die Schwarzhändler den Kleinen ihre Waren zu. Denn die Kinder wurden nicht kontrolliert. Sobald die Militärpolizei wieder abgezogen war, mussten sie die Sachen zwar wieder herausgeben, wurden aber mit einem kleinen Anteil belohnt, einer Handvoll Kaffeebohnen, ein oder zwei Zigaretten, einem Stück Schokolade ... Wie stolz war Klara jedes Mal gewesen, wenn sie etwas vom Schwarzmarkt mit nach Hause hatte bringen können! Erst sehr viel später war ihr bewusst geworden, wie wichtig dieser kleine Beitrag für die Mutter gewesen war, sie beide durch die harten Nachkriegsjahre zu bekommen.

Eines Tages war sie in die Talstraße gekommen und hatte all die Winkel und Ecken verwaist vorgefunden, in denen sie bis vor Kurzem noch »Arbeit« gefunden hatte: Der Schwarzmarkt hatte sich aufgelöst. Niemand wollte oder musste noch heimlich Waren handeln. Niemand brauchte mehr ein Kind, um die Sachen für kurze Zeit loszuwerden. Niemand brauchte sie mehr ...

In der Talstraße hatte sie ihren ersten Freund kennengelernt, Holger. Schmal und ernst war er gewesen und eher ein wenig kleiner als sie. Aber sein Mut hatte ihr imponiert. Und er war so unwiderstehlich hungrig gewesen auf das Leben, dass sie sich für ein paar Tage hatte mitreißen lassen. Auf seinen kleinen Diebereien hatte sie ihn begleitet, hatte Schmiere gestanden, wenn er irgendwo was zu essen geklaut hatte – für sich und für sie! Hatte zwei- oder dreimal auch Passanten am Jungfernstieg abgelenkt, wenn er ihnen die Geldbörse aus der Tasche zog. Und hatte sich von ihm küssen und anfassen lassen … und ihn angefasst … weil sie alle so arm gewesen waren, mein Gott. So arm. Und so gierig waren sie gewesen auf ein bisschen Leben. Sie selbst, Holger und auch Anni, die ein bisschen jünger als Klara gewesen war, aber schon damals ein unglaublich hübsches Mädchen, das irgendwann nicht mehr aufgetaucht war. »Hat was Besseres gefunden in der Davidstraße«, hatte Holger damals erzählt. Aber in der Davidstraße gab es Gutes nur für Männer. Die Frauen dort …

So lange schon hatte Klara nicht mehr an diese Zeit und an ihre frühen Freunde gedacht. Vielleicht weil es keine echten Freundschaften gegeben hatte. So fröhlich und unbeschwert und so selbstlos wie mit Elke und Rena oder mit Vicki waren sie damals nicht miteinander umgegangen. Es waren eben andere Zeiten gewesen. Härtere. Und manchmal bedauerte sie es zutiefst, dass es nicht mehr Menschen gab, die ihre Gegenwart und Zukunft mit ihrer Vergangenheit verbanden. Nur zu Petra hatte sie noch sporadisch Kontakt. Aber die lebte auch ihr eigenes Leben und fand wenig Zeit für die Schulfreundin von einst.

Auch Herrn Buschheuer hatte sie zuerst auf dem Schwarzmarkt in der Talstraße kennengelernt! Auch er hatte verbotene Geschäfte betrieben, vor allem, um an Fotoplatten und anderes Zubehör zu kommen. Regulär hatte man ja nichts kaufen können. Und an jenem Morgen, als sie das letzte Mal hingegangen war, war er offenbar genauso überrascht, den Schwarzmarkt aufgelöst zu finden, wie sie. »Da stehen wir nun«, hatte er mit schrägem Lächeln gesagt. »Dich kenn ich doch.«

»Ich bin nur zufällig hier«, hatte Klara geantwortet, so wie sie es immer getan hatte.

»Ja«, hatte Alfred Buschheuer erwidert. »Natürlich! Ich ja auch. Aber wir scheinen kein Glück mehr damit zu haben. Dann pass mal gut auf dich auf, Mädchen!«

Als sie Jahre später in seinem Laden aufgetaucht war, hatte sie ihn sofort wiedererkannt – aber er sie vermutlich nicht mehr.

»Ach, Herr Buschheuer«, seufzte sie, als sie an den alten Herrn dachte. Sie war ihm so dankbar für alles, was er ihr beigebracht hatte. Ohne ihn hätte sie die Arbeit nicht, zu der sie im Verlag gekommen war. Ohne ihn hätte sie ihre Freundinnen nicht gewonnen. Und ohne ihn hätte sie Elvis nicht gesehen! Doch, sie war dankbar. Herrn Buschheuer, dem Schicksal und auch Rüdiger Kraske, der ihr die Chance gegeben hatte, beim Frisch Verlag anzufangen.

Und dennoch konnte sie nicht vermeiden, sich auch noch ein wenig gekränkt zu fühlen, als sie endlich unter ihre Bettdecke schlüpfte und sich tief in ihr Bettzeug vergrub. Es tat einfach weh, dass der Artikel nicht unter ihrem Namen erschienen war. Vor allem aber tat es weh, dass die Aufnahmen nicht mit ihrem Namen gezeichnet worden waren. Fotos: Claire. So stand es im Heft. Aber nur sie und ihre engsten Freunde – und natürlich die Kollegen im Verlag – wussten, wer »Claire« in dem Fall war: Klara Paulsen, die Assistentin des Studioleiters.

\* \* \*

Mit einer druckfrischen Ausgabe der neuen *Claire* unter dem Arm ging Klara am nächsten Tag hinüber zum Rodingsmarkt. Sie hoffte, den guten alten Herrn Buschheuer dort anzutreffen, um ihm das Heft zu geben, in dem die Fotos abgedruckt waren, die sie unter anderem mit der Kamera gemacht hatte, die er ihr geschenkt hatte. Es hatte lange gedauert, bis sie erkannt hatte, dass Alfred Buschheuer im Grunde so etwas wie ein Ersatzvater für sie geworden war in den Jahren, in denen sie zu ihm ins Atelier gekommen war. Er hatte sich immer für sie interessiert, hatte immer Anteil an ihrem Leben genommen, hatte ihr so vieles beigebracht und ihre Neugier für die Fotografie geweckt. Wenn sie ihm jetzt das Magazin vorbeibrachte, dann sicherlich einerseits aus Dankbarkeit, andererseits aber gewiss auch, weil sie leise hoffte, er wäre stolz auf sie.

Es war ein freundlicher Tag, die Sonne schien, manch einer warf ihr im Vorübergehen ein Lächeln zu, was für die Hamburger nicht eben typisch war. Vielleicht lag es auch an ihrer Ausstrahlung: Sie war ja selbst stolz auf ihren Erfolg und dankbar für die glückliche Wendung, die ihr Leben genommen hatte – zumindest wenn sie nicht an den Verlust ihrer Mutter dachte, der ihr immer wieder wie ein Schatten über die Seele huschte und ihre Fröhlichkeit vertrieb.

Als sie vor dem Ladenlokal ankam, in dem das Fotoatelier untergebracht war, entdeckte sie es gleich: Das schöne grüne Schild mit der goldenen Aufschrift »Atelier Buschheuer – Photographie« war entfernt worden. Die Gitter waren zwar nicht zugezogen, aber der Laden lag im Dunkeln. Die Schaufenster waren leer – und auch der Verkaufsraum war leer, wie sie erkannte, als sie ans Fenster trat und hineinblickte. Die Regale, auf denen die Kameras und Blitzlichter, die Stative und sonstigen Waren, die es bei Buschheuer zu kaufen gegeben hatte, ausgestellt gewesen waren, standen zwar noch, aber sie gaben ein trauriges Bild ab: Leer lehnten sie an der Wand, verloren, vergessen, nutzlos.

In der Hoffnung, der ehemalige Lehrmeister wäre entgegen jeder Wahrscheinlichkeit da, klopfte sie an die verschlossene Tür, doch niemand tauchte auf. Dann entdeckte sie einen Zettel im zweiten Schaufenster und meinte schon, darauf könnte eine neue Adresse stehen, etwas wie: Atelier Buschheuer – jetzt am Gänsemarkt. Doch natürlich war es nichts dergleichen, sondern bloß der Hinweis: Ladenräume zu vermieten.

Herr Buschheuer hatte über dem Atelier gewohnt. Also ging Klara ums Haus und suchte auf dem Klingelschild am Eingang nach seinem Namen, jedoch ohne Erfolg. Offenbar hatte der alte Lehrmeister nicht nur das Geschäft unten, sondern auch die Wohnung oben aufgeben müssen und war weggezogen.

Nebenan gab es einen kleinen Krämerladen, in dem sie manchmal für Herrn Buschheuer etwas eingekauft hatte. Tegtmeyers. Ob die etwas wussten? Halb hoffend, halb bangend ging Klara ins Geschäft und fragte nach dem alten Herrn. »Der olle Buschheuer?«, sagte Frau Tegtmeyer etwas herablassend. »Wenn Sie den sehen, richten Sie ihm schöne Grüße aus, da ist noch eine Rechnung von ihm offen. Ein ehrbarer Kaufmann tut so was nicht. Sich einfach davonzumachen und seine Rechnungen nicht zu bezahlen.«

»Das kann ich mir gar nicht vorstellen«, murmelte Klara mehr zu sich.

»Zwei Mark fuffzich. Auf den Pfennig genau. Schon seit drei Monaten.«

Zwei Mark fünfzig? Und das ließ die Krämerin so abfällig von ihm reden? »Wissen Sie was, Frau Tegtmeyer?«, sagte sie kurzentschlossen. »Ich begleiche das für ihn. Dann müssen Sie sich nicht mehr darüber ärgern.«

Die Krämerin blickte erstaunt über ihre Ladentheke und musterte Klara, als versuchte sie, sich einen Reim darauf zu machen. »Na, von mir aus. Brauchen Sie einen Schuldschein?«

»Nicht nötig«, erwiderte Klara und zählte das Geld aus ihrer Börse vor die Frau hin, der es mit einem Mal doch unangenehm schien, dass sie so patzig gesprochen hatte. »Dann ist ja gut«, sagte die Krämerin. »Richten Sie ihm trotzdem einen schönen Gruß aus.«

»Aber Sie wissen auch nicht, wo ich ihn finde?«

»Wenn ich es wüsste, hätte ich mir das Geld schon geholt. Wir sind hier ja kein Wohlfahrtsverein, was?« In dem Moment ging die Tür hinter Klara auf, und eine andere Kundin betrat den Laden, woraufhin Frau Tegtmeyer sie einfach stehen ließ.

Klara fragte auch in den anderen Geschäften rings umher nach Herrn Buschheuers Verbleib. Doch helfen konnte ihr niemand. Der alte Herr blieb verschwunden. Und niemand schien sich darum zu kümmern, wohin es ihn verschlagen hatte und was aus ihm geworden war. Niemand außer ihr selbst – und sie war zu spät gekommen.

✳ ✳ ✳

# 3.

*Obwohl es bereits auf Mitte Oktober* zuging, waren die Tage in Hamburg warm und sonnig, weshalb der Liebe Gott die Redaktionskonferenz kurzerhand auf die Dachterrasse verlegt hatte. An diesem Tag war Heinz Hertig selbst hingegangen, während Klara sich auf den Weg zu Bernd Linnemann von der Herstellung machte, um mit ihm die Proofs anzusehen: die Probeandrucke für die neue Ausgabe der *Claire*. Klara mochte Linnemann nicht besonders, weil er ein sauertöpfischer und besserwisserischer Zeitgenosse war. Außerdem verbreitete er einen unangenehmen Geruch, wie man ihn manchmal an ungepflegten alten Menschen wahrnahm, auch wenn er nicht ungepflegt wirkte.

Umso froher war sie, als sie schon nach wenigen Minuten wieder aus dem Herstellungsbüro raus war und über den Flur Richtung Empfang wanderte. Die Tür zur Teeküche stand offen, und so, wie es aussah, waren praktisch alle Frauen, mit denen Klara im Verlag enger war, dort versammelt. »Hallo! Was wird denn hier gefeiert?«

»Gefeiert?«, fragte Gabriele Tönnessen. »Also, wenn's was zu feiern gibt, dann, dass die Herren der Schöpfung alle gerade zum Rapport sind und wir uns mal ein paar Minuten nicht herumscheuchen lassen müssen.«

Die anderen kicherten. Vicki hielt Klara eine Tasse hin. »Kaffee?«

»Immer.«

Klara liebte den Klönschnack mit den Kolleginnen in der Teeküche. Irgendwie war es doch eine Art große Familie hier. Sicher, sie mochte nicht alle gleich gerne – aber war das nicht in den meisten Familien auch so? Nein, es war schon eine nette Gesellschaft, in die sie hier geworfen worden war. Und dass sie ab und zu sogar die unsichtbare Grenze zum Redaktionellen überschritt und mit eigenen Texten in der Zeitschrift auftauchte, das machte es überdies richtiggehend aufregend. Die anderen Frauen bewunderten Klara zunehmend, weil sie auch den Respekt männlicher Kollegen genoss. Das hatte natürlich damit zu tun, dass sie nicht mehr nur als Mädchen für alles im Fotostudio gesehen wurde, sondern zunehmend selbst als Fotografin. Aber gefährlich war es schon. Denn der Grat, der Bewunderung von Neid trennte, war schmal. Vicki hatte Klara schon mehr als einmal gewarnt.

»Und? Sie sind heute nicht eingeladen?«, fragte prompt Frau Beeske, eine der wenigen, mit denen Klara noch nicht per Du war.

»Nein. Warum auch? Ich bin nur in den Konferenzen, wenn ich Heinz Hertig vertreten muss«, beeilte sich Klara zu sagen. »Die nehmen da natürlich lieber den Chef als die Assistentin.« Sie sah, wie Vicki ihr zuzwinkerte.

»Diesen Elvis-Artikel habe ich nicht verstanden«, bemerkte Gabi Tönnessen.

»Was gab es an dem nicht zu verstehen?«, wollte Helga Achter wissen. Doch Vicki erstickte die Diskussion im Keim, indem sie feststellte: »Den hat doch sowieso keiner gelesen. Bei den Fotos ...«

»Die Fotos waren gut!«, fand auch Gabi.

»Die waren von Klara.«

»Echt?« Gabi Tönnessen blickte die junge Kollegin aus dem Studio ungläubig an. »Du hast Elvis gesehen? In echt?«

»In echt«, bestätigte Klara. »Und in Uniform.«

»Hach!«, rief Frau Beeske zur Überraschung aller anderen. »Ich hätte ihn lieber ohne Uniform gesehen.« Und als sie bemerkte, was sie da gesagt hatte, schob sie rasch hinterher: »Also, ich meine, in normaler Kleidung natürlich.«

»Natürlich«, riefen alle anderen und brachen in lautes Lachen aus. »Elvis ohne Uniform!«, japste Vicki. »Frau Beeske, Frau Beeske, Sie haben es ja faustdick hinter den Ohren!« Woraufhin alle noch lauter lachten und gar nicht bemerkten, wie noch eine weitere Kollegin die Teeküche betrat. Die allerdings lachte nicht mit.

»Ellen?«, sagte Klara erschrocken, als sie sie bemerkte. Denn in der Tat war Ellen Baumeister zu ihnen getreten und blickte ernst und hager in die Runde. »Guten Tag«, grüßte sie, als wäre sie gänzlich fremd im Verlag.

»Ellen!«, rief Vicki und trat zu ihr. Sie griff sie an den Schultern und betrachtete sie kurz. »Gut siehst du aus«, sagte sie, doch alle wussten, dass es eine Lüge war. Auch Ellen wusste es und nickte nur sanft. »Danke«, erwiderte sie. »Ich will gar nicht stören.«

»Aber du störst doch nicht!«, meinte Klara. »Trinkst du einen Kaffee mit uns? Oder einen Tee?« Weil ihr einfiel, dass die ehemalige Chefsekretärin immer zur Teefraktion gehört hatte.

Doch Ellen schüttelte den Kopf. »Nein, danke. Ich bin nur hier, weil ich noch ein paar Sachen abholen will. Persönliches.«

»Ja, klar«, sagte Vicki und nötigte ihr dennoch einen Pott mit Kaffee auf. »Mensch, Ellen, du kannst dir gar nicht vorstellen, wie sehr wir dich hier alle vermissen. Kommst du denn ganz sicher nicht wieder?«

Die Frau, die jetzt aussah wie ein Schatten ihrer selbst, mager, blass und müde, seufzte. »Nein, Vicki, tut mir leid. Ich bin raus.« Sie zögerte kurz. »Immerhin hat mir der Chef eine anständige Abfindung ausgezahlt. Na ja. Abfindung.« Es war klar, was sie damit sagen wollte: Wie sollte ein Mensch sich damit abfinden, dass er von einem Augenblick auf den anderen einfach ausgetauscht wurde? Ohne Vorwarnung, ohne Rücksicht, ohne Aussprache. Er hatte ja dem Vernehmen nach nicht einmal selbst mit ihr gesprochen, sondern sie vom Personalchef freistellen lassen.

»Und was machst du dann jetzt?«, wollte Klara wissen.

»Ach, im Moment weiß ich noch nicht so genau. Aber es wird sich schon was finden.«

»Aber sicher!«, erklärte Frau Beeske. »So erfahrene und talentierte Sekretärinnen wie Sie werden doch überall mit Handkuss genommen!«

Ellen Baumeister lächelte melancholisch. »Ja«, sagte sie. »Mit Handkuss. Auf den würde ich sogar verzichten.«

Vermutlich nicht nur auf den, dachte wohl nicht nur Klara. Vielleicht wäre der Abschied, wäre das Beiseitegeschobenwerden weniger hart für Ellen Baumeister gewesen, hätte sie Curtius nicht nur im Büro Gesellschaft geleistet. Aber so ... »Du wirst ganz sicher das Richtige finden, Ellen«, sagte sie. »Und das Richtige tun.«

»Bestimmt«, erwiderte Ellen. »Ganz bestimmt.«

\* \* \*

Zum Abendessen hatte sich Klara bei Gerlichs um die Ecke noch ein paar Pilze besorgt, Champignons, die sie in der Pfanne anschmurgeln würde, um sich ein feines Omelett mit den zwei Eiern, die sie noch im Haus hatte, zu machen. Außerdem nahm sie noch eine Flasche Buttermilch mit, die ihr Frau Gerlich zurückgelegt hatte, weil es abends oft keine mehr gab. Sie war rechtschaffen müde von einem weiteren anstrengenden Tag im Verlag, wünschte sich, endlich aus den Schuhen zu kommen und vielleicht sogar ein Bad zu nehmen. Nichts genoss sie mehr an ihrer eigenen kleinen Wohnung als die Möglichkeit, jederzeit baden zu können – und natürlich, eine eigene Toilette zu haben, statt sich ständig mit den Nachbarn herumstreiten zu müssen oder deren Hinterlassenschaften vorzufinden.

Klara hatte im Sommer Blumen getrocknet, vor allem Wildröschen, die sie nun in zwei Schalen im Wohnzimmer und in ihrem

Schlafzimmer auf die Fensterbank gestellt hatte, weshalb sie jederzeit von einem angenehmen Duft begrüßt wurde, wenn sie die Wohnungstür aufsperrte. Sie liebte diesen kleinen Luxus, der gar nichts kostete, aber das Leben so viel angenehmer machte!

Und ja, es war ein schönes Leben, wenn auch ein einsames. Gewiss, sie hätte Lothar heiraten können, er wäre dazu bereit gewesen. Aber sie hatte es nicht gewollt. Erstens, weil er nicht der Mann war, den sie sich dafür vorgestellt hatte. Zweitens, weil sie Angst gehabt hatte: Angst, so zu werden wie die meisten Frauen, die heirateten – ohne eigenes Leben. Ohne Aussicht auf spannende Tätigkeiten, ja, auch ohne Aussicht auf eine Karriere. Während sie sich auszog und ein wenig Zeitungspapier, ein paar Holzscheite und zwei Briketts in den Boiler über der Badewanne legte, dachte sie über Ellen Baumeister nach. Sie so zu sehen hatte Klara schockiert. Es war, als hätte Curtius ihr mit seinem Vorgehen alle Energie entzogen. Ellen war ein Schatten ihrer selbst. Dabei hatte sie doch gesagt, sie hätte eine gute Abfindung bekommen. Materielle Not litt sie also wohl nicht. Aber was half das, wenn man so eiskalt abserviert worden war wie sie? Zumal sich Ellen offenbar wirklich sowohl dem beruflichen als auch dem privaten Hans-Herbert Curtius uneingeschränkt gewidmet hatte. Nun also eine Jüngere. Eine Schönere. Und nun war sie ihren Arbeitsplatz los und ihren Liebhaber obendrein. Wie unfassbar undankbar war doch diese Welt!

Klara machte sich ihr Abendbrot, während nebenan die Badewanne volllief, dann nahm sie sich endlich die »Menschen im Hotel« von Vicki Baum vor, die sie so lange schon hatte lesen wollen, und stieg ins warme Wasser und las. Las von Menschen, die – weit vor dem Krieg – in einem Grandhotel abgestiegen waren, wo sie schicksalhafte Tage erlebten. Der Generaldirektor, sein Buchhalter, der elegante Graf, die alternde Ballerina! Sie las, wie nach dem Ballett der eiserne Vorhang fiel und den Bühnenboden berührte und wie die erschöpfte Ballerina Grusinskaja hinter die erste Kulisse kroch.

Klara spürte, wie ihr ein Schauder über den Rücken lief. Wieder musste sie an Ellen denken. War es ihr nicht genauso gegangen? Hatte nicht auch sie eben noch wie eine Primaballerina die Bühne beherrscht und alle anderen Frauen im Verlag in den Schatten gestellt, und dann war Curtius' Entscheidung wie ein eiserner Vorhang zwischen sie und ihren Geliebten gefallen, ihren Gebieter, und hatte sie verzweifelt zurückgelassen?

Schockiert und gefesselt las Klara vom Schicksal einer Frau und dachte dabei an eine ganz andere – bis es unvermittelt an der Tür läutete. Wieder und wieder.

✳ ✳ ✳

»Gregor?« Klara stand in Pfützen, die sich unter ihren Füßen bildeten. Sie hatte sich nur notdürftig abgetrocknet und war dann hastig in einen Küchenkittel geschlüpft, den sie noch von ihrer Mutter hatte – für einen Bademantel hatte es bisher nicht gereicht.

»Ach, Klärchen.« Er trat ein, ohne dass sie es ihm angeboten hätte. »Klärchen. Ich musste mal raus. Ich wollte jemanden sehen, der noch alle Tassen im Schrank hat.«

»Freut mich, dass du dabei an mich gedacht hast«, entgegnete Klara und schloss die Tür hinter ihm, wobei sie nur hoffen konnte, dass niemand von den Nachbarn ihren Besucher gesehen hatte. Denn Herrenbesuch war in diesem Haus nicht gern gesehen. Die Vermieterin befürchtete, der Kuppelei bezichtigt zu werden. »Ich war eigentlich gerade dabei, ein Bad zu nehmen.«

»Lass dich nicht stören«, sagte Gregor und ging in die Küche, wo er sich hinsetzte und eine Zigarette aus seinem Etui nahm.

Das hätte ihm so passen können, dass sie jetzt noch einmal in die Wanne stieg. Klara schüttelte den Kopf und bestimmte: »Du bleibst hier. Ich mache mich rasch fertig und setze mich dann zu dir hierher.« Hierher, sagte sie, damit er es nicht falsch verstehen konnte. Dann huschte sie hinüber ins Badezimmer, zog sich eilig ein paar Strümpfe und ein Wollkleid an, schlüpfte in die Hausschuhe und machte sich einen Dutt, der allerdings der kurzen Haare wegen nicht gelang. »Also«, sagte sie, als sie wieder in die Küche trat. »Was führt dich zu mir? So unangekündigt.«

»Ja, tut mir leid, dass ich so hereinschneie«, entschuldigte sich Blum halbherzig. »Aber manchmal wächst einem das Leben einfach über den Kopf, kennst du das? Nein, du kennst das nicht, du bist ja ein Sonnenkind.«

»Sonnenkind«, schnaubte Klara. »Kann dir das Sonnenkind was anbieten?«

»Einen Whisky, wenn du hast.«

»Whisky?« Klara lachte auf. »Träum weiter. Eine Buttermilch hätte ich da.«

»Buttermilch?« Gregor sah sie an, als hätte sie Salpetersäure angeboten. Aber dann zuckte er die Achseln. »Warum nicht? Kann mich nicht erinnern, wann ich das letzte Mal Buttermilch getrunken habe.«

Klara stand auf, holte die Flasche von Gerlichs und zwei Gläser und schenkte ihnen beiden ein. »Also dann«, sagte sie. »Schieß los. Was ist dir denn über den Kopf gewachsen?«

»Alles«, seufzte Gregor. »Alles. Im Verlag herrscht Chaos, Köster weiß, dass er bald gekündigt wird, und schikaniert alle.«

»Aber dich doch nicht, oder?«

»Mich am allermeisten.«

»Einen Waisenjungen aus Veddel? Plagt ihn da nicht das schlechte Gewissen?«, stichelte Klara, indem sie ihn an das Lügenmärchen erinnerte, das er ihr auf dem Nachhauseweg von der Davidstraße erzählt hatte.

»Ach das«, sagte Gregor lapidar. »Das sind doch bloß Metaphern.«

Klara war sprachlos. Metaphern. Er hatte ihr erzählt, er wäre bei armen Verwandten auf dem Land aufgewachsen und hätte Stallarbeit verrichtet, hätte sich als Hafenarbeiter durchgeschlagen und wäre Zeitungsjunge gewesen … Alles nur bildlich gesprochen? »Hafenarbeiter warst du auch nur metaphorisch, ja?«, sagte sie schließlich. »Und Zeitungsjunge.«

»Gott, Klara. Zeitungsjunge bin ich doch heute noch.«

Womit er sogar auf verrückte Weise recht hatte. Denn er war bei der Presse – und er war offenbar immer noch ein Kind, wenn auch ein erwachsenes.

»Wie geht es dir denn mit deiner neuen Stiefmutter?«, fragte sie, fast schon ein wenig gehässig. Obwohl sie Heidi wirklich mochte, nahm sie es der neuen Chefsekretärin übel, dass Ellen so eiskalt abserviert worden war – nun, nachdem sie sie in diesem erbärmlichen Zustand gesehen hatte.

Gregor sah sie über den Rand seines Buttermilchglases an und runzelte die Stirn. »Sie ist ein Kind. Und sie bewundert den Alten abgöttisch.«

»Deinen Vater.«

Er zuckte die Achseln. »Seine Eltern kann man sich nicht aussuchen«, stellte er fest. Endlich mal ein Satz, dem Klara zustimmen konnte. »Seine Kinder auch nicht«, erwiderte sie.

»Nur dass man für die selbst verantwortlich ist.«

»Findest du nicht, dass du auf ziemlich hohem Niveau jammerst?« Klara spürte, wie sich zunehmend Ärger in ihr festbiss. Sie wusste, was ein hartes Leben war. Sie hatte es selbst durchgestanden. Ihre Mutter war daran gestorben. Und nun kam dieser verwöhnte Kerl vorbei und heulte sich bei ihr aus!

»Du hast keine Ahnung, wie es ist, immer unterschätzt zu

werden«, räsonierte Gregor. »Alle denken, dass du nichts kannst, weil du ja nur der Sohn vom Chef bist. Und wenn du gelobt wirst, denken alle, dass sich da nur jemand bei Curtius einschleimen will. Und er selbst? Interessiert sich einen Scheiß für dich. Er will nur, dass du funktionierst. Dass du trägst, was ihm gefällt, dass du schreibst, was er lesen will, dass du sagst, was er denkt … Aber ich habe meinen eigenen Kopf!« Er kippte die Buttermilch, als würde er seinen Whisky auf ex trinken, und knallte das Glas auf den Tisch, als wäre es die Kneipentheke. »Darauf, dass du selber gute Ideen hast, dass du selber ein Mensch bist, eine Persönlichkeit, darauf kommt so ein Sonnengott nie!«

Unwillkürlich lachte Klara auf. »Entschuldige«, sagte sie. »Aber deine Sorgen möchte ich haben.«

Gregor blickte sie nur müde an und erwiderte: »Du kannst mich nicht verstehen. Natürlich nicht. Du bist überall beliebt. Was du machst, wird anerkannt. Du leistest immer mehr, als erwartet wird.« Er seufzte so tief, als wollte er jeden Moment in Tränen ausbrechen.

»Ich will dir mal was sagen, Gregor«, erklärte Klara und verschränkte die Arme. Es war einfach Zeit, dass ihm jemand reinen Wein einschenkte. »Mitleid darfst du nicht erwarten. Du bist der Sohn vom Chef. Dich wird er nie feuern, dich wird er nicht fallen lassen. Heute war Ellen in der Redaktion, und sie ist wirklich ein Schatten ihrer selbst.« Wenn sie an die ehemalige Kollegin dachte, musste sie schlucken. »Wenn du wissen willst, wie so ein feiner Herr wie dein Vater die Menschen behandelt, dann sprich mal mit Ellen. Wusstest du, dass er ihr nicht einmal selbst gesagt hat, dass sie ihren Job los ist?« Leise fügte sie hinzu: »Und dass er sie als Geliebte abgelegt hat? Das hat er ihr ausrichten lassen. Einer Frau wie Ellen!«

Gregor nickte und rieb sich mit den Händen übers Gesicht. »Das ist es ja«, sagte er. »Das ist die Methode Curtius. Denkst du, er sagt es mir persönlich, wenn ihm etwas nicht passt? Er sperrt meinen Scheck! So läuft das. Ich gehe zur Bank und erfahre dort, dass ich kein Geld bekomme.«

»Na, du hast ja noch dein Gehalt«, gab Klara zu bedenken. »Andere müssen auch mit ihrem Gehalt zurechtkommen.«

»Ach, Klärchen«, sagte Gregor und lächelte müde. »Denkst du, das bekomme ich, wenn mein feiner Herr Vater nicht mit mir zufrieden ist? Oder mit meinem Lebenswandel? Nein, der Liebe Gott behandelt mich wie alle anderen: Wir haben zu funktionieren. Wenn wir es nicht tun, werden wir bestraft. Oder ganz fallen gelassen. Wie Ellen.« Er schien ein Schluchzen zu unterdrücken. Auf einmal tat er Klara unendlich leid. Ein so selbstbewusster und begabter, ein so gutaussehender und weltgewandter Mann – und letztlich war er doch nur eine Marionette im Spiel seines scheinbar allmächtigen Vaters …

»Weißt du was?«, sagte sie. »Ich ziehe mir jetzt was Richtiges an, und dann gehen wir zwei wohin. Hier gegenüber gibt's ein Lokal, da will ich hin, seit ich hier eingezogen bin. Vicki wollte mal mit mir reingehen, aber bis jetzt haben wir's noch nicht geschafft.«

»Du meinst den Hot Club?«

»Genau den.«

Eine Spur seines alten Spotts schien in seinem Blick aufzuflackern. »Na, dann mach dich mal auf was gefasst.«

✳ ✳ ✳

Klara und Gregor wurden überraschend warmherzig in dem Lokal auf der anderen Seite des Paulinenplatzes begrüßt. Noch war nicht viel los. Aber das wunderte Klara nicht, denn dass es oft erst spät dort voll wurde, war ihr bereits seit Langem aufgefallen. Drinnen spielten eine Handvoll Musiker aktuelle Schlager in einer etwas verjazzten Art, was Klara ganz gut gefiel.

Sie setzten sich an die Bar und bestellten: Gregor endlich seinen Whisky, sie selbst ein Glas Sekt mit Orangensaft. »Ich finde, du solltest dich nicht beklagen, Gregor«, sagte Klara, um wieder auf ihr Gespräch zurückzukommen. Sie hatte verstanden, dass der Freund wirklich litt. Doch es würde ihn nicht weiterbringen, nur seine Wunden zu lecken. »Das ist unter deinem Niveau«, erklärte sie deshalb.

Er lachte bitter. »Findest du? Na, dann werde ich in Zukunft mein Schicksal einfach bejubeln, oder?«

»Nein, das meine ich nicht«, widersprach Klara. »Das ist auch gar nicht nötig. Ich wüsste nicht, wer sein Schicksal bejubelt. So jemanden habe ich bestimmt noch nicht kennengelernt.«

»Und was empfiehlt das Fräulein Studioassistentin mir also?«

Klara sog die Luft ein und schwieg. Wenn er sie so betrachtete, brauchte sie ihm gewiss keine guten Ratschläge erteilen. Er schien seinen Fauxpas zu bemerken und räusperte sich. »Entschuldige. Das war dämlich. Ich bin schließlich zu dir gekommen, um dich mit meinem Unglück zu behelligen. Dann sollte ich mir auch deine Ratschläge anhören. Also, falls du mir jetzt noch welche geben möchtest.«

Er sah so zerknirscht aus, dass Klara lachen musste. »Schon gut, Schwamm drüber«, sagte sie. »Ich meine nur: Jammern hilft nicht. Wenn dir dein Leben nicht passt, so wie es ist, solltest du es ändern!«

»Und was sollte ich deiner Meinung nach tun?«

»Das weiß ich nicht, Gregor. Na ja, sagen wir: Du solltest etwas tun, was dir wirklich liegt. Schau, ich habe mich damals als Sekretärin beworben. Erst bei der Kanzlei bei uns im Verlagsgebäude.«

»Oh Gott! Diese grauen Herrschaften!«, stöhnte Gregor auf. »Schrecklich!«

»Ich dachte, es wäre der perfekte Beruf. Dann bin ich zufällig bei euch in den Verlag gestolpert und habe mein Glück dort auch versucht.«

»Als Sekretärin?«

Klara musste über das unverhoffte Glück lächeln, das ihr an jenem Tag widerfahren war. Manchmal konnte sie es selbst nicht glauben. »Kraske hat mich abgewimmelt. Hätte ich gewusst, dass ich mich als Fotoassistentin bewerben könnte, hätte ich das tausendmal lieber getan. Und dann ergibt sich die Gelegenheit, ich greife zu – und sieh mich an, jetzt bin ich Fotoassistentin.«

»Und glücklich damit?«

»Absolut!«

Gregor betrachtete sie mit einem rätselhaften Gesichtsausdruck, ehe er seufzend feststellte: »Dann bist du die Eine.«

»Die Eine?«

»Die ihr Schicksal bejubelt«, erklärte er und nickte bedeutsam, während er von seinem Whisky nippte. Vielleicht hatte er ja sogar recht. Vielleicht war sie ein Sonnenkind und hatte es sich einfach noch nicht bewusst gemacht. Neugierig blickte Klara sich im Saal um. Etwa die Hälfte der Tische war besetzt. An etlichen davon saßen einzelne Männer. »Die kommen allein hierher?«, fragte Klara und deutete mit dem Kinn in Richtung einiger entsprechender Tische.

»Sicher. Deshalb kommen sie ja.«

»Ach, ist das so was wie eine Bar der einsamen Herzen?«

Ein amüsiertes Grinsen umspielte Gregors Mundwinkel. »Kann man so sagen, ja.«

»Und du warst hier schon?«

»Höre ich da eine unterschwellige Frage?«, wollte Gregor mit einem belustigten Ton wissen.

»Vielleicht …«

»Tja, dann werde ich dir wohl die Antwort schuldig bleiben.«

Die Tür ging auf, und ein Paar kam herein, nein: zwei Männer, die aber offenbar zusammengehörten. Einer davon blickte in ihre Richtung und nickte Gregor zu, der die Hand zum Gegengruß hob.

»Wer ist das?«

»Den hab ich mal hier vor einiger Zeit kennengelernt. Netter Kerl. Bisschen verklemmt vielleicht.«

»Verklemmt?« Klara überlegte, was er damit sagen wollte.

»Also dann«, meinte Gregor und hob sein Glas. »Dann stoßen wir mal auf allen Weltschmerz unserer jungen Jahre an.«

»Seltsamer Toast«, befand Klara, ließ aber ihr Glas gegen seines klirren und nippte an ihrem Sekt-Orange. Langsam begann sich das Lokal zu füllen. Und eine Frau trat ans Mikrofon, hauchte »Bonsoir« hinein und warf ihre langen blonden Locken hinter die Schulter, während die Musiker die ersten Takte von »La vie en rose« spielten.

*Des yeux qui font baisser les miens ...*

Sie hatte eine unglaublich volle, rauchige Stimme, mit der sie ihre Liedzeilen ins Mikrofon hauchte, während der Schlagzeuger sanft mit dem Besen über seine Trommel strich und der Bassist geradezu mit seinem Instrument zu verschmelzen schien, so hingebungsvoll zupfte er die Saiten.

*Quand il me prend dans ses bras*

sang die blonde Schönheit und drehte sich unter dem Scheinwerferlicht, sodass die Pailletten ihres Kleides funkelten. Einige der Anwesenden erhoben sich und schritten zur Tanzfläche.

*Qu'il me parle tous bas*
*Je vois la vie en rose*

Und in dem Augenblick erkannte Klara, was es mit dieser unglaublich fesselnden Sängerin auf sich hatte: Sie war ein Mann. »Sie ist …«, flüsterte Klara und griff unwillkürlich nach Gregors Hand.

»Sieh dich um«, sagte er amüsiert und deutete auf die Tanzfläche. Denn in der Tat, es war nicht nur die Sängerin ein Mann – alle im Raum außer Klara waren Männer.

»Ich wusste nicht …«

»Stört es dich?«

»Stören? Nein. Wieso sollte es?«

»Na ja. Es ist widernatürlich.«

Klara machte eine wegwerfende Handbewegung. »Also wirklich«, sagte sie. »Eine meiner besten Freundinnen ist … so.«

»So?«

»Sie liebt Frauen.«

Gregor schien's zufrieden. Er nippte an seinem Whisky und lauschte der »Sängerin«, die ihre Sache unglaublich gut machte. Unwillkürlich fragte Klara sich, ob man nicht einen Bericht über sie in der *Claire* bringen sollte. Gewiss würde es unglaublich viele Frauen interessieren, was für eine Geschichte ein Mann hatte, der abends als Frau auf die Bühne trat. Andererseits wusste sie genau, dass Köster eine solche Story niemals in der *Claire* würde sehen wollen. Und Kraske auch nicht. Vielleicht gehörte sie auch gar nicht in dieses Heft. »Und warum kennen die dich hier so gut?«, fragte Klara, der auf einmal ein Verdacht kam.

»Ach, Klärchen«, erwiderte Gregor und seufzte. »Es gibt nicht nur Schwarz und Weiß, verstehst du?«

Sie betrachtete den Freund aufmerksam, wissend, dass er mit diesen Worten im Begriff war, ihr ein großes Geheimnis zu enthüllen, sie zu seiner Vertrauten zu machen, seine stets etwas spöttische Fassade aufzugeben. Und doch: »Ehrlich gesagt, nein. Was gibt es denn noch?«

»Grau. Bunt. Nenn es, wie du willst.« Er winkte dem Barkeeper, ihm noch einen Whisky zu bringen.

»Und so einer bist du?«, wollte Klara wissen, der es auf einmal wie Schuppen von den Augen fiel. »Ein Bunter?« Sie spürte, wie ihr Herz schneller schlug. Der Mann, der ihr schon einmal – nein: mehrmals! – so eindeutige Avancen gemacht hatte, der auf so viele Frauen anziehend wirkte, der vielleicht mehr Chancen beim weiblichen Geschlecht hatte als alle anderen Männer, die sie kannte, von Curtius abgesehen, dieser Mann liebte auch Männer? »Mal schwarz, mal weiß?«

Gregor zuckte die Schultern. »So kann man es vielleicht nennen, ja.«

»Verstehe.« Die Welt war aufregend, überraschend, jeden Tag aufs Neue. Klara staunte – und sie begriff! Endlich verstand sie, was in jener Nacht geschehen war, in der sich Gregor plötzlich so abweisend verhalten hatte, nachdem es zuvor regelrecht so ausgesehen hatte, als wollte er sie verführen: Er war sich bewusst geworden, dass er sie enttäuschen würde. »Du wolltest mir ein böses Erwachen ersparen«, sagte sie, beinahe mehr zu sich selbst als zu ihm.

»Bitte?«

»An dem Abend nach dem Reinhardt's. Du weißt schon: als du mich nach Hause gebracht hast. Und dann …« Auf einmal hatte sie das Gefühl, als wüsste sie nicht, ob sie froh sein sollte oder enttäuscht. Sie war so verwirrt, so …

»Ja«, sagte Gregor. »Und dann …« Er sagte es in einem Ton, der resigniert klang. »Ich sag's doch, das Leben ist kompliziert. Schrecklich kompliziert.«

Und so, wie es um ihn stand, konnte Klara das verstehen und

empfand auf einmal tiefes Mitgefühl mit ihm. Er mochte ein verwöhnter Jungspund sein, mochte sein eigenes Schicksal als schlimmer betrachten, als es in Wahrheit war. Aber nicht zu wissen, wie man im Leben glücklich werden sollte, weil man stets zwei Seiten in sich trug und eine immer unverstanden bleiben würde, das konnte einen schon niederdrücken. Wie sehr sie ihn mit einem Mal verstand! Und auch, wenn er sie irgendwie enttäuscht hatte, weil er ihr den Mut nicht zutraute, einen Mann zu lieben, der nicht nur Frauen mochte, empfand sie doch auch Dankbarkeit, weil er ihr Glück über seines gestellt hatte. Und vielleicht hatte er auch ganz einfach recht. Vielleicht passten sie als Freunde schlicht besser zusammen denn als Liebespaar. »Wollen wir auch tanzen?«, fragte sie.

»Wir beide? Gerne!«

Also tanzten sie zu den schmachtenden Liedern von Mademoiselle Annabelle, umgeben von etlichen anderen Paaren, die sich über die Tanzfläche schoben, wobei Klara die einzige Frau war – und niemand daran Anstoß nahm.

\* \* \*

Stunden später – und nach einer bemerkenswerten Reihe von Whiskys auf Seiten Gregors – traten sie wieder ins Freie. Kalt war es geworden, spät, oder vielmehr: früh. Gregor hatte sein Cabrio gleich an der Ecke zur Paulinenstraße abgestellt und wollte sich schon verabschieden, da hakte Klara ihn unter und sagte: »Nichts da. In dem Zustand lasse ich dich nicht fahren. Du kannst bei mir auf dem Sofa schlafen.«

Willenlos ließ Curtius' Sohn sich von ihr über den Platz ziehen und stapfte hinter ihr die Treppen hoch. »Pssst«, machte Klara. »Nicht so laut, ich bekomme Ärger.«

Als sie die Tür hinter sich ins Schloss drückte, atmete sie durch. »So, du wartest hier im Wohnzimmer. Ich beeile mich im

Bad, dann kannst du rein. Ich hänge dir ein frisches Handtuch hin, ja?«

Gregor nickte folgsam und torkelte Richtung Sofa.

Als Klara wenige Minuten später aus dem Badezimmer kam, fand sie ihn schlafend vor, die Schuhe noch an den Füßen, die Fliege noch im Kragen, das Sofakissen im Arm wie ein Kuscheltier. Fehlte noch, dass er den Daumen im Mund hielt. Lächelnd breitete Klara eine Decke über ihn und verschwand in ihrem Schlafzimmer. Sie überlegte kurz, ob sie die Tür absperren sollte, doch das würde nicht nötig sein: Gregor war ein Lamm. Er würde ihr nichts antun. So weltläufig er war, so philosophisch er daherredete, so abgeklärt er sich gab, im Grunde war er nichts als ein großes Kind. Wie alle Männer.

✳ ✳ ✳

# 4.

*Wie so oft machte Klara auch* diesmal einen kurzen Zwischenstopp im fünften Stock, um Vicki zu sehen. Doch die war gerade ausgeflogen und wurde von Frau Beeske vertreten. »Kann ich was für Sie tun, Fräulein Paulsen?«

»Nein, danke. Ich wollte nur kurz …« Mehr konnte Klara nicht sagen, weil in dem Moment Köster um die Ecke kam. »Ah, Fräulein Paulsen! Sie habe ich gesucht.«

»Mich? Was kann ich denn für Sie tun, Herr Köster?«

Der stellvertretende Chefredakteur kam auf sie zu und blickte sie gar nicht unfreundlich an, sondern schien sie eher wohlwollend zu mustern. »Ich habe gehört, dass sie was von dieser neuen Musik verstehen.«

»Sie meinen Rock 'n' Roll?«

»Genau. Das meine ich.«

»Ich weiß nicht, ob ich da als Expertin …«

»Jedenfalls habe ich mir gedacht«, fiel Köster ihr ins Wort, »… dann könnten Sie doch Herrn Schröder zu diesem Konzert begleiten.«

»Lothar? Schröder?«, fügte Klara rasch hinzu.

»Sie hatten ja schon mal einen Beitrag aus der Ernst-Merck-Halle fotografiert, richtig?«

»Ja. Das stimmt. Das war der Rock-'n'-Roll-Wettbewerb.«

»Na, da werden Sie das auch gut hinbekommen. Halten Sie sich den Tag einfach frei.«

»Aha? Und welchen?«

»Frau Baumeister wird es Ihnen sagen.«

»Ich weiß nicht, ob Frau Baumeister noch …«

»Stimmt. Frau … wie heißt sie? Schlosser! Frau Schlosser wird es Ihnen sagen. Fräulein Schlosser.«

So war das also. Ellen galt bereits als »Frau Baumeister«, obwohl sie mitnichten verheiratet war. Aber im Vergleich zu Heidi war sie natürlich erwachsen. Eine erwachsene, selbstbewusste Frau, die wusste, was sie wollte. Offenbar war das den Herren der Schöpfung zu erwachsen und zu selbstbewusst. Zumindest dem Herrn der Schöpfung: Hans-Herbert Curtius. Ein Fräulein hatte hergemusst und war in Heidi Schlosser gefunden worden: jung, hübsch, unbedarft, biegsam – und unerfahren genug, alles mit sich machen zu lassen.

Klara machte auf dem Absatz kehrt und wollte schon in den sechsten Stock zurückfahren, um von Heidi zu erfahren, was die offenbar wusste, aber vorhin nicht gesagt hatte, da öffneten sich die Fahrstuhltüren, und Lothar trat heraus. »Ah, Klara, wie schön, dass ich dich treffe«, sagte er. »Hast du es schon gehört?«

»Dass ich dich wieder auf eine Veranstaltung begleiten muss?«

»Was heißt muss?«, fragte Lothar Schröder bassserstaunt. »Soll ich lieber Heinz Hertig mitnehmen zu Bill Haley?«

»Zu wem?«, keuchte Klara fassungslos.

»Bill Haley! Und den Comets!«

»Wenn du Heinz mitnimmst«, entgegnete Klara, »dann reiße ich dir eigenhändig den Kopf ab.«

✳ ✳ ✳

»Du gehst wohin?«

»Ins Konzert von Bill Haley!«

Elke konnte es nicht glauben. »Das ist so ungerecht! Ich bin sein größter Fan!«

»Ich muss dort ja auch arbeiten«, versuchte Klara ihre Freundin zu trösten.

»Schon klar. Du hast einfach das große Los gezogen, so sieht es aus.«

»Bist du jetzt eifersüchtig?«

»Eifersüchtig?«, rief Elke. »Ich? Und wie!«

Dann lachten sie beide. Klara wusste ja, dass ihre Freundin sich für sie freute. Trotz der Eifersucht. Es wäre umgekehrt nicht anders gewesen. »Aber ich hätte gerne ein neues Kleid.«

»Unbedingt!«, pflichtete Elke ihr bei und sah sich um. »Hier! Schau mal! Das ist ein Entwurf, den ich gestern erst gemacht habe.« Sie griff nach einem Stapel Papier, blätterte ihn durch und reichte Klara ein Blatt.

»Ein Petticoat.«

»Nicht irgendeiner!«, erklärte Elke. »Der Sattel ist kürzer. Dadurch fliegt der Rock höher. Mit drei Stufen ist er auch noch ein bisschen beweglicher als mit zwei. Und ich mache sie unterschiedlich lang, das gibt eine gewisse Eleganz. Und frech sieht es auch aus.«

Klara betrachtete die Zeichnung und konnte nicht anders, als sich sofort in den Rock zu verlieben. »Und welche Farbe schwebt dir vor?«

Elke seufzte. »Ehrlich gesagt wollte ich mir diesen Rock selber nähen. Dann hätte ich ihn mit einem knallroten Überrock gemacht. Ich finde, das passt zu meinem Blond. Aber mit deinem dunklen Haar, da würde ich ihn lieber himmelblau machen. Was meinst du?«

»Ich meine, niemand kann das besser beurteilen als du«, sagte Klara, einerseits, weil sie das wirklich fand, andererseits, weil sie ihre Freundin ein wenig trösten wollte. »Und du würdest ihn wirklich für mich machen? Ich weiß gar nicht, ob ich mir das leisten kann.«

»Ach, die Perlonbahnen sind nicht so teuer. Und die Rüschen und Spitzen können wir einfach nur auf die dritte Stufe nehmen, dann sparst du dir die Kosten für den inneren Teil. Den sieht sowieso niemand.« Sie grinste. »Und falls ihn jemand sieht, guckt er garantiert woanders hin und hat gar keinen Sinn für Spitzen.«

»Elke!«

»Ist doch so, oder?«

Kichernd machten sich die Freundinnen ans Maßnehmen. Das Leben konnte so schön sein!

※ ※ ※

Die Schneiderei Brill lief gut an ihrem neuen Standort, aber das Interesse der Kundschaft hatte nach der aufregenden ersten Zeit wieder etwas nachgelassen. Man war einfach immerzu auf der Jagd nach dem neuesten Schrei. Wer sich nicht ständig ins Gespräch brachte, dem wurden die Leute schnell untreu. Klara merkte es auch daran, dass es mit dem neuen Petticoat wirklich schnell ging. Kaum ein paar Tage dauerte es, da rief Elke bei ihr im Verlag an und teilte mit: »Kannst ihn abholen, Klärchen!«

Anprobe würde sie nicht brauchen, denn wie sie festgestellt hatten, waren sie zwar nicht genau gleich groß, aber sie hatten den gleichen Hüftumfang. Deshalb wusste Klara, dass Elke den neuen Rock schon vor dem Spiegel anprobiert haben und dass er perfekt sitzen würde. Er würde bei ihr lediglich ein bisschen kürzer sein als bei der Freundin.

Und so war es auch: Der Petticoat war ein Traum. Der himmelblaue Überrock schien zu schweben. Elke hatte der Freundin eine weiße Bluse dazu hingelegt. »Nicht meine Größe, die kann ich nicht tragen, ohne Unfallgefahr«, sagte sie mit Augenzwinkern. »Aber dir müsste sie passen.« Was sie auch tat. Und sie sah perfekt aus. »Dazu noch ein Bolerojäckchen, wenn du mich fragst, weil's ja schon kalt werden kann im Oktober ...«, schlug Elke vor. »Das kannst du in der Kombination eigentlich in jeder Farbe tragen.«

Klara drehte sich vor den Spiegeln. »Sehe ich gut aus?«

»Du siehst aus wie eine Traumfrau, Klärchen! Die Männer werden verrückt, wenn sie dich sehen.«

Klara kicherte und stellte fest: »Jedenfalls schwingt er toll!«

»Und hoch. Du musst dir hübsche Unterwäsche besorgen.«

»Oh Gott!«, rief Klara. »Du machst mich ganz verlegen.«

Und doch ging sie anschließend noch zu »Hallstetter Wäsche« und suchte sich etwas aus, was viel zu teuer, viel zu aufregend und viel zu knapp war – aber auch eben hinreißend aussah und ihr die Röte ins Gesicht schießen ließ, als die Verkäuferin an der Kasse alles noch einmal hübsch zusammenlegte und in eine Tüte steckte, die so winzig war, dass Klara das Gefühl hatte, jeder, der sie aus dem Laden kommen sah, müsste genau wissen, was sie da gekauft hatte.

※ ※ ※

»Hast du gehört, was in Berlin los war?«, fragte Lothar Schröder, als sie an dem großen Abend vor der Ernst-Merck-Halle ankamen.

»Du meinst die Krawalle? Das wird hier sicher nicht passieren. Das hier ist Hamburg.«

»Denkst du?« Lothar lenkte seinen Wagen an den Bordstein und blieb in einiger Entfernung zum Veranstaltungsort stehen. »Können wir nicht näher ranfahren?«, fragte Klara. »Es ist ziemlich kalt ...«

»Tut mir leid, Klara, aber das ist mir zu gefährlich für mein Auto.«

»Verstehe.« Seufzend stieg Klara aus und als Erstes in eine Pfütze. Den ganzen Tag über hatte es leicht geregnet. Doch das hatte die Jugend der Hansestadt nicht abgehalten, zur Ernst-Merck-Halle zu kommen. Tatsächlich war der Vorplatz voll. Und auch Polizei war anwesend – nicht zu wenig. Peterwagen standen in jeder Richtung. »Das muss eine Hundertschaft sein«, stellte Lothar fest, als sie näher kamen. Klara packte ihre Tasche fester. Die Fotoausrüstung war teuer. Was für den Reporter sein Wagen war, war für sie die Kamera.

»Gibt es einen Bühneneingang?«

»Gibt es bestimmt. Aber sie werden uns nicht reinlassen, das habe ich schon geklärt. Journalisten müssen den Haupteingang benutzen«, sagte Lothar missmutig.

Einige Jugendliche mit lässiger Kleidung und wilden Haartollen begannen, die Polizisten in eine Diskussion zu verwickeln, während andere offenbar versuchten, sich an den Ordnern vorbei in die Halle zu drängeln. Doch die Sicherheitskräfte waren aufmerksam und drängten sie zurück. Es gab ein kleines Handgemenge, dann beruhigte sich die Lage wieder etwas. Klaras Herz pochte.

»Wie viele passen in die Halle?«, fragte sie ihren Begleiter.

Der zuckte mit den Schultern. »Jedenfalls nicht alle.«

So sah es allerdings aus. Immer wieder kam Geschrei auf, wurde gerangelt, waren die Trillerpfeifen der Polizisten zu hören. Lothar zwängte sich mit Klara im Schlepptau durch die Masse, indem er seinen Presseausweis in die Höhe hielt und immer wieder rief: »Presse! Bitte durchlassen! Presse! Bitte durchlassen!«

Scheinbar beeindruckte das viele, denn man machte ihnen, wenn auch widerwillig, Platz, sodass sie relativ bald vor dem Absperrgitter standen. »Presse«, erklärte Lothar und hielt dem Ordner seinen Ausweis hin. »Wir sollen über das Ereignis berichten.«

»Hat die junge Frau auch einen Presseausweis?«, fragte der Ordner.

»Ich? Ich bin nur die Fotografin«, erwiderte Klara.

»Ja sicher«, sagte der Ordner. Ein zweiter trat hinzu und fragte: »Irgendwelche Probleme?«

»Der Herr hier will freien Eintritt und seine Freundin mit reinnehmen. Presse.«

»Klar! Kein Problem! Die können mit meiner Mutter reingehen. Und mit meiner Tante. Und mit der Schwester. Sollen sich einfach in die Schlage ›schneller Einlass für Schnorrer‹ stellen.«

Lothar Schröder atmete tief durch. »Kann ich bitte mal Ihren Chef sprechen?«, sagte er. »Wir sind hier für die Zeitschrift *Claire*. Irgendjemand wird ja bei Ihnen eine Presseliste haben, oder?«

»Tut mir leid«, sagte der erste der beiden Männer. »Für so was haben wir jetzt keine Zeit. Sie sehen ja, was hier los ist.«

Wie aufs Stichwort wurde der Reporter von hinten gerempelt und fiel gegen das Absperrgitter, wo er sich den Kopf anschlug und bewusstlos liegen blieb.

»Lothar!«, schrie Klara und kniete sich zu ihm. »Lothar, ist alles in Ordnung?«

Doch er rührte sich nicht, sondern gab nur ein schwaches Stöhnen von sich.

»Sanitäter!«, rief einer der Ordner. »Sanitäter! Wir haben hier einen Verletzten!« Aus seiner Stimme sprach deutliche Panik. Offenbar hatte er vor allem Angst, dass man ihn für den Unfall verantwortlich machen könnte.

»Wir brauchen einen Arzt!«, rief Klara, richtete sich auf und wiederholte es, indem sie über die Köpfe hinweg schrie: »Einen Arzt! Ist ein Arzt da?«

Schon kamen zwei weitere Ordner und packten Lothar Schröder unter den Armen, um ihn vom Gitter und den dicht stehenden Menschen wegzuzerren. Klara verlor ihn aus den Augen. »Lothar? Lothar!« Sie suchte nach einem der Männer vom Einlass und entdeckte den zweiten, der sich lustig gemacht hatte. »Sie! Mein Kollege wird hier weggebracht, und ich weiß nicht, wohin!«

»Sind Sie immer noch da?«

»Hören Sie mal! So geht das nicht!« Klara wollte den Mann gerade zur Schnecke machen, so empört war sie über sein Verhalten, da spürte sie einen Griff an ihrem Arm und einen Ruck. Dann stand sie plötzlich auf der anderen Seite. »Suchen Sie sich Ihren Platz selber«, bellte er. »Sie sehen ja, was hier los ist.«

Und drin war sie.

Auch hier war es schon voller, als es gut sein konnte. Die Band von Kurt Edelhagen hatte bereits angefangen zu spielen. Klara blickte sich um, konnte Lothar aber nirgends sehen. Auch keine Sanitäter. Ein Ordner stand in der Nähe, doch der wusste ihr auch nicht weiterzuhelfen, sondern schien ebenso überfordert wie seine Kollegen.

Wenn es Lothar weiterhin schlecht ging, würde er vom Sanitätsdienst versorgt werden. Aber wenn er wieder auf den Beinen war, dann musste sie ihn in Bühnennähe finden. Denn das war völlig klar: Als Reporter musste er beides im Blick haben – die Musiker und ihr Publikum. Das ging nur, wenn er sich einen Platz irgendwo dazwischen suchte. Außerdem würde Lothar auf jeden Fall versuchen, an Bill Haley heranzukommen, ihm ein paar Worte zu entlocken, die er dann in seinem Artikel zitieren konnte und exklusiv hatte.

Also kämpfte Klara sich an den Bühnenrand vor, wo Kurt Edelhagen seiner Band so viel Enthusiasmus abverlangte wie nur möglich. Es klang gut, es klang mitreißend, was die Vorgruppe spielte. Aber es war kein Rock 'n' Roll. Entsprechend mussten die Musiker auch gegen ein hässliches Pfeifkonzert Dutzender junger Männer anspielen, die es nicht erwarten konnten, dass der große Amerikaner mit seinen Comets auftrat.

Zwischen zwei Stücken wurde über die Lautsprecher durchgesagt: »Sehr geehrte Damen und Herren, liebe Besucher, wir bitten Sie, auf Ihren Plätzen zu bleiben und die Ruhe zu bewahren. Bitte bleiben Sie auf Ihren Plätzen. Vielen Dank.«

Es schien niemanden zu beeindrucken. Im Gegenteil: Als Reaktion auf die Durchsage stiegen einige Frauen auf die Stühle. Als es ihnen einige junge Männer gleichtaten, krachten die ersten Stühle zusammen. Es herrschte unsäglicher Lärm in der Halle, man konnte die Musik kaum noch hören. Und immer mehr Menschen strömten herein. Es schien fast, als hätten die Ordner am Einlass es aufgegeben und würden buchstäblich jeden in den Saal lassen. Mit den zusätzlichen Besuchern, ob sie nun Karten hatten oder nicht, kamen aber auch immer mehr Polizisten in die Ernst-Merck-Halle. Schon wurden einzelne Gruppen von aufgeregten Gästen in eine Ecke gedrängt, und es wurden Personalien aufgenommen. Kurt Edelhagen verbeugte sich mit tapferem Lächeln im Gesicht im dünnen Applaus derer, die tatsächlich der Musik wegen gekommen waren, seine Band erhob sich und verbeugte sich ebenfalls, dann gingen die Musiker ab, und es lag nur noch der Lärm der Menschenmenge in der Luft. »Bill Ha-ley! Bill Ha-ley!«, schrien Männer und Frauen. Klara packte ihre Kamera aus und machte Bilder. »Bill Ha-ley!!« Sie knipste in die aufgeregten Mienen der Frauen und in die mutwilligen Gesichter der jungen Männer, die wirkten, als warteten sie auf ein Kommando: ein Kommando loszuschlagen. »Bill Ha-ley!!!«

Und dann ging ein unbeschreiblicher Jubel durch die Halle, als der Sänger endlich mit seiner Gitarre auf die Bühne sprang, gefolgt von seiner Band, alle ohne Krawatte, alle mit offenen Hemden, die Arme in die Höhe gereckt, als gälte es jetzt schon einen unbeschreiblichen Sieg zu verkünden. Aber vielleicht taten sie das ja wirklich: Sie verkündeten den Sieg über alles, was früher war. Den Sieg der Jugend über ihre Eltern und Großeltern. Über die Traditionen. Über alles, was die jungen Menschen in dieser Stadt und in allen Städten auf dieser Welt hinter sich lassen wollten. Ja, das war es, was Bill Haley in diesem Moment tat: Er befreite die Jugend von

Hamburg aus den Fesseln von Traditionen, die sie sich nicht selbst ausgesucht hatte.

Vielleicht erklärte das auch, warum dieser etwas übergewichtige und ganz und gar nicht anziehende Mann auch die Frauen restlos begeisterte. All die jungen Mädchen und jungen Frauen, die mit weit geöffneten Augen und Mündern zur Bühne starrten, schienen völlig hingerissen zu sein von Bill Haley, der mit seinem ersten Song, »Tonight's The Night«, gleich den richtigen Ton traf, nämlich den mitten ins Herz. Als er »Come Rock With Me« sang, kochte der Saal vollends. Was »Rockin' Rollin' Schnitzelbank« bedeuten sollte, verstand Klara nicht, aber es war auch egal. Längst war sie selbst in einem Rausch: einem Bilderrausch, der sich vor ihrem Objektiv abspielte. Sie knipste ins Publikum und auf die Bühne, fand Perspektiven und Augenblicke, die sie selbst so noch nie gesehen hatte. Bei »Shake, Rattle and Roll« fiel es ihr schwer, die Kamera ruhig zu halten, denn natürlich hatte die Musik längst auch jede Faser ihres Köpers in Besitz genommen. Sie wippte und drehte sich zum Rhythmus wie Tausende andere auch in dieser Nacht. Einige allerdings schienen es nicht mehr dabei belassen zu können. Gerade als Klara eine Totale über die Menge hinweg schoss, indem sie die Arme mit der Kamera weit nach oben reckte und auf den Auslöser drückte, flog der erste Stuhl. Kurz darauf krachten in der zweiten oder dritten Reihe mehrere Stühle aufeinander. Die Musiker schienen es nicht mitzubekommen, sondern spielten ungerührt weiter. Sie schienen selbst von ihrem Rhythmus völlig gefangen genommen und schlugen die Akkorde an, auf die buchstäblich alle im Saal gewartet hatten:

»One, two, three o'clock, four o'clock, rock ...«

Ein Kreischen, ein Brüllen, junge Männer rissen sich die Jacken vom Leib, andere warfen ihre Begleiterinnen in die Luft, unzählige versuchten zu tanzen, ohne den Platz dafür zu haben. Irgendwo flogen Bierflaschen umher, weitere Stühle wurden zertrümmert, während die Band ihr »Rock Around The Clock« spielte, als würde sie um ihr Leben spielen – und vielleicht fühlte es sich ja auch so an. Und Klara bekam Bill Haley so nah vor die Kamera, dass sie die Schweißtropfen auf seiner Stirn durch ihr Objektiv sehen konnte. Und die Leidenschaft, den Spaß und die Angst in seinen Augen.

* * *

## Musik vom anderen Planeten

**Mit seinen Konzerten in Berlin** und Hamburg hat der Amerikaner Bill Haley eine neue Zeitrechnung in der Musik begonnen. Als die Comets am letzten Samstag in der Ernst-Merck-Halle zu Gast waren, standen die Zeichen bereits auf Sturm. Erst am Vorabend hatte es beim Konzert der Band im Berliner Sportpalast Ausschreitungen gegeben. Würde es in Hamburg genauso kommen?

Es kam noch schlimmer. Bereits vor dem Konzert hatten sich zahllose junge Männer und Frauen in der Nähe des Veranstaltungsorts eingefunden, um Zeugen zu werden. Zeugen eines Befreiungsschlags. Denn nichts anderes war dieser Auftritt, und nichts anderes ist diese Musik! Statt wohlgeordnete Klänge und schönen Gesang vorzutragen geben diese Musiker buchstäblich alles: Sie sind die Musik. Ja mehr als das! Sie sind ein Lebensgefühl!

Mehr als zweitausend Menschen hatten sich in der Ernst-Merck-Halle versammelt, um diese Revolutionäre zu erleben. Sie hatten sich herausgeputzt, schick gemacht, wie sie nur konnten – aber eben nicht wie anno dazumal mit Schlips und Kragen, nicht züchtig hochgeschlossen, mit Seidenhandschuhen oder Häubchen wie zum Gesellschaftsball, sondern frech und modern! Die Herren trugen spitze Schuhe und Tolle, die Damen Petticoats und die Haare kurz oder offen. Es war, als führten Band und Publikum ein gemeinsames Musical auf: ein Musical namens Freiheit. Denn das war es, ein einziger Befreiungsschlag. Man kann auch sagen, der Beginn der Neuzeit!

Dass es zu Ausschreitungen kam? Nun, welche Revolution ist schon *völlig friedlich? Dass Stühle und am Ende gar die Bühne zu Bruch gingen? Für die Musiker war das nichts Neues. Sie sind nämlich ihrer Zeit voraus und schon dort angekommen, wohin sich die Hamburger Jugend am Abend dieses Konzertes auf den Weg zu machen begonnen hat ...*

»Dick aufgetragen, Herr Schröder. Wirklich dick aufgetragen«, sagte Köster und legte die *Claire* beiseite. »Ein bisschen seriöser wäre mehr nach Art unseres Hauses gewesen.«

Lothar Schröder rutschte verlegen auf seinem Stuhl herum, während eine Hälfte der Kollegen schadenfroh der Bemerkung des stellvertretenden Chefs lauschte, die andere gespannt den Atem anhielt.

»Allerdings muss ich auch zugeben, dass wir auf keinen Artikel bisher so viele Zuschriften von Leserinnen hatten, wie auf diesen. Und ich muss zugeben, dass neun von zehn dieser Zuschriften positiv waren. Mindestens. Sie scheinen also zwar nicht genau unseren Ton getroffen zu haben, aber den der Leserin. Deshalb denke ich, dass eine Gratulation hier angezeigt ist.«

Einige der Kollegen klopften mit den Fingerknöcheln auf den Tisch, wie es in solchen Fällen üblich war. Lothar Schröder lupfte kurz den Po und nickte in Richtung Köster. Doch dann hob er beide Hände und erklärte: »Herr Köster, ich fürchte, ich muss auch etwas zugeben. Der Artikel, so wie er im Heft steht, stammt nicht von mir. Als er geschrieben wurde, lag ich gerade mit einer Gehirnerschütterung in der Alsterklinik.«

※ ※ ※

»Ganz ehrlich? Ich finde, das muss gefeiert werden, Klara!«, sagte Heinz Hertig und freute sich so offensichtlich für Klara, dass ihr ganz warm ums Herz wurde. Bei niemand anderem hatte sie dieses Gefühl, er stünde ganz und gar auf ihrer Seite.

»Aber dann möchte ich dich einladen, Heinz«, erwiderte sie und umarmte ihn spontan. »Das hatte ich mir schon lange überlegt. Du weißt, wie dankbar ich dir bin.« Und weil sie außer für ein hübsches Kleid oder ein Paar neuer Schuhe kaum Ausgaben für ihr bescheidenes kleines Leben am Paulinenplatz hatte, konnte sie es sich inzwischen auch leisten. Schließlich hatte sie ein bisschen was zur Seite gelegt.

»Ich weiß nicht ...«, wandte ihr Vorgesetzter ein.

»Sei kein Frosch. Oder ist es dir am Ende peinlich, von einer Frau eingeladen zu werden?« War sie zu vertraulich gewesen? Hätte sie ihn besser nicht umarmt? Sie versuchte sich einen Reim auf sein kurzes Zögern zu machen. Aber klar, als er damals vertraulich geworden war, hatte sie ihn ziemlich heftig zurückgewiesen. Da war dieser Überfall nun nicht besonders naheliegend. Er konnte ja nicht wissen, was sie damals gedacht hatte und wie sehr es ihr in der Zwischenzeit leidgetan hatte.

»Also üblich ist es jedenfalls nicht«, erwiderte er vorsichtig.

»Dann ist es umso interessanter, oder? Was üblich ist, ist langweilig«, befand Klara und nickte ihm aufmunternd zu. »Wollen wir?«

»Ich hatte gedacht, wir könnten in die Nordseestube gehen«, meinte Heinz, während sie auf die Straße traten, wo der Wind eisig um die Ecke wehte.

»Ehrlich gesagt wäre mir näher lieber«, sagte Klara fröstelnd. »Das ist ja bitterkalt heute Abend.«

»Elbkeller?«

Klara lachte. »Warum nicht?« Der Elbkeller war ein beliebtes Weinlokal nur wenige Straßen weiter. Gemütlich und nicht zu teuer. Heinz hatte ein gutes Gespür dafür, was angemessen war. Er beschämte Klara nicht mit einer Kneipe, aber er überforderte die Geldbörse seiner Assistentin nicht mit einem teuren Restaurant.

Trotz der frühen Stunde war das Lokal bereits voll, und sie mussten im Windfang warten, bis ein Tisch frei wurde. Wann immer jemand nach drinnen oder nach draußen wollte, hielt Heinz zuvorkommend die Tür auf, ohne aber die typischen galanten Gesten, die Klara von den Redakteuren im Verlag gewohnt war. Er war ganz einfach freundlich, nichts weiter. »Wie lange bist du jetzt eigentlich schon bei Frisch?«, fragte sie, als sie sich endlich an einen der Tische dazusetzen konnten und bestellt hatten – Scholle sie, Hering er, gemeinsam eine Flasche Riesling.

»Ich bin inzwischen seit fünf Jahren dabei«, erzählte Heinz. »Am Anfang war es aufregend und schwierig zugleich.«

»Du hast alles alleine gemacht?«

Er nickte. »Das war verrückt. Andererseits waren die Herren Redakteure noch nicht so selbstbewusst. Da konnte man noch sagen, was geht und was nicht. Heute sagen die es einem.« Er lächelte schräg. Solche Kritik behielt er sonst für sich.

»Wenigstens hast du jetzt eine Assistentin.«

Heinz Hertig blickte sie über sein Weinglas hinweg an. »Ja«, sagte er. »Ich wüsste nicht, was ich ohne dich machen würde.«

»Ach. Du würdest es auch alleine schaffen.«

»Alleine würde es mich schaffen«, korrigierte Heinz und überraschte Klara mit seiner Schlagfertigkeit. Wenn dieser Mann erst einmal aufgetaut war, dann war er charmanter, als man für möglich gehalten hätte. »Jedenfalls hast du keine Vorstellung davon, wie oft ich dem Himmel schon gedankt habe, dass er dich mir geschickt hat.«

»Oh Gott«, entfuhr es Klara. »Du übertreibst schrecklich.« Sie hatte das Gefühl, ein bisschen rot zu werden. Oder kam das von der Wärme hier drinnen?

»Ganz und gar nicht! Du bist der gute Geist des Studios geworden.« Und leise fügte er hinzu: »Und mein ganz persönlicher Glücksstern. Auch wenn ich weiß, dass ich das nicht sagen sollte.«

Sie bestellten noch eine zweite Flasche Wein, nachdem die erste geleert war, erzählten einander von ihren fotografischen Anfängen, von ihrer Kindheit, von ihren ersten Lieben, lachten, lauschten, staunten – und lächelten einander immer wieder zu. Einen so schönen Abend hatte Klara lange nicht erlebt. Eigentlich noch nie. Sie fühlte sich in der Gesellschaft von Heinz außerhalb des Verlags so wohl, dass sie am liebsten hiergeblieben wäre und bis in die Morgenstunden immer weiter geplaudert, getrunken und geflirtet hätte. Denn ein Flirt war es längst geworden. Überraschenderweise fand Heinz immer wieder Worte, die Klara nicht von ihm erwartet hätte. Er war ein guter Beobachter, wie jeder gute Fotograf. Aber dass sie das Objekt seiner Beobachtungen war, damit hatte sie nicht gerechnet. Er hatte sehr genau in Erinnerung, welches Kleid sie an welchem Tag getragen hatte, wie sie ihr Haar trug, wie sie an ihrer Unterlippe kaute, wenn es ihr nicht ganz gut ging, wie sie die Fingerspitzen an die Nase legte, wenn sie unsicher war – Beobachtungen, die sie selbst teilweise noch gar nicht gemacht hatte! Manche ihrer Eigenheiten lernte sie an diesem Abend erst kennen. Und sie amüsierte sich königlich darüber, was vielleicht auch am Wein lag, der ihr natürlich längst zu Kopf gestiegen war. »Wir müssen gehen«, sagte sie irgendwann. »Sonst liege ich irgendwann unterm Tisch. Ich habe viel zu viel getrunken.«

»Ich auch«, bestätigte Heinz Hertig. »Mehr als im ganzen Jahr bisher, schätze ich.«

Lachend stiegen sie die Treppen des Weinlokals hoch zum Alsterfleet. Arm in Arm gingen sie die Admiralitätsstraße hinunter und dann über den Neuen Wall, als wäre es das Normalste von der Welt. Klara dachte nicht nach, wohin sie gingen, sondern lauschte nur den Erzählungen von Heinz, der so vieles schon erlebt hatte und so vieles schon gesehen. Sie mochte seine Stimme, die im weinseligen Zustand ein wenig höher klang als sonst, mochte seine Art zu erzählen, wie er vom Hölzchen aufs Stöckchen kam und doch immer wieder zurück fand zum Ausgangspunkt, mochte die Art, wie er von Menschen sprach: stets mit ganz viel Verständnis und Nachsicht und Sympathie ...»Du bist ein guter Mann, Heinz«, flüsterte sie irgendwann, schon ganz erschöpft von den zurückliegenden Stunden.

»Hm?«

»Ein guter Mensch.«

»Ach. Ich bin ein Niemand.«

»Aber ein ganz besonderer Niemand«, sagte Klara und blieb stehen.

»Entschuldige. Ich fürchte, es war keine gute Idee ...« An der Stelle unterbrach sie seine Rede mit einem Kuss, den er zunächst zögerlich, dann aber leidenschaftlich erwiderte. Denn stille Wasser sind tief, und Heinz Hertig war ein sehr stilles Wasser. »Möchtest du noch zu mir kommen?«, fragte er mit rauer Stimme.

»Ich dachte schon, du fragst mich nie«, flüsterte Klara und küsste ihn noch einmal, schon um zu verhindern, dass er noch irgendetwas Gentlemanhaftes erwiderte.

Es war nicht mehr weit zur Kirchenallee. Die Nacht war jung genug. Die Straßen waren kalt und zugig. Aber die kleine Wohnung von Heinz Hertig war gemütlich und warm, und sein Bett war es auch. So verlor sich Klara am Ende dieses Tages in den Armen eines Mannes, den sie noch vor wenigen Stunden nur als Chef betrachtet hatte – zumindest nach dem großen Missverständnis mit seiner Frau. Die es nicht gab.

Noch nie hatte sie sich so verstanden und geliebt gefühlt wie in diesen Stunden mit Heinz, der so zärtlich sein konnte und der ihr so ganz und gar das Gefühl gab, nicht einfach nur eine Frau zu sein, die es zu erobern galt, sondern jemand, für den er sich glühend interessierte – in jeder erdenklichen Hinsicht. Nach all den Fehlschlägen, Enttäuschungen und Selbstzweifeln schien es auf einmal doch etwas zu geben in ihrem Leben, was den Namen verdiente: Liebe.

※※※

# 5.

»*Fräulein Paulsen, Sie habe ich* gerade gesucht«, sprach Köster sie an, als Klara gerade dabei war, an den Chefbüros vorbei zum Fahrstuhl zu huschen.

»Mich?«

»Bitte in mein Büro.«

Sie wusste, dass sie den Bogen überspannt hatte. Dass es aus guten Motiven heraus geschehen war? Was tat es zur Sache. Wenn man ihr das durchgehen ließ, würden bald alle Frauen im Verlag den Männern auf der Nase herumtanzen. Und das würde weder Köster noch einer der anderen Oberen zulassen. Sie hätte nicht ihren Artikel ins Heft schmuggeln dürfen und ihn Lothar Schröder unterschieben dürfen. Damit hatte sie im Grunde alle betrogen: die Redaktion, den Kollegen – und die Leserinnen.

»Ich beobachte Ihr Treiben jetzt schon einige Zeit, und glauben Sie mir, ich beobachte es sehr genau …«, sagte der stellvertretende Chefredakteur, als sie wenige Augenblicke später ihm gegenüber vor seinem Schreibtisch stand. Er machte eine Pause, und Klara spürte ihr Herz bis zum Hals schlagen. Sie räusperte sich und wollte gerade zu einer Erwiderung ansetzen, da hob Köster die Hand und fuhr fort: »So kann das nicht weitergehen«, stellte er trocken fest. »Sie sind nicht geeignet für die Position, in die man sie beordert hat.«

»Herr Köster, bitte glauben Sie mir …«

»Deshalb habe ich beschlossen, dass ich das jetzt beende.« Er gab ihr ein Zeichen, sich zu setzen. Und das konnte Klara auch dringend gebrauchen, denn inzwischen war ihr richtiggehend schwindelig. Nicht geeignet. Hatte sie sich denn in ihrem Beruf gar nicht bewährt? War es völlig egal, wie gut sie im Studio gearbeitet hatte? Wie viele Überstunden sie gemacht hatte – unbezahlt? Hatte sie nicht alles gegeben? Und sie war wahrlich nicht schlechter als ihre männlichen Kollegen! Nur ein Mann, das war sie nicht. Das war das Einzige, was sie den Herrschaften hier nicht bieten konnte. Aber konnte man sie deshalb ...

»Ich versetze Sie hiermit in die reguläre Redaktion«, sagte Köster, aber Klara konnte ihn kaum hören, weil sie solches Ohrensausen hatte. »Ihr Gehalt wird sich nur geringfügig ändern ...«

»Ich verdiene weniger?«, warf sie ein.

»Weniger?« Köster lachte und betrachtete sie ungläubig. »Sie verdienen natürlich mehr. Aber eben nicht so viel, wie Sie sich wahrscheinlich erwartet hätten. Nun, jedenfalls erwarte ich mir, dass Sie Ihre Dankbarkeit zeigen und sich in Zukunft noch intensiver auch mit Ihren eigenen Themenvorschlägen einbringen. Der Beitrag über diesen Amerikaner ...«

»Elvis!«

»Den anderen.«

»Bill Haley?«

»Ja. Der war zwar nicht nach meinem Geschmack. Aber er war nach dem Geschmack der Leserinnen. Bringen Sie mir mehr davon. Wir machen die Zeitschrift ja nicht für mich.« Mit einem mokanten Lächeln griff er nach seiner Zigarre und entzündete sie neu.

»Und Herr Hertig?«, fragte Klara.

»Was soll mit dem sein?«

»Ich arbeite dann nicht mehr für ihn?«

»Nein«, stellte Köster fest. »Wenn, dann ist es umgekehrt: Er arbeitet für Sie.« Mit einem Nicken entließ er Klara.

# Kiss Me Goodbye

*Hamburg, 1958*

# 1.

*Detlev Grüner trat zur Seite* und ließ Klara den Vortritt in den Aufzug. »Danke!«, sagte sie verwundert und ging vor.

»Immer gerne, Fräulein Paulsen«, erwiderte der Fotograf und folgte ihr mit einem geradezu künstlichen Lächeln, bei dem er reichlich nikotinbraune Zähne entblößte. »Auch in den Fünften, richtig?«

»Ähm, ja, ich bin jetzt auch im Fünften.« So glücklich sie darüber war, nun im Büro der Herstellung untergebracht zu sein, und so stolz es sie machte, fühlte es sich immer noch seltsam an – irgendwie angeberisch.

»Bildredaktion«, sagte Grüner wichtig. »Das hat seit Langem hier im Hause gefehlt.«

Damit hatte der externe Fotograf zwar absolut recht, aber soweit Klara sich erinnerte, hatte er das auf den Redaktionskonferenzen bisher selber nie angeregt. Nun, es hätte ihm wohl auch nicht zugestanden, schließlich war er keine Stammkraft. »Ich freue mich, dass Sie das jetzt übernommen haben«, salbaderte er weiter. »Jetzt ist das mal in kompetenten Händen, das wird uns allen guttun.«

»Na ja«, erwiderte Klara. »In kompetenten Händen … Bisher war ich Studioassistentin. Ich schätze, ich muss noch viel lernen. Vor allem, was die Redaktionsabläufe betrifft.«

»Gewiss, gewiss!«, stimmte Grüner zu und drückte endlich auf den Knopf, woraufhin sich die Fahrstuhltür schloss und sie mit einem Ruck nach oben befördert wurden. »Aber Sie haben ja genügend erfahrene Kollegen, die Ihnen mit Rat und Tat zur Seite stehen werden.« Es bestand kein Zweifel daran, dass er sich damit nicht an letzter Stelle selbst meinte. »Falls ich Ihnen in irgendeiner Weise behilflich sein kann«, fügte er dennoch sicherheitshalber hinzu. »Zögern Sie bitte nicht. Sie wissen ja, wie Sie mich erreichen. Und zur Sicherheit ...« Er griff in seine Manteltasche und holte eine Visitenkarte hervor. »Rufen Sie mich jederzeit gerne an!«

Klara nahm ihm die Karte aus den nicht weniger vergilbten Fingern und steckte sie rasch weg. »Danke«, sagte sie. »Das werde ich gerne tun.«

Im fünften Stock liefen sie Hennerk Bredemann über den Weg. »Moin, Klara!«, rief er, als wären sie beste Freunde. »Gratuliere zu der neuen Aufgabe! Günter hat schon einen Tisch im Paprika reserviert, damit wir dich ein büschen feiern! Gleich nach Dienstschluss heute. Sieben.« Paprikas Zigeunerkeller war ein ziemlich beliebtes Lokal auf der Reeperbahn, in dem gutbürgerliche Küche vom Balkan serviert wurde und vermeintliche »Zigeuner« an den Tischen musizierten. Je später der Abend, umso feuchtfröhlicher die Gesellschaften, die sich dort vergnügten.

»Ich, ähm ...«, stotterte Klara. »Also, ich weiß nicht ...«

»Ach was«, wischte Bredemann ihre vorhersehbaren Einwände beiseite. »Eine kleine Einstandsfeier gehört zum guten Ton! Und wir zahlen alle unsere Zeche selbst!« Er lachte, als hätte er gerade den Witz des Jahrhunderts gemacht. Grüner lachte mit. »Sie kommen auch?«, fragte der Chefreporter ihn.

»Gerne«, erwiderte Grüner. »Wenn da noch ein Plätzchen frei ist für einen einfachen Fotografen.«

»Pah! Ist ja praktisch ein Geschäftsessen, was? Also dann, bis nachher!«

»Wer kommt denn alles?«, fragte Klara zaghaft, denn eigentlich hatte sie vorgehabt, den Abend mit Heinz zu verbringen und vielleicht auch mit ihren engsten Freundinnen. Denn an so etwas wie eine kleine Feier hatte sie selbst auch gedacht. Vor allem wollte sie mit Heinz über ihre neue Rolle sprechen. Das war alles so Knall auf Fall gekommen, dass sie bisher nicht hatten reden können. Vorgestern Abend noch hatten sie beide endlich zusammengefunden. Gestern war Heinz zu einem Fotoshooting nach Frankfurt gereist – und in der Zwischenzeit hatte er seine Studioassistentin verloren und eine Fotoredakteurin bekommen, die aber ihm Anweisungen gab und nicht umgekehrt. Was würde er dazu nur sagen? Wie würde es ihm damit gehen? Sie musste unbedingt mit ihm sprechen, und zwar so bald wie möglich!

»Linnemann ist natürlich da«, zählte der Chefreporter auf. »Zielick, selbstredend! Mit dem wirst du ja besonders eng zusammenarbeiten.« War da ein seltsamer Unterton zu hören? Vielleicht nicht. »Westermann wollte kommen ...«

»Und Vicki?«

»Ja! Absolut! Vicki müssen wir natürlich einladen. Überhaupt noch ein paar nette Mäd... also: Kolleginnen, nicht wahr?« Er zwinkerte Grüner zu, der unsicher zu Klara hinsah. »Lothar Schröder vielleicht?«

»Gerne«, sagte Klara zaghaft. »Heinz Hertig wäre mir wichtig.«

»Klar. Um den kümmere ich mich persönlich«, versicherte ihr Bredemann. »Ich muss nachher sowieso zu ihm runter, dann mache ich das gleich mit ihm klar.«

»Danke.«

»Keine Ursache! Also dann, bis nachher!«

»Bis nachher«, fügte sich Klara in ihr Schicksal und dachte, dass ihr der Abend mit Heinz und ihren Freundinnen nicht weglaufen würde. Den würde sie ganz einfach morgen oder übermorgen nachholen. Was sich ohnehin anbot, da dann Wochenende war.

※ ※ ※

Das neue Büro lag zwar im eleganten fünften Stockwerk, allerdings mit Blick Richtung Schaartor. Immerhin konnte man auch den Michel sehen, wenn man sich ans Fenster stellte und seitlich guckte. Klara mochte den weiten Blick, den man von hier oben genoss. Vermutlich würde er nicht mehr lange existieren, weil ringsum Kräne in den Himmel ragten. Überall wurde gebaut. Immer noch. Hamburg war wie eine Maschine. Tag und Nacht in Betrieb, ständig in Bewegung, sich immerzu verändernd. Überall wuchsen neue Gebäude in die Höhe, alles wurde zugepflastert, nichts konnte schnell genug gehen. Und auch wenn es vor dem Krieg viel enger gewesen war in der Hansestadt, fühlten sich der viele Beton und die Millionen Ziegelsteine, die tagtäglich verbaut wurden, wie ein Korsett an, das das Leben zwischen Hafen, Steintor- und Holstenwall in Bahnen zwingen wollte, die nur ein Ziel kannten: Geld zu schaffen, Geld und immer noch mehr Geld.

»Moin, Fräulein Paulsen«, grüßte Bernd Linnemann, in dessen geräumigem Büro nun auch Klaras »Bildredaktion« untergebracht war. Linnemann war der Hersteller, das hieß, er war für die technischen Fragen der Zeitschriften zuständig und Ansprechpartner sowohl für das Studio und nun auch die Bildredaktion als auch für die Drucker, die letztlich von ihm die Vorlagen erhielten.

»Moin, Herr Linnemann.« Klara hätte gerne noch ein wenig Small Talk betrieben, doch in Gegenwart von Linnemann fiel ihr selten etwas ein, und man konnte ja auch nicht ständig übers Wetter reden.

»Schietwetter heute, was?«, sagte prompt der Hersteller und nickte zum Fenster hin.

»Na ja. War schon mal schlimmer«, befand Klara, die immerhin beinahe trockenen Fußes in die Redaktion gelangt war. Aber wenn sie Richtung Michel rüberguckte, konnte sie tatsächlich von Nordwesten her sehr dunkle Wolken hereinziehen sehen.

»Stimmt auch.« Linnemann beugte sich wieder über seine Probeabzüge und kümmerte sich nicht weiter um Klara, die an ihren Schreibtisch trat und ihre Sachen auspackte. Sie hatte ein Telefon und eine Schreibmaschine. Und sie war froh, dass sie selbst Maschine beherrschte, denn auch wenn sie eine ganze »Redaktion« leitete, sie war das einzige Mitglied dieser Redaktion, und darauf, dass sie gar eine Sekretärin gebrauchen könnte, war offenbar niemand gekommen – sie selbst bisher allerdings am allerwenigsten.

»Ich denke, ich schaue mal rasch ins Studio runter«, sagte sie. »Die Bilder für Haushalt heute holen.«

»Alles schon da«, murmelte Linnemann und deutete auf einen Stapel Mappen auf dem Fensterbrett, ohne von seiner Arbeit aufzusehen. Klara nahm die Ordner und schlug den ersten auf. Mit einer Büroklammer war auf der ersten Seite ein grünes Kleeblatt aus Papier angeheftet, auf dem die Worte »Glückwunsch! Heinz« standen und darunter klein: »Ich freue mich mit dir.« Das Tüpfelchen auf dem letzten i konnte man mit etwas Fantasie als winziges Herz betrachten. Klara spürte, wie ihr ganz warm wurde. Nach ihrer Beförderung hatte sie keine Gelegenheit mehr gehabt, mit Heinz zu sprechen, weil er für den Hanseat zu Aufnahmen nach Frankfurt gereist war, wo ein Kongress zum Thema Investitionen an der Börse stattgefunden hatte. Erst heute war er wieder zurück. Wenn sie es irgendwie einrichten konnte, würde sie nachher zu ihm nach unten gehen und mit ihm sprechen und ja vielleicht auch ein paar Minuten mit ihm in der Dunkelkammer allein sein können …

Allerdings fand sie gar keine Zeit, sich davonzustehlen. Denn schon nach Kurzem bestellte Kraske sie zu sich, um die Bildbegleitung mehrerer Beiträge für Haushalt heute zu besprechen, anschließend hatte Linnemann einen Termin angesetzt, in dem die Layouts für die nächste *Claire* besprochen werden sollten, Günter Wächter, der Chefredakteur der *Claire* nahm daran teil und zitierte Klara anschließend noch zu sich, um über den neuen »Look« zu diskutieren, der ihm für die *Claire* vorschwebte. »Wir wollen moderner werden«, erklärte er.

»Sind wir das nicht?«, fragte Klara überrascht. »Die *Claire* ist die glamouröseste Frauenzeitschrift auf dem Markt. Also, wenn Sie mich fragen.«

»Absolut!«, stimmte Wächter ihr zu. Es bestand kein Zweifel daran, dass er dieses Lob persönlich nahm. »Aber das soll auch so bleiben. Haben Sie mal gesehen, was die Brigitte und die Constanze jetzt machen?«

»Ehrlich gesagt ...«

»Mehr Farbe«, erklärte Wächter. »Mehr Fotos. Größere Bilder. Kürzere Texte.«

»Sind die Texte nicht schon kurz genug?« Es war Klara aufgefallen, dass manche Artikel schon nur noch eine einzige Seite füllten, viel weniger als man früher gewohnt war.

»Glauben Sie mir, Fräulein Paulsen, der Trend wird sich fortsetzen. Alles wird schneller, kürzer, flüchtiger.«

Vielleicht hatte er damit sogar recht. »Das würde bedeuten, dass wir noch mehr Bildmaterial brauchen«, dachte Klara laut. »Aber das bekommen wir mit der Mannschaft, die wir haben, kaum hin.«

»Na, jetzt haben wir ja Sie!«, stellte Wächter fest, und Klara hätte nicht zu sagen vermocht, ob das hoffnungsvoll oder hämisch geklungen hatte. »Dafür fehlt eine Studioassistentin«, erwiderte sie.

»Um die soll sich Herr Hertig kümmern«, sagte Wächter knapp. »Das ist sein Problem.«

Ja, so war das wohl. Aber irgendwie fühlte Klara sich schuldig. Man hatte Heinz die Assistentin weggenommen, und jetzt sollte er auch noch mehr liefern als zuvor. Sie musste unbedingt mit jemandem von der Geschäftsführung sprechen, dass es eine Nachfolge für ihre alte Arbeit brauchte. Anderseits: Würde Heinz ihr das womöglich verübeln? Durfte sie sich in seinen Bereich einmischen?

»Jedenfalls hätte ich gerne bis morgen zur Konferenz mal eine kurze Stellungnahme von Ihnen mit Vorschlägen, wie wir das am besten umsetzen können.«

»Bis morgen?«

»Spricht etwas dagegen?«

»Nein, natürlich nicht.« Wenn man mal von der kleinen Feier absah, die die Kollegen für sie geplant hatten. Aber sie würde eben den restlichen Arbeitstag noch nutzen und zur Not früh aufstehen und ihre Präsentation fertig machen. »Ich freue mich, dass Sie mir eine so verantwortungsvolle Aufgabe übertragen.«

»Gewöhnen Sie sich daran, Fräulein Paulsen. Ihr neues Einsatzgebiet ist keine Assistentinnenstelle mehr.« Vielleicht sollte es wie eine Ermunterung klingen. Tatsächlich klang es eher wie eine Drohung.

Nach dem Gespräch mit Wächter fuhr sie kurzentschlossen hinunter in den Keller und lief den langen Flur entlang zum Studio, fand es aber abgeschlossen: Heinz war offenbar wieder auf einem Termin außer Haus. Seufzend machte sie kehrt und stolperte oben bei Vicki dem Chefreporter Bredemann erneut vor die Füße.

»Na?«, rief er jovial. »Viel zu tun heute?«

»Immer, Herr Bredemann. Immer.«

»Hennerk, bitte.«

»Hennerk. Natürlich. 'tschuldigung.«

Er zwinkerte Vicki zu und klopfte lässig auf die Theke, ehe er sich auf den Redaktionsflur begab. »Heute Abend im Zigeunerkeller? Echt jetzt?«, sagte die Freundin, als er weg war.

»Nicht meine Idee«, erklärte Klara, die ein ungutes Gefühl hatte, weil sie Heinz nicht sprechen konnte.

Vicki zuckte die Achseln. »Vielleicht trotzdem keine schlechte.

Ich freu mich jedenfalls, dass wir dich ein bisschen feiern. Hast es verdient, Klärchen.«

※ ※ ※

Obwohl es früh war, war »Paprikas Zigeunerkeller« brechend voll, als Klara in Begleitung von Vicki dort eintraf. Die beiden waren schon im Begriff kehrtzumachen, als durch den dichten Qualm aus dem Schummerlicht jemand zu ihnen herüberrief: »Frolleins! Fräulein Paulsen! Fräulein Voss! Hier!«

Die Männer schienen schon vollzählig versammelt. Klara und ihre Freundin zwängten sich durch die dicht stehenden Tische zu der Ecke hin, die sich Bredemann und Co. offenbar für die kleine Einstandsfeier ausgeguckt hatten. Tatsächlich saßen auch Zielick und Linnemann an dem Tisch, Grüner, Hassfurt und Ulf Röttger aus der Buchhaltung. Heinz indes war noch nicht da, und auch aus der Chefredaktion war niemand zu sehen: kein Kraske und auch kein Köster. Natürlich nicht. »'n Abend, die Damen!«, rief Bredemann und deutete auf die zwei noch freien Stühle.

»Guten Abend«, grüßte Klara in die Runde. »Hier ist ja schon mächtig was los!«

»Reeperbahn halt«, erklärte Bredemann weltmännisch. »Wann ist hier schon mal nichts los.«

»Nett«, stellte Vicki mit Blick auf das Lokal fest. »Ich war ja noch nie hier.«

»Bestes Essen, gute Musik und Bombenstimmung!« Bredemann winkte der Bedienung, die in irgendeiner osteuropäischen Tracht zu ihnen herüberkam und die Bestellung aufnahm: eine Runde Roten für alle. »Damit wir anstoßen können!«

»Heinz fehlt noch«, sagte Klara und ergänzte auf Grüners fragenden Blick: »Heinz Hertig«, als ob es daran einen Zweifel geben könnte.

»Oh ja, der kommt bestimmt noch. Hennerk hat ihm ja Bescheid gegeben.«

»Dann hoffe ich, dass er bald da ist.« Jedenfalls würde es mit einem Gespräch unter vier Augen so nichts werden. Wenn Heinz dazukam, würden sie kaum ein vertrauliches Wort wechseln können. Und so, wie sie Heinz einschätzte, würde er sich vielleicht auch gar nicht anmerken lassen, dass sie beide jetzt ein Paar waren.

»Aber davon lassen wir uns nicht vom Feiern abhalten, was?«, meinte Bredemann und legte beiläufig seine Hand auf Vickis Bein, die neben ihm saß. Klara sah sie aus dem Augenwinkel zusammenzucken, dann aber gute Miene machen. Natürlich, sie wollte Klara die Feier nicht verderben, indem sie gleich mal einen Mann in die Schranken wies. Außerdem konnte ja niemand wissen, welche Erfahrungen mit Männern die arme Vicki hatte machen müssen.

»Dann trinken wir mal gepflegt auf unsere neue Fotoredakteurin!«, rief Bredemann, als die Kellnerin den Rotwein gebracht hatte. Nein, das war keine Tracht, jedenfalls nicht so, wie eine echte osteuropäische Tracht hätte aussehen müssen. Was das Dekolleté zu weit unten anfing, hörte der Rock zu weit oben auf. Aber das hier war schließlich auch die Reeperbahn. Man durfte vermutlich schon froh sein, wenn die Bedienung überhaupt etwas anhatte.

Die Runde erhob die Gläser und stieß launig an, wobei zunächst Linnemann sich ein »Vivat« abrang, in das die anderen dann einstimmten. Klara sah sich um. Ob Heinz irgendwann noch auftauchen würde? Nicht dass es ihm ginge wie Vicki und ihr, und er dachte, die Feier fände gar nicht hier statt …

»Ich empfehle das Paprikaschnitzel«, wusste Zielick, der offenbar zu den regelmäßigen Gästen hier gehörte.

»Oder das Ćevapčići!«, hielt Röttger dagegen.

»Hier kannst du gar nichts Falsches wählen!«, erklärte Bredemann großspurig. »Die haben hier den Teufel am Herd. Man muss nur zusehen, dass man genügend Flüssiges bekommt, um jederzeit zu löschen.«

Denn in der Tat, die Küche in »Paprikas Zigeunerkeller« war scharf. So scharf, dass einem richtiggehend heiß wurde! Schon nach Kurzem hatten die Herren ihre Sakkos und die Damen ihre Jäckchen abgelegt. Immer wieder kam ein Akkordeonspieler vorbei und ließ sich für zwei, drei Groschen ein Lied von Bredemann oder von Grüner auftragen. Der Chefreporter war inzwischen so nah an Vicki herangerutscht dass Klara zwischendurch Sorge hatte, die Freundin könnte vom Stuhl fallen. Irgendwann hielt sie es nicht mehr aus und sagte: »Ich muss mich mal pudern gehen. Vicki, kommst du mit?«

»Aber sicher!«, rief die Freundin erlöst aus und sprang fast von ihrem Stuhl hoch. »Danke!«, stöhnte sie, als die Freundinnen auf der Damentoilette angelangt waren. »Ich dachte schon, er will mich noch bei Tisch vor aller Augen vernaschen.«

Klara lachte. »So ein Ekel! Mit mir hat er auch schon mal seine Spielchen gespielt.« Und auf Vickis schockierten Blick hin: »Nein, nein, keine Sorge, es ist nichts passiert. Gregor hat mich damals gerettet.«

»Gregor«, sagte Vicki. »Der wäre jetzt gut in dieser Runde. Wieso ist der eigentlich nicht hier?«

»Gregor? In Paprikas Zigeunerkeller?« Klara sagte das so. Aber heimlich zwickte es sie doch, dass er nicht da war. Genauso wie Lothar. Auch wenn sie kein Pärchen mehr waren, standen sie doch gut miteinander. Dass er zu ihrer Einstandsparty nicht erschienen war, kränkte sie ein bisschen. Die drei Männer, die sie am meisten mochte, waren nicht gekommen.

»Stimmt«, erwiderte Vicki. »Hast recht, das würde gar nicht zu Gregor passen.« Sie blickte auf ihre Armbanduhr. »Eigentlich müsste Wilhelm längst da sein.« Wilhelm Ohlschläger, Vickis neuer Verehrer, von dem sie inzwischen mehrfach erzählt hatte, den Klara aber noch nie zu Gesicht bekommen hatte. »Dein Willy holt dich ab?«

»Das hoffe ich doch! Sonst muss ich ihm am Ende noch mit Bredemann eine Lehre erteilen.«

Klara schüttelte sich lachend. »Das wäre vor allem dein Schaden.«

»Lange halte ich das jedenfalls nicht mehr aus.« Vicki betrachtete sich im Spiegel und kramte ihren Lippenstift aus der Tasche.

»Da sagst du was«, befand Klara. »Ich muss dringend noch etwas für morgen früh fertig machen.«

»Zu Hause?« Erstaunt blickte die Freundin sie im Spiegel an, während sie sich die Lippen nachzog.

»War im Büro schlicht nicht zu schaffen.«

»Na, dann viel Vergnügen.« Mit einem »Klick« schnappte der Deckel wieder auf den Lippenstift. Wie immer sah Vicki hinreißend aus.

»Danke«, seufzte Klara. »Zumindest unter dem Gesichtspunkt ist es besser, dass Heinz nicht aufgetaucht ist.«

»Was mich wirklich wundert.« Vicki hielt der Freundin ihre Tasche hin. »Nimmst du mal so lange? Danke.« Klara hatte ihr am Vortag in der Mittagspause von der Entwicklung mit Heinz erzählt. Da hatte sie noch so frisch unter dem Eindruck der vorangegangenen Nacht gestanden, dass Vicki sie spontan umarmt und ihr gratuliert hatte, weil sie so glücklich aussah.

Lachend gingen die beiden jetzt abwechselnd auf die Toilette und betrachteten sich noch einmal kritisch im Spiegel. »Ich hoffe, das geht nicht ewig«, sagte Klara. »Als Jubilarin kann ich schlecht als Erste gehen, oder?«

»Nicht wirklich. Jubilarin, wie das klingt. Als würden wir hier deinen neunzigsten Geburtstag feiern!«

»Den neunzigsten nicht«, gluckste Klara. »Aber den vierundzwanzigsten.«

»Nicht dein Ernst, oder? Du hast heute Geburtstag?«
Klara zuckte die Achseln. »Purer Zufall.«
»Dann müssen wir unbedingt noch einmal auf dich anstoßen!«, bestimmte die Freundin, doch Klara legte ihr die Hand auf den Arm. »Bitte nicht«, sagte sie. »Nicht in der Runde. Außerdem hab ich schon mehr als genug intus. Die Herren können die Gläser ja gar nicht oft genug heben.«
»Verstehe. Na ja, ich würde mir auch eine andere Geburtstagsgesellschaft aussuchen. Mensch, warum haste denn nichts gesagt, dass du auch noch Geburtstag hast?«
Klara betrachtete die Freundin im Spiegel. »Wozu? Was hätte das geändert?« Nichts, dachte sie. Weil Heinz nicht da war. Dem hatte sie es sagen wollen. Mit dem hatte sie eigentlich feiern wollen. Allein. Nur sie und er. Am liebsten bei ihm zu Hause. Wenn sie daran dachte, schlug ihr Herz schneller. Zugleich aber hatte sie ein ungutes Gefühl. Warum tauchte er denn nicht auf?

※ ※ ※

Als sie zum Tisch zurückkamen, stand eine neue Runde mit Gläsern an den Plätzen, diesmal allerdings kleine: Schnapsgläser. »Zum guten Ton gehört, dass man nach einem reichlichen Mahl einen Kräuterlikör genießt«, erklärte Grüner und hob sogleich sein Gläschen. »Zum Wohl! Auf ex!«
Vicki schüttelte sich und hielt sich die Nase zu. Trotzdem konnte sie kaum vermeiden zu würgen. Klara konnte sie gut verstehen: Der Schnaps roch ja fast wie Bohnerwachs.
Und dann stand auf einmal Wilhelm Ohlschläger am Tisch und grüßte freundlich in die Runde, und er sah wirklich so hinreißend aus, wie Vicki ihn beschrieben hatte: etwas älter, mit grauen Schläfen, elegantem Zweireiher, seriöser Brille, gepflegten Händen und einer Haltung, als wäre er einem Katalog für Butler entstiegen.

»Guten Abend, die Herrschaften«, grüßte er. »Ohlschläger. Verzeihen Sie, wenn ich Sie störe, aber ich hatte Fräulein Voss versprochen, sie abzuholen.«

Während die verdutzten Männer noch nach Worten suchten, schnappte Vicki sich mit der einen Hand ihr Jäckchen von der Stuhllehne, mit der anderen griff sie nach seinem Arm, dann zwinkerte sie Klara zu, flötete »Schönen Abend noch!« und war so schnell weg, dass Klara gar nicht mehr dazu kam, etwas zu sagen.

»Darauf stoßen wir noch einmal an!«, rief Bredemann, winkte nach einer weiteren Runde Kräuterlikör und lachte Klara zu. Oder lachte er sie aus?

✻ ✻ ✻

# 2.

*Als der Wecker klingelte, hatte Klara* das Gefühl, als hätte ihr jemand mit dem Hammer auf den Schädel geschlagen. »Oh Gott!«, stöhnte sie und wischte ihn vom Nachttisch, woraufhin sie erst einmal wieder Ruhe hatte. Bis sie einige Zeit später hochschreckte und ihr schwarz vor Augen wurde. War sie noch einmal eingeschlafen? Wie lange war es her, dass das Ding so einen Höllenlärm gemacht hatte? Sie angelte nach dem Wecker und fiel dabei fast vom Bett. So elend hatte sie sich schon lange nicht mehr gefühlt. Eigentlich noch nie.

Langsam kam die Erinnerung zurück. Die Erinnerung an die lärmende, feiernde Runde im Zigeunerkeller. An Vicki, die mit ihrem neuen Freund abgehauen war. An die Kollegen, die ihr die Schnapsgläser entgegenstreckten, um mit ihr anzustoßen. Und an … Ja: an was? Da war nichts! Nichts! Nach diesem Bild war es, als hätte sie den zurückliegenden Abend nie erlebt. Aber wie konnte das sein? Sie hatte angestoßen. Sie hatte diesen Schnaps getrunken. Sie konnte sich noch an den widerlichen Geruch erinnern, dieses Fiese, das Bohnerwächserne. In dem Moment spürte sie, wie sich ihr Magen hob.

Nur mit größter Mühe schaffte sie es ins Badezimmer, um sich in die Toilette zu übergeben. Ächzend ließ sie sich auf den Boden sinken und lehnte sich an den Rand der Badewanne. »Was für ein Mist«, flüsterte sie. Offenbar war sie restlos betrunken gewesen letzten Abend. Sie wusste nicht mehr, bis wann die Feier gegangen war, sie hatte keine Ahnung, wie sie nach Hause und wie sie ins Bett gekommen war. Wer sie gebracht hatte, wie sie in ihr Nachthemd gekommen war ... Wie vom Donner gerührt, erkannte sie, dass sie mitnichten ein Nachthemd trug, sondern nur in Unterwäsche war. Mühsam rappelte sie sich auf und tappte wieder hinüber ins Schlafzimmer. Immerhin: Ihre Kleider lagen so ähnlich da, wie sie sie meist hinlegte. Wenn sie sie nicht in die Wäsche gab oder wieder in den Schrank hängte. Sie wollte den Kopf schütteln, als könnte sie damit den Schleier des Vergessens vertreiben. Doch die leiseste Bewegung verursachte ihr Schwindel und Schmerzen. Wieder bückte sie sich nach dem Wecker, starrte einige Zeit sinnlos darauf, um schließlich festzustellen, dass er stehen geblieben war. Wenn er mal bloß nicht kaputtgegangen war bei der unbedachten Aktion vorhin!

Sie brauchte etwas zu trinken. Wasser. So viel wie möglich. Und sie musste ein Bad nehmen oder sich zumindest abbrausen. In den Geruch, den sie in der Nase hatte, mischten sich die Ausdünstungen ihres eigenen Körpers: Alkohol, Knoblauch, Zwiebeln – und das bittere Aroma von kaltem Zigarettenrauch, in dem sie den vergangenen Abend zugebracht hatte.

Leise jammernd ging sie zuerst in die Küche, goss sich ein Glas Wasser voll und noch eines und noch ein drittes, dann warf sie einen Blick auf die Wanduhr und konnte einen Schrei nicht unterdrücken. Acht Uhr zwanzig! In zehn Minuten begann die Konferenz, auf der sie etwas hätte vortragen sollen.

Zehn Minuten? Das reichte nicht einmal, um pünktlich dort zu sein, wenn sie schon fix und fertig in der Tür gestanden hätte! Kurzentschlossen hielt Klara ihren Kopf unter den Wasserhahn über der Spüle, schnappte sich das Geschirrtuch und rubbelte ihr Haar trocken, machte Katzenwäsche und stolperte hinüber ins Schlafzimmer, zog sich eilig ihr graues Wollkleid über, fummelte fluchend die Strümpfe über ihre Beine und wechselte sie fluchend noch einmal, weil sie eine Laufmasche entdeckt hatte. Dann kämmte sie sich, riss den Mantel vom Haken, stieg in ihre besten Laufschuhe, schnappte sich die Mappe mit den völlig unfertigen, provisorischen Überlegungen, die sie so gerne an diesem Morgen noch ausgearbeitet hätte, ihre Handtasche und den Hut und war im nächsten Moment draußen auf der Treppe, wo sie sich in ihrem desolaten Zustand bis zum Erdgeschoss mehrmals beinahe zu Tode stürzte.

Der Wind schlug Klara ins Gesicht, als sie vors Haus trat. Es regnete. Aber um einen Schirm zu holen, dafür war es jetzt zu spät. Also rannte sie einfach, so schnell sie konnte, ohne darauf zu achten, dass es in ihrem Kopf hämmerte und dass ihre Lunge stach. Auch die Seite stach bald, sodass sie nach einer gefühlten Ewigkeit humpelnd und stöhnend am Baumwall anlangte.

Im Aufzug brach ihr der Schweiß aus, weil sie so plötzlich zum Stillstand gekommen war. Als sich die Tür im fünften Stock öffnete, war sie klatschnass unter ihrem Mantel. Die Mappe mit ihren Notizen war auch nass, vom Regen. Sie musste sich einen Moment festhalten, ehe sie sich auf den Weg in den Konferenzraum machte, in dem natürlich alle längst versammelt sein würden.

※ ※ ※

»Sieh an, unsere neue Bildredakteurin«, stellte Kraske trocken fest, als sie die Tür öffnete und hineinhuschte. »Guten Morgen, Fräulein Paulsen.«

»Moin«, murmelte Klara und ging unter den neugierigen Blicken der versammelten Mannschaft zu ihrem Platz. Aus den Augenwinkeln konnte sie sehen, dass Zielick und Linnemann grinsend zu ihr herübersahen.

Bredemann schürzte süffisant die Lippen, Grüner, der ebenfalls da war, schüttelte scheinbar empört den Kopf über Klaras Auftritt.

Sie setzte sich und schlüpfte umständlich aus ihrem Mantel in der Hoffnung, dass niemand allzu genau hinguckte, weil sie so verschwitzt war. Dann nestelte sie rasch ein Taschentuch aus ihrer Handtasche und tupfte sich Stirn und Oberlippe trocken.

»Dann wollen wir uns mal den Überlegungen unseres Kollegen Wächter widmen«, sagte Kraske, der an diesem Tag den Vorsitz hatte, nachdem Köster offenbar verhindert war. Es war die kleine Konferenz, wofür Klara dankbar war. Sonst hätte am Ende auch noch der Liebe Gott ihren unsäglichen Auftritt eben erlebt.

»Gerne, Rüdiger«, sagte der Chefredakteur der *Claire*. »Also: Wir alle wissen, es ist einiges los auf dem Markt für Frauenzeitschriften. Die Konkurrenz schläft nicht, und einige machen ihre Sache ziemlich gut! Dass wir bisher steigende Auflagen haben, ist schön, aber kein Naturgesetz. Deshalb müssen wir uns wappnen. Und wir müssen mit der Zeit gehen! Die *Claire* soll in Zukunft frischer und moderner aussehen. Wir haben uns mal einige Titel aus den anderen Verlagen angesehen und dabei festgestellt, dass …«

Klara spürte, wie sie langsam zur Ruhe kam. Sie versuchte, ruhiger zu atmen, das Zittern ihrer Hände in den Griff zu bekommen. Ihr Mund war völlig ausgetrocknet. »Darf ich mal?«, fragte sie leise und griff an Linnemann vorbei nach einem Glas und einer der Wasserflaschen auf dem Tisch. Immer noch fühlte sich ihr Kopf an wie ein Ballon, der mit einer schweren Flüssigkeit gefüllt war, und ihr Herz pochte heftig.

»… was sich natürlich auch optisch niederschlagen wird«, referierte Wächter weiter. »Deshalb bin ich sehr froh, dass wir jetzt auch eine Bildredaktion im Haus haben. Das war längst überfällig. Fräulein Paulsen hat in meinem Auftrag einige Überlegungen angestellt, was der Neuauftritt der *Claire* optisch bedeuten könnte. Ich bin selbst neugierig, was ihr dazu eingefallen ist. Fräulein Paulsen?«

Hastig nahm Klara einen Schluck Wasser und nickte dann unter den Blicken der Anwesenden in die Runde, ehe sie aufstand und ihre Mappe zur Hand nahm. »Ja«, sagte sie und versuchte, so souverän wie möglich in die Runde zu blicken. In dem Moment entdeckte sie Heinz, der sie mit ernstem Gesicht von einem Platz schräg gegenüber betrachtete. Sie räusperte sich, holte noch einmal Luft und improvisierte: »Also, es war noch nicht viel Zeit, hier schon ein richtiges Konzept zu entwickeln. Aber Herr Wächter hat es ganz richtig gesagt, wir können mit der *Claire* noch besser werden! Ich habe mich deshalb zuerst gefragt, was eigentlich unsere Leserinnen an der *Claire* besonders schätzen – also: im Bereich der Gestaltung. Ehrlich gesagt war ich am Anfang ein …« Ihre Stimme war nahezu ein Krächzen. Sie griff noch einmal zum Glas und trank etwas Wasser. »Entschuldigung. Ich … ich fürchte, ich habe mich erkältet.« Die Mienen der Anwesenden, die sich irgendwo zwischen amüsiert und mitleidig bewegten, machten ihr schmerzlich bewusst, wie desolat sie wirkte. »Ja, also …«, stotterte sie. »Am Anfang war ich skeptisch, weil mehr ja nicht automatisch besser bedeutet.«

Wächter fiel ihr ins Wort: »Die journalistische Qualität überlassen Sie bitte den Journalisten, Fräulein Paulsen. Ihre Expertise ist nur in gestalterischer Hinsicht gefragt.«

»Ja. Sicher. Ich wollte ja auch gerade sagen: Das gilt auch für Bildmaterial. Mehr Bilder machen eine Präsentation nicht automatisch besser. Die Frage, die ich mir deshalb als Nächstes gestellt habe, war: Welche Art von Bildern rechtfertigen eigentlich einen höheren Bildanteil …«

»Fräulein Paulsen«, unterbrach Wächter sie noch einmal. »Wenn Sie uns die Ergebnisse Ihrer Überlegungen mitteilen wollen, dann würde uns das schneller ans Ziel bringen.«

»Ja. Also, konkrete Ergebnisse kann es natürlich über Nacht

noch nicht geben«, stellte Klara fest und versuchte, dabei so selbstverständlich zu klingen wie nur möglich. »Jedes gute Konzept braucht ja eine gewisse Entwicklungszeit und …«

»Gut«, fuhr Günter Wächter dazwischen. »Ich hatte Sie zwar gebeten, uns bis heute etwas vorzutragen. Aber wenn das über Nacht nicht möglich ist, dann üben wir uns noch in Geduld. Vielleicht schaffen Sie es ja bis zur nächsten Runde.« Leiser fügte er hinzu: »Dann hoffen wir mal, dass Sie die Nächte bis dahin besser nutzen.«

Gelächter ging durch die Reihen, Klara senkte den Blick, getroffen von Wächters Worten und von der Häme, die sie um sich her spürte. Sie setzte sich, sortierte ihre Sachen und versuchte, ihre Enttäuschung runterzuschlucken. Kurz blickte sie zu Heinz Hertig hinüber, der sie immer noch mit demselben traurigen Gesichtsausdruck betrachtete und – als er ihren Blick auffing – tief einzuatmen schien.

Die Konferenz dauerte endlos. Auch wenn sie schon nach weniger als einer Stunde von Kraske aufgehoben wurde, schien es Klara, als nähme sie niemals ein Ende. Die Minuten zogen sich peinigend, die Stimmen, die Vorträge, die Diskussionen, das alles zog wie durch einen dichten Schleier an ihr vorüber: als ginge es sie gar nichts an.

»Was war denn mit Ihnen los, Klärchen?«, fragte Bredemann, als er zuletzt hinter ihrem Platz vorbeiging. »Sonst sind Sie doch nicht so verdruckst!« Er lachte, als hätte er einen köstlichen Scherz gemacht. Grüner, der ihm folgte, lachte mit. »War halt doch ein ziemlich anstrengender Abend gestern, was?«, stellte er fest. Dann zogen die beiden ab. Wächter würdigte Klara keines Blickes, als er seinen Platz verließ. Und als Klara sich zu Heinz durchdrängen wollte, musste sie feststellen, dass er den Saal schon verlassen hatte.

※ ※ ※

»Wächter ist ein Schwein«, erklärte Vicki, als Klara ihr in der Teeküche ihr Herz ausschüttete. »Er gibt dir über Nacht eine Mammutaufgabe und macht dich dann zur Schnecke, wenn du sie nicht bewältigst. Als hättest du nicht genug damit zu tun, überhaupt erst einmal die Stelle zu erfinden, auf die sie dich befördert haben!«

Sosehr Klara die Freundin dafür liebte, dass sie sie verteidigte, so wenig half es jetzt, auf den Chefredakteur der *Claire* zu schimpfen. »Ich muss ja weiter mit ihm zusammenarbeiten, Vicki«, sagte sie. »Ich weiß nach diesem Vorfall bloß nicht, wie das gehen soll.«

»Na, wie wohl? Indem du ihm deine Meinung geigst!«

»Sieh mich an. Ich …. ich sehe schrecklich aus!«

»Nach so einer Gemeinheit würde doch jede Frau …«

»Vicki! Ich sah schon schrecklich aus, als ich den Sitzungssaal betreten habe! Ich weiß auch nicht, wie das passieren konnte, aber ich … also ich habe völlig vergessen, was gestern Nacht geschehen ist.«

»Was geschehen ist? Aber wir waren doch zusammen da. Wir waren im Zigeunerkeller, haben auf dich angestoßen, haben gegessen, haben auf der Toilette über Bredemann gelästert …«

»Danach, Vicki, danach! Bis zu deinem Abschied weiß ich das alles ganz genau. Aber als du weg warst, muss der Abend noch lange gegangen sein – nur kann ich mich an nichts mehr erinnern!«

Vicki winkte ab. »Bestimmt, Klärchen. Pass auf. Jetzt fangen wir mal von hinten an. Wer hat dich nach Hause gebracht?«

»Ich habe keine Ahnung«, sagte Klara mit tonloser Stimme und starrte ins Leere.

»Du bist ins Bett gegangen und …«

»Ein blinder Fleck«, erklärte Klara.

»Du weißt nicht mehr, wie du ins Bett gekommen bist?«

»Ich versuche, mich zu erinnern. Aber das Letzte, was ich weiß, ist, dass wir diesen schrecklichen Schnaps getrunken haben.«

»Oh ja, der war schrecklich«, stimmte Vicki zu. »Aber da war ich ja noch da.«

»Und als du weg warst, hat Bredemann noch eine Runde bestellt. Vielleicht auch noch eine dritte? Ich weiß es nicht.«

Vicki musterte die Freundin und griff nach ihrer Hand. »Das Letzte, woran du dich erinnerst, ist der Schnaps?«

Klara nickte.

»Weißt du, was das bedeutet?«

Eine Gänsehaut lief Klara über den Rücken. »Du meinst ...«, sagte sie. »Du meinst, sie haben mir etwas reingetan?« Der Verdacht war so schockierend, dass sie ihn so schnell wie möglich wieder beiseitewischen wollte. »Aber wieso sollten sie? Ich glaube nicht, dass mir jemand etwas angetan hat. Du weißt schon ...«

»Ich weiß, was du meinst. Nein, das denke ich auch nicht unbedingt.«

»Und was denkst du dann?«

»Dass hier ein paar Männer einen wirklich bösen Plan verfolgen.«

\* \* \*

Die Frauen und Männer in Linnemanns Abteilung beachteten Klara gar nicht, als sie zu ihrem Schreibtisch ging. Aber natürlich wusste sie, dass sie sich alle ihren Teil dachten und absichtlich nicht zu ihr hinguckten. Nun, vielleicht wollten sie sie auch einfach nicht beschämen. Denn dass sich inzwischen auch bei denen herumgesprochen hatte, wie Wächter mit Klara umgegangen war, die nicht an der Konferenz teilgenommen hatten, das lag auf der Hand.

Auch Klara sagte nichts, sondern setzte sich einfach an ihren Tisch und versuchte, sich zu sammeln. Die Kopfschmerzen waren zwar immer noch da, aber zumindest hatte das Schwindelgefühl nachgelassen. Und der Durst. Sie überlegte kurz, womit sie beginnen würde, beschloss aber dann, die Arbeit noch einen Moment bleiben zu lassen. Zuerst musste sie mit Heinz sprechen. Sie griff nach dem Telefon und wählte die 17: die Nummer fürs Studio.

Es dauerte keine fünf Sekunden, da meldete sich schon die liebe, vertraute Stimme. »Hertig, Frisch Verlag?«

»Heinz, ich bin es, Klara. Können wir sprechen?«

»Du, Klara, jetzt ist gerade nicht der richtige Zeitpunkt.«

»Aber Heinz, ich …«

»Ein andermal vielleicht«, sagte Heinz Hertig und legte unvermittelt auf.

Vielleicht? Verwirrt und gekränkt legte Klara den Hörer auf die Gabel. Unwillkürlich musste sie an Vickis Worte denken, dass hier ein paar Männer einen wirklich bösen Plan verfolgten. Vicki war überzeugt, dass es Neider gab, die Klara den Erfolg nicht gönnten und die sie absichtlich in eine so unmögliche Situation gebracht hatten. Was, wenn sie dir etwas eingeflößt haben, um dich aus dem Spiel zu nehmen? – Aus dem Spiel? Was meinst du damit, Vicki? – Aber das liegt doch auf der Hand: Einer gibt dir einen unmöglichen Auftrag, und die anderen sorgen dafür, dass du ihn garantiert nicht erfüllen kannst und dich stattdessen am nächsten Morgen vor versammelter Mannschaft unmöglich machst …

Der Chefredakteur der *Claire* hatte ihr die Falle gestellt, die Fotografen hatten sie mit Bredemann hineingestoßen, und Heinz … Aber Heinz hatte sie doch immer gefördert! Er war doch immer auf ihrer Seite gewesen! Konnte es dennoch sein, dass auch Heinz ein Teil dieses Komplotts gegen sie war? Weil er von ihrer Beförderung erfahren hatte? Weil er sich angegriffen fühlte von ihrer Ernennung zur Bildredakteurin? Weil er sie zwar als Geliebte hatte haben wollen, aber nicht als Vorgesetzte?

Sie musste an das Gespräch mit Köster denken: Ich arbeite dann nicht mehr für ihn? – Nein. Wenn, dann ist es umgekehrt: Er arbeitet für Sie. Ja, Heinz arbeitete jetzt für sie. Es sei denn, er arbeitete in Wahrheit gegen sie. Auf einmal fügte sich alles zu einem völlig einleuchtenden Bild: Die Herren wollten keine Frau in der Redaktion, sie wollten nicht, dass sie einer Frau Rechenschaft über ihre Arbeit ablegen, sich Aufträge von ihr erteilen lassen mussten, noch dazu von einer, die viel jünger war als sie selbst. Klara spürte, wie eine unbändige Wut ihn ihr hochkochte. Tränen schossen ihr in die Augen. Sie wandte sich ab, damit die anderen ihre Erschütterung nicht bemerkten. An diesem Tag hatte sie schon genug Häme und Schadenfreude erlebt. Kurz überlegte sie, ob sie nicht direkt zu Köster gehen und kündigen sollte. Wenn selbst Wächter gegen sie war, würde sie sowieso über kurz oder lang gefeuert werden, weil man ihre Arbeit torpedierte. Es war so ungerecht! Am liebsten hätte sie in diesem Augenblick wirklich alles hingeschmissen.

Aber nein. Nein! Das würde sie sich nicht bieten lassen. Endlich war das Glück einmal ganz auf ihrer Seite. Sie würde sich die Butter nicht vom Brot nehmen lassen. Weder von Wächter noch von Bredemann oder von Heinz. Entschlossen griff sie noch einmal zum Hörer, wählte die Nummer des Studios und wartete gar nicht, bis Heinz etwas sagte. »Herr Hertig? Ich erwarte Sie in zehn Minuten bei mir im Büro. Bringen Sie alle aktuell fertigen Abzüge hoch.« Dann knallte sie den Hörer wieder hin und atmete durch.

Vielleicht war es ja so, vielleicht musste man als Vorgesetzte härter sein, als Frau womöglich sogar noch mehr denn als Mann. Vielleicht mussten die Herren Redakteure und Studioleiter erst herausfinden, dass mit der neuen Bildredakteurin nicht zu spaßen war. Dass Männer sich mit Frauen, die erfolgreich waren, oft schwertaten, das war sicher keine neue Erkenntnis, auch für Klara nicht.

Erst jetzt bemerkte sie, dass die anderen in Linnemanns Büro zu ihr hersahen. Gewiss, sie war zackig gewesen mit Heinz Hertig. Aber er hatte es schließlich verdient. Sie erst in sein Bett locken und sie dann eiskalt über die Klinge springen lassen ... Nein, dachte Klara, sicher nicht mit mir. Sie sortierte die Unterlagen auf ihrem Tisch, fand darunter einen Umschlag ohne Absender und öffnete ihn. Es war Heinz' Schrift, sie kannte sie gut von ihrer Zusammenarbeit im Studio her:

*Liebste Klara,*
*ich bin so stolz auf Dich. Du hast es verdient, nicht nur als Assistentin hier unten im Keller zu arbeiten. Auch wenn ich Dich sehr vermissen werde, freue ich mich sehr mit Dir. Darf ich Dich heute Abend zu einem schönen Essen bei mir einladen? Ich weiß, das ist nicht sehr feudal, aber ich bin ein ganz ordentlicher Koch – und ich besorge uns eine Flasche Champagner, um auf Deinen wunderbaren Erfolg anzustoßen!*
*Gibst Du mir Bescheid?*
*In Liebe ·*
*Dein Heinz*

Es dauerte eine Weile, bis Klara den Kloß hinuntergeschluckt hatte, der ihr plötzlich im Hals saß. Und sie brauchte noch ein paar Augenblicke, bis sie sich so weit gefasst hatte, dass sie die Kollegin, die im Herstellungsbüro alles entgegennahm, fragen konnte: »Dieser Umschlag ... Ist der von heute Morgen?«

Erika blickte schuldbewusst zu Boden.

»Fräulein Maurer?«

»Ich ... ich glaube, der ist von gestern.«

»Gestern lag er aber noch nicht hier.«

»Ja, also ... Ich weiß nicht ...«

In dem Moment ging die Tür auf, und Heinz Hertig trat ein, zwei Mappen unter dem Arm, tiefernst und mit konzentriertem Blick. »Sie haben mich herauf zitiert, Fräulein Paulsen«, sagte er.

»Heinz …«

»Ich habe alle neuen Abzüge mitgebracht. Einige sind noch nicht trocken. Sie können sie aber natürlich gerne schon in der Dunkelkammer besichtigen, falls Ihnen der Weg nach unten nicht zu beschwerlich ist.«

»Heinz …«

»Leider bin ich sehr in Eile. Herr Wächter hat das Studio für elf Uhr gebucht.« Er blickte zur Uhr über der Tür. »Ich muss noch etliches einrichten. Deshalb bitte ich Sie, mich gleich wieder zu entschuldigen.«

»Heinz, bitte …«, versuchte es Klara noch einmal. Mein Gott, er hatte ihr diesen Brief geschrieben, hatte sie eingeladen, hatte auf eine Antwort gewartet – und das Nächste, was passiert war, war, dass sie ihn zwei Tage später aus heiterem Himmel anrief und wie einen Untergebenen behandelte. »Ich wusste nicht …«, sagte sie leise und suchte nach dem Brief, der nun unter Heinz Hertigs Mappen verschwunden war. »Es war ganz anders, als du denkst, Heinz!«

»Kein Problem, Fräulein Paulsen«, sagte Heinz knapp und drehte sich um. »Wenn ich sonst etwas für Sie tun kann, lassen Sie es mich wissen.« Bestürzt sah Klara seine schmale, hohe Gestalt durch die Tür verschwinden, über der die Uhr kurz vor elf zeigte. »Ja«, sagte sie leise. »Das werde ich.« Und dann hatte sie den Brief plötzlich wieder in der Hand. In Liebe, dachte sie. Dein Heinz. In Liebe. Es war eine Liebe, die sie innerhalb von Augenblicken zutiefst enttäuscht hatte. Zugleich traf es sie mitten ins Herz, dass Heinz ihr gar nicht erst die Gelegenheit gegeben hatte, sich zu erklären. In Liebe, dachte sie. Sollte das denn Liebe sein? Ein Missverständnis, eine Ungeschicklichkeit – und alles war aus?

Am liebsten hätte sie sich verkrochen, hätte sich in irgendeinen dunklen Winkel zurückgezogen und wäre nie wieder aufgetaucht.

Hatte sie sich heute Morgen schon elend gefühlt, so war sie jetzt vollends am Boden. Ausgerechnet Heinz, dachte sie. Ausgerechnet ihn hatte sie so enttäuschen müssen. Ausgerechnet er reagierte so.

Sie wusste nicht, wie lange sie untätig und verzweifelt an ihrem Platz gesessen hatte, als irgendwann das Telefon läutete und sie in der unsinnigen Hoffnung, es könnte Heinz sein und er könnte ihr verzeihen, abhob.

»Klara?«

»Vicki?«

»Ellen ist tot.«

✳✳✳

## 3.

*Einunddreißig Jahre alt war Ellen Baumeister* geworden. Als sie in Bahrenfeld auf dem Friedhof Diebsteich im alten Familiengrab beigesetzt wurde, begleiteten an die hundert Menschen sie auf ihrer letzten Reise. Die Frauen der Redaktion waren beinahe alle da. Dass auch Heidi Schlosser gekommen war, rührte Klara. Denn so, wie es aussah, war Heidi – ohne es gewollt zu haben – einer der Hauptgründe dafür gewesen, dass dieses viel zu junge Leben so früh ein Ende gefunden hatte: Ellen Baumeister hatte sich mit einer Überdosis Schlaftabletten vergiftet. Als man sie in ihrer kleinen Wohnung in Ottensen gefunden hatte, war sie sogar noch am Leben gewesen. Doch den Ärzten in der Altonaer Klinik war es nicht gelungen, sie wieder zu Bewusstsein zu bringen. Einige Stunden hatten sie um sie gerungen, dann war es vorbei gewesen.

»Sie war eine so liebenswerte Person«, schluchzte Frau Beeske, die neben den anderen weiter hinten im Trauerzug ging. Und auch, wenn das zu Ellens Lebzeiten sicher nicht alle über sie gesagt hätten, und auch, wenn man einen solchen Satz von Kathrin Beeske am allerwenigsten erwartet hätte, wären doch alle ehemaligen Kolleginnen, die sich an diesem Tag auf dem Friedhof versammelt hatten, bereit gewesen, ihn sofort zu unterschreiben.

»Das war sie wirklich«, stimmte Vicki zu, die von allen am engsten mit Ellen gewesen war, vielleicht auch deshalb, weil sie ihr Schicksal als hübsches Aushängeschild des Verlags geteilt hatte und deshalb am besten wusste, wie grausam dieses Schicksal für eine Frau sein konnte. »Ellen hat nie schlecht über irgendjemanden geredet. Nie!« Und das bedeutete etwas in einem Unternehmen und in einer Branche, in der alle ständig über alle redeten.

»Ich kannte sie nicht besonders gut«, sagte Klara. »Aber ich habe sie sehr bewundert.« Sie konnte sich noch gut erinnern, wie sie Ellen Baumeister das erste Mal gesehen hatte. Wie sie gestaunt hatte über die Eleganz und Professionalität von Curtius' Sekretärin. So beeindruckend war Ellen für Klara gewesen, dass automatisch auch ihre Hochachtung vor dem Verleger deutlich gewachsen war. Wer eine solche Frau in seinem Vorzimmer beschäftigte, der stand eindeutig über den Dingen.

»Dass Curtius nicht gekommen ist, werde ich ihm nie verzeihen«, sagte Helga Achter, weniger leiser, als es vielleicht angebracht gewesen wäre.

Und in der Tat, es war bereits mehrfach angemerkt worden, dass der Verleger durch Abwesenheit glänzte bei einem Ereignis, das auch ihm hätte nahegehen sollen. Alle wussten doch, dass Ellen nicht nur seine Sekretärin, sondern auch seine Geliebte gewesen war, bis er sie durch Heidi Schlosser ersetzt hatte. Umso mehr bewunderte Klara Heidi für ihren Mut, gekommen zu sein. Für die junge Kollegin, die nun seit einem halben Jahr auf Ellens Platz saß, mochte es wie ein Blick in ihre eigene Zukunft sein: Aussortiert und abserviert, das war Ellen geworden, in dem Moment, in dem eine noch Jüngere, noch Hübschere aufgetaucht war, die den Appetit des großen Verlegers und Frauenverschlingers Hans-Herbert Curtius angeregt hatte. »Er würde auch zu meiner Beerdigung nicht kommen«, sagte Heidi so leise, dass die anderen sie kaum hören konnten. Doch der Satz traf Klara mitten ins Herz. Unwillkürlich griff sie nach Heidis Hand. »Sag das nicht. Du wirst steinalt, Heidi.«

»Ja. Wahrscheinlich.« Heidi Schlosser lächelte wehmütig. »Das kann schon sein. Aber darum geht es gar nicht.«

Natürlich. Darum ging es nicht. Es ging darum, was Männer mit Frauen taten. Wie sie sie behandelten. Wie sie sie betrachteten. Nichts daran war gut. Wenn selbst der angebliche Gentleman Hans-Herbert Curtius nicht die Größe aufbrachte, die Frau zu Grabe zu tragen, die ihm ihre Jugendjahre gewidmet hatte, die Tag und Nacht für ihn da gewesen war, die ihn repräsentiert und sich ihm hingegeben hatte, die zu ihm aufgeblickt hatte, obwohl sie all seine Fehler kannte, und die ihn niemals verraten hatte, von ihm aber grausam verraten worden war ... wenn nicht einmal er das konnte, was wollte man dann von den anderen Vertretern des männlichen Geschlechts erwarten?

»Es sind nicht alle so«, sagte Vicki leise, die sich neben Klara geschoben hatte, gerade so, als hätte sie ihre Gedanken gelesen. »Ich denke, wir alle haben Curtius einfach viel zu lange wie den Lieben Gott behandelt. So was rächt sich irgendwann.«

Sie waren am Grab angelangt, wo der Pastor eine kurze und ergreifende Rede auf Ellen hielt. Was genau er sagte, konnte Klara nicht hören, weil die Trauer sie so sehr schüttelte. Es war, als würden sie hier einen Teil ihrer eigenen Hoffnungen und Träume beerdigen. Ellen war keine enge Freundin gewesen. Aber sie war doch ein Teil ihres Lebens gewesen, bis sie mit leichter Hand weggewischt worden war. Und nun lag sie in dieser Holzkiste und würde bald zu Staub zerfallen sein, diese unglaublich schöne und edle Frau. Warum hatten sie nicht einige Aufnahmen von ihr gemacht, als noch Zeit dazu gewesen wäre? Gerne hätte Klara ein Bild von Ellen bewahrt, eine Erinnerung an die beste Zeit dieser wundervollen, stolzen, eleganten Frau.

Eine steife Brise trocknete die Tränen der Freundinnen, als sie wenig später über den Friedhof zurück zum Ausgang gingen. »Ich werde übrigens bald aufhören im Verlag«, sagte Gabriele Tönnessen zur Überraschung der anderen.

»Wirklich? Aber warum?«

»Ich heirate. Mein Zukünftiger ist Abteilungsleiter im Alsterhaus.«

»Aber deshalb musst du doch nicht aufhören!«, erwiderte Klara.

»Wir wollen Kinder«, erklärte Gabi, als wäre damit alles gesagt. Aber das war es ja wohl auch. Kinder bedeuteten, dass eine Frau zu Hause bleiben und sich um den Nachwuchs kümmern musste.

»Und wie lange noch?«

»Nächsten Monat.«

Klara blieb stehen. »Ihr Lieben«, sagte sie kurzentschlossen. »Könnt ihr morgen ins Studio kommen? Zwischen zehn und elf Uhr? Ginge das?«

»Na ja«, sagte Kathrin Beeske. »Wenn Frau Voss nach unten kommen soll, muss ich oben die Stellung halten.«

»Das machen Sie, Frau Beeske. Und sobald Vicki wieder zurück ist, kommen Sie, ja?«

»Aber wozu?«

»Einfach, weil ich Sie darum bitte. Es wird nur ein paar Minuten dauern.«

Aber zuerst würde sie mit Heinz sprechen müssen. Das war mehr als überfällig. Zwei Tage lang hatte sie es nicht geschafft, weil sie so erschüttert, so am Boden zerstört gewesen war. Das Wochenende hatte sie im Bett verbracht, die Decke über dem Kopf, heulend, sich grämend, zerrissen zwischen Selbstmitleid und Selbstvorwürfen. Dann war die Beerdigung gewesen. Aber nun, nun war es Zeit. Sie musste endlich alles mit Heinz klären.

※ ※ ※

Der engste Familienkreis würde nach der Beerdigung noch in ein nahegelegenes Gasthaus gehen. Die Kolleginnen und Kollegen waren zum Leichenschmaus freilich nicht geladen, weshalb sich die Belegschaft des Frisch Verlags, soweit sie an dem Begräbnis teilgenommen hatte, rasch verlief, zumal auch noch leichter Regen einsetzte. Klara wartete am Ausgang des Friedhofs und begann schon unruhig zu werden, als endlich Heinz auftauchte, den Kopf tief zwischen die Schultern gezogen, den Blick starr auf den Boden gerichtet. Diesmal versuchte sie nicht, ihn zum Bleiben zu bewegen, wie sie es erfolglos in der Redaktion getan hatte, sondern marschierte einfach neben ihm her. Er bemerkte es wohl und beschleunigte seine Schritte, aber Klara hatte keine Mühe mitzuhalten. »Sie haben mich auflaufen lassen«, sagte sie. »Wächter, Grüner, Bredemann ... Ich weiß nicht einmal genau, wer alles dabei war.«

»Tja«, machte Heinz und bog ab Richtung U-Bahn.

»Sie wollten angeblich eine Einstandsfeier für mich schmeißen.«

»Angeblich.«

»Stimmt. Sie haben es auch getan. Aber ich dachte, du würdest auch kommen. Und alle anderen, die mir wichtig sind. Ich habe gefragt, ob ihr auch eingeladen seid!«

Heinz blieb stehen und drehte sich zu ihr. »Ich hatte meine eigene Einladung ausgesprochen. Aber dafür hattest du nicht einmal eine Antwort übrig.«

»Weil ich sie nicht bekommen habe, Heinz!« Klara blickte ihm in die Augen. »Sie haben sie mir erst am nächsten Tag hingelegt. Da war es schon geschehen gewesen.«

»Jedenfalls scheinst du einen großartigen Abend genossen zu haben«, sagte Heinz bitter.

»Bitte?«

»Der Auftritt in der Konferenz? Du musst dir ganz schön die Kante gegeben haben bei deiner Einstandsfeier.«

Klara musste schlucken. »Du bist ungerecht«, sagte sie leise. Natürlich traf sie seine Unterstellung. »Aber du kannst es ja nicht wissen.« Fast sagte sie es mehr zu sich als zu ihm. »Ja, ich war in einem grässlichen Zustand. Und ja, dafür war der Abend verantwortlich. Aber ehrlich: Ich habe mich nicht betrunken! Das war ... das war ein Teil des Plans.«

Heinz sah sie mitleidig an. »Klara«, sagte er. »Was für ein Plan soll das denn bitte schön gewesen sein? Ein paar Kollegen haben eine Party für dich geschmissen. Du hast offenbar mehr getrunken, als du vertragen kannst, du hast dich auf der Konferenz blamiert, hast mir deutlich vor Augen geführt, dass ich ein Dummkopf bin, und für den Fall, dass ich es nicht kapiere, hast du mich zu dir zitiert wie einen Schuljungen – und nun suchst du die Schuld bei den anderen, weil du erkannt hast, dass du dich unmöglich verhalten hast?«

Vergeblich griff Klara nach seiner Hand. Sah er denn nicht, wie ernst sie es meinte? »Heinz ...« Sie suchte nach Worten, fand sie nicht, erkannte, dass er schon im Begriff war, sich wieder abzuwenden, als sie jemanden aus dem Augenwinkel bemerkte.

»Entschuldigt, wenn ich euch belauscht habe«, hörten sie eine Stimme neben sich. Erschrocken wandte sich Klara um. »Heidi?«

Heidi Schlosser trat zu ihnen und blickte von Klara zu Heinz und zurück. »Zufällig weiß ich, wer sich das alles ausgedacht hat«, sagte sie. »Wenn mein Chef nicht da ist, muss ich manchmal auch für Herrn Wächter arbeiten ...«

\* \* \*

Es war, als trüge ganz Hamburg an diesem Tag Trauer. Auch wenn Klara nur wenig mit Ellen zu tun gehabt hatte, ging ihr der Tod der Kollegin schrecklich nahe. Immer wieder musste sie an Ellens letzten Besuch in der Redaktion denken, als diese hinreißende Frau schon wie ein Schatten ihrer selbst gewirkt hatte. Hätten sie etwas tun können? Wäre es nicht passiert, wenn sie alle etwas aufmerksamer gewesen wären? Hätte sie selbst, hätte Klara die Kollegin nicht einfach fragen sollen, ob alles in Ordnung war? Hätte sie sie vielleicht einfach nur einmal in den Arm nehmen sollen?

Nein, einfach war nichts gewesen. Und in Ordnung war schon gar nichts gewesen. Ellen war verzweifelt gewesen, das hätte ihnen allen klar sein sollen. Sie hatte Hilfe gebraucht, aber keine von ihnen hatte es verstanden. Und nun war sie tot, hatte sich selbst aus dem Leben gerissen, und nichts würde sie mehr zurückbringen. Klara wurde von einem unendlich schlechten Gewissen durch die kalten Straßen der Stadt getrieben. Nachdem sie sich ausgesprochen und das grausame Missverständnis zwischen ihnen aufgeklärt hatten, hatte Heinz ihr angeboten, sie nach Hause zu bringen. Natürlich hätte sie sich genau das über alles gewünscht. Doch sie hatte abgelehnt, weil sie das Gefühl hatte, sie müsse erst noch mit all den anderen Dingen ins Reine kommen, die sie beschäftigten. Sie musste allein sein, einfach nur gehen. Gehen und nachdenken. Doch es brachte ihr keine Erleichterung. Im Gegenteil, sie hatte das Gefühl, alles falsch gemacht zu haben. So sehr war sie mit sich selbst beschäftigt gewesen, dass sie nicht Ellens Unglück erkannt hatte, dass sie nicht den niederträchtigen Plan gewittert hatte, der sie beinahe die Freundschaft mit Heinz gekostet hätte, und dass sie ... – traurig blickte sie in das leere Schaufenster des Fotoateliers Buschheuer, vor dem sie unvermittelt gelandet war – dass sie ihren alten Lehrmeister verloren hatte. Foto Buschheuer existierte nicht mehr. Und der Laden stand immer noch leer, immer noch hing an der Tür ein Zettel: »Zu vermieten«.

Schließlich ging sie weiter, ohne auf die Tränen zu achten, die ihr übers Gesicht rannen. Wie grausam konnte die Welt sein! Und wie dumm konnten die Menschen sein. Sie selbst vor allem.

Sie wusste nicht, wie lange sie durch die Stadt gelaufen war, vorbei an all den Orten, die für ihr bisheriges Leben wichtig gewesen waren, vorbei an der Schneiderei Brill, am Alsterpavillon, am Friseursalon Sissi. Vorbei auch an der alten Wohnung an der Michaelisbrücke und an den Plätzen, an denen sie als Kind Zigaretten oder Schnaps unter ihrem Mantel versteckt hatte, an denen sie gelernt hatte, wie man sich versteckt, wie man wegrennt, wie man sich ahnungslos gibt und wie man trickst. An Frieder musste sie denken, ihren ersten Freund, an Anni, die einen gefährlichen Weg gegangen war, an Jan Jahnsen, der ihr auf der Kellertreppe den Hof gemacht hatte – und natürlich an ihre Mutter, die man von hier hatte forttragen müssen zum Sterben, weil sie alleine nicht mehr hatte gehen können.

Und dann stand sie endlich wieder vor dem Haus am Paulinenplatz, in dem sie sich ihr eigenes Nest eingerichtet hatte. Zwei kleine Zimmer, ein Bad, eine Küche und die Freiheit, jederzeit zu kommen und zu gehen, wenn sie wollte, jeden Menschen zu sich einzuladen, der ihr lieb war, oder eben nicht. Überhaupt: Ein eigener Ort bedeutete Freiheit, so wie eine eigene Arbeit Freiheit bedeutete. Freunde bedeuteten Freiheit! Liebe! ... Nein, Liebe machte nicht frei, sie machte nur glücklich. In dem Moment war sie so dankbar, dass Heinz sie hatte sprechen lassen, dass er zugehört und dass er ihr verziehen hatte, dass sie ihr Herz riesig in ihrer Brust fühlte. Bis sie überrascht vor einem anderen Mann stehen blieb, der ebenfalls auf der Beerdigung gewesen, dann aber alleine weggegangen war. »Gregor?«

»Ich habe mich entschieden«, sagte er.

»Entschieden?« Wie verändert er aussah. Als wäre er über Nacht um etliche Jahre älter geworden, reifer.

»Ich weiß jetzt, was meine Zukunft bringen wird.«

»Da gratuliere ich dir«, entgegnete Klara. »Das können nicht viele von sich sagen.«

»Stimmt. Aber wir können es.«

»Wir?«

»Du und ich.«

»Gregor«, sagte Klara. »Ich möchte nicht, dass du dir falsche Hoffnungen machst ...«

Doch Gregor winkte ab. »Lass mal, Klärchen, so hab ich es nicht gemeint. Ich weiß doch, dass du jetzt mit Heinz zusammen bist. Und ganz ehrlich: Er ist ein feiner Kerl, er wird dir nicht wehtun, und deshalb bin ich froh, dass er es ist.«

»Aha?«, erwiderte Klara nur. »Und wie hast du es dann gemeint?«

»Beruflich, meine ich.«

»Beruflich. Und da siehst du meine Zukunft auch voraus?« Wäre sie nicht gerade noch so tieftraurig gewesen, sie hätte laut gelacht.

»Absolut!«, erklärte der Freund. »Und ich sehe sie in den schillerndsten Farben!«

Was er ihr im Folgenden darlegte, war nichts weniger als eine riesige Veränderung nicht zuletzt in Klaras eigenem Leben, aber auch im Leben einiger anderer, die ihr nahestanden. Doch denen würde sie noch nichts verraten. Erst wollte sie ihr Vorhaben im Fotostudio in die Tat umsetzen.

※ ※ ※

Sie kamen alle, bis auf Frau Beeske, die anschließend kommen würde. Um zehn Uhr waren Gabi Tönnessen und Heidi Schlosser da, Helga Achter und Vicki Voss. Zur Überraschung der anderen saßen auch noch Elke Kellermann, Rena Meier und ihre Freundin Rike unten, sodass es richtig voll wurde.

»So, die Damen«, sagte Heinz Hertig und schloss die Tür hinter Vicki, die als Letzte eingetreten war. »Dann möchte ich Sie zuerst einzeln zum Porträt bitten.«

»Zum Porträt?«

»Ganz richtig, Fräulein Tönnessen. Sie dürfen gern die Erste sein.« Heinz deutete auf den Stuhl, der vor der Leinwand stand.

»Aber ich bin doch gar nicht für ein Foto hergerichtet.«

»Du siehst perfekt aus, Gabi«, befand Klara und schob die Kollegin an ihren Platz.

»Na ja«, warf Rena ein. »Wir könnten noch rasch eine Kleinigkeit an den Haaren machen.« Schon stand sie bei der Sekretärin und steckte ihr die Frisur mit wenigen Handgriffen so zurecht, dass sie aussah wie Jayne Mansfield. »So. Nun ist es tipptopp!«

Der Reihe nach lichtete Heinz Hertig mit seiner neuen Leica-Kamera die Damen ab, wobei er zu Klaras Freude sogar seine Schüchternheit überwand und für jede einen Scherz übrighatte, sodass irgendwann alle lachend »im Kasten« waren. »Und jetzt du«, sagte Heinz.

»Ich?« Klara winkte ab. »Ich brauche ja nur in den Spiegel zu sehen. Lass gut sein, Heinz, wir machen noch eine Gruppenaufnahme. Vicki? Wärst du so lieb und rufst für eine Minute Frau Beeske?«

Während Vicki nach oben telefonierte und ihre Stellvertreterin überredete, ausnahmsweise einmal für drei Minuten den Empfang unbesetzt zu lassen und herunterzukommen, schob Heinz Hertig mit sanfter Gewalt Klara vor die Leinwand und nötigte sie, sich hinzusetzen. »Keine Fisimatenten«, erklärte er. »Alle für eine, eine für alle!«

»Unsereins muss zusammenhalten!«, rief Elke.

»Wer nicht mitschummelt, verliert«, stellte Vicki fest, die den Hörer wieder aufgelegt hatte.

»Ihr und eure Binsenweisheiten!«, frotzelte Klara und lachte.

Heinz machte in aller Abgeklärtheit seine Aufnahmen und zuckte nur die Achseln. »In jeder Binsenweisheit steckt ein Fünkchen Wahrheit«, sagte er.

»Noch so eine!«

»Meint ihr mich?«, fragte Frau Beeske, die in dem Moment zur Tür hereinkam.

»Aber ja, Frau Beeske«, versicherte ihr Heinz Hertig. »Noch so eine. Damit waren Sie gemeint.«

»Aha? Und was für eine wäre das dann?«, wollte die Kollegin etwas pikiert wissen.

»Noch so eine Hamburger Traumfrau«, erklärte Heinz Hertig lachend.

Eilig stellten sie sich für ein Gruppenfoto zusammen, ehe die Mitarbeiterinnen des Verlags rasch wieder an ihre Plätze zurückeilten.

»Und wir?«, fragte Elke.

»Wir waren schon lange nicht mehr im Alsterpavillon«, meinte Rena. »Wollen wir?«

»Unbedingt!« Lachend schnappten sich die drei Frauen – Elke, Rena und Rike – ihre Handtaschen und wandten sich an Klara, damit sie auch kam.

»Mich nehmt ihr nicht mit?«, warf Heinz erstaunt ein.

»Oh! Ich dachte, du musst arbeiten«, erwiderte Klara.

»Aber hatten wir denn nicht einen Außentermin, Fräulein Paulsen?«, fragte Heinz grinsend.

»Stimmt! Im Alsterpavillon, oder?«

»Absolut!«

»Und Sie müssen mitkommen, Herr Hertig! Anordnung der Bildredaktion.«

»Tja dann …«, sagte Heinz und grinste noch ein bisschen breiter. »Die sind da beinhart. Wer sich weigert, fliegt.«

»Ich freu mich richtig, dass wir mal wieder was zusammen unternehmen!«, rief Elke. »Wir haben auch noch gar nicht auf dich angestoßen.«

»Richtig!«, stimmte Rena zu. »Wir müssen unbedingt auf dich trinken.«

»Und auf deinen Heinz«, ergänzte Rike, die erkennbar für Klaras Freund eingenommen war.

»Wenn schon, denn schon«, sagte der. »Wenn wir anstoßen, dann auf die Fräuleins von Hamburg, die auf dem besten Weg sind, die Welt zu erobern!« Womit er viel näher an der Wahrheit lag, als er sich selbst wohl jemals hätte vorstellen können. Denn nichts weniger hatte Klara vor. Und ihre Freundinnen und Heinz und Gregor würden dabei entscheidende Rollen spielen, mit einer neuen Zeitschrift über Musik, Mode und das, was im Leben am aufregendsten war: die Zukunft.

※ ※ ※

## 4.

*Als Hans-Herbert Curtius in seiner* Dienstagspost das Schreiben der neuen Bildredakteurin vorfand, war er gerade im Begriff gewesen, eine kleine Pause einzulegen und sich den Nacken von seiner entzückenden neuen Sekretärin massieren zu lassen. Vielleicht auch nicht nur den Nacken. Heidi war ein Naturtalent und in jeder Hinsicht ungemein begabt. Entsprechend heiteren Gemüts war er, als er den Umschlag mit dem Firmensignet öffnete und den Bogen mit einigen handgeschriebenen Zeilen auseinanderfaltete:

*Sehr geehrter Herr Dr. Curtius,*

*Sie haben mir die Möglichkeit gegeben, in einem großen und beeindruckenden Haus zu arbeiten und dabei meine Talente weiterzuentwickeln. Dafür werde ich Ihnen stets dankbar sein.*
*Zugleich bin ich untröstlich, dass Sie Männer und Frauen in Ihrem Verlag mit zweierlei Maß messen. Während Sie in Ihren Zeitschriften das hohe Lied der Frau singen und sie angeblich ermutigen wollen, ein eigenständiges und selbstbewusstes Leben zu führen, kann ich in der Redaktion selbst nicht erkennen, dass diese Ideale beachtet werden.*
*Es gibt wunderbare Männer und Frauen im Frisch Verlag. Aber es gibt auch solche, die ihr Glück auf dem Unglück anderer aufbauen. Diese Menschen sollten keine Verantwortung in einem solchen Unternehmen übertragen bekommen.*
*Bitte nehmen Sie hiermit meine Kündigung zum nächsten Ersten*

*zur Kenntnis. Die wenigen Tage Urlaub, auf die ich Anspruch habe, nehme ich gleich.*

*Ich wünsche Ihnen alles Gute und hoffe, Sie verstehen meine Zeilen im besten Sinn.*

*Mit freundlichen Grüßen*
*Klara Paulsen / Bildredakteurin*

– Ende des ersten Teils –

*Anna Jessen im Goldmann Verlag:*

Die Insel der Wünsche. Stürme des Lebens. Roman
Die Insel der Wünsche. Gezeiten des Glücks. Roman
Die Insel der Wünsche. Klippen des Schicksals. Roman
Traumfrauen. Petticoat und große Freiheit. Roman
Traumfrauen. Minirock und neue Zeiten. Roman (August 2023)


( Alle auch als E-Book erhältlich)